ANITA DE MONTE RÍE LA ÚLTIMA

ANITA DE MONTE RÍE LA ÚLTIMA

TRADUCCIÓN DE KIANNY N. ANTIGUA

XOCHITL GONZALEZ

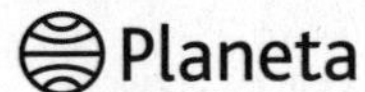

Traducido por: © Kianny N. Antigua
Créditos de portada: © Sara Wood
Adaptación de portada: Liz Batta y Alejandra Ruiz / Caskara Editorial
Fotografía de portada: © Getty Images / Matthias Clamer
Fotografía de la autora: © Mayra Castillo

Bajo el sello editorial PLANETA M.R..
Avenida Presidente Masarik núm. 111,
Piso 2, Polanco V Sección, Miguel Hidalgo
C.P. 11560, Ciudad de México
www.planetadelibros.us

Primera edición impresa en esta presentación: septiembre de 2025
ISBN: 978-607-39-2906-6

Impreso en los talleres de Corporación en Servicios
Integrales de Asesoría Profesional, S.A. de C.V.,
Calle E # 6, Parque Industrial, Puebla 2000, C.P. 72225, Puebla, Pue.
Impreso y hecho en México - *Printed and made in Mexico*

A la memoria de Ana,
y todas las mujeres que vivieron en soledad
sin saber que el resto de nosotras estaba con ella

¿Por qué, en efecto, no deberíamos incluir a artistas que encarnan ideas muy diferentes, sensibilidades distintas a las de los europeos y de las corrientes principales? No hay, en principio, motivo alguno para excluirlos. Sin embargo, he decidido limitar esta edición al arte occidental... He tomado una postura sobre qué arte creo que es más significativo con la que no todos los lectores estarán de acuerdo, ya que favorece la universalidad sobre el etnocentrismo.

—ANTHONY F. JANSON,
del prefacio a la quinta edición de
Historia del Arte, volumen II
H. N. Abrams, 1994

I

LA CAÍDA

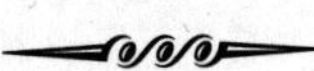

ANITA

CIUDAD DE NUEVA YORK • OTOÑO DE 1985

Si no hubiera sido por lo que sucedió después, la gente habría olvidado por completo esa noche. No es que fueran los años setenta, ¿tú me entiendes? Noches en las que no sabías lo que pasaría; qué esperar. No, en 1985 las fiestas en Nueva York eran todas iguales. Una noche, una fiesta, se transformaba en la siguiente. Nada lo suficientemente específico ni trascendental como para que se te grabara en la memoria. Los invitados, las conversaciones, el sabor del jodido vino en los labios, todo más o menos la misma cuestión. *Especialmente* las fiestas de Tilly. Predecibles; intercambiables. Algunos pensaban que eso era lo que las hacía funcionar, pero ¿a mí? Me deprimía esa imposible distinción del paso del tiempo.

Las bebidas siempre estaban servidas en su estrecha y claustrofóbica cocina; para forzar la intimidad. La comida (la poca que había; los gringos protestantes que todavía se creen británicos detestan alimentar a la gente) estaba dispuesta encima del piano en el centro de su enorme apartamento tipo loft. Los pobres artistas jóvenes merodeaban mientras durara. La música, lo suficientemente alta como para suavizar los silencios, pero demasiado bajita para inspirar una cumbancha de verdad. Con el paso de los años, Philip Glass fue reemplazado con Sun Ra. Los artistas nuevos y «a la moda» envejecían hasta convertirse en figuras establecidas o desaparecían por completo; reemplazados por otros rostros más jóvenes. La gente de los grandes museos siempre estaba invitada, naturalmente. Tilly disfrutaba de la sed compartida entre esos dos grupos en particular: los ricos ofreciendo sus oportunidades ante los necesitados. Creaba una gran «fricción en el salón», comentó una vez. Después de años en los que yo era la única mancha marrón presente, en los últimos tiempos se había hecho un esfuerzo notable de poblar la lista de invitados con más «Artistas del Tercer Mundo». Esta repentina preocupación por la diversidad coincidía con el hecho de que el Met hubiera contratado, con señoría, a su primera curadora negra. No estoy siendo cínica, solo honesta; habría sido vergonzoso invitar a Rory a una fiesta y que allí solo viera gente blanca. Pero, aparte de eso, en todos los años de estas verbenas, muy poco había cambiado.

Excepto, supongo, por mí.

Si hubieras estado en Nueva York y hubieras pertenecido al mundo del arte, no habrías rechazado una invitación de Tilly Barber. Y, por la razón que fuera, esta fiesta estuvo particularmente concurrida. Los cuerpos y las conversaciones se amontonaban lo suficiente como para crear un zumbido. Recuerdo haber sentido cierta emoción e inquietud al llegar. Del tipo que sientes cuando estás desconcertada porque guardas un secreto; uno con alas que se agitan con furia contra las palmas de tus manos. Sabiendo que, en cualquier momento, ¡ese secreto podría salir volando! Al mundo. Su movimiento cambiando fortunas y futuros, océanos o incluso vidas en la lejanía. Y yo, la única que lo sabía. ¡Qué poder! Giancarlo, anecdotista como era, me estaba echando un cuento. Yo lo escuchaba y no. Él siempre regresaba de Roma con las historias más largas. Yo estaba distraída; sabía que, en cualquier momento, ¡*él* llegaría! Jack Martin. Mi esposo.

Y entonces, como si yo lo hubiera hecho realidad al solo mirar hacia la puerta, él apareció.

A Jack le gusta entrar despacio. Pararse y merodear antes de abrirse camino, como un glaciar, hacia un espacio. Algunas personas piensan que se debe a su tamaño; se ha puesto como un mamut estos últimos años. Creo que su forma física se ha expandido a propósito para igualar su escala de importancia en el mundo del arte. Los más generosos atribuían la pisada fuerte de Jack a las supuestas lesiones sufridas tras años de levantar barras de hierro y situar láminas de acero. «Todas y cada una de las obras de arte que llevan mi nombre», te dirá al poquitísimo tiempo de conocerlo, «las instalé yo y nadie más que yo». Esa explicación es, para mí, la más madura, extraída con manos libres de callos de la vid de la vieja mata de propaganda de Jack sobre sus raíces de clase trabajadora. Pero aquí va la verdad, el tipo de verdad que solo una esposa puede saber a ciencia cierta: Jack entra con lentitud a los lugares para que la gente lo note. Se planta como un pararrayos, atrayendo la energía cinética de todo y de todos en su camino. Quieto y silencioso para que, por lo menos por un rato, la atención de los juerguistas se desviara de cualquier conversación que estuvieran teniendo o de la yerba que se estuvieran fumando o de la persona a quien estuvieran tratando de singarse y se enfocara en él. La fiesta, si no es que el mundo, giraba en torno a Jack Martin.

Y así fue esa noche. Por el rabillo del ojo, lo vi entrar al apartamento y permanecer tranquilo y remoloneando. A la espera. A mi alrededor, las conversaciones, alegres y estridentes apenas unos segundos antes, de repente se silenciaron cuando la gente notó su presencia, y todos calcularon en sus mentes si podrían hablar con él y cómo y cuándo. Incluso la voz de Giancarlo se apagó. Le robé un cigarrillo y fingí que no me había dado cuenta hasta que Jack, al fin sintiéndose reconocido, cruzó la sala hacia la cocina. No tuve que levantar la vista para saber que allí estaba Tilly.

Por lo general, eso me habría molestado: que él siempre la buscara antes de siquiera mirarme a mí. Que ella fuera, en mi opinión, la única persona a la que él respetaba de verdad, mucho más que por ser una de las mejores comerciantes de arte del mundo. Mucho más que por deberle su carrera. En serio, creo que solo por ser ella. Acerada. Con ese estilo elegante de Nueva Inglaterra. Cualquier otro día, esto me habría vuelto loca. Habría sacado las uñas. Pero esa noche tenía las alas batientes de los secretos, inquietas en mis manos. Estaba emocionada, incluso deleitada, de que al fin él hubiera llegado. Yo tenía puesto mi vestido favorito, el que había comprado en Iowa en una tienda de segunda mano. Era de los años sesenta, con enormes lentejuelas plateadas, cada una tan grande y redonda como el ojo de una vaca. Dispuestas de una forma tan apretada y voluminosa, que tintineaban, con suavidad, como campanitas cuando musitan entre sí. Me había puesto los únicos tacones que todavía usaba. Los artistas, cuando trabajan, no deberían necesitar zapatos con tacos. Llevaba el pintalabios rojo de Guerlain que había comprado en París. Esa noche era una ocasión: el cierre de un día especial y también la apertura de… No sabía en ese momento de qué. Pero iba a ser algo nuevo.

Estaba lista para empezar la aventura.

—Giancarlo —dije, mientras le tomaba la mano—, mi marido está aquí. ¡Vamos a contarle las buenas noticias!

Nos abrimos paso entre mujeres con vestidos negros y seducciones en progreso y muchachitos flacos con pantalones manchados de pintura, discutiendo de nada, hasta que al fin llegamos a la cocina. Me detuve en la puerta por un segundo y los observé. Juntos. Tilly armando un pensamiento, cigarrillo en mano y los labios dispuestos para decir algo profundo.

Con tacto. Jack, a punto de abrir una botella nueva de champaña, el gesto festivo en claroscuros en su expresión severa. Ambos tan absortos en lo que estaban hablando, en ellos mismos, que ninguno de los dos me notó.

—¡Qué perfecto! —dije al final. Giancarlo, detrás de mí, se hizo espacio en la pequeña cocina—. ¡Necesitamos otra copa! Para brindar por mi maravillosa noticia.

Jack me miró de arriba abajo, maniobrando una sonrisa cerrada, apretada contra los dientes. Odiaba mi vestido. Decía que se veía barato. Como la víspera de Año Nuevo en Times Square. Odiaba el escándalo que hacía. La forma en que las lentejuelas se caían como escamas de culebra si me movía demasiado rápido. Odiaba que me moviera demasiado rápido.

—Tilly me lo acaba de contar —anunció Jack, mientras volvía a llenar nuestras copas, con la sonrisa todavía tensa—. Una docena de reproducciones vendidas al Met. Nada mal para mi Anita la huerfanita.

—¡Anita! —exclamó Giancarlo—. ¡Nosotros hablando toda la noche y no me habías dicho! Bueno, eso definitivamente generará revuelo en torno a tu show.

Levanté mi copa e ignoré la sorpresa que se apoderó del rostro de Jack. Ni siquiera miré a Tilly, para que no me arruinara el estado de ánimo.

—Giancarlo va a exponer mi trabajo en Roma —anuncié—. Solo.

—¡Felicitaciones, Anita! —dijo Tilly, realmente impresionada. Y tal hecho casi me molestó más que si lo hubiera tratado como información común y corriente.

—¿Cómo es que se dice, Tilly? —ofreció Giancarlo—: ¡Obvio! ¿Has visto sus esculturas nuevas?

—Nadie las ha visto —afirmó Jack, con la voz tensa y la sonrisa al fin desvanecida.

—Yo no —puntualizó Tilly, sin tomar en cuenta a Jack. Evadió mi mirada. Sus modales enmascararon su cobardía.

—Tilly no ha pedido ver mi trabajo desde 1979 —le dije a Giancarlo—, e incluso entonces, fue solo como un favor para Jack. ¿No es así, corazón?

Jack me haló hacia él, las lentejuelas y mis pulmones crujieron mientras lo hacía. Levantó su copa.

—Bueno, ¡salud! Vaya día de suerte para nuestra afortunada estrella —expresó Jack, la sacarina chorreándole por la voz.

La voluntad humana es una magia particularmente poderosa. La alquimia ocurre cuando una persona de veras decide algo; cuando se cambia una mente. Mi esposo y yo habíamos compartido intercambios como este cientos de veces. Pequeños actos de violencia representados con palabras. Intercambios que me habían cortado y dejado sangrando, con lo mejor de mí (la confianza, la claridad) abandonándome, acumulándose en el suelo. Pero no esa noche. No. Porque ese día yo había decidido reclamar mi poder, dejar de encogerme. Y con mi decisión, había desarrollado una nueva versión de mí misma. Mi nueva piel gruesa como cascarón de coco, impermeable a sus intentos de rajar mi alegría. Mi triunfo por mis logros, mi júbilo con mi propio arte, la euforia por este nuevo poder que había descubierto solo al decidir cambiar de pensar. Todo eso ahora bajo custodia, en lo más profundo de mi nuevo ser. Me solté de su abrazo, le di la cara y, con una sonrisa genuina, le dije:

—Jack, la noche todavía es joven.

Y lo era.

Más tarde, cuando lo vi al otro lado de la sala, prácticamente enredado con esa cabronaza (Inga o Ingrid o como quiera que se llamara), no fue que no me molestara. No, fue que, en mi decisión de despojarlo de su poder, pude transmutar ese enojo en alegría. El tipo específico de gozo que uno solo puede sentir cuando te le metes en la cabeza a alguien y se la jodes. Hurgando justo en los puntos sensibles adecuados. Lugares que solo una amante, y sin duda una esposa, pueden encontrar. Entonces sí, los vi: a ella, con su largo cabello rubio, colgándole como una sábana, apoyada contra el cristal de la ventana; él, con los brazos apoyados a ambos lados de ella, sus rostros prácticamente tocándose, y lo primero que sentí fue ira. Resentimiento. No solo porque estábamos en un lugar donde todo el mundo nos conocía (¡porque yo también soy famosa!), ¡sino porque ella ni siquiera era buena artista! Ella pintaba una mierda derivada, poco original, con demasiado color en la que él se habría cagado si la hubiera hecho alguien con una pinga. En cambio, compró tres cuadros y los colgó en su maldita sala. Por lo menos, si la cosa iba a irse por ahí, ¡hubiera podido meter mano con alguien con talento! Pero, por supuesto, el talento asustaba a Jack.

Entonces, como cuando te encuentras cinco pesos en el bolsillo de un abrigo viejo, recordé mi piel gruesa, de cascarón de coco, y que había cambiado de pensar.

«Químbara» trompeteó desde el estéreo, y yo me volví hacia mi amigo Jomar y le sugerí, en voz alta, que parecía un buen momento para bailar.

—Suban la música —ordené. El jevo que Giancarlo intentaba seducir complació con entusiasmo.

Las fiestas de Tilly no eran asuntos de baile. Eran más reuniones que celebraciones. Exhibiciones de arte sin arte. Y, si bien sabía que esto no era algo que a ella le gustaría, era algo que toleraría. A los estadounidenses les encanta ver bailar a los latinos. Bailar, singar, pelear. Cualquier cosa, en verdad, cualquier cosa que deba hacerse con pasión. Además, los invitados que quedaban a estas alturas eran los más borrachos, los más endrogados, los más aburridos. Sedientos de entretenimiento. Jomar era un bailarín increíble, de esos que saben cómo hacer que su pareja se vea mejor de lo que luce. Mientras nos movíamos, pude sentir la atención de la sala ahora puesta en mí. No como un pararrayos, sino como una brisa, una ola. Algo en perpetuo movimiento que conmovió a todos los allí reunidos. A mi alrededor, podía sentir sus pensamientos, valoraciones y suposiciones. Anita de Monte, una artista camino al estrellato. Anita de Monte, ganadora del Premio Roma, ganadora del Guggenheim. Anita de Monte, la voz artística de su generación. Anita de Monte, maga de una sola carta. Anita de Monte, inmigrante oportunista. Anita de Monte, la esposa del legendario Jack Martin. Anita de Monte, una puta con suerte. Anita de Monte, la cangreja más mezquina de la bolita. Sin que nadie se diera cuenta de que yo era todas esas cosas y más.

Recordé la tarea que tenía que completar.

—Es que extraño bailar —le dije a Jomar, con mi mejor susurro escénico—. Como tú comprenderás, mi marido no baila. Ni una salsa ni un vals. Ni el twist sabe bailar, el pobrecito.

Por supuesto que no le dirigí nada de esto a Jack. No tuve que hacerlo. Podía sentir su mirada sobre mí, caliente como el fuego. Él detestaba un espectáculo. A menos que lo estuviera dando él. Por el rabillo del ojo, vi cuando le apartó la mano de la sueca gigante y sentí que se me acercaba. Para «salvarme» de la vergüenza. Mi héroe. Seguí en lo mío. Esa noche debí haberme ganado un Oscar, asere.

—¿Te conté quién me enseñó a bailar? —pregunté mientras Jomar me guiaba con suavidad a su alrededor con un lazo—. Nuestra servidumbre. Jack odia que yo fuera rica en Cuba. Lo detesta. No encaja en su visión idílica de nosotros como una bonita pareja marxista. Pero te aseguro que teníamos sirvientes y bailaban conmigo todo el tiempo.

Alrededor de nosotros, los que podían oírme se lo creían todo (estos aduladores amaban tanto los chismes como la idolatría), pero otros comenzaron a aplaudir al ritmo de la música. Nos animaban a través de estocadas, copas y chips con salsa. Y entonces Jomar empezó (lento, y luego más rápido, más rápido) a darme vueltas. En una vi a Tilly detener a Jack. En otra vislumbré a la sueca gigante yéndose furiosa. Me reí a carcajadas. Acababa de arruinar su noche como él había arruinado muchas de las mías. Me sentí radiante de alegría, ¡sentí el aleteo de mis secretos, sabiendo que pronto estarían libres! Jomar me hizo girar una y otra vez, una y otra y otra vez.

Luego, cuando corrió la voz de que me había caído (¿saltado? o, ¿podría ser?, ¿de que me habían empujado?) por la ventana, esto era de lo que todo el mundo hablaría. ¡Cómo la acababan de ver! A Anita de Monte. ¡Esa misma noche! Cómo se había estado riendo. Y cómo había estado bailando. Y cómo, cuando daba vueltas y vueltas, las lentejuelas plateadas de su vestido salían volando. Todas al aire. Como las plumas de un pájaro en muda.

RAQUEL

PROVIDENCE • PRIMAVERA DE 1998

Raquel Toro entró en la iluminada oficina del profesor Temple y, por primera vez, no se sintió reducida. Esa mañana se había despertado y admitió que, después de una noche con cosmos al dos por uno con Mavette en downtown, lucía demacrada. Pero se sentía orgullosa. Lista para afrontar el día y a John Temple, sin intimidarse; ni por las montañas de libros (catálogos, textos académicos, tomos de crítica) que no solo poseía, sino que, al menos en parte, había escrito; ni por los carteles de exposiciones que cubrían las paredes de exhibiciones que él había organizado o en las que había contribuido de manera considerable. Ese día, Raquel entró sintiéndose digna, no solo de la compañía de la brillantez de su profesor, sino de su propio lugar en esta escuela.

Antes de llegar a Brown, Raquel no había pensado mucho en cómo sería una universidad de la élite. Se había sentido demasiado agradecida por la oportunidad como para tener expectativas. Pero durante su segundo año, cuando John Temple invitó a Raquel a su oficina por primera vez y ella lo vio detrás de su enorme escritorio, supo que había llegado adonde tenía que llegar. Eso era lo que significaba la «Ivy League»: gabanes de lana y relojes caros, pero discretos; barbas entrecanas acariciadas para causar efecto mientras se agasajaba a estudiantes embelesados. La Ivy League era John Temple, cuyo nombre no tenía ningún significado para la gente promedio, o incluso gente letrada, pero cuyo trabajo tenía el poder de dar forma a las instituciones, los mercados y la cultura en sus formas más eruditas. Era un Hombre de Gran Importancia en el Mundo. Y en dicha proximidad, a pesar de las «constelaciones dibujadas con brillantez» de Raquel, por las que él la había halagado durante sus seminarios, o los ensayos «incisivos, pero accesibles» por los que la elogiaba, ella siempre se había sentido profundamente insignificante.

Hasta hoy.

—Me dieron la beca —expresó, notando la confianza en su propia voz—. Este verano voy a ser curadora becaria del Departamento de Arte Contemporáneo.

El gallardo rostro de John Temple esbozó una sonrisa que dejó al descubierto sus dientes perfectos. Apartó de su escritorio el sillón Eames para mirarla de frente.

—¡Brava, Raquel! ¡Brava! Aunque nunca tuve duda.

Ella sintió que el rubor le subía por el cuello y trató de contener la sonrisa de una manera que pareciera menos obviamente feliz por su aprobación.

—Su recomendación catapultó mi solicitud.

—¡Boberías! Era una solicitud sólida en todos los aspectos. Parece pequeña, pero el museo del Rhode Island School of Design es una joya; su trabajo tiene muchas implicaciones en el mundo del arte.

—Oh, lo sé. Tres de los otros becarios son de Harvard y Yale.

El profesor Temple parecía impresionado. Él había ido a Yale, recordó entonces.

—Un campo competitivo. Todavía mejor —sonrió de nuevo, inclinándose hacia Raquel—. Nada parecido a vender sándwiches en el Met, ¿eh? —dijo, complacido.

Sintió que ella misma (su igualdad) se evaporaba. Rápido y repentino. Un rubor rojo de bochorno la reemplazó, del tipo que de inmediato se transforma en rabia. Raquel sonrió por educación, luchó con todas sus fuerzas para reprimir el «¿Qué puñeta significa eso?» que él habría escuchado si le hubiera salido con esa mierda en su barrio. Se recordó a sí misma que él no podía haberlo dicho como un insulto, incluso si así se sentía. Esto no era Brooklyn; esto era Brown. Este era un lugar de tonos medidos y rivalidades intelectuales. Este no era un lugar donde se craqueaban cuellos ni se chupaban dientes ni se lanzaban insultos a diestro y siniestro. Este no era, él le acababa de recordar, un lugar para jovencitas que trabajaban en las concesiones del Met. (Lo cual ni siquiera era correcto en términos factibles; él ni siquiera recordaba bien su historia).

Ella lo había mencionado durante su primera reunión, de una manera casual. Antes de que aprendiera a maquillar su pasado con cautela. Se había inscrito en su popular curso «American Art, 1940 to Today» (Arte americano, del 1940 hasta hoy). El examen parcial era un trabajo que examinaba el arte como comentario o crítica social utilizando obras que habían visto en clase. Raquel escribió sobre Philip Guston y sus pinturas de finales de los años sesenta; el extraño cuadro del miembro del Ku Klux Klan fumando que, en el contexto de la época, estaba claramente destinado a ser la respuesta irónica de un hombre blanco sobre lo absurdo de la supremacía blanca. En protesta pasiva por nunca haber podido estudiar obras de arte remotamente relacionadas con su experiencia de vida, Raquel se lamentó despreocupada de que, al respetar la disposición de las tareas que limitaba su discusión al trabajo desde la clase, no podía *también* hablar de Betye Saar u otras y otros artistas minorizados afectados de manera directa por el movimiento de los derechos civiles. El ayudante de cátedra estaba a punto de darle una B, pero pensó que era importante poner la crítica de Raquel en el radar del profesor Temple. (Nunca quedó claro si su objetivo era apoyar o intentar acallar la disidencia). John Temple le cambió la nota a una A y le dejó una notita sugiriéndole que lo visitara durante sus próximas horas de oficina.

Su primera pregunta fue qué la había llevado a estudiar Historia del Arte, y ella respondió con sinceridad: su mamá trabajó en la cafetería del Met y Raquel había pasado largas horas estudiando allí. Entonces, el verano después de su primer año, su mamá le consiguió trabajo en la tienda de regalos. Armada con su credencial de personal y las orgullosas presentaciones de su madre a los curadores y administradores a los que llevaba mucho tiempo sirviéndoles comida, «¡Esta es mi Ivy League baby!», Raquel vio ante ella una carrera profesional. Una que podría llevarla a ser la persona responsable de lo que la gente veía en esas paredes. Nunca se imaginó que él recordaba esa historia, su confesión casual. No, ni siquiera había sido una confesión en ese momento, era solo un hecho de lo que había pasado. Un detalle que, para ella, era tan inocuo. Y, sin embargo, ahora él lo había convertido en un arma. Lo transformó en un recordatorio contundente de lo irregular que ella era en ese lugar, en ese mundo, en esa gran oficina.

Se recompuso.

—Agradezco su recomendación.

Se levantó para irse, agarró la imitación de Prada que había comprado en la calle Canal durante las vacaciones de primavera. John Temple también se levantó, tomó su paquete de Dunhills del escritorio y se acercó un poco más a ella.

—Saldré contigo, voy a fumar.

Lo único que hacía que Raquel se sintiera más incómoda que estar con el profesor Temple en su oficina era estar con el profesor Temple en cualquier entorno que no fuera el aula. Sabía que había estudiantes (como su compañera de cuarto de primer año o las Jevitas de Historia del Arte) que conversaban fácilmente con sus profesores. Recordaba haber tenido esa facilidad con sus maestros en la secundaria, pero eso era todo. Esos eran maestros, estos eran *profesores*. Doctores en Letras. No admiraba a sus compañeras de clases por sentirse cómodas con sus profesores; lo encontraba, francamente, irrespetuoso. Pero, en estos casos fortuitos en los que alguien como John Temple le pedía que participara con ella en una actividad humana y básica como caminar para fumarse un cigarrillo, ¿no era más descortés decir que no? Insegura de cómo comportarse, fingió indiferencia, se encogió de hombros y se dirigió al pasillo.

Presionó el botón del ascensor (del tamaño de un camión de carga).

—Entonces —dijo él—, ¿con quién vas a trabajar?

—¡Con Belinda Kim! —respondió, su entusiasmo, una distracción momentánea de su incomodidad—. Está organizando una exposición sobre lo figurativo en el arte.

El corto viaje en ascensor se sintió muchísimo más largo bajo el peso del juicio silencioso del profesor Temple.

—¿A usted no le cae bien la doctora Kim? —preguntó, más perpleja que otra cosa.

Él suspiró y ella notó una sensación de aprensión. Las puertas del ascensor se abrieron. Por un segundo, él parecía el timorato, saliendo de allí con la cabeza gacha.

—¿Caerme bien? ¿No caerme bien? Esas cosas no significan mucho en la academia, Raquel. Belinda y yo tenemos enfoques de pensar diametralmente opuestos respecto al arte contemporáneo. Para mí, las autobiografías no son importantes; para ella, lo son todo.

Raquel recordó su conferencia sobre Cézanne y el vínculo inextricable entre la obra de Cézanne y su declive mental, pero decidió no meterse en un debate para el que no estaba completamente preparada.

—¿Ella sabe que eres mi pupila? —preguntó mientras encendía su cigarrillo—. Si lo supiera, tal vez no habría querido trabajar contigo.

Raquel sintió que la sangre le empezaba a hervir de nuevo. ¿Acaso la asesoría venía con una correa para perros?

—Ella no parecía muy familiarizada con su trabajo.

El profesor Temple dio una larga calada y le ofreció un cigarrillo a Raquel, quien se negó.

—Raquel —dijo, con una cierta irritación en la voz—, voy a ser sincero contigo. ¿El mundo del arte? ¿La historia del arte? Aquí lo que importan son las relaciones. En este mundo, todavía operamos bajo el sistema de amaestramiento. Y con quién haces tu amaestramiento dice mucho. No solo sobre dónde estás ahora, sino hacia dónde vas. ¿Comprendes?

Raquel asintió. No era tan complicado.

—Por eso estaba tan emocionada de que usted aceptara ser mi asesor de tesis.

Él sonrió y dijo:

—Y por eso pensé que era de gran importancia que te asesorara. Cuando yo comencé la escuela de posgrado, es difícil de creer porque esta facultad ahora está llena de mujeres, ¿pero Historia del Arte? ¿Curaduría? ¿Crítica? Un club de señoritos.

—Clement Greenberg.

John Temple sonrió.

—Entre otros. El caso es que todos estos lugares estaban llenos de gente como yo. Y seamos honestos… si el arte tiene que ver con el mundo, los hombres como yo somos probablemente los sujetos menos interesantes en él.

Raquel se rio genuinamente, sorprendida de cómo era capaz de verse a sí mismo.

—Significa mucho para una persona como yo ser mentor de una joven como tú, Raquel. Y significa mucho para una joven hispana como tú tener el respaldo de una persona como yo. Un tradicionalista. No alguien que piensa que debes estar aquí solo porque eres mexicana.

—Yo soy puertorriqueña.

—Por supuesto —hizo una mueca—, pero ese es casi mi punto. ¡Los tipos estúpidos como yo no lo sabemos! Y no nos importa. Tu excelencia es lo que te va a distinguir, no tu cultura. Solo me preocupa que alinearte con alguien como Belinda Kim, cuyo único numerito es política de identidades —Raquel podía oír el desdén en su voz— es empezar con el pie izquierdo. Hace que parezca que no estás aquí con intención de obtener una beca seria, sino para señalar con el dedo.

—Usted estuvo de acuerdo conmigo respecto al Movimiento de las Artes Negras —intervino. No estaba tratando de señalar con el dedo.

—Así es. Planteaste un argumento intelectualmente sólido, por eso modifiqué mi programa de estudios —concedió con amabilidad—. Solo quiero verte bien recibida bajo esta carpa por las razones correctas. Eres mucho más que un grupo demográfico.

—Lo sé —Raquel sintió que no podía irse antes de que él terminara de fumar, y parecía el cigarrillo que más lento se consumía en la historia del tiempo.

—Y, ¿qué tal las otras jóvenes? Escribí varias cartas de recomendación este año.

Las jodidas Jevitas de Historia del Arte. Incluso en su ausencia, de alguna manera siempre reclamaban espacio. Le irritaba que él pensara que ella era parte de ese grupito. Frustrada porque, a pesar de haber estado en casi todas las clases de Historia del Arte con ellas durante los últimos dos años, en definitiva no eran iguales. No importaba lo amigable que pudiera ser con Mavette.

—No sé —dijo con brusquedad—. Tienen otros planes para el verano.

Otros planes, le había dicho Mavette, que incluía viajar por el sur de Francia en busca de novios eurobasuras. Por supuesto, Mavette no lo había expresado de esa forma. Se había puesto a disparatar sobre su futuro, el del grupito y el énfasis disminuido del feminismo en las relaciones románticas y cómo este verano podría ser formativo más allá del desarrollo profesional. No importaba. Lo que significaba era que, mientras Raquel trabajaba como burra en el museo de RISD, Claire y Margot estarían bronceándose en el bote de los padres de Mavette en Niza.

John Temple exhaló la última calada de su interminable cigarrillo.

—Bueno, te veré pronto, Raquel —dijo mientras tiraba la colilla al suelo.

Un escalofrío le subió del estómago al pecho mientras lo veía volverse hacia el edificio. Una oleada de arrepentimiento por cómo había manejado este encuentro. Por haberlo decepcionado de alguna manera. Por no haberle demostrado apropiadamente su lealtad y gratitud por todo lo que él había hecho por ella.

—¿Profesor Temple? —gritó—. Casi lo olvido.

Él se detuvo en la puerta para mirarla.

—Se me ocurrió un tema para mi tesis: «Jack Martin y su influencia en la arquitectura».

Incluso desde la distancia, pudo sentir la calidez de su sonrisa. John Temple era el principal estudioso de Martin en Norteamérica. Tal vez, del mundo.

—Espléndido. El catálogo de su exposición en el Museo Berkeley es un buen lugar para empezar. Difícil de encontrar, pero lo tengo en mi biblioteca personal.

Mientras Raquel lo veía desaparecer dentro del edificio, por un momento, se sintió satisfecha. Sus instintos no se habían equivocado: se había abierto una grieta en el puente y ella la había reparado.

~

El puñetero cigarrillo la hizo llegar tarde, y ahora tendría que escuchar las pendejadas de Marcus. Sacó su Discman de la cartera, con la esperanza de que la música atravesara el insulso estado de ánimo que la reunión había dejado en ella. Julián, a quien había conocido en su clase de pintura el semestre pasado, le había dado un par de mezclas de rap underground. Aunque le dolía físicamente admitirlo, este blanquito que vivía en maldito Darien, Connecticut, de verdad sabía de hip-hop.

Raquel se había apuntado en la clase por sugerencia de John Temple. «¿Qué mejor manera de escribir sobre estos materiales que comprender físicamente la práctica de trabajar con ellos?», le había implorado. Ella, en su búsqueda de la excelencia, se inscribió en una clase de arte de cinco horas en la Escuela de Diseño de Rhode Island que se reunía una vez a la semana. Para su primera tarea, tuvieron que pintar a partir de una fotografía usando solo dos colores. Raquel había tomado la desafortunada decisión artística de usar lo que ella pensaba que eran tonos vibrantes (amarillo y azul cerúleo) para capturar una imagen del amado y fallecido perro de su mamá, un Lhasa Apso mixto llamado Durán Durán. Los resultados: trágicos. Durante la crítica, mientras la clase recorría el aula, al pobre Durán Durán lo criticaron (lo desbarataron) una y otra vez. Cuando le tocó a Julián, se inclinó hacia delante, se ajustó la gorra de béisbol y dijo con una sonrisa burlona: «Parece un plato de brócoli». Mientras volvía caminando por la empinada colina hacia el campus después de la clase, con lágrimas en los ojos, vio un contenedor de basura detrás de la cafetería de RISD y arrojó el lienzo de dos por dos con toda la fuerza que su vergüenza pudo acumular. La semana siguiente en clase, el cuadro, aparentemente rescatado, la estaba esperando en su puesto con una nota: *De hecho, me gusta el brócoli.*

Se mató en esa clase para evitar volver a soportar esa sensación, las cinco horas en el estudio complementadas con fines de semana tratando de controlar un poco las imposibles pinturas al óleo. Podía recordar de inmediato la ansiedad que sentía antes de cada crítica siempre que percibía un rastro de trementina. Pero lo logró. Terminó con una respetable B ganada con esfuerzo, lo que bajó su promedio de notas. Todo para demostrarle a John Temple que ella no estaba relajando.

Le enfogonaba que él no pudiera ver que ella y las Jevitas de Historia del Arte no se parecían en na'.

~

Claire, Margot y Mavette eran una tripleta desde antes de que decidieran qué carrera elegirían, misma que les haría merecedoras de su apodo. Historia del Arte era, para todas ellas, un destino casi predeterminado, como lo había sido para sus madres antes que ellas. La mamá de Claire era diseñadora de interiores en la ciudad de Nueva York; la mami de Margot era dueña de una galería en Laguna Beach. Y sí, la mamá de Mavette era una novelista francesa famosa, pero (mientras estaba inscrita en un curso de impresionismo en la universidad) conoció al papá de Mavette, un destacado comerciante de arte de Oriente Medio. El edificio de arte List estaba, de hecho, plagado de grupitos de muchachas con biografías similares, pero ninguna de ellas era una entidad tan reconocible en el campus como las Jevitas de Historia del Arte. Aunque, vista desde afuera, Claire era obviamente la líder, era la presencia de Mavette lo que las hacía destacar. Mavette atribuiría esto a su estilo natural europeo, pero Raquel sabía que se debía simplemente a que Mavette no era blanca. Ella y Raquel eran las únicas estudiantes de color en toda la facultad.

Se conocieron durante la «Semana del Tercer Mundo» (una orientación para todos los estudiantes de primer año que marcaban con una equis cualquier casilla que no fuera «caucásico» en su solicitud), pero conectaron por su aversión compartida al desafortunado nombre del programa. Un nombre, les dijeron, arraigado en el activismo y la lucha. El programa, según el folleto, pretendía ser «una reunión inclusiva y empoderadora de estudiantes históricamente marginados en la larga e ilustre historia de la escuela». Pero tres días después, Mavette lo consideró «demasiado serio y sumamente aburrido» y se fue para la Orientación Internacional; una que se caracterizaba menos por talleres sobre los «ismos» y la equidad, y más por catas de vino y fiestas de baile con música electrónica. Libanesa de París, Mavette había ido a una escuela de élite internacional donde creían que nadie «veía el color». La «obsesión de Estados Unidos con la raza» era, según Mavette, «provinciana».

Durante los siguientes años, las dos mujeres se desenvolvieron en entornos sociales completamente diferentes. La vida de Raquel estaba enraizada en el Tercer Mundo y la de Mavette, instalada con firmeza en el Primero, un nombre que las dos jóvenes descaradas le dieron al resto de la escuela. Fuera de sus horarios de clase, sus vidas en el campus rara vez coincidían. Pero existía un hilo entre ellas y ambas sabían que, sin importar dónde eligieran socializar, eran una «otra» en ese lugar. Mavette, por supuesto, se negaba a ser definida por esto, la otredad se volvía irrelevante por el simple hecho de que estuvieran allí. Raquel, por otro lado, pensaba que esa mentalidad era ingenua. Un raro punto ciego en la preternaturalmente cosmopolita cosmovisión de Mavette. Sus diferentes perspectivas sobre el asunto eran un tema frecuente de debate en su amistad un tanto clandestina. Una que se desarrollaba en lo que se tomaban un cafecito o almorzaban fuera del campus.

O, como la noche anterior, mientras bebían unos tragos. Solas. Lejos de los ojos de sus universos delimitados con rigidez.

El tiempo que pasaban juntas (aparte del extraño fetichismo de Mavette por la blancura estadounidense) era absolutamente estimulante para Raquel. Mavette reafirmaba muchas de las ideas y opiniones que ella cosechaba en aislamiento: sus frustraciones compartidas con su plan de estudios cien por ciento masculino y blanco, su mutuo malestar con el comportamiento ligeramente sospechoso de John Temple. Su relación le proporcionaba a Raquel un alivio que ninguno de sus amigos del Tercer Mundo le había proporcionado. Por lo tanto, ella no solo estaba resentida con las Jevitas de Historia del Arte por su intelectualismo performativo, le molestaba el lugar que ocupaban en el día a día de Mavette y la escandalosa influencia que parecían tener sobre ella.

Esta situación de verano era fácil el ejemplo más tremendo. Mavette tenía planes digamos envidiables que incluían quedarse en el apartamento de sus padres en Nueva York y trabajar en un puesto muy codiciado en la galería de Larry Gagosian mientras Niles, su novio pintor y vagabundo, deambulaba por la ciudad «en busca de inspiración». En cambio, a Margot se le ocurrió ir a Europa. La idea le llegó en Feminismo y Agencia Económica, una clase que postulaba que el matrimonio era una trampa antifeminista para las mujeres, que las agobiaba con roles domésticos de género y empañaba sus perspectivas profesionales. Margot se rio de esto: su mamá había sido una madre maravillosa que también sobresalió en su carrera, al igual que la mamá de Mavette y la de Claire. Pero, cuando intentó argumentar lo contrario, tuvo una revelación: «El matrimonio no es una trampa, pero casarse sin una estrategia sí puede que lo sea», le había contado Mavette a Raquel la noche anterior, mientras tomaban. Raquel estaba desconcertada; debido a que estaba tan centrada en el futuro, apenas había tenido novios, y nunca había pensado en hacerlo de manera «estratégica». Y entonces Mavette afirmó con claridad lo que Margot había observado de manera tan astuta: sí, sus madres eran todas profesionales exitosas, pero sus padres además eran ricos. Una cosa nunca podría haber existido sin la otra.

—Es decir, ellas son brillantes, pero seamos realistas, no llegaron a donde están en la vida llenando planillas de ventas en alguna pasantía en una galería —le dijo Mavette, antes de seguido agregar—: Sin ofender.

No se ofendió. Raquel pensó que sonaba como la idea más absurda y retrógrada que había escuchado en años y así lo dijo. «No puedes conocer a alguien que no conoces», replicó Mavette, antes de explicar que, cuando se planteaba la cuestión a largo plazo, les convendría tanto invertir este verano en codearse con los candidatos a maridos adecuados como incluir otro logro en su currículum. Y así, a pesar de ser la única que estaba ligada a alguien, Mavette decidió dejar a Niles. La verdad es que, dejando de lado las lógicas problemáticas, Raquel pensó que podría ser lo mejor. Niles era tan famoso por acostarse con cualquier mujer como por ser el único estudiante negro en la facultad de pintura de RISD. Mavette podía conseguirse algo mejor. Pero a medida que Mavette seguía hablando, quedó claro que la separación había sido más atractiva en teoría que en la práctica. Su repentina ambivalencia sobre la decisión puso de relieve las tensiones que se habían ido gestando desde que Mavette encontró el amor con Niles en primer lugar. Algo que pareció irritar a las otras jevas: «Pero no porque sea negro», insistió Mavette. Más que nada, Mavette parecía molesta por cómo se percibía desde fuera su papel dentro del grupito.

—Nunca se me reconoce lo que aporto.

—¿Lo cual es...? —preguntó Raquel.

—Soy internacional. ¿Tú sabes lo que eso significa? Las convierto en sofisticadas.

~

En la calle, el sol había atravesado las nubes y la fresca mañana primaveral se había vuelto húmeda. Raquel se detuvo para quitarse la chaqueta y ajustarse los audífonos. Después de que Julián rescatara a Durán Durán, se formó una tenue relación. Cuando él al fin descubrió que ella hacía la programación para WBRU los domingos, comenzó a pasarle sus casetes mezclados que, le gustara a Raquel o no, influyeron en algunas de sus selecciones. Este casete, de un chamaquito llamado Slim Shady, era un escándalo. Un rap narrado en el que el cantante sueña con asesinar a su novia al son de «Just the Two of Us». Una jodienda oscura, divertida y rara. Marcus nunca pondría algo así. Subió el volumen para silenciar el ruido de John Temple y el de las jodidas jevitas.

Estaba tan sumida en sus pensamientos que pasó de largo frente a la estación.

WBRU estaba ubicada en un pequeño edificio de ladrillo de dos pisos cubierto de hiedra al final del campus, cerca del lado portugués de la ciudad. Era un lugar que le producía alegría. Raquel entró a toda prisa a la estación y saludó a Jessica, la directora de noticias, justo cuando Derek, el DJ de la hora del almuerzo, tocaba «Father of Mine». La canción de Everclear llenó los pasillos.

En el estrecho pasillo, se cruzó con Deirdre, la estudiante de último año que presentaba el programa de música góspel.

—Está allá atrás —le indicó a Raquel— y está de mal humor.

—Él siempre está bravo —dijo Raquel riendo, mientras se dirigía al cuartito de atrás, el cual albergaba la oficina de la Experiencia Negra de 360°.

La estación de radio de la universidad de Brown era una anomalía. Otras instituciones académicas, en especial los campus «liberales y creativos» como el suyo, tenían estaciones independientes experimentales que se enorgullecían de su rareza. De lunes a sábado, sin embargo, WBRU era la emisora de pop alternativo más escuchada en el sur de Nueva Inglaterra: una entidad comercialmente viable que estaba cien por ciento dirigida por estudiantes. Ventas de publicidad, reportajes de noticias, redacción, programación musical y talentos en vivo. Casi todos del Primer Mundo. Excepto los domingos, cuando el Tercer Mundo tomaba el control. Durante veinticuatro gloriosas horas, las ondas de radio se dedicaban a lo que el mercado musical denominaba «música negra», con una picadita de ojo a la música latina: góspel por las mañanas temprano, seguido por soul y clásicos, jazz durante el brunch, hiphop y R&B nuevo por la tarde, reggae y soca por las noches. Y, por supuesto, las noches terminaban con la mejor música para echar un polvo al norte de las emisoras WBLS (El Sonido Más Atractivo Del Mundo, por sus siglas en inglés) de Nueva York. Debido a que la amplitud, profundidad y diversidad de toda la música negra tenía que caber en apenas veinticuatro horas, el día se denominó la Experiencia Negra de 360°. Marcus, a la cabeza de ese día, también presentaba el programa de hip-hop y R&B, con la asistencia de Raquel. Tomaba a ambos trabajos muy en serio.

—Te traje un falafel, porque prometí ocuparme del lonche —dijo Marcus mientras abría un CD y lo colocaba en el tocador—. Pero dijiste que ibas a estar aquí hace quince minutos.

—¿Te acordaste de la salsa picante?

—¿Dónde está el «lo siento»? ¿O las gracias?

—Ay, es que tuve una mañana de locura. Sorry y gracias —Raquel cortó el falafel por la mitad y tocó la caja de CD—. Lo nuevo de Big Pun. Ese tipo es una bestia.

La música nueva salía los martes, pero llegaba a la estación la semana anterior, los jueves, el día favorito de Raquel. Le encantaba la historia del arte, pero estaba obsesionada con la música, sobre todo con el hip-hop. Y aunque estaba segura de que ni John Temple ni nadie en el edificio de arte lo entenderían, podía ver la conexión entre las dos cosas con total claridad. Si pensara que sería aceptable a nivel académico, en un dos por tres mandaría pa'l carajo a Jack Martin y escribiría su tesis sobre eso. Cuando París estaba cambiando, cuando España estaba en guerra civil, cuando Los Ángeles estaba en llamas, cuando las drogas diezmaban su ciudad, ¿qué hacía la gente? Crear arte al respecto. Un arte distinto a todo lo anterior. Jay-Z, en su opinión, no era diferente a Picasso; Nas estaba a la par con Manet. En clase, estudiaba la historia del mundo a través de los ojos de los artistas. En el alma, sentía que lo que ella estaba presenciando con el hip-hop era a algunos de los artistas más inventivos de la historia documentando la cultura de su tiempo. Además, le recordaba su hogar.

Había dado por sentados los sonidos de Brooklyn. Incluso había deseado que desaparecieran. La incesante bachata y los boleros del vecino de arriba, su propia mai subiendo a to' lo que da' el volumen de La Mega y Power 105 y su canto incesante cuando estaba en el apartamento. En su casa, Raquel era la calladita, la que silenciaba a Toni y a su mamá. Pensaba que esos eran los sonidos de la pobreza, del encierro. Pero en cuanto llegó al campus, se sintió asfixiada por el manto de silencio que cubría el lugar. Supuso que habría podido cambiar sus aros por réplicas de circonita de las pantallitas que usaban Claire y Mavette; se hubiera laceado y secado el pelo. Habría intentado encajar en ese mundo. Pero no podía soportar el silencio. La Noche Latina en The Gate con Selena a todo volumen, el Día de la Unidad en el Third World Center chismeando sobre los sonidos de Tribe: estos no eran solo lugares para pasar el rato, eran liberaciones. Oportunidades para dejar de preocuparse por la posibilidad de perturbar algo y simplemente ser tan ruidosa como te diera la malditísima gana.

La canción de Big Pun incluía un gancho de R&B de Joe. Estaba mortal, destinada a ser un éxito, y el tipo de canción en la que tanto ella como Marcus podían estar de acuerdo. A ella le atraía el oficio y el arte de ser maestro de ceremonias; a Marcus, los ritmos. Así que siempre tocaban más R&B o música de Bad Boy para discotecas, la cual ella intentaba explicarle estaría en el Top 40 en un pestañear de ojos. En su opinión, ellos estaban desperdiciando la oportunidad de promover el arte del rap. «Que quieras bailarlo no significa que el rap sea malo», decía Marcus, quillao.

—El resto del álbum es demasiado hardcore para nosotros —ofreció Marcus ahora, asintiendo con la cabeza—, pero esta canción está bomba —la miró por un segundo—: Pareciera que te pasó una patana por encima.

—¿Gracias? —dijo Raquel, con la boca llena de falafel—. Anoche salí con Mavette la Internacional, la jevita que es como quien dice amiga mía.

—¿La que anda con las otras que te caen mal?

Ella asintió y le entregó un CD de la pila. «Horse & Carriage» de Cam'ron.

—Este es de la semana pasada. Está en una mezcla que traje de casa después de las vacaciones y tiene un ritmo pegajosísimo.

Marcus lo puso y ella pudo ver desde el primer beat que le gustaba.

—¿Cómo diablos se nos pasó?

Ella se encogió de hombros.

—¿Tú sabes lo que me dijo Mavette? Esas mujeres del coño no van a trabajar ni a hacer ninguna pasantía ni nada este verano. Solo van a viajar y a buscarse novios ricos para casarse después de la graduación.

Marcus se rio.

—Suena mejor que lo que ofrecen aquí en Servicios Profesionales.

—Claro, si estuviéramos en 1950 y las mujeres no pudiéramos tener carreras.

—Psssh. Aquí es donde ustedes las mujeres se interponen en su propio camino. Si una mujer rica se me acercara ahora mismo y me dijera: «Marcus, macho de hombre, permíteme sacarte de aquí. Un hombre tan chulo, inteligente, maravilloso y bueno en la cama como tú no debería tener que trabajar». Bueno, déjame decirte que yo no diría: «Pero ¿cómo voy a demostrar que soy un hombre si no trabajo?». Lo que sí te aseguro que le diría sería: «¡Apúntame! Nada más déjame seguir metiendo mano con mi programa de radio, please».

—¡Vete pa'l carajo con «ustedes las mujeres»! —Raquel se rio.

Apreciaba a Marcus y su honestidad; que pudieran ser sinceros sin que la cosa se volviera demasiado pesada. Él le recordó que no todo tenía que ser tan complicado. Para una chamaca de Brooklyn como ella, Marcus era la única relación sin esfuerzo que había encontrado en la universidad; ella era su fan antes de ser su amiga. En el Primer Mundo, nadie sabía ni le importaba quiénes eran los DJ de WBRU, pero en el Tercer Mundo, la gente que le llevaba a Brown —no, a la ciudad— la Experiencia Negra de 360° eran héroes. Raquel sabía que a Marcus no le costaría ningún esfuerzo tener siempre compañeros para ir a comer, estudiar o ir a la Noche de Funk. Pero casi siempre estaba solo. Ella se identificaba con eso. Un día lo vio comiendo en el centro de estudiantes, con los audífonos puestos, leyendo un artículo. Se presentó, se sentó frente a él y procedió a defender su idea de ampliar el repertorio de su hip-hop para incluir «lo más heavy que salía de Rawkus Records». Allí se produjo su primer debate animado y él la invitó a pasar por la emisora ese domingo mientras él bregaba con su programa. El resto, como dicen por ahí, es historia.

—Oye, ¿te gustaría ir conmigo a la inauguración de una exposición de arte mañana? —interrogó ella.

—¿De quién es la exposición? —preguntó en respuesta, lo que provocó que Raquel suspirara irritada.

—¿Y eso qué importa? Va a haber comida y bebida gratis y queda de camino al micrófono abierto de esa noche.

A Marcus le era indiferente el mundo artístico de Raquel, en gran parte porque le era indiferente cualquier actividad que no fuera abiertamente pro-negro. O gratuita. Si bien la exposición de último año de Nick Fitzsimmons sería sin duda una de las cuestiones menos negras que ocurrirían en el campus, no solo ese fin de semana sino en ese siglo, segurito que habría comida gratis. Y, por lo que ella había oído, también champaña gratuita.

Raquel había oído hablar de Nick Fitzsimmons más de lo que en verdad lo conocía. Iba más bien como un favor a Astrid, la hermana de Nick. Alguien a quien ella consideraba más colega que amiga, pero que, por razones que no podía precisar, le caía bien. Astrid era quizá la única persona de la facultad de Historia del Arte tan obsesionada con el tema como Raquel, y la única otra persona que también había sido merecedora de una beca RISD. Aunque ella, como Claire, era rica y del Upper East Side, más allá de esas similitudes demográficas, no tenían nada en común. Astrid era una autodidacta brillante que, a pesar de un prodigioso apetito por las drogas, tenía una memoria fotográfica y un promedio de notas de 4.0 que mantenía sin mucho ajoro. Astrid sufría la desafortunada circunstancia de no solo ser rarita, sino también de ser la hermana menor de una leyenda del campus y, como tal, nunca aseguró un lugar en ninguno de los mundos de la universidad, salvo en la ancha y larga sombra de su hermano. Nick era una auténtica estrella del Primer Mundo y, si se podían creer las jodiendas que se escuchaban en el edificio de arte, pronto lo sería también en el mundo real. Se especializaba en Bellas Artes y Semiótica y le gustaba trabajar «a escala», y era la única persona en la facultad con un espacio de trabajo exclusivo tanto en los estudios de escultura del sótano como en los estudios de pintura con tragaluz. Y, aunque la mayoría de los estudiantes de arte solo exponían en público una o dos veces mientras estaban en Brown, la muestra de último año de Nick sería su cuarta exposición, y ni hablar de su trabajo no autorizado, fuera del campus. Según Astrid, el Guggenheim ya había comprado dos de sus obras. «Mi mamá seguramente hizo una donación», había dicho Astrid, «pero aun así». Raquel se sorprendió con dicha información. Su trabajo era notablemente poco original. Y como sabía que Astrid compartía su opinión y como sentía pena por ella, cuando Astrid le pidió que fuera a la recepción de su hermano, Raquel se sintió obligada a decir que sí. Obligada, pero no lo suficientemente segura de sí misma como para ir sola.

—Marcus —suplicó en respuesta a su silencio—, vamos, pana. Media hora. Una horita, máximo. Estoy tratando de ampliar mi círculo social.

—¿Y qué tiene de malo tu círculo social ahora? —preguntó, a la defensiva.

—Nada. Pero me gustaría pasar mi último año aquí con tal vez uno o dos amigos con quien yo pueda hablar sobre algo más profundo que si D-Dot es un mejor productor que DJ Premiere…

—Pero claro que es mejor —intervino Marcus, antes de continuar—. ¿Qué canción de R&B llegó esta semana?

—«Be Careful», de Sparkle, con un tal Mr. Robert Kelly.

—¡Lo estaba esperando! El tipo es un lince.

—Lo presenta a él. La canción es de *ella* —le aclaró.

—Ya veremos —dijo Marcus, tocando la pista—. La varita mágica de ese tipo enciende todo lo que toca.

La puerta se abrió y Delroy, el estudiante de segundo año que presentaba el show de reggae y soca, entró con Betsaida, su novia, una dominicana de East Providence, Rhode Island, en su tercer año, tristemente célebre por dejar de lado a las latinas que se unían a la hermandad para pasar más tiempo con Delroy. Besó a Raquel en ambas mejillas mientras Delroy saludaba a Marcus con el requerido dap.

—Bets, espero que no estés aquí para joderme más con lo mismo —dijo Marcus cuando la vio.

—En primer lugar, yo no te estoy jodiendo —respondió—. Solo señalo que es excluyente no tener un show dedicado a la salsa y el merengue…

—Y yo te sigo diciendo que se llama la Experiencia *Negra* de 360°.

Betsaida lo miró, con la cadera hacia un lado. En silencio, soltó la cartera, se quitó la chaqueta de primavera de color amarillo vivo, dejando al descubierto sus brazos. Se inclinó hacia Marcus y colocó su suave antebrazo junto al suyo. Su piel, lustrosa por la loción y sobrecargada con el aroma de Bath and Body Works, era notablemente más oscura que la de él. Raquel y Delroy ya se habían empezado a reír antes de que ella abriera la boca.

—¡Y punto! —exclamó Betsaida—. Pon mi música o cámbiale el maldito nombre a tu programita, ¿tú me estás oyendo?

—Lo obvio es obvio. No se puede negar la realidad —dijo Raquel, todavía muriéndose de la risa.

—De todos modos —continuó Betsaida—, yo ni siquiera estoy aquí para darte una lección, eso fue solo un tallercito extra. Yo vine a verte a *ti*.

—¿A mí? —preguntó Raquel, confundida. Se conocían, pero Betsaida no se juntaba con nadie más que con Delroy, y fuera de alguna reunión o fiesta aquí y allí, no es que fueran panas.

—Un pajarito me dijo que te vas a quedar aquí este verano.

—Diantre, las noticias viajan rápido.

—Sí, felicitaciones. Oye, me preguntaba si necesitas una compañera de cuarto.

—Yo soy su compañero de cuarto —irrumpió Marcus.

El último año era cuando al fin podían mudarse fuera del campus y ella y Marcus habían conseguido un lindo apartamento en la calle Ives.

—Pero yo oí que tú ibas a estar en Nueva York haciendo una pasantía en MTV —expresó Betsaida.

—Diablo, Bets —dijo Delroy—, pero tú llevas todos los cartones.

—¿Qué? Papi, pero es que tú sabes que estoy desesperada. Yo hice el trabajo de campo —se volvió hacia Raquel para defender su caso—. Solicité una beca de investigación con mi profesor muy tarde, es para estudiar la sociología de las separaciones, una cosa jevísima. La cosa es que me la dieron, pero ahora estoy joseando por un lugar donde quedarme. No me puedo quedar en mi casa con ese maldito caos en que vive mi familia; ahí no se puede trabajar.

Raquel la evaluó por un segundo. Era cierto que Marcus tenía una pasantía en Nueva York y había una tercera habitación diminuta en el apartamento que compartían, lo que reduciría la renta. Asimismo, admiraba que Betsaida estuviera haciendo algo chulo. Lo cómoda que parecía sentirse en su propia piel. Encima, había llevado mangú a la comida del Mes de la Hispanidad y eso que fue un palo.

—Son trescientos dólares al mes —indicó Raquel.

Una sonrisa de satisfacción se dibujó en el rostro de Betsaida.

—¿Pero qué carajo, Raquel? ¡Tú ni siquiera preguntas! —exclamó Marcus.

—Tu pasantía te va a pagar en tokens para el tren y sándwiches. Es esto o puedes pagar la renta completa de un apartamento donde solo vas a estar los fines de semana.

Las ventajas de 360° eran los beneficios: obsequios de los anunciantes, entradas a los mejores clubes en Providence, tiquetes para bebidas, etc. La desventaja: era un compromiso de cincuenta y dos semanas al año y los sustitutos estaban mal vistos. A pesar de haber conseguido el trabajo de sus sueños para el verano, Marcus tendría que viajar a Providence todos los fines de semana si quería mantener su puesto. Ella podía ver, sin necesidad de que respondiera, que él le había concedido su punto.

—¿Ves? —le dijo Betsaida a Marcus—. Prácticamente soy yo la que te estoy haciendo un favor *a ti*.

—Espérate —dijo Raquel, considerando a Delroy—. Unas cuantas reglas: solo dos de nosotras vamos a vivir juntas, no tres personas. ¿Tú me estás entendiendo?

—¿Y quién quiere quedarse en tu trapo de casa? —Delroy se rio—. Yo conseguí una pasantía en Bank of America en Boston, ¿OK?

—Fantástico. Y tú, Betsaida, tienes que cocinar, por lo menos un día a la semana.

—¡Con mucho gusto! —respondió—. Yo puedo meter mano en la cocina. Cuando llegue el otoño te vas a encontrar gordita, flaca. Tendrás un culo inolvidable.

~

La característica distintiva del edificio List Art era que el quinto piso, donde estaban ubicados los estudios de pintura, se extendía unos sesenta metros más allá de los cuatro pisos inferiores, y la extensión estaba sostenida por media docena de delgados pilares de hormigón. El resultado de este detalle arquitectónico era un gran pórtico brutalista de varios pisos que comenzaba en la calle College y se extendía por media cuadra hasta la entrada del edificio. Allí fue donde Nick Fitzsimmons eligió instalar la pieza central de su exposición de fin de curso. Una escultura específica para el lugar, Nick había creado pilas de gomas de tractores en forma de cono de escalas enormes: dos metros de ancho en la base, estrechándose en la parte superior y elevándose al menos cuatro metros de altura, calculó Raquel. Nick había dispuesto estas pilas en la galería como un embudo: anchas en la boca y luego casi claustrofóbicamente estrechas donde flanqueaban la entrada del edificio. Las gomas en sí estaban pintadas (no, más bien barnizadas con un acabado brilloso) de un blanco inmaculado. El olor a hule y pintura se hacía cada vez más intenso a medida que atravesábamos la obra.

—Impresionante —comentó Marcus. Luego de prometerle alcohol y comida gratis después de la borrachera, al fin aceptó acompañarla.

—¿Impresionante o simplemente grande? —preguntó Raquel jodiendo—. Parece algo así como si estuviera diciendo: «Tengo la pinga grande, pa' que sepan».

Marcus se rio.

—A algunas personas les podría gustar eso…

La recepción estaba abarrotada: profesores y estudiantes que ella conocía, rostros anónimos con los que se había topado en las escaleras o al amontonarse alrededor de las mesas de diapositivas. Entonces, había personas que ella nunca había visto: exalumnos de RISD y otros ricachones. Se preguntó si eran profesores de otros departamentos o, podría ser, ¿coleccionistas? ¿Galeristas?

—¡Raquel! —su nombre salió en un alto murmullo desde un banco de concreto en el pasillo; Raquel miró por encima de hombros y cabezas y localizó a Astrid. Saludó con la mano, señaló el bar (el cuchicheo silencioso en el vestíbulo ahuyentó su instinto de gritar al otro lado del salón), pero Astrid negó con la cabeza vigorosamente, haciendo que sus rastas rubias oxigenadas se zarandearan en el aire, y llamó con frenesí a Raquel con un movimiento de manos.

—¿Ese es tu círculo social ampliado? —preguntó Marcus. Astrid, con sus piercings en la cara y su estilo sartorial post-grunge ligado con post-gótico, era una figura llamativa en dicho salón, incluso arrinconada como estaba.

—¿Nos traes un par de copas de champaña? —Raquel se dirigió hacia Astrid.

—Te he estado esperando —dijo Astrid, más agotada de lo habitual.

—¿Llegué tarde? —Raquel miró su reloj. No era el caso.

—Tengo que irme —respondió Astrid, poniéndose de pie.

—¿De qué puñetas tú me estás hablando? Yo vine por ti.

—Lo sé. Créeme, ni siquiera habría asomado la cara por aquí si no hubiera sabido que tú venías. No te puedes ni imaginar el día que he pasado con *aquella*.

Echó una mirada furtiva a través del salón y Raquel la siguió hasta que captó al hermano de Astrid, rodeado de admiradores, como era de imaginarse que estaría la estrella del momento: un par de chamaquitas lambeculo; John Temple, por supuesto; y una pareja mayor, bien vestida, que reconoció casi de inmediato como la mamá y el papá de él y de Astrid. La mamá, una mujer que parecía un cuadro de Tiziano, era la doble de su hija.

—Nick recibió un encargo de la ciudad de Providence para este verano, así que, aunque le están comprando un maldito apartamento tipo loft en Nueva York…

—Ah, qué bien —intervino Raquel.

—Tengo que compartir habitación con él este verano para «ahorrar dinero» —Astrid continuó lamentándose—. Entonces, ella insistió en llevarme a comprar ropa para RISD…

—Qué suerte la tuya.

—Por favor. Mi jaula dorada viene con alambre de púas —dijo Astrid, sacando una chatica del bolso de tela y tomándose un trago—. Entre ella y Mavette lanzándome una mirada asesina…

Por supuesto, ellas estaban ahí: las Jevitas de Historia del Arte.

—¿Y desde cuándo Mavette y tú se llevan mal? —preguntó Raquel, perpleja.

—Desde que se enteró que yo me había acostado con Niles —respondió. Y, en ese momento, Raquel las localizó; vio cuando Margot las miró y le dio un codazo a Mavette.

—Ay, santísimo, vienen para acá —dijo Astrid.

Las Jevitas de Historia del Arte, de hecho, estaban atravesando el salón en su dirección. O hacia Astrid, en verdad, quien abrió gas y dejó el claro sin pedir disculpas. Raquel sintió un instante de pánico; nunca había hablado con todas ellas juntas. Por lo general, ella y Mavette intercambiaban un cabeceo o un saludo con la mano cuando estaban en grupo. Raquel se dibujó una sonrisa.

—Hola —ofreció, dándole a Mavette el doble beso de rigor—. Ayer amanecí con una sola resaca; ¿y tú?

—Sobreviví —respondió, sus ojos escaneando la habitación en busca de Astrid, supuso Raquel.

—Raquel —agregó Claire, con picardía—, no me había fijado que tú salías con ese morenito lindo. Siempre lo veo en el Ratty.

Claire nunca había dicho su nombre en voz alta a pesar de haber estado en al menos cuatro clases juntas. Raquel forzó su sonrisa aún más amplia.

—¿Marcus? Solo somos amigos. El semestre que viene vamos a compartir apartamento.

—¿Tus padres te dejan vivir con un chico? —preguntó Margot, semi impresionada—. Mi papi casi no me deja venir aquí porque había dormitorios mixtos.

La verdad es que a Raquel no se le había ocurrido hacerle el comentario a su mamá. Había pagado el depósito del apartamento con el dinero de su trabajo y simplemente no lo había mencionado. Además, su mamá adoraba a Marcus, o por lo menos, le encantaba que la llevara a Brooklyn los fines de semana largos y para las vacaciones.

—La mamá de Raquel es muy progresista —comentó Mavette—. Ella también trabaja en el mundo de las artes.

Raquel le había dicho a Mavette que su mamá trabajaba en el museo; se sacaron conclusiones que Raquel nunca explicó, pero tampoco corrigió. En ese momento se sintió rara al respecto, pero ahora estaba agradecida por el giro involuntario de Mavette. Le echó un vistazo rápido al salón para ver dónde estaba Marcus con su bebida. Su única oportunidad de escapar.

—Mavette dijo que se lo pasaron súper la otra noche —comentó Claire—, ¡y caímos en cuenta de que todas deberíamos pasar tiempo juntas! Invitarte. Es increíble que no lo hayamos hecho, la verdad.

Raquel no tenía ningún deseo de dedicarles tiempo a estas mujeres. Pero todavía tenía esperanzas de mantener su amistad con Mavette y quería demostrar que era «de mente abierta».

—Por supuesto —dijo, esforzándose por mostrar entusiasmo—, eso sería genial. ¿Quizás durante el período de lectura?

Antes de que pudieran afirmar nada, oyeron la voz de John Temple.

—¡Todas mis pupilas brillantes reunidas en un mismo lugar! —dijo, aparentemente un poco borracho. Las Jevitas de Historia del Arte lo saludaron con coquetería, risas y movimientos insinuantes de cabezas. Raquel sonrió, aliviada de que Marcus al fin reapareciera con copas en las manos.

—Damas —declaró el profesor Temple—, tengo mucha curiosidad por saber qué planean para este verano. Por favor, díganme que no se van a ir de fiesta a una playa en algún lugar.

Una sonrisa juguetona se dibujó en el rostro de Marcus. Antes de que Raquel pudiera preguntarse cuánto de su filosofía feminista compartirían con John Temple, Mavette intervino.

—Dudable, John —respondió con su clásica compostura—. Viajaremos con mis padres a Europa mientras mi papá asesora a algunos de sus clientes sobre cómo erigir sus colecciones.

El profesor Temple empezó a hablar de lo maravilloso que sería este «entrenamiento de campo» y Raquel sintió que se le subía la sangre a la cabeza. Cuando el profesor Temple al fin notó a Marcus y se presentó, ella estaba demasiado concentrada en Mavette, en busca de siquiera un atisbo de decepción en el rostro, sin encontrarlo. La que parecía súper incómoda, sin embargo, era Claire. Cambiaba todo el tiempo de posición y fijaba la mirada en cualquier persona y cosa que no fuera John Temple.

—Claire —dijo al final el profesor—, espero que sepas que hice todo lo posible…

—Tenemos que irnos —Claire anunció de repente, interrumpiéndolo a mitad de la frase. Sus ojos grises buscaron los de sus compañeras, implorantes—. Mi tía está en la ciudad y nos llevará a cenar.

Luego, una caótica ráfaga de despedidas apresuradas. Claire enganchó su brazo al de Margot y se dirigió hacia la puerta; Mavette las siguió, girándose un segundo para tirarle un beso a Raquel.

—Yo te llamo —indicó desde el otro lado del vestíbulo.

—Eso fue un poco brusco —dijo John Temple, antes de darse otro trago. Cambió de tema—. Menuda exhibición, ¿no? Una proeza para un talento tan joven, ¿no creen?

—A mí me gustó —afirmó Marcus—. Pero a Raquel creo...

—Me pareció una gran declaración —intervino, consciente de que era tan culpable de mentir como Mavette, pero encontró consuelo en la diminuta escala de su falsedad. Miró alrededor de la galería en busca de algo generoso que decir que pudiera confirmar la impresión de que compartía la opinión de su profesor. La parte interior de la exhibición era una serie de pinturas de... pilas de gomas blancas de tractores. Monocromáticas, blanco sobre blanco, cosas cáusticas. Derivadas—. Tienen un aire de pop art al estilo de Jasper Johns.

—¡Exactamente lo que le estaba diciendo a Nick! —exclamó John Temple, con la voz llena de entusiasmo, antes de terminar el último trago de vino y tomar su paquete de Dunhills—. Bueno, disfruten el resto de la velada.

—Que tenga un buen fin de semana, profesor Temple.

—Raquel, si quieres que sea tu asesor de tesis, prométeme que empezarás a llamarme John. Lo de «profesor Temple» me hace sentir como si tuviera cien años.

Raquel no parecía poder lograr ese equilibrio entre el respeto y la informalidad. Se esforzó por decir con una sonrisa:

—Por supuesto, John.

—Y fue un placer conocerte, Mark —dijo mientras le tendía la mano a Marcus.

—Igualmente, John.

John Temple se dirigió hacia la salida, con el cigarrillo ya en la boca antes de llegar a la puerta, y desapareció a través de la pinga de goma blanqueada de Nick Fitzsimmons. Marcus y ella se dirigieron a la mesa de quesos y bocadillos y Marcus empezó a llenar su plato hasta el tope.

—Y, ¿por qué hiciste eso? —preguntó Marcus.

—¿Qué cosa? —ella sabía exactamente de qué estaba hablando.

—Tú sabes muy bien qué. ¿Por qué fingiste que te gustaban estas cosas cuando está claro que no te gustan?

—¿Por qué dejaste que te llamara Mark?

Marcus se metió un cubito de queso en la boca.

—Por la razón contraria de por qué no le dijiste lo que piensas.

—¿Que según tú es?

—Ese tipo es tan poco importante para mí, mamita, que me da lo mismo cómo me llame.

—Puñeta —exclamó Raquel. Contempló unas salchichas envueltas en hojaldre y decidió pasar.

—Él tampoco está interesado en mí en lo absoluto. Y eso está bien. El hombre solo estaba siendo amable porque quiere acostarse contigo.

—Guácala —Raquel hizo una mueca—. Es un viejo.

Marcus se encogió de hombros.

—Es guapo. Para ser blanco.

—No seas puerco —le respondió Raquel, aunque sí pensaba que el tipo se veía bien; para ser blanco o no. Pero tenía una vibra extraña, que no era del todo paternal, pero tampoco abiertamente sexual—. ¿Tú sabes qué? —continuó—. Yo solía sentirme tan inteligente. Antes de llegar aquí, ¿tú me entiendes? Simplemente soltaba mis opiniones. Creía en lo que pensaba. Y ahora, no sé. Si no tengo jodidas notas a pie de página y fuentes primarias y mierdas listas, me da miedo hablar.

—No ombe, Raquel —la ausencia de comida en sus manos o boca insinuaba su sinceridad—. Tú eres una chamaca muy inteligente. No solo porque estás aquí. Estar aquí es un bono. Piensa en toda la gente inteligente que tú conoces y que no está aquí.

Y ella tuvo que admitir que él tenía razón.

—Imagino que me preocupa que, si no veo las cosas (en especial el arte) a su manera, él no me apoyará tanto. Se ofreció a ayudarme a encontrar un trabajo en una galería después de que nos graduemos. Eso sería imposible de conseguir sin conexiones.

Marcus se chupó los dientes.

—Son profesores, no dictadores. Si a ti no te gusta el arte de este tipo, no deberías fingir.

—¿A quién no le gusta mi arte? —cuestionó una voz detrás de ellos y a Raquel se le encogió el estómago. Marcus soltó una risita aguda y rápida.

—Creo que necesito otra copa —dijo y enseguida se alejó.

Raquel miró con total y completa mortificación el inevitable rostro de Nick Fitzsimmons. La expresión en su semblante no era la sonrisa arrogante que Raquel había esperado. Era cálida, la misma calidez que le gustaba en la sonrisa de su hermana. Nick era una figura omnipresente en el edificio de arte, por supuesto, pero Raquel nunca había hablado con él. Ella admiraba y a la vez se sentía asqueada por su atractivo físico tan ario: figura delgada, brazos musculosos, piel blanca con un toque de sol, cabello rubio arena, ojos azul claro, nariz precisa, barbilla definida. Su atuendo era siempre un conjunto simple de jeans Diesel y una camiseta, y la falta de piercings y aretes despojaba su rostro familiar de la distracción que Astrid había creado para sí misma.

—Bueno, no es que no me guste, exactamente —aclaró Raquel, tratando de encontrar una manera de restituir lo que él había escuchado, pero no estaba segura de poder reunir el temple para darle su opinión cara a cara sin adornos—. Es más bien que no estoy convencida de qué se trata.

—Se trata del material. El único significado es lo que el espectador le da cuando ve los materiales —ofreció, con esa sonrisa de nuevo.

—Eso suena como una de las pendejadas que diría Jack Martin —Raquel se rio.

Nick Fitzsimmons se rio entre dientes.

—Oh, y lo es al cien por ciento. Lo leí en *Artforum* y pensé, voy a guardar esa cita para un día lluvioso.

Ahora ambos se rieron.

—No me malinterpretes —dijo ella con una sonrisa—. Martin me encanta. Estoy haciendo mi tesis sobre él. Pero a veces suena como un pendejo.

—Un modelo a seguir para la arrogancia, la verdad —añadió Nick.

Raquel estaba sorprendida con su encanto. Que no tuviera miedo a que lo desafiaran un chispito.

—Entonces, ¿te doy otro chance? —preguntó, retándolo un poco—. ¿De qué trata esta, tu exposición?

—Sí, absolutamente —tomó un trago de cerveza y exhaló, se irguió un poco más, adoptó lo que ella asumió era su voz de «presentación»—: Se trata del hombre y la naturaleza, de la industrialización y la claustrofobia, y de la corporativización de la granja americana.

—La granja american… ¿y tú no eres del Upper East Side? —preguntó con una risita sospechosa.

Él la miró a los ojos y también se rio.

—Me agarraste —se pasó la mano por el pelo, casi nervioso, pensó Raquel—. Ya que insistes, pensé que se vería genial.

—Bueno, se ve muy chulo —afirmó ella, y levantó su copa en signo de brindis.

—Eres amiga de mi hermana, ¿verdad?

—Ajá —dijo—. Es decir, somos amigas en la clase de Historia del Arte. Por eso vine.

—¡Vaya, en serio te esfuerzas en recordarme lo poco interesada que estás en mi trabajo!

—Coño, eso sonó horrible —dijo ella, avergonzada—. Es solo que… por lo general no vengo a estas cosas. De todos modos, Astrid se escabulló hace un rato.

—No me sorprende —expresó él, claramente contemplando algo—. ¿Qué significa eso de «amigas en la clase de Historia del Arte»?

Marcus reapareció, más como un adiós que como un hola. Los miró y le ofreció la mano a Nick.

—Marcus. Felicidades, mano. Esta mierda se ve genial.

—Nick Fitzsimmons —dijo, y le dio un fuerte apretón de manos a Marcus.

—Oye, Raquel, voy saliendo para downtown. ¿Vienes luego?

Contempló hacer lo que solía hacer: retirarse a su zona de confort, su territorio, su gente. Pero, aunque no era la persona más experimentada en este ámbito, estaba sintiendo una conexión. Como se sintió cuando se encontró con Mavette. Como se sintió cuando conoció a Marcus. Pero más eléctrica. Más urgente.

—Sí, te alcanzo más tarde —manifestó. Ansiosa por permanecer en esta extraña burbuja de solo ellos dos, volvió a centrarse en Nick—. Amigas en la clase de Historia del Arte solo significa que socializamos en general en el aula, pero ambas somos becarias del Museo RISD este verano. Entonces, tal vez nos hagamos amigas de verdad.

—Tal vez —dijo, y miró hacia otro lado.

Raquel se dio cuenta de que la multitud estaba disminuyendo y que sus padres se habían ido.

—Entonces, amiga de mi hermana. Amiga de Marcus. ¿Te llamas Raquel?

—Toro —respondió, ofreciéndole la mano—. Raquel Toro.

Entonces él hizo algo que ella en general habría considerado súper cursi: se inclinó y le besó la mano.

—Un placer conocerte, Raquel Toro, la diplomática —declaró—. No todos los días conozco a alguien que pueda insultarme sin hacerme sentir mal y que reconozca citas de Jack Martin.

—No sabía que era una cita —dijo juguetonamente—. Solo sonaba como él.

—Crédito a quien crédito merece —replicó—. Y la verdad es que debería agradecerte…

—¿Por qué? —preguntó incrédula.

—Entras en estos lugares sabiendo que alguien, tal vez muchas personas, piensan que eres un artista de mierda, un farsante. Y estás como, así como aterrorizado de que alguien lo diga en voz alta.

—¿A la orden?

—No, en serio —dijo—. Tú tuviste los cojones de decirlo, y escucharlo fue más fácil que preocuparme por quién pudiera estar pensándolo. ¿Sabes?, la mayoría de las personas son falsas.

Antes de que Raquel pudiera decidir si estaba de acuerdo con esa afirmación, Nick Fitzsimmons le sonrió y propuso, con un poco de picardía en los ojos:

—Tomémonos otro trago antes de que cierren esto.

Raquel sintió que se sonrojaba mientras asentía con la cabeza.

ANITA

BERKELEY, CALIFORNIA • INVIERNO DE 1980

Los finales, e incluso los comienzos, son cosas difíciles de precisar, ¿no? A la mente convencional le gusta presentarlos bonitos y ordenados, como un interruptor que se enciende y se apaga. Una noche no conocía a Jack y al día siguiente sí. Y ese fue «nuestro comienzo». Pero en realidad, ¿será que el comienzo fue la primera vez que vi su obra? En mi clase de Historia del Arte cuando era estudiante en Iowa. Cuando en mi mente se plantó la semilla de que él era una persona importante… una semilla enterrada hace mucho que luego brotó de repente cuando él validó mi existencia con atención y tiempo. ¿O quizás todo empezó cuando él aceptó la invitación de Leslie para ser parte de la inauguración de mi exhibición? Poniendo en movimiento las ruedas del destino. El río Iowa, por ejemplo, nace cuando dos arroyos se conectan en el condado de Hancock. ¿Uno de esos riachuelos es más el comienzo que el otro? Los finales son la misma cuestión. Quizás aún más nebulosos y desordenados.

Todavía no estábamos casados, pero incluso así, diría que la noche en que se inauguró la instalación de Jack en Berkeley fue el principio del fin para nosotros. Esa noche en la que, en una gran cena en «una de las noches más importantes» de la carrera de Jack (cuando yo ya no podía soportar un minuto más de que me ignoraran), hice «el ridículo». Pero, aunque cualquiera podría decir que no, el principio del fin fue cuando acepté ir a Berkeley con él, en vez de hacer la residencia de artistas en Florida. Según ese razonamiento, yo también tendría que considerar que, en realidad, el principio del fin fue la primera vez que elegí a Jack Martin por encima de mí misma. Pero ese modo de pensar es deprimente, ¿no es cierto? Porque, si yo me pusiera a pensar en el primer momento en que prioricé los deseos de Jack por encima de los míos, si de veras pudiera señalarlo, bueno, creo que lo encontraría incómodamente cerca del comienzo de las cosas. Tan cerca que tendría que decir, en retrospectiva por supuesto, que tal vez siempre estuvimos condenados.

¡Ah, pero hubo mucha felicidad entre nosotros en un momento dado!

De todos modos, los finales son largos y turbios. Y, honestamente, ni siquiera estoy segura de que existan. El río Iowa se encuentra con el río English justo al sur de la ciudad de Iowa; ¿es ahí donde termina? Ambos son tragados por el Mississippi unos cientos de millas después. ¿Es ese el final? Porque sigue ahí, ¿o no? La corriente que comenzó en el condado de Hancock. Fluyendo, hasta cuando salpica, agua dulce lamiendo la sal, hacia el Golfo de México.

~

Si Jack hubiera diseñado él mismo el edificio, no habría habido un lugar más perfecto para su *tercera* retrospectiva de mitad de carrera que el museo de Berkeley. El lugar era como sus obras: estéril, carente de color y falto de vida. Pero también era como él: estaba lleno de aire caliente. El techo caleidoscópico, hecho completamente de placas de vidrio; el día entero el sol horneaba las paredes de hormigón vertido del lugar. Era un gran caos brutalista. Uno que insistía, como Jack con sus esculturas, en que su valor recaía solo en los materiales con los que estaban construidas. ¿Por qué (me pregunto todavía) es eso algo de lo que estar orgulloso? Fueran o no acerca de algo, el edificio y las esculturas que Jack mostraba allí estaban sin duda desprovistas de sentimiento. Bueno, no en realidad. El museo me hacía sentir que yo estaba en un mausoleo y el arte de Jack me hacía sentir muerta por dentro. O, tal vez, si fuera honesta al respecto, era Jack quien me hacía sentir así.

El museo nos envió un carro y Jack nos hizo esperar sin desmontarnos por unos quince minutos hasta que vio llegar a suficientes «personas importantes» y decidió que nosotros también podíamos unirnos a su celebración. Él estaba muy nervioso y yo no estaba segura de por qué. Había algunas piezas nuevas: cosas con lingotes, una pieza con cojinetes de bolas dispuesta en el suelo. Pero también había recreado algunas instalaciones muy famosas y había suficiente antigüedad para complacer al público, incluso si lo nuevo no fuera bien recibido. Además, la verdad es que si te gustaba lo que hacía Jack (y nadie se aparece en este tipo de inauguraciones si no le gustara), a ver, ¿cómo es que dice la expresión? ¿«Ves uno y los ves todos»? De todos modos, estaba nervioso y tenía mi mano envuelta en la suya con tanta fuerza que se me estaban entumeciendo los dedos. Recuerdo que sus nervios mientras nos dirigíamos hacia las puertas me parecieron encantadores. Podía sentirlos correr por mi cuerpo, por nuestras manos, como una corriente.

La recepción estaba repleta. El museo en sí sube y sube por rampas de hormigón hasta llegar a los tragaluces, con unos balconcitos puntiagudos que sobresalen aquí y allá por todas partes. La luz de la luna que se filtraba por el techo de cristal, el murmullo de la gente y la música y el tintineo de las copas le daban al espacio una calidez que normalmente carecía. Jack estaba de pie en la entrada, como siempre, con mi cuerpo un poco detrás del suyo. ¡Ni Marlon Brando habría causado tanto revuelo! Todos se pararon en seco cuando lo vieron; la gente en las rampas y la gente en los balcones. El cuchicheo cesó. Todos se hicieron señas unos a otros, dirigiendo su atención hacia nosotros. Todos los ojos fijos en nosotros. Bueno, no. Fijos en él. Entonces la gente que estaba cerca de la entrada se percató de que el invitado de honor había llegado y empezó a clamar por saludar, por extender sus felicitaciones y ensalzar a su genio. Y el enlace de mano, que había sido un apretón mortal unos momentos antes, se fue aflojando cada vez más hasta que lo deshizo por completo. La corriente: rota.

Alguien (tal vez fue Rebecca, la curadora, o Tilly, que había venido de Nueva York) lo agarró del brazo para llevárselo. Y me quedé allí parada mientras el resto retomó sus haceres, tal como lo habían estado haciendo antes. Me sentí vacía. Un camarero me ofreció una copa de vino y empecé a llenarme.

Unos artistas que conocía estaban conversando y fui a saludarlos. Un miedo se apoderó de mí mientras atravesaba la sala, anticipando la inevitable pregunta: «¿Y en qué estás trabajando, Anita?». Y mi respuesta sería… ¿en qué? ¿Apoyando emocionalmente a Jack? ¿Una pieza de performance feminista sobre relaciones retrógradas? ¿Aburrida como una ostra en cenas y cocteles intercambiables durante el mes que habíamos estado en Berkeley? ¿Bebiendo demasiado y despertándome con resaca, incapaz de hacer mucho, y mucho menos de ser creativa y productiva? Cuando en efecto me *hicieron* la pregunta, simplemente fingí que estaba más avanzada en algo de lo que estaba. Hablé de la residencia en Florida sin mencionar que la había rechazado (a último momento) a cambio de un par de jodidos aretes y un vuelo en primera clase a California.

Resultó que no había nada que temer; eran un buen grupo, amables y generosos. Tomé otra copa de vino o dos con ellos y estábamos en medio de un animado debate sobre el nuevo crítico del *New Yorker* cuando una joven se me acercó.

—¿Usted es Anita de Monte? —preguntó. Y me emocioné porque pensé que me había reconocido. Entonces recordé. ¿Cómo? Casi no había hecho muestras en los dos años que había estado con Jack.

—Así es —le dije—. ¿En qué te puedo ayudar?

—El señor Martin me pidió que viniera a buscarla; yo trabajo aquí en el museo.

Miré a mi alrededor y vi a Jack con su overol de jeans, en plena sesión con Rebecca, Tilly y un pequeño grupo de espectadores. El jefe del proletariado atendía como un rey. Claramente no necesitaba nada.

—Dile que estoy conversando con unos amigos.

Me sentí mal por la joven. Se le notaba en la cara la dificultad de tener que ir a explicarle al señor Jack Martin que yo no era algo que se pudiera conseguir con tanta facilidad, a diferencia de la champaña o los bocadillos o cualquier otro capricho que le hubieran encomendado. No habían pasado ni cinco minutos cuando Rebecca se me apareció y me pidió, cortésmente, que la acompañara.

—No quiero importunarte, pero hay algunas personas a las que me encantaría presentarte.

Por supuesto que acepté y la seguí entre la multitud, ansiosa por pasar un rato con ella. En el mes que llevábamos en Berkeley mientras Jack preparaba la exposición, había estado en su compañía varias veces. Era una vieja amiga de mi Isaac (mi antiguo profesor y único amante antes de Jack) y había mostrado cierto interés por mi trabajo. Nunca se sabe qué puede llevar a la adquisición de un grabado o una fotografía.

—Qué gentío, ¿verdad? —preguntó. Yo estaba a punto de dar la clase de respuesta educada y poco creativa que requieren estas situaciones cuando añadió—: Por cierto, qué pendientes tan preciosos.

Sonreí.

—Gracias. Le vendí mi alma a Jack a cambio de ellos.

Es cierto que puedo ser melodramática, pero verás, en ese momento, así era como me sentía. Eran preciosos los aretes: unos aros de oro con grandes rubíes redondos de corte suave en el centro. Las cositas más mágicas y espectaculares que jamás había poseído. Eran de Bulgari y vinieron en una lujosa caja de cuero marrón demasiado grande con relieve dorado en la parte superior y terciopelo chocolate en el interior que se sentía como te dicen que se sienten los conejos cuando eres una niña. En general, soy marimacha. Nunca me había puesto tantos vestidos hasta que Jack empezó a llevarme a todas partes. ¡Imagínate que me perforé las orejas cuando cumplí veinte años! Y solo porque, cuando mi mamá al fin escapó de Cuba y se unió a nosotros en Iowa, insistió sin un no que valiera. Pero cuando Jack se apareció con estos aretes, chillé como Marilyn Monroe en esa película, ¿sabes? El lujo; ¡la extravagancia incluso de la caja! Estaba empacando; era la noche antes de que se suponía que me iría a la residencia y, de repente, ahí estaba él: en la puerta con champaña y aretes. Un boleto de primera clase para volar con él a Berkeley y promesas de que esta sería una oportunidad para que ambos, él y yo, volviéramos a comprometernos con nuestro arte. Comprometernos otra vez a producir cosas nuevas, a apoyarnos mutuamente. A apoyar *mis* ambiciones. Como había sido al principio. Ah, y el corazón casi se me sale del pecho. «Bulgari del bolchevique», bromeé mientras me ponía los aretes. Y sí, me encantaron, pero más que eso, los sentí como un símbolo. Un símbolo de su respeto: respeto de que mi creatividad era tan vital para mí como la suya para él. E hicimos el amor en mi cama plegable y por la mañana llamé a la residencia y les dije que lamentaba que fuera tan a última hora, pero que no iba a poder ir. Una semana después, estábamos sentados juntos, uno al lado del otro, en el avión. Y un mes después de eso, a todas esas promesas y sueños se les había caído la careta, lo único que quedaba eran los aretes.

Rebecca estaba, en efecto, guiándome hacia donde se encontraba Jack. Supongo que, después de todo, yo era una persona «conseguible». Jack seguía entreteniendo el mismo grupo de elegantes invitados, salvo un hombre, con jeans y chaqueta de tweed. Siempre había uno que intentaba parecer «creativo» y solo acababa mal vestido. Este vago en particular quizás pensaba que a Jack le gustaría eso, su falta de pretensión. Lo que no sabía era que, independientemente de la basura que Jack soltaba sobre ser el artista de los trabajadores y sobre que había tanta belleza en este museo como en una obra en construcción, no nos equivoquemos, le encantaban las mierdas burguesas. Era un secreto a voces: cosas materiales, símbolos de estatus, rarezas. Todo eso lo deleitaba.

—¡Aquí está! —exclamó Rebecca y Jack puso su mano alrededor de mi cintura y me haló hacia él. De inmediato, un camarero volvió a llenarme la copa y me di cuenta de que debían haberlo asignado para seguir a Jack a todas partes para asegurarse de que nunca se quedara sin vino.

—Claude, Lee —se dirigió al de los jeans—, esta es mi novia, Anita, de quien les estaba hablando… —le di un codazo en las costillas tan duro como su omisión se había clavado en mi ego. Se le derramó un poco el vino. Tilly abrió los ojos como platos—. Esta es Anita de Monte, *la artista.*

Cómo exageró. Extendí la mano para saludar a los dos hombres.

—Encantada, un placer.

Parecía algo sin importancia, pero no lo era. Ya lo habíamos hablado antes. Eso fue lo que me impulsó a solicitar la residencia en primer lugar. Hubo otra cena. Esta vez en Nueva York, con un coleccionista que había adquirido una de las obras de Jack. Y cuando Jack me presentó, yo era Anita de Monte, su novia. Punto. Ahora bien, no sé si fue la primera vez que había sucedido o solo la primera vez que me daba cuenta (porque me había vuelto muy complaciente con mi propia vida y mi trabajo). Pero lo que sí sé es que durante el primer año que estuvimos juntos, nunca me llevó a ningún lado sin decirle a todo el mundo que yo era artista. No solo artista, sino una artista importante. Y de alguna manera, en el hervor de esta relación, dejó de hacerlo. Porque en algún momento, en el camino, perdí mi rigor. Dejé de trabajar. Dejé de soñar. No era culpa de Jack sino mía. Ya había perdido mi tierra natal y mi familia; no podía permitirme perder mi arte. Trabajar en la ciudad me desafiaba; así que, con mucha discreción, solicité una residencia de tres meses que ofrecía la Fundación Mellon. Cuando Jack se enteró de que me iba, se encojonó. No podía entender por qué tenía que dejarlo para trabajar, dijo que yo era una artista sin importar dónde estuviera. Y le expliqué que era un mentiroso. Él mismo había dejado de verme de esa manera, había dejado de hablar de mí de esa manera. Y luego, llegaron los aretes y el vuelo y el rechazo a la residencia y su promesa de no olvidar nunca más que yo era una artista, por encima de todo.

Excepto que ya se le había olvidado.

—¡Oh! —exclamó Lee, en jeans—. Tú también eres artista. ¡Eso es increíble!

—¿Por qué es increíble? —pregunté. A los hombres blancos les encantaba usar palabras que implicaban asombro cuando las mujeres de color lograban algo que consideraban su «terreno».

—Es decir, quería decir —ahora Lee intentaba corregirse—, que dos artistas en una casa es extraordinario. Eso debe ser un desafío.

—Para nada —intervino Jack, a la ligera—. Nuestro trabajo no podría ser más diferente.

Odié la forma en que lo dijo, como si con diferente hubiera querido decir que uno de nosotros estaba haciendo un buen trabajo y el otro una porquería. ¿Adivinen quién él pensaba que era quién? Quería defenderme, decir que yo era una artista conceptual. Que hacía trabajo corporal. Que mi arte, a diferencia de las frías y desalmadas piezas de Jack que nos rodeaban, tenía sangre y vida. Literalmente. Que mi trabajo trataba sobre el alma de civilizaciones que por tanto tiempo hemos pavimentado, sobre la universalidad de la vida. Que mi trabajo era tan innovador que acababa de ganar una residencia de la Fundación Mellon para poder volver a trabajar en él, y que lo había rechazado para ser el bolso de Jack. Pero dudé, y en el momento de silencio, pude sentir que su opinión sobre mí y mi trabajo se solidificaba. El tema cambió.

Otro hombre, Claude (el bien vestido), intervino.

—Anita, Jack nos estaba diciendo que tu papá era un revolucionario de Castro.

Hice una mueca. ¿Por qué coño estábamos hablando de esto otra vez? Tal vez porque en Nueva York veíamos una y otra vez a las mismas parejas, a los mismos artistas, a los mismos amigos de Jack, las conversaciones durante la cena eran sobre chismes insignificantes sobre conocidos mutuos. Pero aquí, en Berkeley, donde siempre había alguien nuevo con quien hablar, noté la frecuencia con la que Jack contaba esta historia. Noche tras noche sobre mi llegada gracias a la Operación Pedro Pan, sobre mi papá preso en Cuba, sobre la revolución. Anita Tropicana, su noviecita comunista. Me producía una sensación incómoda. Que yo, como los overoles y los materiales crudos, me había convertido en un tipo de personaje para Jack. Despojada de mi profesión, destilada a unas cuantas anécdotas que lo bañaban en una cascada de vanguardismo. La mujercita del trabajador. No me gustaba ser parte de un numerito.

—Mi papá trabajaba en una oficina gubernamental en La Habana —dije. Extendí mi copa para pedir más vino.

—Donde, aparte de administrador, también era un agente encubierto de Castro hasta que cayó en su lista negra —corrigió Jack—. Cariño, cuéntales cómo terminó en la cárcel por quince años.

Me dolía el corazón, porque había llorado con él muchas noches, preocupada por mi papá. Mi hermana y yo habíamos escrito carta tras carta a los gobiernos cubano y estadounidense, rogando que lo dejaran en libertad. Mi mamá, al borde del suicidio durante años, por la culpa de haber dejado la isla con él en la cárcel. Nuestra familia estaba destruida, todo por su creencia en Jesucristo; todo porque había disgustado a la persona equivocada. Pero ahora, el que Jack tuviera un museo lleno de gente hablando de él y de su trabajo no era suficiente. Necesitaba convertir mi dolor en una conversación de coctel.

—A Jack le gusta decir que yo soy muy dramática, pero desafortunadamente, en este caso, mi amado ha visto demasiadas películas. Mi papá era anti-Batista, como muchos cubanos de clase media. No estaba metido en las montañas con rifles ni nada por el estilo. Él solo estaba moviendo papeles y dándole a algunas personas información útil. No era precisamente un rebelde. Y es verdad, terminó en la cárcel, pero por seguir siendo un católico practicante. Como la familia de Jack. La verdad es que éramos una familia aburrida atrapada en medio de un momento extraordinario.

Podía sentir la mirada de Jack clavada en mí, su frustración. Habíamos representado esta rutina de vodevil incontables veces: Jack establecía la historia, luego yo llegaba y la coloreaba con detalles. Sobre Castro cenando en casa, sobre rifles escondidos en la habitación, sobre los rebeldes encontrando la pequeña capilla secreta de mi familia, sobre mis padres llevándonos a mi hermana y a mí al aeropuerto para irnos a través de Pedro Pan antes de que detengan a mi papá. Oh, yo había aprendido a presentar un buen espectáculo. Simplemente no tenía ganas de hacerlo esa noche.

—Pero sí viniste bajo el plan Peter Pan, ¿verdad? —preguntó Rebecca después de un momento de silencio incómodo—. Qué maravilla que tus padres pudieran sacarte cuando lo hicieron.

—Sí, realmente maravilloso. Estados Unidos convenció a los padres de familia de Cuba de que los rebeldes iban a robarles a sus hijos, solo para poder traernos a todos y arrojarnos a orfanatos y hogares para delincuentes. Pero tranquilos, por lo menos ahora somos estadounidenses, ¿verdad? —dije y sentí que casi podía llorar—. Si me disculpan, tengo que ir al baño.

En el tocador, me salpiqué la cara, me miré al espejo y sentí una profunda decepción. En mí misma. Ya me había dado cuenta, meses atrás, de que Jack era un hombre egoísta. Ya sabía lo importante que es para un artista proteger su tiempo; el tiempo, esa cosa crítica que se requiere para pensar, reflexionar, cuestionar y perfeccionar. Pero no había aprendido a afirmarme. A afirmar el valor de mis propias horas. A protegerlas, de forma agresiva. Incluso del hombre que amaba. Porque no era culpa de Jack ni de Rebecca ni de nadie más en esta apertura que yo no hubiera hecho nada que valiera la pena en meses. Lo que hizo que la decepción fuera más amarga, por supuesto, fue que yo lo sabía. Y, aun así, aquí estaba: en Berkeley en lugar de Florida.

Si la gente que conocí aquí esta noche, si el mismo Jack, me trataba como a alguien intrascendente, era solo porque yo no había hecho nada para demostrar lo contrario.

La puerta del baño se abrió y era Tilly, con una bebida.

—Hola —dijo—. Me pareció que esto te caería bien.

—Gracias—. Lo dejé sobre la encimera mientras volvía a aplicarme pintalabios.

—Estás muy mona, Anita —sonaba sincera. Estaba a punto de darle las gracias cuando añadió—: Ese vestido está hecho para ti. ¿Es un Dior?

—Halston —dije sin expresión alguna. Y mis antenitas se pusieron en alerta, Tilly sabe distinguir un Halston de un maldito Dior—. Jack tiene una mujer en Bergdorf que lo ayuda a elegir estas cosas.

—Sí, lo ha mencionado.

Tilly era lo que yo había aprendido que la gente blanca y adinerada llamaba «una mujer guapa». Alta y flacucha, pero vestida de manera elegante. Era brillante —la mejor de las campeonas y defensoras que sus artistas podían tener en su esquina— pero también era despiadada. Nunca fue fan mía. Bueno, por lo menos no de mi trabajo. Me lo dijo, a su manera cortés, en mi cara. Pero en lo que a mí respecta, el que no te guste mi trabajo significa que no soy de tu gusto. A diferencia de mi marido, yo no separo las dos cosas.

—Esta es una gran noche para Jack —dijo Tilly—. Y él quería que estuvieras a su lado. Quería estar seguro de que lucieras lo más hermosa posible, para que fueras tú a quien él presentara a la gente.

—Tilly —levanté mi bolso y tomé un sorbo de mi bebida—, Jack tiene muchas grandes noches. Lo sé porque ocupan gran parte de las mías.

—Estoy tratando de comportarme como una amiga aquí, Anita.

—¿Y cuál es tu consejo amistoso? ¿Que me calle y deje que él haga de mi historia familiar un elemento decorativo en su espectáculo unipersonal?

—Mi consejo es este: elige. Muchas mujeres vienen a Nueva York para convertirse en cosas: actrices, artistas, cantantes.

Y no todas tienen el talento para triunfar, pero tampoco todas tienen tu suerte.

—¿Perdón? —dije.

—Escuché que viste a mi esteticista en Helena Rubinstein —respondió Tilly. Y era cierto, la había visto. Era excelente—. La asistente personal de compras, esos hermosos aretes. Poder viajar alrededor del mundo con alguien que te encuentra hermosa y fascinante y a quien no le importa en absoluto que seas un poco brusca. Incluso lo encuentra desafiante.

—¿Y qué coño estás tratando de decir, Tilly?

—Muchas chicas intentan triunfar haciendo algo realmente difícil y fracasan. No hay vergüenza en eso. Pero la mayoría de ellas no conocen y seducen al artista más exitoso de una generación.

—¿Seducen? —pregunté riéndome, pero sentí el vibrato en mi voz. No era el temblor de las lágrimas, sino de la ira—. Yo no me mudé a Nueva York para ser una mantenida. Vine a hacer mi trabajo.

Yo era mucho más bajita que Tilly, y ahora me miraba de una forma tan condescendiente que me entraron ganas de soltarle una galleta.

—Anita —dijo, exasperada—, la única razón por la que no puedes sentarte y disfrutarlo, la única razón por la que te enojas por cómo te presentan, por cómo Jack habla de tu familia o de tu historia, es porque estás demasiado concentrada en que te tomen en serio como artista. Y solo te digo que no tienes por qué estarlo. A Jack no le importa.

Sus palabras, dichas con su enunciación entrecortada de internado, me arañaron como un gato salvaje. Envueltas en el arrullo de la charla de la galería (la cortesía del tocador de un museo, pero mezquino), pero peor porque yo sabía que no se trataba de una conjetura; él se lo había dicho. Le contó lo de la compradora personal y la esteticista y que le importaba un carajo si yo era artista o ama de casa.

—Pero *a mí* me importa ser una artista.

Una sonrisa apareció en su rostro, una que recordaba de cuando vio mi portafolio; era una sonrisa bañada en lástima.

Me mordí la lengua. Resistí el impulso, porque el meollo del asunto es que ella era solo la mensajera. Una intervención basada en lo que pude ver que fueron muchas, muchas conversaciones a pecho abierto. Yo quería responderle: *¡Carretilla de mierda! Aguanta y tú verás lo que voy a hacer con mi carrera ahora. No pararé hasta que no puedas entrar a un museo en el mundo sin ver un jodido Anita de Monte. No voy a descansar hasta que se refieran a Jack como «el novio de Anita de Monte». Espérate a que te lo muestre.* Pero en vez de eso, solo dije:

—Bueno, gracias por el consejo —y salí del baño, me embizqué el resto de la bebida y pedí otra.

Después de la apertura, hubo una cena para donantes y curadores en un restaurante al otro lado de la ciudad. Jack tenía una tremenda juma y yo iba por el mismo camino, pero no tanto, mientras nos dirigíamos al vehículo.

—¿Pudiste hablar con Tilly? —preguntó.

—Sí, hablamos.

—Bien —respondió. Con una sonrisita felina. Me acercó a él y me besó, como si eso resolviera el asunto. Como si eso significara que ahora que Tilly me había hablado, yo dejaría de perseguir mis intereses o dejaría de pedir que me presentaran como alguien que tiene una profesión o no aceptaría que explotaran mis experiencias para hacer la cosa más interesante. Como si eso significara que, porque Tilly había hablado, obviamente yo aceptaría ponerme en la fila y dejaría de hacer cosas que incomodaran al gran Jack Martin. Y cuando sus labios estuvieron sobre los míos (aunque había habido muchas, muchas noches en las que había anhelado a Jack; no, lo había deseado con lujuria) en ese momento, mi estómago se revolvió de repulsión.

El comedor privado del restaurante francés era precioso: una mesa grande y larga con velas. Alguien, quizás la joven seria que trabajaba en el museo, se había tomado la molestia de asignar los asientos (los nombres de los invitados estaban escritos con caligrafía elaborada sobre los menús) al estilo europeo; habían separado a los cónyuges y a las parejas para que la conversación fuera más animada. Me encontré sentada frente a Jack, pero al lado de Giancarlo, a quien, en ese momento, todavía no conocía; aunque, como siempre había sido una persona dispuesta a provocar un escándalo, después de esto nos hicimos amigos en un dos por tres.

Todos estaban borrachos y endrogados, excepto, tal vez, Jack y yo. Las únicas dos personas que conocía en ese entonces que no usábamos cocaína. Era algo curioso que nos unía, pero también era la razón por la que siempre podíamos saber, de inmediato, cuándo estábamos jodiéndonos. Jack estaba, por supuesto, en el centro de todo. Siempre haciendo lo mejor que cualquiera podía hacer en dicha situación: pedir champaña y caviar, insistir en probarlo todo. Es gracioso cómo, dos años después, el mismo comportamiento que una vez pensé que era el colmo de la sofisticación, ahora lo registré como grosero y grotesco. E incluso así, ¡me casé con él! El romance es una pinga.

A un lado de él estaba Rebecca, la curadora, pero al otro lado, la joven esposa de un miembro de la junta, y a través del cuchicheo podía escucharlo. A ella le gustaban los postimpresionistas, le encantaba Van Gogh, Gauguin, todos los niños de corazón partío. Y él seguía explicándole, de forma condescendiente, cómo sus opiniones eran a veces pedestres, estúpidas, ingenuas, sentimentales. Todo, por supuesto, mientras colocaba su mano sobre el respaldo de su silla y dejaba que rozara su hombro. En algún momento incluso le apartó el pelo de la cara con el pulgar. Luego continuó explicando cómo solo su expresión artística, el minimalismo, nos salvaría del racismo, el sexismo y la homofobia. Cómo la eliminación de estas cosas de la conversación sobre el arte era lo que nos permitiría ver que todos somos, con total sinceridad, iguales. A la muchacha se le notaba en la cara que deseaba estar al lado de cualquier otro ser que no fuera Jack. Mientras tanto, Giancarlo, la única persona que parecía estar mínimamente interesada en mí, empezó a hacerme preguntas.

—Anita, ¿tú sigues haciendo las obras con sangre que vi en *Art in America*?

—No, corazón, yo no estoy haciendo nada en absoluto.

—Pero ¿cómo así? —respondió Giancarlo—. Tú no dejaste de trabajar, ¿verdad?

—Creo que estoy a punto de embarcarme en un período de enorme crecimiento.

Rebecca, del museo, hizo un brindis. Comenzaron a servir los platos principales. Yo había pedido el tartar; Giancarlo, los mejillones. Todos se estaban acomodando para comer cuando decidí que no iba a comportarme. Ni esa noche ni, francamente, nunca.

Con el tenedor, choqué mi copa varias veces y calmé la sala.

—Esquiuuus mi —dije, con mi mejor imitación de Ricky Ricardo—. Me gustaría hacer un brindis por el hombre del momento, el señor Yack Martín.

Todos los que estaban alrededor de la mesa ahora tenían sus ojos puestos en mí, expresiones genuinas de curiosidad en sus rostros. Jack, sin embargo, no me estaba mirando. Sus ojos se clavaron en su tartar.

—Yu nou wa? —continué—. Yo no creo que todos ustedes puedan lisen tu mi veri gud. Soy muy veri liro. Déjenme hacer esto lo más isi pósibol.

Me paré en la silla y sentí que el estómago se me cayó a los pies cuando me encaramé. Pero cuando vi la cara de absoluto horror de Tilly, sentada como a cinco asientos de distancia, decidí que valía la pena. Solo por un minuto o dos.

—If yu no me conocen, soy Anita Tropicana y ai am la novia cubana de Yack. Yu ol nou que Yack es un artiiista brillant, pero no mucha gente sabe que Yack es un humanitarian muy veri big. América me salveishon de Castro y Yack, me salvaishon de una vida de artis muerta de hambre, yu nou, ded of jónguer.

—Bájate de ahí, maldita loca —apretó los dientes desde el otro lado de la mesa. Era más que un susurro, pero no su voz plena. Yo estaba demasiado asustada para verlo a la cara. Miré hacia adelante, me planté una gran sonrisa y seguí.

—Yack dijo: «Yu, yu no nid to hacer arte, Anita, yo hago arte muy veri gud for yu end mí. Yu, solo siéntate y luk priry».

Sentía que se movía, aunque yo no podía mirar hacia abajo. Podía oír sus pasos, pesados y rápidos, cerca, luego lejos y luego cerca otra vez, mientras caminaba alrededor de la mesa. Yo simplemente continué.

—¡Y yo solo quiero decir, tenkiu! De todos modos, yo no quiero trabajar so jard. Is so veri nais que yu celebreit Yack tunait, y…

Grité a mi pesar, ante la impresión tras el tremendo halón que me dieron. Jack me arrojó sobre su hombro mientras me maldecía, en voz baja, al oído; me dijo perra, puta y maldita pesadilla.

—¡Gud bai evribadi! ¡Adiós, darlings! —grité a la multitud mientras él nos sacaba de allí.

Me llevó hasta el carro que había enviado el museo, abrió la puerta trasera, me arrojó al asiento y le dijo al chofer que me llevara a la fucking casa.

Arranqué para el aeropuerto antes de que él llegara a la casa esa noche; y nunca jamás volví a poner a Jack por delante de mí.

JACK

CIUDAD DE NUEVA YORK • OTOÑO DE 1985

Para el momento en que llegaron a casa (la casa de Jack), de la fiesta de Tilly, ambos se habían calmado, las aguas se habían mermado, aunque por distintos motivos. Él estaba borracho, hambriento y agotado por el constante espectáculo al que lo había condenado ser el marido de Anita de Monte. Se gritaron durante todo el camino a casa. Él trató de soltar el barullo en el vestíbulo (porque en serio, ¿para qué darles más de qué hablar a los porteros?). Pero ella, por supuesto, no podía dejarlo pasar. Ni por un segundo. «Oh, ¿qué? ¿No quieres que Doug sepa que eres un fuera de talla celoso?», lo provocó mientras él aceleraba el paso hacia el ascensor. *Puta de mierda*, pensó para sí, *no pierdes la mínima oportunidad de tener un público.*

Las peleas no eran nuevas para ellos, por supuesto. Pero últimamente habían evolucionado. Al principio de su relación, el tema era que ella se iba. Siempre intentaba recoger sus cosas y marcharse por dos, tres, cuatro meses seguidos. Según Jack, ellos estaban construyendo una vida juntos y a ella no le importaba interrumpirla. Todo porque ella decía que no podía trabajar en la ciudad. Un artista de verdad puede trabajar en cualquier lugar. «Mis primeras esculturas las hice con una máquina de escribir porque era lo que tenía a mano», le decía, y ella respondía: «Esos son poemas, Jack, poemas». Y en aquellos días él la miraba, su carita perfecta como la de una muñequita, sus ojos redondos perfectamente inexpresivos cuando lo decía, sin siquiera un atisbo de malicia detrás de sus palabras. Solo lo que ella veía como una corrección directa y honesta. Y eso lo derretía; se enamoraba de ella de nuevo. La cargaba y la llevaba a la cama o al mueble o al lugar más cercano donde pudiera acostarla y hundía la cara en su pecho. En su ombligo. La acariciaba rozando su barba áspera en agradecimiento por ser tan inmune a su pretensión. *Eran* solo poemas. Eran solo poemas y la gente lo había dejado andar por ahí durante dos décadas llamándolos esculturas de palabras y ella fue la primera en decirle a la cara que eran solo poemas. Poemas que alguien había colgado en un museo, enmarcados. (Poemas, se tuvo que preguntar a sí mismo, que si los hubieran llamado simplemente poemas, ¿se habrían publicado en algún lugar? Poemas de Jack Martin, por supuesto. *Ahora*. Pero ¿y si no hubieran sido firmados con su nombre? ¿Y en aquel entonces, todos esos años atrás? Tal vez. Quizás). Anita los llamaba poemas y luego hacían el amor y luego, un día, una semana, a veces un mes después, ella se marchaba. Él lo odiaba. No solo estar lejos de ella. Detestaba ser dejable. Por supuesto, quería que ella creara nuevas obras. Siempre había querido ayudarla. Simplemente no le gustaba que lo dejaran.

En el elevador, donde en general Anita cerraba los ojos para ocultar su miedo al ascenso, tenía los ojos muy abiertos y se mostraba cruel. «Tú no puedes soportar que yo suba, que yo brille, Jack. Te mata por dentro». *El descaro*, pensó él. La mitad de la razón por la que todos sabían su nombre era porque ella era su amante. Su compañera. Su esposa. Decidió que no continuaría ese sinsentido con ella esa noche. Ya no iba a gritarle. Pensó que esto la desanimaría, pero no fue así. «No puedes soportar que te estés desvaneciendo hasta la extinción», lo siguió provocando y luego comenzó a murmurar para sí misma en español. Era performativa. Y no solo en su arte. Caminaba de un lado a otro del ascensor con ese ridículo vestido. Él había gastado miles de dólares en vestidos, algunos todavía en el armario con los sellos colgando, y ella llevaba puesta esa ridiculez que la hacía parecer la invitada de honor en *Laugh-In*.

Cuando llegaron a la puerta del apartamento, no obstante, ella había ganado. Otra vez. «Lo que no puedo soportar es lo desquiciada que estás», siseó él. «Cuando nadie recuerde el nombre de Anita de Monte, seguirán montando exposiciones de mi trabajo». Y ella se rio y le dio una palmadita en el brazo. «Por supuesto que sí, viejo. En programas nostálgicos sobre los artistas de los sesenta que se balanceaban con sus grandes pingas. Mi barra de acero es más larga que tu intensa luz fluorescente». Jack prendió la televisión, a todo volumen, para ahogar la voz de Anita mientras ella caminaba por el apartamento, despotricando contra él, sirviéndose más fucking champaña, sacando las sobras de comida china de la nevera. Él se había olvidado de la comida china (Tilly nunca ofrece suficiente comida en estos eventos). Se levantó y se dirigió también a la cocina. Era demasiado pequeña para los dos, pero no le importaba; esa era *su* casa. Ella lo maldijo en español y él no sabía las palabras exactas, pero sabía que lo estaba llamando puerco gordo. Ella lo había dicho lo suficiente en inglés para que él lo supiera; para oír el asco en su voz. Antes le importaba, y simplemente ya no. Se sirvió un whisky escoces, sacó el lo mein, se metió una pila de fideos en la boca con los dedos y se los comió mirándola a la cara. Los masticó con la boca abierta.

—Es bueno para ti que la sueca gigante quiera singar contigo, Jack —dijo ella.

Él se rio a carcajadas. Ahora sí. Esta era su vieja pelea, el meollo del asunto. La rivalidad profesional imaginaria de mierda solo había surgido el último año, tal vez año y medio. Pero esto —sus celos, la rabia por las otras mujeres— era clásico. Habían estado teniendo *esta* pelea desde al menos 1980. Él siguió comiendo lo mein. Ingrid lo amaba tal como era; no le importaba que hubiera aumentado un poco de peso.

—Tú puedes darte el lujo de verte como te ves porque eres famoso, tú sabías, ¿verdad? —siseó ella.

El león de la MGM rugió en la televisión; la película de la semana estaba por empezar.

—¿Por qué ya tú no me enseñas tu trabajo? —preguntó Jack. Decidió simplemente preguntarlo. Él había estado insinuando, pinchando y quejándose de forma pasiva-agresiva al respecto. Anita solía mostrarle todo. Le pedía consejos; buscaba su aprobación. Entonces, hace tres años, ella ganó el Premio Roma. Se «abrió camino» y apenas pasaba tiempo en Nueva York. Siempre trabajando y, era verdad, recibiendo más atención, más atención de alto perfil. Y de repente dejó de mostrarle su trabajo.

—¿Me vas a venir con esa mierda otra vez? —salió de la cocina, dejando atrás el arroz frito que se había estado comiendo—. A ti no te gusta mi trabajo; nunca te ha gustado. ¿Para qué te lo voy a estar enseñando?

Sonó el teléfono.

—Cógelo —gritó desde el baño antes de que él la escuchara descargar el inodoro—, seguro es una de tus otras putas.

—Fuck you, Anita —contestó el teléfono y se arrepintió de inmediato, porque supo, por el silencio en el otro lado de la línea, que era la hermana de Anita. Ella no le dirigía la palabra desde antes de su boda, hacía casi un año—. Es tu hermana.

Dejó caer el auricular al suelo, agarró su lo mein y su whisky, fue a la sala y se sentó en su cómodo sillón; subió aún más el volumen del televisor. La película era *Without Love*, y no es que fuera su favorita, pero cualquiera de Tracy and Hepburn era mejor que escucharla quejarse de él en un idioma que no entendía. De alguna manera era peor que cuando ella le decía de todo a él en inglés. Lo dejaba sin el poder de defenderse.

Cuando Anita lo criticaba, deseaba ser un cangrejo ermitaño; poder encogerse dentro de sí mismo y esconderse de los menosprecios de su esposa. Otras veces lo llenaba de rabia. Lo volvía loco que no le mostrara en qué estaba trabajando. Se sentía como un engaño. Como si ella estuviera tratando de ocultar algo. Cuando la acusó de eso una vez, ella le preguntó: «Y tus putas, ¿son engaños u omisiones?». Él aguantó el puñetazo de pie.

La culpaba por las otras mujeres. Era inmaduro de su parte, por supuesto, pero siempre había sido muy franco respecto a lo que necesitaba: compañía, apoyo emocional. No estaba acostumbrado a que una mujer tan íntima de su vida no lo defendiera. No sentía que sus amoríos fueran transgresiones, sino resultados lógicos de las ausencias de su mujer. Sí, siempre se había acostado con muchas otras mujeres, desde el principio. (Si hubieran sido franceses, ninguno de los dos le habría dado mucha mente a eso). Pero no fue hasta que ella aceptó la residencia en Florida que él se dedicó de lleno a las aventuras amorosas, a salir con las otras en público. ¿Lo hacía para humillarla? No exactamente. ¿Lo hacía para castigarla? Bueno, el propósito era enseñarle que había consecuencias por sus acciones. Que sí, que si ella de verdad sentía que solo podía trabajar separada de él, bien. Pero que él también tenía necesidades.

Por supuesto, cuando ella ganó el Premio de Roma, él prometió que sería diferente. *Ese* no era el tipo de oportunidad que se podía rechazar; ella tenía que ir. Él inauguraba una exposición en Alemania ese año y volaría ida y vuelta para verla, pero cuando Anita se enteró de la otra mujer en Berlín, de verdad que se le voló la tapita. Él había volado a Roma para reconciliarse y pronto estaban planeando la boda. El matrimonio, estaba seguro, cambiaría las cosas. En ella. En él. Pero unos meses después él estaba exponiendo en Londres y conoció a Maeve. Y poco después, Anita dejó de mostrarle su trabajo.

En la televisión, el personaje de Katharine y el de Spencer intentan con todas sus fuerzas no enamorarse el uno del otro para salvar su matrimonio de conveniencia de los celos y las riñas. Les deseó mucha fucking suerte.

Amaba a Anita de manera salvaje: crudo, indómito, sin complejos. ¡Oh, cómo ella lo había necesitado una vez! Lo necesitaba antes incluso de haberlo conocido. Su amigo Arnold lo había llamado para pedirle un favor para su esposa, que estaba esforzándose por sacar a la luz a esta nueva artista cubana de la que nadie había oído hablar. ¿Sería Jack tan amable de sentarse con ella en un panel en la nueva galería de Leslie? Y él dijo que sí, porque no creía en las políticas de identidad, pero sabía que existían políticas de identidad; que era más difícil triunfar en este mundo, y mucho más en el mundo del arte, siendo mujer. Y doblemente difícil si eras negra o latina. Tal vez incluso más difícil si eras cubana; el más leve tufillo de comunismo flotando en el aire en general hacía que la gente se esfumara. Él solo se salía con la suya con sus creencias porque era conocido por ser contracultural. Anita no tenía más que agallas y un puñado de números que su profesor-amante le había dado y, lo que él admitiría, un fuerte sentido estético. (No era de su gusto, esa era la verdad). Pero no tenía contactos; no tenía ningún tacto refinado a la hora de hablar del trabajo, de defenderlo. Y él tenía tantas ganas de ayudarla. Le pidió a Tilly que le echara un vistazo a su portafolio. (No era su culpa que tampoco fuera del gusto de Tilly; ella lo revisó con seriedad).

¡Su portafolio! Esa mañana, ella había conocido a Rory en el Met, le había mostrado los dibujos que ella terminó comprando. Bajó el volumen del televisor por un segundo. Anita estaba llorando. Le lloraba en español a su hermana. Estaba en el meollo del asunto. Jack se dirigió a la bolsa de lona que ella guardaba en la esquina de la habitación y vio el portafolio contra la pared. Lo abrió sobre la cama, comenzó a hojear. Las hojas vacías donde seguramente habían estado los dibujos que Rory se llevó; bocetos para algunos de sus trabajos corporales: una figura cuyos brazos y dedos eran flores, una silueta enterrada en la orilla de una playa. Siguió pasando las páginas hasta que vio las fotografías, claramente tomadas hace poco en su estudio en Roma. Hermosas esculturas de barro en formas laberínticas. Antiguas, primitivas. Pasó otra página y su corazón se detuvo. Se le congeló la sangre. Enfermizo, maligno, perverso. Troncos de árboles altos, cortados por la mitad, erguidos, todos alineados en una fila. ¡Igual que su trabajo! ¡Igualito que su trabajo! ¿Cuántas veces él había dispuesto tablas de diez por veinte y doce por veinticinco centímetros alineadas en forma de pirámide o ensambladas como piezas de ajedrez listas para la batalla? ¡Esa hija de la gran puta! ¡Plagiadora! Eran árboles completos, con corteza, no como la madera que él usaba. Y sí, ella había tallado y pulido formas y figuras que le recordaban a Kali o a los bodhisattvas en el interior de los troncos: ilustraciones rústicas. ¡Pero el concepto! El concepto era suyo. El concepto era *puramente* suyo. Y se hizo evidente por qué ella no le había mostrado su trabajo. Porque estaba protegiéndolo, ocultando su robo. La ira lo empezó a consumir.

—¡Cuelga el fucking teléfono! —gritó.

—¡Oblígame! —gritó Anita por encima de la voz de Katharine Hepburn. Jack podía oírla reírse de él con su hermana.

Entró de repente, portafolio en mano. Ella estaba sentada en el suelo, apoyada contra la pared debajo de donde estaba montado el teléfono, y a Jack le costó todo el esfuerzo del mundo no arrebatarle el auricular de la mano y darle con él en la cabeza. Le arrojó el portafolio y le dio en la cara.

—¿Qué coño es esto? —gritó Jack—. ¿Ahora me estás robando?

Ella se puso de pie de un salto, colgó el teléfono. Una sonrisa se dibujó en su rostro sin apartar los ojos de él.

—¿Robando? ¡Por supuesto! Sí. *Por eso* no te enseñé mi trabajo.

Jack recogió el portafolio y hojeó hasta llegar a las esculturas de troncos de árboles.

—¿Entonces qué es esto? ¡Dime, qué es esto!

Ella le echó un vistazo y se rio. Se rio y se rio y él se quedó estupefacto. Esa mujer no tenía vergüenza. Ninguna vergüenza.

—¿Qué robé, Jack? ¿Madera? ¿Jack Martin es un dios tan poderoso que inventó los árboles? ¿Es eso lo que está pasando? Supongo que siguiendo ese razonamiento, Picasso se copió de El Greco, ¿verdad? Porque él también usó pintura.

—Tú sabes muy bien a lo que me refiero, Anita. El material expuesto. Las formaciones.

—¿Tú sabes lo que Rory dijo cuando los vio? Dijo que estaban haciendo evolucionar la conversación en torno a las bellas artes. Las estaban haciendo continuamente relevantes. ¿Y sabes lo que dijo Giancarlo? Que nunca había visto nada parecido. Que serían clásicos instantáneos.

—¡Clásicos porque le recuerdan a *mi* trabajo!

—Jack, yo sé que te conveniente pensar que soy una don nadie sin talento. Eso hace que sea más fácil para ti tratarme como una mierda, pero desafortunadamente para ti, eso no es cierto.

Ella le quitó el portafolio de la mano y se retiró a la habitación. Él volvió a llenar su whisky y regresó a su silla.

Nadie más podía hacerle eso, dejarlo tan en carne viva. Como cuando ella dijo que sus poemas eran esculturas de palabras, pero en aquel entonces sin lujuria. Él *no era* el dueño de la madera. *No poseía* árboles. ¿De qué carajo estaba hablando? ¿Ya nadie podía alinear la madera? ¿Los bosques deberían rendirle homenaje?

Ella lo había necesitado cuando se conocieron, sí. Pero nunca le tuvo miedo, jamás. Nunca fue ni remotamente empalagosa. Él tenía que reconocerlo. Anita era un hueso duro de roer. Era obvio que ella no lo quería en su apertura; recordó lo molesta que estaba Leslie por eso. Quejándose con él y Arnold sobre lo malagradecida que era Anita; lo fastidiosamente insistente. Tan cubana. Y entonces, dijo algo que, a decir verdad, había entrado sabiendo que diría. Algo como que *no debería haber arte feminista*. Era el tipo de cosas que solía decir en ese entonces, para provocar a la gente. Sabiendo que la gente lo escucharía y lo simplificaría hasta decir: «Jack Martin es un misógino». O «Jack Martin es racista porque dijo que no deberíamos tener arte negro». Le gustaba meterse con el público de esa forma: ocultando quién era en serio para ir en contra de esa idea de que la psicología del artista era el *verdadero* arte. Así que lo dijo y ella apareció y le dijo que se fuera a la mierda. Expresó en voz alta el pensamiento que él sospechaba quizás tenían todas las otras mujeres en la sala, pero que solo ella tenía las agallas para articular. Y entonces.

Y entonces, sucedió lo que lo atrajo hacia ella con una intensidad animal (lo mismo que *debió* haberlo hecho salir corriendo monte arriba, para ser honestísimo). La sala se paralizó cuando, como si ella hubiera dado una especie de orden silenciosa, todos los cuadros se cayeron de la pared. Ni un solo golpe, ni un solo clavo desprendido del yeso. Pero uno por uno, cada pieza simplemente se desprendió de la pared, se elevó en el aire antes de caer y golpear el piso. Como pequeños paracaidistas en caída libre en combate. Y se estrellaron, uno tras otro, por toda la galería, contra el suelo. Al principio, todo el mundo se quedó en silencio, tratando de darle sentido a todo aquello, antes de que los invadiera una sensación, como una aparición. Después, fue como cosa sacada de una película de Buñuel: todo el mundo empezó a gritar y a saltar de sus asientos. Surrealista. Y —en su vida olvidará esto— allí, en el centro de todo, estaba Anita. Sentada con tranquilidad en su asiento, sin mover un músculo hasta que el cristal del último cuadro cayó y se despedazó contra el piso. ¡Y era su obra! La exposición de Anita la que literalmente se estaba desmoronando. Él incluso juraba que ella esbozaba una sonrisita, pero se preguntaba si él mismo la había añadido a su memoria más tarde. (Más tarde, cuando cayó en cuenta de lo bruja/maldita que era en realidad). Como si ella prefiriera sentarse allí y dejar que todo ardiera en lugar de permitir que ignoraran su arte. Como si estuviera feliz por todo el alboroto.

Y en ese momento, él pensó que ella era tan fucking cool.

Cuando era un niño en Worcester, salvó a un pequeño chochín en el jardín. Su papá pensó que se había caído de su nido. La primera vez que hizo el amor con Anita, ella le recordó a la criaturita. Pequeña y sola en el mundo, sin dejarse intimidar a pesar de sus debilidades. Simplemente decidida a volar. Y él quería ser tierno con ella, aunque ella nunca lo solicitara ni lo exigiera. Cómo le encantaba tomar su pequeño y hermoso rostro entre las manos y mirarlo desde arriba. Solo besar esos delicados párpados y decirle que todo estaría bien. No es que ella alguna vez lo pidiera. Cómo le encantaba cuando ella lloraba, desesperada por regresar a Cuba; todavía devastada porque sus padres la habían obligado a irse. No era que a él le gustara su dolor, le encantaba que ella necesitara un hogar y él había querido darle uno.

Se levantó para volver a llenar el vaso de whisky. Por un segundo, bajó el volumen de la televisión y pudo escucharla rebuscando entre las perchas del armario, seleccionando ropa. Probablemente estaba empacando sus cosas y se dirigiría a su propio apartamento. Siete años de esto. El desastroso experimento matrimonial que había tenido lugar hace menos de un año.

Esta vez, pensó para sí, debería dejarla ir. De verdad que debería dejarla ir.

RAQUEL

PROVIDENCE • PRIMAVERA DE 1998

No pudo evitarlo; tuvo que revisar el botiquín del baño.

Raquel conocía muy bien los lujos que los padres de sus compañeros de clase les proporcionaban: cámaras de vídeo sofisticadas, computadoras portátiles, carteras y ropa de marca. No envidiaba nada de eso. Esas cosas, sabía, eran los indicadores de riqueza que se podían simular con facilidad. Marcadores vulgares que, para los verdaderamente ricos, no eran más que una fachada. ¿Cuántos nenes conocía ella que vivían en su miserable cuadra, en Brooklyn, y se vestían de pies a cabeza con Hilfiger o Ralph Lauren? ¿Cuántas nenitas andaban por ahí, como ella, con una «Prada», aunque algunas fueran reales? Acumulando cosas que *parecían* importar, pero solo porque no estaban habituados con las que realmente *importaban*: casas, carteras de valores y carros y relojes y los muebles de esas casas y el arte de esas paredes y segundas residencias, botes y aviones privados. Cosas que estaban fuera del alcance o incluso de la imaginación de la mayoría de los que aparentaban. Y, aunque Raquel aspiraba a algún día tener una base de riqueza para sí misma, en ese momento codiciaba los significantes menos obvios. Cosas tan privadas, tan prescindibles, que nadie con medios normales se atrevería a gastar dinero en extravagancias tan invisibles. Raquel estaba obsesionada con los artículos de tocador de lujo.

Champús que se vendían solo en París. Cosméticos y perfumes que nunca jamás encontrarías en Duane Reade (ni siquiera en Macy's, para el caso). Desde la primera semana en el campus, cuando llevó su canastita de ducha al baño comunitario, atestado como estaba de Noxzema, Lemisol y crema Palmer's Cocoa Butter Formula, no pudo evitar notar, mientras miraba a su alrededor, cuántas chamacas se acicalaban con productos que ella en su vida había visto. Hermosos paquetes que liberaban aromas aún más magníficos. Observaba el aspecto de los frascos, estudiaba los nombres de los tubos, buscándolos con afán en las revistas de moda a las que se suscribió, religiosamente, a su llegada a Brown. Y, de vez en cuando, como si fuera una nota perfecta en una tarea, se daba un caprichito. Bobbi Brown, Lancôme, Aveda, Clarins, MAC. Cada artículo prescindible era una forma secreta de recordarse a sí misma hacia dónde se dirigía, lo que se merecía.

Raquel sospechaba que el botiquín compartido de las Jevitas de Historia del Arte sería un tesoro de productos que ella tanto envidiaba como, tal vez, de los que ni siquiera había oído hablar. No hubo decepción: había jabones franceses que sospechaba pertenecían a Mavette; aceites faciales italianos que ella nunca había visto antes y no uno sino dos frascos diferentes de Benefit Benetint (que costaba $19.99 y solo en tiendas por departamentos seleccionadas, ninguna de las cuales estaba cerca de Providence). Aclamado como un producto milagroso, supuestamente le daba a cualquier persona de cualquier complexión un rubor natural en las mejillas y los labios. Raquel, que planeaba ver a Nick después de esta cena, se imaginó a sí misma tocando su timbre con un labio rojizo exuberante perfecto como el que había visto en el anuncio. Las jevitas, ya un poco borrachas cuando ella llegó, ahora estaban ebrias hasta el tope. Si los resultados eran tan naturales como decían, nadie notaría si se ponía un chispito, ¿verdad? Y si se daban cuenta, valdría la pena el riesgo de mostrarle los resultados a Nick más tarde. Fuera de la puerta se oyó un cambio de canciones y, en el momento de silencio, las oyó murmurar sobre ella. Se encogió de hombros y se puso dos puntitos en las mejillas. Que hablaran. El producto era incluso mejor de lo que había leído. Se echó una gotita en los labios, la mezcló con las yemas de los dedos y luego se lavó la evidencia.

En la pequeña mesa del comedor, Claire estaba abriendo otra botella de vino, mientras Mavette se servía una segunda porción de la elaborada ensalada que Margot les había preparado para la cena. El lugar estaba saturado de incienso. Sonaba Lou Reed en el tocadiscos y Raquel se preguntó de quién era la colección de vinilos. El área común era solo una habitación de bloques de hormigón pintada de color vainilla con techos de paflón salpicado y una pequeña cocina; sin embargo, las Jevitas de Historia del Arte le habían dado una atmósfera. Alrededor del perímetro, habían colgado luces navideñas, pero en vez de llenar el lugar con láminas de arte baratas, como ella habría sospechado, habían colgado un solo póster; uno enorme que leía: *Ciao! Manhattan*, que iba desde lo alto del techo hasta el borde de un viejo sofá de dos plazas de terciopelo que habían traído ellas mismas. Los ojos de Edie Sedgwick, delineados con kohl, se cernían sobre todo el espacio. «Es nuestra santa patrona», había explicado Claire cuando Raquel elogió el póster. El lugar era un verdadero invernadero y Raquel se preguntó si compartían el cuidado de esos niños inmóviles o si era responsabilidad de una sola. Margot, sospechaba, regaba las plantas.

—Entonces —dijo Claire mientras volvía a llenar el vaso de Raquel—, Nick Fitzsimmons.

—¿Así que de eso se trata esta cena? —manifestó Raquel, riéndose. Había esperado que le preguntaran, pero aun así se sonrojó bajo el Benetint al pensar en él. Durante dos semanas no había habido nada más que Nick. De hecho, esta cena era simplemente la polvoreada canela en el delicioso tembleque de Nick: habían pasado la tarde juntos en su estudio, él trabajando en bocetos y ella estudiando para su examen final de semiótica del arte. Barthes se volvía mucho más agradable cuando se interrumpía con el más sabroso de los besos. Después de la cena, Nick la llevaría a una fiesta de RISD. Una fiesta, se percató con un poco de presunción, a la que las Jevitas de Historia del Arte no habían sido invitadas.

—Sugerimos juntarnos a cenar *antes* de que ustedes empezaran a salir —dijo Margot, empujando su plato a un lado y sacando una ramita de yerba verde exuberante de un recipiente en una mesa auxiliar—. Creo.

—Eso es parte de lo que queremos saber —ofreció Claire, inclinándose hacia ella.

Habían encendido varias velas en la mesa del comedor, todas en elegantes candelabros que ella sospechaba habían sido sustraídos de las casas de sus padres. La luz suavizaba los rasgos cincelados de Claire, dándole a su normalidad un lustre de señorita holandesa.

—Es que fue como un truco de magia. Un día estás deambulando sola por el campus y puf, la semana siguiente eres parte de una pareja inseparable. ¿Cómo pasó eso?

Raquel miró a Mavette, quien se encogió de hombros.

—Soy una tumba —dijo con una sonrisa.

Raquel se había topado con Mavette en la calle Thayer a principios de esa semana y se encontró entusiasmada por el inesperado y aparente milagroso giro de acontecimientos, no solo en su corazón sino en su propia vida. Le contó a Mavette su encuentro: cómo se quedaron en el jardín de piedra justo detrás del edificio de arte, y se terminaron una botella de champaña. Cómo ella tenía que irse, aunque no quería, pero ella y Marcus organizaban un evento de micrófono abierto en el centro. Y cómo, a pesar de ser una noche tan importante para Nick, más sus padres que estaban allí, él se había ofrecido a acompañarla. La sorprendió, pero también: «Mavette, no puedes entender lo fácil que es hablar con él. Fue la mejor conversación de mi vida con alguien que acabo de conocer». Y cómo caminaron a lo largo del río y fue como la película «*Before Sunrise*, pero, ya tú sabes, en Providence». («Providence no es Viena», interrumpió Mavette). Pero él no la besó para despedirse y, el resto de la noche, ella apenas pudo concentrarse en la música. Las mariposas en el estómago que sintió esa noche casi le impidieron dormir, y se despertó al día siguiente preguntándose cuándo podría tener la oportunidad de volverse a topar con él. Y entonces. «Y entonces, a la mañana siguiente, sonó mi teléfono. Y era él. Que se preguntaba si yo quería tomar un café. Y yo le dije: «Claro, ¿cuándo?». Y él respondió: «Estaba pensando en ahora mismo»». Y le contó a Mavette cómo el café se convirtió en una caminata, que se convirtió en un almuerzo en Basha, que se convirtió en una película en su casa, que se convirtió en un beso. «El tipo de beso que, no sé, solo puedes recordar visceralmente, ¿entiendes?».

No tuvieron relaciones. Todavía no las habían tenido. Raquel no quería decirle a Nick explícitamente que era virgen, pero se sentía bien con hacerle saber que ella no tenía muchísima experiencia y que quería «coger las cosas con calma». Estaba segura de que él la rechazaría en ese momento, y se lanzaría en medio de la noche en busca de prospectos más satisfactorios como compañía. Estaba segura de que él podría encontrar una tipa que no tuviera la voz de su mamá en el oído atormentándola sobre los peligros de los penes que arruinan los sueños. Pero él no hizo eso. En cambio, sugirió que vieran otra película, hizo poscón y le dio ropa deportiva para que se cambiara. Cuando se hizo tarde, le dijo que debería quedarse a dormir. Ella se mostró escéptica, pero él le aseguró que no había segundas intenciones. Así que durmieron una al lado del otro en su futón, los brazos de él alrededor de su cintura, a veces despertándose en medio de la noche y encontrándose los labios, su mano revoloteando bajo la camiseta que le había dado para dormir, pero no más de ahí. Por la mañana, la llevó a desayunar a Louie's y luego la acompañó a la estación, donde ella hizo lo posible por ocultar la magnitud de la explosión que se estaba produciendo en su pecho, las sensaciones que latían en sus senos y su cuerpo. Hizo lo mejor que pudo, pero todos notaron que algo estaba pasando y se burlaron de ella por ello, de la mejor manera. «Yo creo que», dijo Marcus, «a Raquel la mordió un blanquito».

Pero, por supuesto, no iba a contarles todo esto a las Jevitas de Historia del Arte. No les dijo que nunca había anhelado tanto la compañía de alguien como anhelaba la de él. Nunca había tenido a alguien que le confiara sus ambiciones, inseguridades y presión para estar a la altura de las grandes esperanzas que sus padres tenían para su carrera. No, no compartió eso; en cambio, dijo:

—Bueno, yo no sé. Nos conocimos en la apertura de su exhibición, después de que ustedes se fueran, y él simplemente era muy diferente a lo que yo me había imaginado.

—¿Nunca habías hablado con él? —preguntó Margot, incrédula. Terminó de atiborrar la pipa de yerba y estaba a punto de encenderla—. Tú eres amiga de su hermana.

Raquel decidió no agregar su típica advertencia de que Astrid era su amiga de Historia del Arte. Astrid, se dio cuenta, era su amiga de verdad. Lo sabía porque Raquel no había podido decirle a Astrid que ella y Nick estaban… sintió una oleada de emoción incluso al pensar en la palabra «saliendo». Temiendo, supuso, que pareciera una traición. O, tal vez, que todavía no fuera del todo real. En cualquier caso, si Astrid lo sabía, tampoco había dicho nada. Quizás, imaginó Raquel, esperando que todo el asunto pasara pronto.

—Ellos, ejem —Raquel vaciló aquí, insegura de cómo proteger a todas las partes involucradas—, no son muy cercanos y a Astrid le gusta tener su propio círculo social.

—Interesante —dijo Mavette, con la voz algo nerviosa. Tomó la pipa de las manos de Margot, pero su atención permaneció en Raquel. Se preguntó si Mavette sabía que ella sabía sobre Astrid y Niles. Se preguntó si Mavette quería decir algo más; qué podría saber sobre Nick. Pero tenía demasiado miedo, frente a las demás, de exponer su corazón en carne viva y preguntar. Desconfiaba demasiado de ellas para dejarles ver la forma en que había caído por completo.

—Entonces —dijo Claire, como si pudiera leerle la mente—, ¿esto es amor? ¿Amor de verdad?

—Pero es que nosotros apenas nos estamos conociendo.

Claire miró hacia la puerta donde Raquel había dejado su blazer, un Prada carabelita y una pequeña bolsa llena de ropa.

—Parece un poco más que «apenas se están conociendo» —comentó mientras tomaba la pipa de Mavette—. Mira, Raquel, nosotras estamos felices por ti —continuó Claire, pero era difícil pasar por alto que no se veía feliz—. Este es un gran paso para ti, a nivel social.

—¿Perdón? —dijo Raquel y de pronto sintió un nudo agobiante en su estómago—. ¿Pero de qué puñeta tú estás hablando?

Mavette se levantó y salió de la habitación sin siquiera mirar a Raquel.

—Nadie en este campus sabe quién eres y de repente, justo antes de tu último año aquí, has logrado entablar una muy pública… lo que sea que tengas con Nick Fitzsimmons. Este artista súper conocido y prometedor.

Raquel sabía que Claire nunca entendería ni comprendería que, en *su* mundo, el Tercero, era de Nick de quien nadie había oído hablar. Que era solo su incipiente relación con él lo que había servido para diferenciarlo de los otros miles de blanquitos guapos del campus.

—Si esto fue una estrategia de popularidad, Claire, ¿por qué elegiría a un maldito estudiante de último año que ni siquiera estará aquí el año que viene?

—Él es un chico prometedor también en el mundo real —replicó Claire—. ¿Tú no crees que eso tendrá algún peso ante la facultad cuando llegue el momento de solicitar empleo?

Raquel estaba orgullosa de los logros de Nick, pero también estaba orgullosa de los suyos. Por supuesto, sintió un pequeño destello de emoción cuando uno de los profesores del edificio de arte la vio con Nick; de que ella fuera lo suficientemente seria, inteligente y culta (y bonita) como para sobresalir en sus estudios y atraer a alguien como él.

—Y —continuó Claire—, no es que no lo sepas, pero él es súper rico.

Esta última parte la sorprendió cuando la escuchó en voz alta. No era que no lo supiera. Por supuesto, siempre estuvo consciente (con su derecho e indiferencia) de que Astrid tenía chavos. Sabía a qué escuelas habían ido. Todos los viajes familiares a los que hacía referencia de pasada en conversaciones sobre arte: China, Francia, Estambul, Sudáfrica (para conocer a Mandela). Por la propiedad transitiva, eso significaba que Nick tenía dinero, pero ella no había pensado activamente en él como una «persona rica». Simplemente lo era.

—¿Chicas, sabían que sus padres tienen un Jack Martin personalizado? —les preguntó Claire a todas y a ninguna a la vez—. Su mamá recorrió todo el East Side alardeando del hecho hace unos años.

Esa información la sorprendió hasta que recordó que Astrid lo había mencionado (y el vergonzoso nivel de orgullo de su madre por ello) durante su conferencia sobre Martin y Stella. El cerebro de Raquel ahora hizo un inventario de todas las señales. La champaña en la recepción, la calidad de las toallas en su baño. Él siempre pagaba cuando iban a algún lado, pero sobre *eso* Raquel no había pensado en absoluto. La mamá de Raquel le había dicho repetidamente que un hombre debía pagar si estaba interesado en pasar tiempo con una mujer, y nada de lo que había propuesto el feminismo parecía refutar de manera convincente esa lógica. Pero en verdad, en su mente, ella no lo había etiquetado como un riquito.

Claire había vuelto a dejar la pipa sobre la mesa. Ni siquiera se la ofreció a Raquel.

—Bueno sí, pero —empezó a decir Raquel—, incluso si lo es, eso no tiene nada que ver...

—Es una especie de revuelta, ¿no? Mavette te contó nuestro plan para el verano y nos dijo cómo te cagaste en él, de principio a fin, y ahora tú estás aquí...

—A mí no me gusta Nick por su dinero —replicó Raquel—. Eso es ridículo. Mi plan para el verano es quedarme aquí y trabajar en...

—¡Eres una racista, Raquel! —gritó de repente Margot. Había estado sentada en silencio todo este tiempo; Raquel apenas se acordaba de que estaba allí. Pero antes de que pudiera siquiera asimilar esta acusación, Claire intervino.

—Margot tiene algo de razón, Raquel. En todo este tiempo, tú ni siquiera hablas con gente blanca a menos que sean profesores y, de repente, ¿Mavette te cuenta nuestra idea y, de lo siguiente que nos enteramos, es que tienes un novio blanco que resulta que viene, no de una, sino de dos familias de Nueva York con fideicomisos?

—¿Qué? Me cago en na'. ¿De qué están hablando? Yo no soy racista.

—Dinos el nombre de un amigo blanco que tengas —preguntó Margot tajante—. *Aparte* de la hermana de tu novio.

—No puedo ser racista. Las minorías no pueden ser racistas porque somos víctimas del racismo.

—Todo el mundo puede ser racista —añadió Mavette con indiferencia. Estaba hojeando una revista. Estas chamacas la estaban despedazando y Mavette estaba leyendo una puñetera revista *Seventeen.*

—¿Ves? —dijo Claire, con el tono de los debates en clase, de repente de vuelta en su voz, tono que a Raquel le resultaba familiar—. Mavette está de acuerdo y Mavette es una minoría. Ahí está.

El corazón de Raquel se aceleraba. ¿Cómo habían llegado a este punto? ¿Cómo había venido a una cena y ahora estas cabronas, que apenas conocía, la llamaban chapeadora racista? Sus instintos le decían que se fuera, pero se sintió obligada a defenderse.

—El racismo tiene que ver con el poder —le recalcó con frialdad a Mavette antes de volverse hacia Margo y Claire—. Yo no tengo poder aquí. No puedo ser racista porque no tengo más poder que los blancos. No tengo más poder que ustedes, aquí.

—Ay, Dios mío —expresó Margot, con algo de repulsión. Se inclinó hacia adelante y tomó la pipa de nuevo—. Este es exactamente el motivo por el que mi papá no quería que yo viniera aquí.

—Pensé que eran los dormitorios mixtos —se le ocurrió decir a Raquel.

—También. Es todo. Todo —Margot tenía un tono maníaco en la voz, a pesar de la marihuana—. Todo el pesado lloriqueo. Tú estás aquí igual que yo. Eso nos hace iguales. Si yo tengo poder, tú tienes poder. Si te sientes una víctima, es porque tú eliges ese papel.

Raquel sintió lo erróneo de esto en el estómago. La mentira fundamental de todo. Sí, ambos estaban allí. En la misma escuela, en la misma clase, cursando la misma carrera, incluso en el mismo dormitorio en ese mismo momento y, sin embargo, ella ni siquiera podía empezar a enumerar la letanía de formas en las que no eran iguales. La garganta se le estaba cerrando de ira, pero también de agobio.

—Nunca dije que fuera una víctima —aseguró con los dientes apretados.

—Cierto —afirmó Claire con desdén—, solo dijiste que eras impotente.

Antes de que Raquel pudiera pensar en qué decir, Claire continuó:

—Por suerte para Raquel, la familia de Nick es muy poderosa. Eso debería ayudar. Su madre está en la junta directiva del MOMA, ¿ya les había contado? —miró a Mavette—. ¿Tienes papel de liar?

Raquel no sabía que la mamá de Nick estaba en la junta directiva del MOMA. ¿O lo sabía y también se le había olvidado? La verdad es que no pensaba que los nombres en esas placas de bronce fueran personas de verdad.

—¡La cretina junta directiva del MOMA! —respondió Mavette mientras señalaba las envolturas en el librero—. Caramba, Raquel. Realmente la pegaste.

—No *pegué* nada —refutó ahora Raquel. Mavette no había parecido cruel en sus palabras, pero Raquel sintió que la habitación se encogía bajo el peso de la inquisición—. Solo estamos saliendo, conociéndonos.

—¿Sabes, Raquel? —dijo Claire—, tú no eres estúpida. Esa es la cuestión. Y no me refiero a las clases. Todas hemos visto cómo manipulas a John Temple; cómo manipulas a la facultad. La patética rutina de la pobre niña de escuela pública. La pobrecita minoría, siempre tan jodidamente fervorosa sobre lo duro que trabaja.

—Quien —intervino Margot— resulta que es esta sexy latina que se lanza sobre su asesor.

Raquel no iba a aguantar más esta mierda. Se puso de pie y se dirigió hacia la puerta, pero Claire se interpuso en su camino.

—Me quiero ir —masculló Raquel, con la voz ahogada por las lágrimas en su garganta.

—Imagínense lo que habrá hecho para que Temple escribiera esa recomendación para RISD —continuó Margot, levantándose para ahora estar hombro con hombro con Claire. La piel pálida del brazo desnudo de Margot tocó el pecoso de Claire e, incluso a través de sus ojos húmedos, Raquel notó la piel de gallina de Claire.

—Por el amor de Dios —aseveró Mavette desde el sofá, con exasperación en su voz—. Te estás pasando de la raya, Margot.

Raquel la miró enojada. ¿En serio? ¿Mavette estaba viendo un ataque y lo único que le salió del forro fue hacer de árbitro de línea?

—Déjenme salir —exigió Raquel mientras intentaba abrirse paso entre las dos chamacas, que se movían en tándem, bloqueándola en ambas direcciones. Deseaba desesperadamente canalizar el Brooklyn que había en ella; arañar y destrozarles las caras a esas perras, pero Brown le había limpiado el barrio que llevaba dentro. La había dejado sin garras en un tipo de selva distinta.

—No hasta que lo admitas —dijo Margot.

—¿Admitir qué? —preguntó Raquel. Se sentía físicamente enferma. Se le dificultaba la respiración, atrapada como estaba por estos giros de palabras y lógica—. Yo no hice nada.

—Oh sí.

Raquel pensó en el Benetint. Esto no podía ser por el Benetint.

—Dime qué debo admitir y lo admitiré. Pa'l carajo, yo solo tengo que irme de aquí.

—¡Nos robaste nuestro lugar! —gritó Margot, su piel rosa pálida roja por la rabia.

—¿De qué diablos estás hablando? —gritó Mavette, levantándose.

—No todas podíamos ir, está bien. Lo entiendo. Pero Claire prácticamente creció en una galería y no hay manera de que tú estuvieras más calificada para esa beca RISD…

—¿Qué? —dijo Raquel, desesperada por convocar su ira e incapaz de encontrarla. Su único intento de defensa fueron las palabras—: ¡No! ¡No!

—¿De qué coño estás hablando, Margot? —insistió Mavette, pero Margot la ignoró.

—Solo admite que eres una don nadie sin talento que se valió de la equiparación de derechos para conseguir ese lugar —dijo Claire con brusquedad—. Y luego te dejaremos ir.

A Raquel le empezó a chorrear sudor por las sienes y el pecho, la habitación claustrofóbica con el humo de marihuana y cigarrillo y el maldito Lou Reed sonando de fondo. Y nada de eso era cierto. Nada de lo que decían era verdad, pero ella quería salir de esa habitación con tanta desesperación que habría dicho cualquier cosa que ellas quisieran.

Y así lo hizo.

~

—Estás muy linda —afirmó Nick cuando la vio, atrayéndola hacia él para besarla, con la mano firme en la parte baja de su espalda. Una descarga eléctrica le recorrió la columna vertebral.

Lo había dicho con tanta sinceridad que Raquel se preguntó si «las manchas de lágrimas» podría ser un look de belleza emergente—. La casa de Mitch está a la vuelta de la esquina.

—Listo —dijo ella; feliz de estar con él, pero nerviosa de estar expuesta al conocer a toda esa gente nueva.

—¿No tienes frío? —preguntó.

¡Su blazer! Había agarrado su cartera tan rápido que olvidó su chaqueta. ¡Y su bolsa de ropa! Puñeta. Nunca volvería a ver esas cosas, decidió. Preferiría botarlas a la basura antes que volver a hablar con esas cabronas. Había una niebla en el aire que hacía que la noche fuera húmeda y, sin embargo, no se había dado cuenta hasta que Nick lo mencionara. La adrenalina que bombeaba a través de ella generaba tal calor que había caminado las doce cuadras desde Young Orchard hasta la casa de Nick en Wickenden sin sentir el frío ni una sola vez.

—Estoy bien —respondió descartándolo.

Pero Nick ya se había quitado la chaqueta y se la estaba colocando sobre los hombros.

—Sangre nórdica —explicó—. No noto el frío. Es cerca de todos modos.

—Gracias —expresó ella, calentada en igual medida por la chaqueta y por su muy necesaria amabilidad.

—¿Te divertiste en la cena? —preguntó él.

Se rio a carcajadas. No había sido su intención, pero la cena había sido absolutamente lo opuesto a la diversión. Angustiosa, repugnante, degradante. Pero en definitiva nada divertida.

—Espera —dijo, con una risita—. ¿De qué me perdí? Solo te pregunté si lo habías pasado bien con tus amigas.

Raquel se rio aún más fuerte, al ver cuán claramente desalineada estaba su visión de la noche con la realidad. Él imaginando a amigas, bebiendo vino y compartiendo artículos de *Cosmopolitan*, sin idea alguna de que ella había sido humillada y obligada a suplicar para poder apartarse de su presencia. Tal vez era porque, momentos antes, ella se había doblado en dos entre sollozos guturales que la habían asustado, que tanto bochorno y tristeza necesitaban una liberación, pero ahora no podía parar de reír. Su risa era tan desenfrenada, burbujeando desde el vientre, que Nick también se echó a reír.

—No tengo ni idea de por qué me estoy cagando de la risa —dijo ahora—. ¿Por qué te ríes? Dime por qué nos reímos.

Y eso solo hizo que ella se riera con más desenfreno. Qué locura había sido todo, qué dementes estaban esas cara'e cricas. A ambos les corrían las lágrimas, las risas de Raquel eran tan intensas que tuvo que apoyarse contra un carro estacionado.

—Me río porque…

Pero su risa era demasiado intensa para continuar.

—Ni siquiera puedes hablar —exclamó Nick, histérico—. ¡Contrólate, Toro!

Le puso las manos sobre los hombros, trató de ayudarla a pararse derecha, trató de mantener su propia cara seria, lo que solo hizo que ambos se rieran más. Una alegría la invadió entonces, un alivio. Puede que lo hayan intentado, pero esas chamacas no habían logrado enlodar esto: la única cosa perfecta que había encontrado en este lugar. Recuperó la cordura.

—Me río porque odio a esas mamabichos y fue una de las peores noches de mi vida.

Lo que solo los hizo desternillarse de nuevo, riéndose tan fuerte que la cara de Nick se puso completamente roja como una langosta y Raquel comenzó a toser; cayendo en los brazos del otro para tratar de detener la risa porque habían perdido el control. Les dolía la cara y el estómago. Y cuando por fin se calmaron y la risa disminuyó, se enderezaron, se envolvieron en un abrazo, dejando que las endorfinas los inundaran, la histeria reemplazada por una tranquilidad, una sensación relajante por estar juntos.

—Por si sirve de algo, ese tipo de mujeres son siempre las peores —afirmó Nick después de que hicieron una parada rápida en una licorería—. He estado en escuelas con ellas toda mi vida. Rascas la superficie y no hay nada más que capa tras capa de pintura color beige.

—Sí, me lo había imaginado —dijo ella. Las Jevitas de Historia del Arte de repente se sintieron muy lejos, empujadas por la mano de Nick, ahora entrelazada firmemente con la de ella—. Esta noche fue solo una confirmación.

—Y si sabías que no te caían bien —preguntó Nick—, ¿por qué accediste a ir a la cena?

Ella apretó su mano un poco más fuerte.

—No lo sé. ¿Nunca haces cosas que no quieres hacer?

—Trato de no tener que hacerlo. Supongo que es mi forma de oponerme a la burguesía. Soy alérgico a toda esa farsa de clase alta, ¿entiendes?

Raquel no era una farsante. No quería que él pensara eso de ella. ¿Cómo podía decirle que se sentía sola y que su mejor amigo solo quería hablar sobre qué lanzamientos de Bad Boy iban a salir o cuándo y si donde se hacen tatuajes iba a renovar su paquete publicitario o no? ¿Cómo explicarle que sabía que las Jevitas de Historia del Arte eran un reguero 'e cabronas, pero pensó que era un paso hacia una futura amistad con Mavette? ¿Cómo podía decirle que quería una mejor amiga para su último año en este lugar sin sonar como una perdedora?

—Siempre supiste que vendrías a una escuela como esta, ¿verdad?

—Para ser honesto, pensé que iría a Bennington, pero mi papá vino aquí…

—La misma mierda. Es un lugar igual que este —dijo, un poco molesta por su ingenuidad—. ¿Ves? Yo no lo sabía. O tal vez no sabía lo que significaba.

—¿Qué quieres decir con lo que significaba?

—Mira, yo tenía una mejor amiga en la secundaria —comentó Raquel—, esta nena, Denise. Es negra. Nuestra escuela era muy diversa, pero no en las clases avanzadas, y estábamos en *todas* las clases de honores juntas. Éramos inseparables: en las clases, después de la escuela, a la hora de estudiar. A ella la aceptaron en Notre Dame y a mí aquí, pero cuando llegó el momento de la verdad, Denise se decidió por SUNY Buffalo.

—¿En vez de ir a Notre Dame? —preguntó Nick, con un hálito de escepticismo que hizo enfadar a Raquel.

—No la juzgues; había obtenido una beca completa. Pero, recuerdo que en ese momento pensé que ella estaba tomando el camino fácil y no apostando en sí misma como yo…

—Entonces, ¿*tú* la estabas juzgando, es lo que estás diciendo?

Raquel puso los ojos en blanco.

—Coño —dijo—, ¡déjame terminar mi anécdota! Eso es parte de mi punto. Me dije, ¿qué eran unos cuántos préstamos para salir de un lugar como Notre Dame? ¿Y tú sabes lo que me contestó? Me dijo que cuando visitó la universidad podía contar con los dedos de la mano a los otros nenes negros y que por qué iba ella a pagar tanto dinero para que la convirtieran en un token, en un parche de diversidad. Y entonces, tres años después, se lo está pasando mortal. Este verano, está haciendo una pasantía en *Vibe*, no por dinero, porque puede, ya que su universidad es gratuita. Y tiene un montón de amigos porque, bueno, todo el mundo es como nosotras.

—Hay mucho que decir sobre la superación personal, Raquel.

Ella se paró en seco y lo miró. Algo sobre la risa la hizo sentir que podía ser ella misma, su verdadera yo, con él.

—¿Tú crees que *eres* una versión mejor de ti? ¿Es eso lo que estás diciendo? —preguntó Raquel.

Él tenía la misma mirada avergonzada de cuando ella lo confrontó por su arte.

—Quería decir —explicó, de manera muy tierna—, que el mundo entero no pensaría que venir a una universidad como esta no es una mejor oportunidad que donde está Denise si no lo fuera.

Ella aceptó esa lógica. El mundo entero no podía estar equivocado, ¿no?

—Además —continuó— tú tienes esa increíble pasantía en el verano, que paga bien… aunque Astrid les haya dicho a nuestros padres que no pagaba nada para poder seguir recibiendo el dinero que le dan producto de su extorsión.

—Tu hermana puede estafar a la par de los mejores —dijo Raquel con una risita—. Y sí, esa pasantía paga un cojón.

Caminaron en silencio por un minuto y ella pensó en la visita que le hizo a Denise en su primer año. Nick era de Nueva York, pero no de *su* Nueva York. Sería imposible explicarle a él (que nunca había estado rodeado de nenas como ella y Denise y la gente con la que crecieron), lo fácil que era *estar* en la SUNY Buffalo. Cómo nadie tenía suficiente de nada y no era algo de lo que avergonzarse. Cómo, por la mañana, podías ir y volver del baño con el gorro de dormir puesto y no tener que responder a veinte preguntas de blanquitas sobre qué era eso y por qué lo llevabas puesto. (No era que no hubiera un montón de estudiantes blancas o que Denise no conociera a ninguna. Simplemente no eran ignorantes o por lo menos no estaban tan malcriadas como para sentirse con derecho a saber). Más que nada, sentía que todo el campus le pertenecía a Denise. Todas las facetas de la experiencia. Y no era tan atractiva como Brown, para nada, pero era toda suya. Apenas se veían ahora, ella y Denise. Las dos estaban demasiado pelas, sin chavos, para las llamadas de larga distancia y Raquel ya casi nunca iba a Nueva York. Solo algún correo electrónico ocasional para saludar a la otra persona, ponerla al día, ver si estaba bien.

—Imagino —dijo ahora Raquel—, la verdadera razón por la que fui a la cena es porque pensé que podría ser bueno, ya que solo me queda un año aquí, tratar de ampliar mi círculo social.

Nick se detuvo, colocó la bolsa de la licorería sobre el capó de un carro estacionado y la atrajo hacia sí.

—¿Y no es eso lo que estamos haciendo? —preguntó antes de besarla, enredando sus dedos en los rizos de su nuca, y ella sintió que su cuerpo se tensaba y luego se relajaba.

~

La fiesta se anunció como inusual para Raquel por la pila gigante de zapatos en el rellano del apartamento.

—Mitch es un maniático del orden —dijo Nick—, mantiene una política de cero tolerancia de zapatos en su casa. Aparte de eso, es un anfitrión fantástico.

Más allá del umbral, un espacio reluciente, como Raquel nunca había visto en una fiesta universitaria. No tenía el aire descuidado y agresivamente sexual de las fiestas del Primer Mundo a las que había asistido, ni la vibra a discoteca que tienen las fiestas del Tercer Mundo: bajo retumbante, luces apagadas, cualquier cosa que se pudiera hacer en pos de mejorar el espacio para bailar hasta sudar. La sala de Mitch brillaba. Desde pañuelos colgados sobre lámparas, luces titilantes colocadas sobre estanterías, velas. La habitación estaba embriagadora con el aroma de la marihuana y, extrañamente, del popurrí. El gentío se había vestido para no pasar desapercibido: los estudiantes de moda de RISD se destacaban entre los demás, pero la declaración sartorial era un punto claro de la noche. Había tazones de mezcla de bocadillos distribuidos por la habitación; un elegante y antiguo cuenco de ponche colocado sobre una mesa con unas cuantas bandejas de huevos rellenos. Alrededor había grupitos de personas agarrando sus vasos plásticos rojos, coqueteando, discutiendo, echando cuentos. Todo parecía muy… adulto. La música, más antigua, indie (Björk, The Pixies, Portishead), se dejaba escuchar, pero no tan como para que la gente no pudiera conversar, como si proclamara que este era un espacio creativo (blanco). Y *era* blanco. A estas alturas, era un instinto de Raquel escanear una zona y tratar de encontrar a la gente de color, de la misma manera en que alguien podría localizar las salidas de emergencia en un avión. Para un sentido de seguridad. Contó, de un vistazo rápido, dos personas que podrían ser birraciales y tres asiáticas o asiático-estadounidenses en la morada. Más ella. Seis. De unos sesenta invitados. No importaba; esto se trataba de explorar.

Alguien (supuso que Mitch) saludó a Nick con un grado de entusiasmo que Raquel se dio cuenta de que solo podía estar reservado para una persona que trajera más alcohol y los condujo a la cocina. Mitch se había graduado de RISD dos años antes, pero todavía conservaba esa irónica costumbre de la escuela de arte en la que se vestía como un mafioso en su día libre (franela blanca, breteles, pantalones caqui), pero sin tono irónico. Pertenecía a una familia adinerada de Virginia que supuestamente había hecho algo con los Clinton. Él era, no obstante, un anfitrión súper atento, quien de inmediato comenzó a poner la cerveza que Nick trajo en una hermosa tina de hielo plateada y se ofreció a prepararles cocteles.

—Mitch —dijo Nick, poniendo el brazo alrededor de Raquel—, ella es Raquel, mi novia.

Mitch agarró una bolsa enorme de Chex Mix de la mesada de la cocina.

—Un placer conocerte —declaró, tirándole un beso—. Tengo que rellenar mis tazones de bocadillos antes de que alguien se emborrache más de la cuenta y me haga un desastre en el baño.

Cuando se fue, Raquel no pudo contener su sorpresa.

—¿En serio? ¿Novia? —dijo riéndose.

Nick le dio un besito.

—Bueno, te dejé dormir con mis pantalones cortos. Yo no hago eso con todo el mundo. ¿Lista para conocer a las masas?

Raquel hizo una pequeña mueca. Las Jevitas de Historia del Arte la habían desgastado. Deseó que se hubieran quedado en casa viendo una película. Pero antes de que pudiera decir nada, él la agarró de la mano y la condujo hacia lo desconocido.

La noche fue, para Raquel, una revelación. Se había familiarizado con los muchos rostros sin nombre que encontró en el edificio de arte, pero se dio cuenta de que había dejado de verlos como personas. Como personas a las que podía llegar a conocer. Asumía que, como residían en diferentes universos del campus, no debían tener nada en común. Y, sin embargo, allí estaba ella, Nick presentándola a todo el mundo como «la brillante Raquel» y, de repente, ella se encontraba flotando con facilidad entre conversaciones sobre películas independientes, arte y la facultad, de la que a todos les encantaba chismear. Descubrió que se defendía por demás en un espacio en el que había estado segura de que se ahogaría. Se sentía una estrella. Sí, sin duda estaba rodeada por el resplandor de estar allí como la acompañante de Nick Fitzsimmons, pero también traía su propia luz. Podía sentirla.

Llevaban un rato en eso cuando Mitch se acercó y llevó a Nick a un lado, con cara de preocupación. Nick se disculpó y le aseguró que volvería enseguida y, por un segundo, Raquel, sin ataduras a ningún grupo en particular ni a ningún tête-à-tête, sintió pánico. Estaba deseando reunir la fuerza social para insertarse en una conversación cuando escuchó una voz detrás de ella.

—¡Brócoli! ¿Qué haces aquí?

Era Julián. Se le dibujó una sonrisa a Raquel en la cara; alguien a quien conocía por su cuenta.

—¿A qué te refieres? —preguntó, aunque sabía exactamente la respuesta—. ¡Yo voy a fiestas!

—No a este tipo de fiestas —afirmó. Como a él le gustaba el hip-hop casi tanto como a Raquel, ella con frecuencia le enviaba correos electrónicos sobre fiestas en el Tercer Mundo que se celebraban fuera del campus o tal vez se lo encontrara la Noche Funk en el bar del campus. Bailaba como un anormal, pero en el Tercer Mundo le daban crédito por ser tan cool a pesar de ser el único blanquito en la sala. Ella también notó lo fácil que era para él mezclarse en este mundo. Su camiseta de los Knicks demasiado grande y sus pantalones cortos cargo manchados con pintura parecían menos «urbanos» en este entorno y más de un estudiante de arte indiferente.

—Es diferente, ¿eh? —dijo ella, riéndose.

—Muchas «conversaciones centellantes» —bromeó él—. Pero Mitch es bien cool; me deja vender mi chin de yerba. Estas fiestecitas son como matas de dinero.

—¿En serio? —expresó Raquel. Siempre había asumido que él, como casi todos en RISD, era rico.

—Estoy tratando de grabar mis propias canciones; de montar mi propio estudio —contestó.

—Eso es magnífico.

—¿Estás sola?

—Oh, no, vine con Nick. Fitzsimmons —dijo, y se encontró sonriendo antes de agregar—: mi novio.

Y aunque había bebido un poco, habría sido imposible ignorar la sonrisa que desapareció de su rostro. Antes de que pudiera presionarlo, escuchó a Nick gritar su nombre desde el otro lado de la sala con una Astrid desmayada en los brazos.

—¡Raquel! —gritó de nuevo—. Tenemos que irnos.

Se abrió paso a través de la atiborrada sala, pero Nick ya estaba bajando las escaleras cuando ella llegó a la puerta. Un Mitch muy ansioso rondaba en el rellano.

—¿Qué mierda pasó? —preguntó Raquel mientras se apresuraba a buscar sus Air Max.

—Esta pendejita de mierda se dio un pase de ketamina con Niles, le dio un ataque de nervios y se encerró en mi baño —dijo Mitch, exasperado—. Pendejadas de nenita estúpida.

—¿La gente todavía usa ketamina? —preguntó Raquel, mientras luchaba con los cordones.

—La gente todavía usa de todo —afirmó Mitch—. Cierra bien la puerta cuando salgas.

Afuera, la neblina se había espesado hasta convertirse en niebla, y Raquel apenas podía distinguir la silueta de Nick, dibujada por los faroles de la calle: la cabeza y los pies de Astrid, colgando a ambos lados de sus brazos, como una extraña pietà.

—¡Nick! —gritó, pero él no se detuvo, simplemente siguió caminando. Ella trotó un poco para alcanzarlo.

—¡Oye! —dijo—. Mierda, ¿está completamente ida?

—¿Dónde estabas? —espetó él.

—¿Qué? —preguntó confundida—. Tú dijiste que ibas a regresar de una vez…

—Cierto, y cuando no regresé, ¿no te diste cuenta?

—Me encontré con un amigo —alegó.

Él respondió a sus palabras con un fuerte silencio. Ella se sintió tan helada por él como por el aire húmedo. No estaba segura si estaba avergonzado por su hermana o qué, pero su reacción se sintió desproporcionada para la situación.

—Mira —le dijo—, ya estoy aquí. Lamento que esto haya sucedido. Lo estaba pasando bien.

Al final se detuvo, se echó a su hermana sobre el hombro, sacudió los brazos y dejó escapar un suspiro antes de comenzar a caminar de nuevo.

—A ella le encanta arruinar las noches buenas, diré eso de Astrid.

Raquel hizo una mueca; eso la hizo sentir rara.

—Lo hace para llamar la atención —continuó él—. Siempre se me han dado bien las cosas: la música, el arte. La gente me presta atención. Y, no sé, el asunto de las drogas es como su forma de intentar destacarse.

Raquel fue a tocarle el brazo, para consolarlo con ese pequeño gesto.

—Puedo oírte, mamagüevo —balbuceó Astrid.

Su voz sobresaltó a Raquel. Soltó un pequeño grito, que hizo que Astrid abriera un ojo y levantara la cabeza.

—Y tú —le dijo a Raquel—, tú puedes conseguirte algo mejor que mi hermano.

Enseguida cerró el ojo y su cabeza volvió a caer como peso muerto sobre el hombro de Nick. Como si toda su energía para salir de su alucinante agujero se hubiera gastado en entregar esos dos mensajes y la satisfacción de eso (su viaje intergaláctico para maldecir a su hermano y decirle a Raquel que no era lo suficientemente bueno para ella) les devolvió las risitas a ambos.

Después de que Nick dejara a Astrid en la habitación extra; después de que sacara un par de cervezas de la nevera y se sentaran en el porche a descargar la noche; después de que le diera un masaje en los pies usando, notó, crema de manos y pies de Kiehl's, Raquel le dijo que estaba lista. Él le preguntó si estaba segura. Nunca se había sentido más segura de nada, excepto de arriesgarse y venir a Brown. Sentía que su vida ya había cambiado mucho esa noche, ¿por qué no cambiar esta última cosa? Y aunque él fue muy amable, y aunque ella fingió que no fue así cuando él le preguntó más tarde, definitivamente dolió. Agudo y desgarrador y le duró el día siguiente y el otro día. Pero, para esas alturas, Raquel ya lo sabía.

Todo lo que vale la pena hacer duele al menos un chispito.

ANITA

CIUDAD DE NUEVA YORK • OTOÑO DE 1978

Bueno, el principio del principio; eso quizás es importante saberlo. Fue un truco. Una artimaña. Una maniobra desesperada de mercadeo (como cuando hicieron que Billie Jean King jugara tenis con ese bufón machista) montada por mi galerista para atraer a una multitud a mi primera exposición individual en Nueva York. Así fue como Jack y yo nos conocimos.

«¡Hombres hablando de arte de mujeres!», había dicho Leslie. «¿Acaso no es eso simplemente maravilloso?». Pero yo no creía que fuera maravilloso y se lo hice saber. Los hombres, dije, pueden hablar de cualquier cosa. En cualquier lugar. ¿Por qué deben opinar sobre nosotras en una galería para mujeres? ¿Y por qué deben hacerlo en *mi* apertura?

Leslie dirigía Venus Collective, una pequeña galería fundada por un grupo de artistas feministas blancas que estaban «extremadamente emocionadas de mostrar arte latino». En especial obras tan innovadoras como las mías, había dicho Leslie. Yo creí en eso, de hecho. Todavía lo creo. Para mí Leslie era una campeona. Era solo que no tenía agallas. A pesar del potencial que ella creía que tenía mi carrera cuando me ofreció la exhibición, al final se paniqueó. Le preocupaba que nadie asistiera, «solo para ver a una artista desconocida del «Tercer Mundo»». Sobre todo, porque yo no venía de Nueva

York. «Tú mencionas Iowa y la gente de aquí simplemente se cierra», dijo. Le aseguré que llenaría el lugar. Sí, yo era nueva en la ciudad, pero también había hecho muchos amigos. Bueno, conocidos, pero ¿a quién le importa? Leslie no dio el brazo a torcer. Y así, además de la tradicional recepción de apertura (el vino, el queso, las galletas y la bossa nova de rigor), la galería también organizaría una «charla».

«Solo intento ayudarte a atraer mucho público, Anita», había dicho Leslie, sin siquiera tratar de ocultar su exasperación. Era obvio que yo la molestaba. No por señalar su hipocresía, sino por parecer desagradecida. Una morenita inmigrante que recibe esta gran oportunidad blanca y esplendorosa en la ciudad. ¿Por qué yo no podía aprovechar el chance y disfrutarlo? Y, en realidad, no sabía por qué. Solo sabía que no podía.

«Además, no se trata de cualquier hombre. Se trata de mi marido, que está muy bien considerado en el movimiento del arte ambiental, y de Jack Martin». En cuanto escuché su nombre, se me encresparon los pelos de la nuca. Me ericé. No con ningún tipo de presentimiento romántico. Por favor. No, porque ¿quién invita a una estrella supernova al lanzamiento de una estrella? Leslie, ella misma. En toda la publicidad —el comunicado de prensa, los anuncios en el *Village Voice* que promocionaban el espectáculo—, su nombre aparecía arriba. En mayúsculas y en grande.

JACK MARTIN
en conversación con
ARNOLD GOLUB
Cómo las prácticas artísticas feministas impactan a los artistas masculinos
Moderada por Leslie Golub
Presentada por The Venus Collective
en celebración de la inauguración de
Anita de Monte
«Tierra, Río, Sangre»

Lo único más pequeño que mi nombre era la hora, la fecha y la dirección del evento. Y sí, Leslie tenía razón. La noche del lanzamiento, el lugar estaba abarrotado; lleno de gente y humo. Yo estaba hablando con dos de las miembros del colectivo. Me felicitaban por la exposición, comentaban que el arte del Tercer Mundo estaba realmente teniendo su «momento». «Sí», respondí, «pero ¿no creen que un lugar permanente sería mejor que una medida pasajera de tiempo?». Las mujeres se rieron. Incómodas. Y entonces lo escuché. El comentario se me metió en los oídos como una mosca en una trampa. «¿Es arte? ¿O trucos feministas?». Una voz de hombre. Por supuesto. Me obligué a permanecer concentrada en las mujeres, una de las cuales respondió con alguna pendejada sobre que el progreso era gradual. Pero en mi mente, me estaba dando la vuelta, buscando el cuerpo unido a la voz y siseando, *Cabrón, déjame ver* tu *arte. ¿Qué galería te está exponiendo, comemierda?* Lo que Leslie no había tenido en cuenta, y que francamente a mí me parecía obvio, es que sí, Jack Martin atrajo a mucha gente a mi show, pero no a mucha gente interesada en mí. En cambio, el salón estaba lleno de hombres que habían venido a escuchar a Jack Martin (el mesías del minimalismo, el evangelista de la separación entre identidad y arte) reafirmar su visión del mundo: el arte feminista era innecesario. Y, por lo que estaba escuchando a escondidas en la galería esa noche, la mayoría de estos hombres no solo odiaban el arte feminista, sino que, sospeché, también odiaban a las mujeres.

Claro que se dijeron cosas positivas; no lo voy a negar. Esa noche fue el lanzamiento de mi carrera, y no solo por los chismes que generó. Hubo personas que se fueron y hablaron sobre la obra con la que de verdad conectaron. Escuché al crítico del *Village Voice* decir que la exposición le pareció sensual y real. La mujer de la revista *Ms.* me dijo que la encontró «orgánica e imperativa». Y, por supuesto, mis amigos vinieron y trajeron a sus amigos. Yo solo llevaba tres meses en Nueva York, pero alguien me había presentado a Jomar Burgos y en él encontré a un hermano. Era nuyorican. Del color de la leche con chocolate y alto como un poste de luz. Nunca había ido a su isla y lo habían echado de su casa a una edad temprana. Tal vez por eso nos unimos, ambos desconocidos para nuestras madres y nuestras patrias. Era un pintor fenomenal y conocía a todos los artistas latinos: los poetas, los actores, los cineastas. Nos quedábamos despiertos toda la noche divagando en español sobre arte, sexo, cine y libros. Y era emocionante. En Iowa *siempre* se hablaba en inglés. Y cuando mi hermana y yo hablábamos en español, era sobre cosas tristes: la depresión de mami, el encarcelamiento de papi. Así que me encantó tenerlos allí, hablando de mí en español. Sí, hubo cosas positivas esa noche, es verdad. ¿Pero el panel? ¿Y la gente a la que convocó? Bueno, fue una mierda.

Yo creo en la energía, ¿tú me entiendes? La energía es algo real. La energía que un artista infunde en su obra, la energía que transforma a dos extraños en amantes. La gente carga su energía consigo cuando entra en un cuarto. Estos espacios, estos eventos: son epicentros de ella. Una exhibición de arte tiene menos que ver con la reacción objetiva de un individuo a la obra que está viendo que con cómo se sintió mientras la veía. Y los acólitos de Jack Martin aportaron la energía de resistencia que me preocupaba que contaminara la forma en que la obra fue recibida. El hecho de que la conversación tuviera lugar *después* de la recepción solo empeoró las cosas. La última impresión que la gente tendría de esa noche no sería la de las piezas —mis piezas— por las que *literalmente* había sangrado y sudado, sino la de las opiniones desganadas de Jack Martin y el esposo de Leslie. Y eso me encandiló, porque el trabajo era bueno. Más que bueno.

Yo lo había organizado por temas. Tierra estaba al norte: imágenes fijas de mis obras de tierra-flores-cuerpo. Las que surgieron de los sueños que tuve donde estaba enterrada viva, tragada entera por la tierra del Medio Oeste estadounidense. Agua, estaba al sur. Fotografías de mi serie de ríos: mi cuerpo, encajado entre rocas y camuflado con cieno (con los ojos cerrados debajo del sedimento, y la boca una ranura apenas perceptible). Un cortometraje del mismo proyecto: mi figura, desenterrada de a poco, lavada por la corriente del río Iowa. El agua deslizándose por mi cara, dedos, senos y piernas. La corriente transportando mi cubanidad (mi idioma, mi piel bronceada, mi sentido de identidad) hasta el gran Mississippi. Casi me ahogo creando esa pieza, la corriente llenándome las fosas nasales mientras yacía perfectamente inmóvil. La pared occidental era de ventanas, pero en la pared del este, la más larga, colgué *Sangre* y *Fuego*. Mis piezas favoritas. En primeros planos: mis ojos cruentos y la cara ensangrentada. Imágenes de mi cuerpo desnudo, cubierto de sangre en una habitación vacía, rodeado de gallinas, con sus plumas pegadas a mis muslos, brazos y cara. Esa serie: un exorcismo; un recuerdo terrible de uno de nuestros hogares de acogida. No te puedes imaginar las cosas que les pasan a las niñas —y a los niños— cuando los adultos las ven como desposeídas. A ambos lados de la obra de sangre había colgado fotos de la serie del fuego. Mi silueta corriendo, en llamas, por un campo de maíz en Iowa. Era el último performance que había puesto en escena antes de mudarme a Nueva York. La pieza que terminé con la ayuda de Isaac.

Fue Isaac quien me dio nombre. Me llamó artista y al hacerlo me presentó a mi verdadero yo. Para entonces, no me veía así. Lo que había estado haciendo (dibujos, pinturas, jugar aquí y allí con una cámara) era simplemente una cuestión de autoconservación. La única forma que había encontrado de sentir alegría y felicidad después de que mami y papi nos mandaron lejos. Entonces, decidí estudiarlo. Porque, ¿por qué no?

Isaac fue mi maestro antes de convertirse en mi amante. Director de mi programa de prácticas artísticas experimentales. Era rubio y brillante y de California y creyó en mí. Fue el primer hombre estadounidense que me vio, completa, y quiso ayudarme. Y yo estaba ansiosa, tan ansiosa, por recibir ayuda. Me enseñó a convertir mi dolor en belleza y por eso le estaba agradecida. Y después de que tantos jevos menos guapos y menos brillantes me dijeran que era fea o me ignoraran por completo, cuando Isaac me dijo que yo era hermosa, le creí. Él era demasiado mayor para mí y, aunque a mi hermana le caía bien, sentía que era producto de «problemas con mi papá». No me importaba. Ella leía demasiado a Freud.

Isaac era, a diferencia de *algunas* personas, un hombre con talento e integridad y un profundo sentido del cuidado. Era un maestro y eso se notaba. Fue Isaac quien me prestó dinero y su tiempo para terminar la pieza del fuego, la última pieza que necesitaba para asegurar mi primera exposición individual en Nueva York. Fue Isaac quien diseñó los marcos que usé para colgar todo: placas de vidrio sin bordes fijadas a madera terciada con pinzas de tensión delgadas, que luego se engancharon en las paredes. Isaac me ayudó a mostrarlas como algo más que fotografías. «Hazles saber que tú no estás tratando de ser la Cindy Sherman latina», me aconsejó. Y, tan pronto como las colgué, tan pronto como vi la reacción de Leslie (un tanto sorprendida por su impacto), supe que él había tenido razón. E Isaac hizo todo esto a pesar de que sabía que significaba que me iba de Iowa. Que cualquier éxito que tuviera en Nueva York significaba que lo dejaría a él, su casa, su cama. Me ayudó porque tuvo ambición por mí y por mi trabajo antes que yo misma. Me ayudó porque me amaba. Por completo. La verdad es que yo no valoraba lo que tenía. Por lo menos, no en ese entonces. Dios, debí quedarme allá.

Pero ¿a quién engaño?

En la galería, Leslie hizo sonar su copa y les pidió a todos que tomaran asiento. Habían dispuesto algunas sillas plegables en semicírculo y yo, que no sé disimular, me hundí en la tercera fila. Como protección para cuando inevitablemente me encojonara. Las sillas de director estaban preparadas para ella y los dos oradores, que estaban apiñados en un rincón. El cónyuge de Leslie era un hombre flaco, de rostro suave y amable. Un «mensch», así lo había descrito Leslie, y aunque yo no tenía ni idea de lo que eso significaba, en cuanto lo vi lo comprendí: un hombre de fiar. Y entonces, allí estaba: Jack Martin. Una bestia completamente distinta. Alto y ancho. Encorvado. Empuñando con fuerza su copa de vino tinto. La cara —lo que no estaba obstruido por sus gafas de carey o su desaliñado cabello rubio canoso— se le veía sonrojada; la nariz, roja. Pero sus ojos eran de un azul penetrante, incluso desde lejos. Llevaba un overol, una camiseta térmica y botas de trabajo, un atuendo que, según me di cuenta, era tanto una cuestión de disfraz como de elección de vestimenta. Su aspecto, su lenguaje corporal, todo aludía a un hombre que preferiría estar en una barra con unos trabajadores de muelle que en una galería hablando de arte. Desde el otro lado del salón, no se podría pensar que este hombre tuviera un ápice de ego, y mucho menos uno ganado por ser el artista más joven en tener una retrospectiva a mitad de su carrera en el Guggenheim.

Leslie ocupó su puesto en la parte delantera de la sala.

—En nombre del Venus Collective, bienvenidos al debut en Nueva York de la sensacional artista cubana, Anita de Monte. No puedo pensar en un mejor telón de fondo para lo que sé que será una conversación importante: Cómo las prácticas artísticas de las mujeres han afectado las actitudes sociales de los artistas masculinos. Así que, sin más preámbulos, invito a subir a nuestros dos panelistas: mi esposo, Arnold Golub, y el único e inigualable Jack Martin.

La sala estalló en aplausos y yo fui testigo de lo más fascinante. Algo sobre lo que en los años siguientes reflexionaría una y otra vez. Una transformación. El helio con el que inflaban un globo para desfile del Día de Acción de Gracias de Macy's: pecho inflado, hombros hacia atrás, el cabello repentinamente apartado de la cara, todo mientras cruzaba la sala. ¡El hombre que había visto en la esquina ya no estaba! Jack Martin, el Artista, tomó su lugar, en el centro del escenario. ¡Oh, cómo interpretó el papel! Inclinándose hacia atrás en la silla de director, quitándose los lentes y poniéndoselos y frotándolos entre los dedos para causar efecto. Un montón de palabras domingueras sobre Marx, el capitalismo y la clase trabajadora. Mi irritación empezó a aumentar a medida que él y Arnold voleaban las preguntas simplistas y poco desafiantes de Leslie. «¿Ustedes se sienten intimidados por el hecho de que las mujeres ocupen más espacio en el mundo del arte?». *¿Qué maldito espacio?*, pensé. Nos dieron los rincones que los hombres consideraban demasiado oscuros y polvorientos. «¿Cómo creen que la suavidad del trabajo de las mujeres ayuda a reforzar la linealidad de las prácticas artísticas de los hombres?». *¿Quién coño ha dicho que el arte de las mujeres existía para hacer o decir nada sobre las prácticas artísticas masculinas*?

—Leslie, lo que voy a decir podría ser polémico aquí —dijo Jack con aire provocador, y pude sentir que la sala, en especial los hombres, se inclinaron hacia él, ansiosos por degustar la mierda que él estaba a punto de servir—. Porque admiro lo que has hecho. Pero ¿debería siquiera existir esta galería?

Hubo una reacción audible, jadeos, chasquidos de lengua y risitas. Yo, por mi parte, tenía una gran sonrisa plantada en la cara. Porque en ese momento me di cuenta de que la forma de arte de ese tipo no era la escultura, sino la comemierdería. ¿Cuántas veces recordaría haberme dado cuenta de eso? ¿Cuántas veces me halaría los pelos por haberlo olvidado?

—Jack —recordó Arnold, con la voz tensa en defensa de su esposa—. Somos los invitados de Leslie.

—¿Qué? —dijo, con picardía—. Admiro lo que has hecho aquí, Leslie, pero ¿arte de mujeres? No debería haber arte de mujeres ni arte de hombres. Simplemente debería haber arte, sin género, sin creador, que se sostenga por sí mismo y sea lo que el espectador crea que es.

Detrás de mí, escuché a un hombre susurrarle a su compañera que ese era exactamente el punto que había estado tratando de plantear antes. Se me metió un calor en el vientre y comenzó a extenderse, hacia arriba y hacia afuera, a través de las extremidades. Allí estaba Jack, rodeado de *mi* arte (arte que solo pudo nacer, ser creado a través del dolor, la vida y la historia que *yo* viví), ¡socavando la raíz y su razón de ser! Cualquiera podría poner ahí sus jodidas placas de acero y ladrillos de oro, ¡pero lo que yo sabía era que no había ninguna obra de arte de Anita de Monte sin la vida, la mente, el cuerpo y el maldito dolor de Anita de Monte!

—Perdón —dije, levantándome de un salto de mi asiento—. Tengo una pregunta.

—Anita —regañó Leslie—, habrá tiempo para preguntas en un momento.

De verdad, como mencioné, Leslie no tiene agallas. Aquí estaba él cagándose en su aposento, y allí estaba ella limpiando la mierda. Con una sonrisa.

—¿A nadie le molesta el hecho de que nuestra conversación sobre prácticas artísticas feministas involucre a dos hombres blancos? ¿A nadie más le parece ridículo?

No le hice esta pregunta ni a Jack ni a Arnold ni a Leslie (porque estaba claro lo que pensaban), sino al resto del público. A los hombres que consideraban mi trabajo indulgente, pero también a las mujeres que dijeron que lo encontraban urgente y necesario. Esperé a que alguien me defendiera en público: uno de los miembros del colectivo o la mujer de la revista *Ms.* Me pregunté si a alguna de ellas realmente le importaba. O si su feminismo, como mi obra de arte, era un performance. Debería haber sentido vergüenza en el largo silencio que siguió, pero no fue así. El bochorno, sentí, debería recaer sobre las mujeres que se habían reunido allí para apoyarme. Las mujeres que me dejaron ahí, sola.

Leslie se aclaró la garganta y comenzó a hablar de nuevo; se dirigía a su marido. Me di cuenta de que todos, simple y llanamente, me iban a ignorar. Que me iban a tratar como a un jején. Una molestia pasajera. Al final, me obligué a sentarme de nuevo. Jomar, que estaba sentado detrás de mí, me puso la mano sobre el hombro y se la aparté. Enojada porque él tampoco me había defendido, pero también… porque yo no buscaba consuelo. ¡Buscaba indignación! ¿Cómo es que nadie, nadie, estaba tan bravata por lo que acababa de pasar como yo? ¡Pero no! Todos estaban concentrados en los panelistas. Como si concentrarse en ellos borrara la incomodidad social con la que yo los había molestado. Ah, y esa revelación solo agravó mi ira. Quería desgaritarme, pero la rabia me tenía atrapada en aquel lugar. No podía escapar. Entonces, me sumergí en la profundidad de mi cuerpo. Escuché el sonido de mi pulso palpitante. Nadé en las profundidades de mi sangre hirviendo. A la espera de que todo terminara.

A mi alrededor, aunque la voz respingona de Leslie continuaba y Jack y Arnold seguían hablando de forma monótona, lo único que yo podía oír era el sonido de mi respiración. Dentro y fuera; fuera y dentro. Pecho arriba, pecho abajo. A la espera del sonido del primer estallido, que nadie notó excepto yo. Fue el cristal estrellado lo que atrajo la atención del resto. Aturdió la sala silenciosa. Dentro y fuera, fuera y dentro respiré mientras una de las obras de arte de tierra-flor-cuerpo saltaba de la pared, el marco de cristal hecho añicos en el suelo de madera. Leslie y varios invitados se levantaron de un salto, sorprendidos. Detrás de mí, esperé el sonido de otro clip de tensión que se rendía ante el manotazo de una mano invisible. El cristal se desplomó al suelo. Esta vez la foto misma (una de las obras de arte de sangre, un primer plano de mi rostro ensangrentado) atrapó una ráfaga de aire y voló hacia el centro del salón. Me quedé plácidamente sentada mientras el ritmo se aceleraba.

Cataplún.

Rota.

Cataplún.

Aplastada.

Cataplún.

Quebrada.

Una por una, pieza tras pieza, eligiendo terminar su tiempo aquí. Escogiendo la destrucción en lugar de quedarse allí puesta y que la desestimaran. Los jadeos y las exclamaciones de *Fuck!* y los gritos de sorpresa al final ahogaron los estallidos, pero el sonido de las placas al romperse fue in crescendo a medida que pieza tras pieza (quince en total) saltaba de la pared. Y yo simplemente respiraba, con calma. Inhalando y exhalando; exhalando e inhalando. Sin mover un solo músculo, ni tan siquiera un centímetro. Solo después de que el último trozo de vidrio golpeó el suelo, se rompió en una docena de fragmentos, y la fotografía que había protegido se deslizó hacia el piso y Leslie gritó: «¡Anita! ¡Anita!», me levanté. Solo entonces me moví. Todo el mundo me rodeó; histéricas como solo se pueden poner las personas cuando necesitan que todo lo que sucede en la vida sea explicable. Todos exclamando cuánto lo sentían. *Una disculpa en vano*, pensé. *Esto no es por lo que deberías disculparte.*

Energía. Te lo dije, es un asunto real. Yo vivía en esas malditas piezas y a ellas, como a mí, no les gustó que las ignoraran.

¿Qué mejor manera de desviar la atención de Jack Martin y volverla a ellas mismas? Claro, todo fue un poco dramático. Pero ¿sabes qué? Yo *soy* un poco dramática. Esta es su herencia materna. Entonces, ¿qué?

~

El restaurante era japonés, como era la moda de entonces. Cuando llegamos, la mesa ya estaba preparada, anticipándolos, las botellas de la champaña preferida de Jack, ya frías. Todo perfecto. Excepto un asiento menos. El mío. Yo fui la invitación, por lástima, de último minuto; la solicitud vino de Leslie mientras recogía mis obras del piso de la galería. ¿Cómo decirle que no? Yo era, literalmente, una artista muerta de hambre. Esa noche no vendimos ni una sola pieza y, francamente, Leslie y Jack Martin me debían *por lo menos* una buena cena. Ante la insistencia de Jack, trajeron la silla y la colocaron a su derecha en el centro del estrado.

—¿Este asiento no suele estar reservado para Pedro? —pregunté juguetonamente cuando sacó la silla para que yo me sentara.

—¿Pedro? —preguntó bruscamente—. Es para ti. Es tu noche, ¿no?

—Una pequeña broma relacionada con Jesús, ¿entiendes? —dije con una sonrisa—. Mala maña. Criada por monjas.

Se rio. Mi humor lo sorprendió. O tal vez solo le gustaban los buenos juegos de palabras. Yo estaba de buen humor. Los cuadros desprendidos de la pared habían cambiado la energía. Una catástrofe puede ser un buen cambio de rumbo. Es decir, todo el mundo colaborando para limpiar el vidrio; recogiendo con ternura las fotos del piso con el cuidado que tanto se merecían. Una calidez llenó el espacio. Una ligereza. La gente (críticos, otros artistas, incluso algunos de los machistas cascarrabias que me habían desconcertado minutos antes) se acercaron a expresar su conmoción, su pena, su pesar por lo que había sucedido; de que yo tuviera que volver a colgar todos los cuadros. «Tranquilos», había dicho, con una sonrisa suave, «me han pasado cosas mucho más difíciles». Y era cierto.

Desde el otro lado de la galería, podía sentir su mirada. Al poco rato, Leslie estaba a mi lado preguntando si me gustaría acompañarlos a una «comida improvisada».

El sushi se manifestó en oleadas, con acaso una palabra a un mesero; todo el lugar en silenciosa deferencia a las necesidades y sobreentendidos deseos de Jack. Se abrieron botella tras botella de champaña y, a medida que Jack se emborrachaba cada vez más, de alguna manera se convirtió en rey y bufón de su propia corte. Nos deleitó con conversaciones serias sobre arte antes de desviarse hacia chistes obscenos y chismes. Al final, los demás invitados comenzaron a despedirse y yo contemplé hacer lo mismo. ¿Qué tan distintas habrían sido las cosas de haberme ido? Y, como si él lo hubiera sentido, me preguntó si quería más champaña antes de volver a llenar nuestras copas sin esperar una respuesta.

—Eso fue un evento, lo de tus cuadros desprendiéndose de la pared de esa manera —dijo.

—¿Evento? Esa es una forma de verlo —señalé. No me pareció el tipo de persona que entendería sobre las energías—. Más que nada, significa mucho trabajo que hacer.

—Leslie cree que es la calefacción del edificio. Hizo que se desprendieran de las paredes de esa manera.

—Tal vez.

—Fue extraño. La gente se asustó un poco. Pero tú no.

—Bueno —dije—, soy un poco brujita, y las brujas nunca se sorprenden.

—¿De verdad? —preguntó, y se volvió hacia mí con su cuerpote (bueno, él estaba más flaco en ese entonces, pero déjame pintarlo un poco como un puerco, ¿está bien?). Movió la silla y todo. Se acercó mucho más. Pensé en Isaac. Tenían más o menos la misma edad. Pero Isaac tenía el cuerpo de un surfista. Corría todos los días. No era el caso de Jack. De cerca, podía ver una tristeza en sus ojos que nunca vi en Isaac. De alguna manera, me gustaba. Me hacía sentir que, debajo de la fanfarronería, allí había un niño. Se vestía como una persona pobre, pero su olor era el de un rico. Abría las botellas de champaña con tanta facilidad, agarraba los palitos chinos como si hubiera nacido en Asia y no en Massachusetts. Su pronunciación de las ciudades a las que había viajado (España, Brasil, Francia) era perfecta. Tenía que admitirlo, él era impresionante. Complicado. Intrigante. Pero tal vez también, ¿un poco cochino? Jabalinesco. Repugnante en sus modales, tosco en su porte. Repulsivo.

Quería superarlo.

—Ya que tengo tu atención, ¿por qué no me dices qué te pareció mi show?

Un momento de silencio. ¡Lo tenía enganchado! Él no esperaba que yo se lo preguntara tan directo. Lo iba a mantener ahí. Lo dejaría retorcerse como los peces que pescábamos en el río Iowa. Lo miré a los ojos y me metí en la boca uno de los trozos de sushi que quedaban. Mastiqué delicadamente, pero sin quitarle la vista. Un concurso de miradas que no se sintió ni largo ni corto; solo agradable. Y luego, después de unos segundos, o tal vez minutos, Jack Martin se rio.

—Bueno —dijo, con la voz entrecortada e infantil—, el arte corporal no es para menos.

Y luego ambos nos reímos.

Fingí que me desconcertaba, pero nunca había conocido a nadie como él. Era como las pitayas que había comido en

México: duro y espinoso por fuera, pero, por dentro, lo suficientemente blando como para sacarlo con una cuchara. No era atractivo: tenía la cara colorada por el sol y el vino. Pero su forma de hablar era elegante y precisa. Una araña del lenguaje. Tejiendo telarañas pegajosas con palabras. Envolviéndote en sus hilos. Decía que era solo un poeta o, como prefería llamarse, un escultor de palabras. Y no sé. Me excitaba. Es cierto que era viejo; demasiado viejo, decía mi hermana. Pero sentí que mi bomba se contraía, provocada por la fricción de su lenguaje delicado y su yo tosco. Su arte frío y robusto. Pero también me encogía un poco, debo admitirlo. Qué vasta había sido su existencia y qué estrecha era la mía en comparación.

Tú tienes que entender, ¡estuve hambrienta durante años! Chupando nutrientes de insípidos guisos del Medio Oeste. Bebiendo cerveza estadounidense mala y whisky barato. Cuba había sido mi vida y, hasta ahora, este país, un purgatorio. En Cuba corría libre por la playa de Varadero de la mano de mis primos; tomaba siestas bajo la sombra con la cabeza en el regazo de mi yaya; gritaba y reía en la lengua que conocía desde que nací. Y luego. Y luego me enviaron a Estados Unidos y me hicieron invisible. Me dejaron sin vida. Sola. Todo a mi alrededor estaba en silencio, como un cielo gris de invierno que se extendía hacia el cobrizo pálido de un maizal congelado. Y de repente, aquí estaba, por fin ante una puerta al cielo. Un pórtico. Detrás de mí, un pasado en el que me sentía atrapada dentro de mí misma: mi única oportunidad de salir a través de mi arte. Ante mí, un futuro que se sentía ilimitado. Desde el momento en que vi a Cuba encogerse hasta convertirse en una mota en el océano, sentí un nudo en el pecho. Una espesa maraña de sentimientos y pesadillas: frustración, encierro, distanciamiento. Y esa noche y en las semanas y meses siguientes, Jack me perforó el pecho con los dedos, hurgó en la cavidad que había justo detrás de mi corazón y lo encontró.

Desenredó el moño ensangrentado y lo desenrolló, revelando que era una vasta extensión de tela. ¿Me ayudó a ver todo ese tiempo, todo ese dolor que había estado acumulado en mi interior? Bueno, era la tela de mis velas, la seda de mi paracaídas. El aparato para escapar de esta pequeña vida. Lo único que tenía que hacer era tomar un poco de aire, y Jack, como el dios que hace el viento, estaba más que feliz de complacerme.

RAQUEL

PROVIDENCE • PRIMAVERA DE 1998

—Yo soy Marcus el Mack y el Sonido de la Experiencia Negra de 360°. Delroy está a punto de hacerte vibrar con esas canciones de soca; recuerden que estaremos en Lupo's Lounge para la noche de hip-hop de los jueves; pero *no* estaremos en AS220 para el micrófono abierto de este viernes, porque Raquel tiene una cita…

—Porque es el Día de los Caídos —intervino Raquel, riendo, pero lanzándole una mirada asesina.

—Mi última canción va a ser la acompañante de tu verano —continuó Marcus—. Sale el martes, pero tú la escuchaste aquí primero: Timbaland. Baby Girl Aaliyah. Y Raquel se la está dedicando a un tipo muy especial…

Lo fulminó con la mirada y le sacó el dedo. De fondo, Delroy y Betsaida estaban muertos de la risa, luchando por contenerse.

—Nick —pronunció Marcus en su micrófono, con su voz más seductora—, Rocky quiere saber: «Are *You* That Somebody»… ¿eres *tú* ese alguien?

Y con eso presionó Play.

—¡Hijo de la gran puta! —gritó Raquel mientras se quitaba los audífonos, y Marcus se secó las lágrimas por al fin dejar salir la risita ahogada—. Marcus, ¡lo podría haber oído!

—Manita —dijo Delroy riéndose—, tu macho no está escuchando este programa.

—Pa' que sepa' —expresó Marcus, y extendió la mano para darle su respectivo dap a Delroy mientras le despejaba el asiento—. Rock, yo sé que tú estás güevo-hipnotizada y todo, pero a tu blanquito lindo tú no le gustas lo suficiente como para, de la nada, pasarse el domingo escuchando 360. Está demasiado ocupado oyendo Hall and Oates.

—Escuchar un poco de soul de ojos azules no tiene nada malo —replicó Raquel. Sin embargo, en secreto, sintió un nudo en el corazón al saber que tenían razón. Había pasado casi un mes desde que estaban juntos, y él nunca había mencionado el show a pesar de saber la importancia que tenía en su vida. ¿O tal vez nunca había tenido motivos para mencionarlo? Tal vez la dedicatoria no había sido algo terrible.

—Yo no entiendo la vaina con lo de baby —dijo Betsaida, sumida en su concentración, escuchando la canción—. ¿Por qué incluir un baby en la canción?

Marcus viró los ojos.

—¡Porque Timbaland es un genio, Bets! ¿Suena mortal o no?

La canción terminó y surgieron una serie de promociones y anuncios: CVS, clubes nocturnos, una nueva cadena de step aeróbicos. Raquel sintió la necesidad de dejar algo en claro:

—Y, por si sirve de algo, no estoy nada güevo-hipnotizada…

—¡Ah! —intervino Delroy—. ¡Así que admites la fornicación!

—La fornicación tiene que ver con el adulterio, papi —explicó Betsaida—. Ella solo está teniendo relaciones sexuales normales, como el resto de nosotros.

—No es normal cuando tú y yo lo hacemos, mami —replicó Delroy mientras se ponía los audífonos.

—En realidad, panitas —intervino Raquel, incapaz de contenerse—. Me parece que la cosa va en serio. Me invitó a cenar con sus papás *antes* de ir con él al Baile del Campus…

—¿Que queeé? —exclamaron Marcus y Betsaida.

—¡No se muevan! ¡No se mueva nadie! —dijo Delroy frente al micrófono—. ¡Mi gente del sur de Nueva Inglaterra! ¡Vamo' arriba! ¡Treinta minutos de calor Caribano sin interrupciones comerciales!

«Girls Dem Sugar», de Beenie Man, inundó la sala y la conversación se fue a pique, el éxito requirió una breve pausa para bailar. Había que guardarle respeto a la música.

—Ellos son ricos, ¿verdad? —preguntó Betsaida por encima de la canción.

—Bueno, él nunca me ha enseñado un puñetero recibo del banco, pero ¿sí?

Marcus dejó de bailar, con una mirada de preocupación en el rostro:

—¿Qué te vas a poner?

A Marcus le gustaban mucho las marcas y sabía que a Raquel lo que más le preocupaba era verse «elegante», lo que a él le parecía aburrido.

—Tengo este vestido negro que usé el año pasado.

—El año pasado tú estabas vendiendo taquillas —dijo con una mirada escéptica. Luego se rio y puso «Heads High».

—Yo tengo un vestido de cuando pensé que iba a iniciar —interrumpió Betsaida, y Raquel no podía creer que estuviera hablando de su salida de la hermandad—. Lo compré para su gala. Yo tengo el culo más grande que tú, obvio, así que no lo vas a llenar como deberías, pero…

Me cago en na', pensó Raquel para sí.

—De todos modos, está perfecto. Es como plateado, pero metálico, ¿tú sabes? ¡Con un escote halter! Bien sexy.

Se le dibujó una sonrisa en la cara.

—Sus papás primero nos van a llevar a Al Forno.

—Coño, Raquel —dijo Marcus—, la cosa es seria entonces. Tú que estabas criticando a esas chamaconas de tu clase porque quieren casarse con riquitos, pero parece que ese huevo quiere sal.

—No me jodas, Marcus —lo reprendió Raquel y viró los ojos. No le contó a él, ni a nadie, lo que había pasado en la residencia de las jevitas. Sobre su confesión. Era demasiada la vergüenza—. Además —continuó—, no creo que sea igual con la gente blanca; por lo menos no la rica. Les presentan a todo el mundo a sus papás; no es gran cosa.

—Es verdad —intervino Delroy—. Yo cené como dos o tres veces con los papás de mi primer compañero de cuarto y literalmente no he hablado con el tipo desde que nos mudamos.

Betsaida se chupó los dientes, sacó un té frío marca Arizona y una bolsa de papitas fritas de un bolso de mano.

—Puede ser —dijo, mirando directo a Delroy—, pero sigue siendo algo. Algunas personas salen contigo por más de un año y todavía no te han presentado a su mai ni a su pai, como si tú les dieras vergüenza o algo así…

—No, no, tú estás viendo cosas que no existen —respondió Delroy, sacudiendo la cabeza.

—Yo estudio relaciones, Delroy —señaló Betsaida—. Todo significa algo.

Marcus se levantó de un salto y le dio un toquecito a Raquel.

—Este, nos vamos yendo —anunció Raquel, sabiendo que era solo cuestión de segundos antes de que los arrastraran a los dos en su lío—. Esta semana paso a buscar el vestido, Bets.

~

Marcus los condujo hasta su restaurante italiano favorito en Federal Hill y la miró de reojo cuando Raquel solo pellizcó los calamares fritos que en general devoraba. Cuando pidió una ensalada como plato principal, la sorprendió al decir:

—No vamos a volver a esto, ¿verdad que no?

—¿A qué? —preguntó ella—. Simplemente no quiero estar inflada para el Baile del Campus; es en una semana.

Él asintió en señal de reconocimiento mientras apilaba más calamares en su plato.

—Está bien, pero te voy a estar chequeando —dijo—. Se lo prometí a tu mamá.

Una oleada de emociones (culpa, rabia, ansiedad) la invadió.

—¿Te dijo algo? —preguntó Raquel, con la voz un poco tensa, resentida porque su mamá convirtiera a sus amigos en niñeras.

—Cuando fui a buscarte en el otoño —respondió—, pero no te enojes. Estabas muy esquelética.

Raquel se quedó callada. Sabía que no estaba bien lo que había hecho, pero tampoco le gustaba que le dijeran que se había visto fea. Pensó en el comentario de Betsaida sobre el vestido; no, sus pompis no lo llenarían. No estaba tan flaca como antes, pero comprendía que, en comparación con los estándares culturales del Tercer Mundo, era un tirigüillo. En la escuela estaba llenita. No como su hermana Toni, pero sus muslos estaban repletos de carne, las tetas estaban más grandes y sus nalgas, con sus pantalones cortos de verano, levantaba piropos que la aterrorizaban más de lo que la hacían sentir apreciada. En aquel entonces disfrutaba la comida: comer pizza después de la escuela con amigos, la carne guisada de su mamá. Pero en Brown, para Raquel la comida se convirtió en otra cosa. Primero, una fuente de estrés y, más tarde, algo que le daba una sensación de control en una existencia en la que sentía que tenía poco.

Por accidente descubrió lo poco que necesitaba comer. Comenzaba el día, como hacía desde la secundaria, con el café con leche y azúcar más grande que podía pedir en Dunkin' Donuts. En su primer año, de verdad trató de salir adelante en el Departamento de Psicología. Raquel había pasado gran parte de su vida centrada en entrar a la universidad, y había pasado muy poco tiempo pensando o soñando con lo que haría después. Enfrentada a la realidad de que su título universitario conllevaría el peso de una gran deuda financiera, darse cuenta de eso de repente se sintió imperativo. Una vez a su hermana la forzaron a hablar con un psiquiatra y Raquel recordaba que le había impresionado la bonita oficina de la doctora y la forma en que se vestía. Siempre había encontrado a las personas, y sus comportamientos, fascinantes. Entre la gran cantidad de clases obligatorias y las secciones para esas clases, sus dos trabajos en el campus y su intento poco entusiasta de seguir siendo parte de la Asociación de Estudiantes Latinos, se encontraba, tres días a la semana, a la carrera desde la mañana hasta bastante tarde en la noche. Un día, cuando se disponía a acostarse, cayó en cuenta de que no había comido y se sorprendió de lo mucho que el café la había aguantado. Se encontró fascinada por cómo —ansiosa como vivía por obtener buenas calificaciones en las clases, por hacer las preguntas correctas, por tomar notas que después le resultarían útiles— su nerviosismo le quitaba el apetito.

Raquel no estaba hecha para la psicología. Sí, en última instancia se trataba de personas, pero la preparación para brindar ese servicio requería una comprensión médica del cerebro humano. Se ahogaba en el diluvio de conceptos nuevos, incapaz de discernir por qué algunas cosas eran enfermedades y otras trastornos. Terminó cambiándose, en el último minuto, a la opción de calificación de aprobado/reprobado, e incluso así le costó echar pa'lante. Hasta entonces, Raquel se había considerado una persona exitosa, una estrella en la secundaria. Con todo esto (el abismal declive de su autoestima, sobre todo), sintió que se tambaleaba, que la concepción de sí misma se le escapaba de las manos.

Pero cayó en cuenta de que lo que sí podía controlar era la comida. Podía apaciguar su hambre con café, agua o rodajas de pepino. La comida, y el hecho de evitarla, se convirtió en un reto a dominar. ¿Podía subsistir con un bizcochito sin grasa al día? ¿O con un perro caliente? ¿O con una ensalada de falafel, sin pan de pita? Encontraba algo que aplaudir en lo bien que se le daba no comer.

Y el encogimiento. Un marcador visual de su éxito en esa única área de su vida. Pero también se dio cuenta de que eso significaba que empezaba (por lo menos en su forma física, si no en su yo interior) a reflejar más de cerca los cuerpos de quienes la rodeaban; de las madres que trasladaban a sus hijas igualmente delgadas a los dormitorios de estudiantes y colgaban sus cortinas de Laura Ashley que hacían juego con las sábanas; de las nenas que veía en el edificio de arte cuando iba a su clase de Historia del Arte. Muchachas que, como llegó a entender Raquel, reflejaban las esbeltas figuras de los curadores, galeristas y mecenas de ese mundo. Y así, semana tras semana, empezó a transformar su yo físico en uno que se ajustara mejor a una estética atractiva no solo en el Primer Mundo, sino en el mundo concreto más allá de las fronteras del campus. Una estética que adornaba las portadas de las revistas y caminaba por las calles del Upper East Side de Manhattan. Una estética que aplaudía las tetas diminutas, las caderas aniñadas y las piernas delgadas. Una estética cuyas heroínas no eran Selena, JLo ni Lil' Kim, sino Carolyn Bessette y Kate Moss.

Cuando regresó a casa para las vacaciones de primavera en su primer año, la ropa le bailaba. Su mamá, que había estado observando en silencio su acto de desaparición, decidió inquietarse: «¡Pero tú lo que parece' e' un e'queleto!», gritaba. La rabia en su voz era la única forma que conocía de expresar su preocupación por la flacura de Raquel. La obligaba a desayunar todas las mañanas, a cenar todas las noches y le pedía explicación de lo que había comido durante el día. ¿El trabajo de verano, el de la tienda de regalos? En gran parte fue gracias al deseo de su mamá de mantener a su hija cerca y comiendo.

Esto dio inicio a una batalla silenciosa que se desarrollaría durante el siguiente año. Una batalla entre Raquel y su mamá, sí, pero también entre Raquel y su yo interior. Una batalla que consumía vorazmente minutos, horas e incluso días colectivos de sus pensamientos. La noción de que menos de ella valía más en el mundo se había abierto paso en su cerebro y se había apoderado insidiosamente de su percepción de sí misma. A pesar de saber que la inanición la consagraba, al principio, cada libra que aumentaba le creaba una sensación de miedo. Miedo a su propio cuerpo, en verdad. A pesar de saber que la comida podía calmar y nutrirla, para Raquel se convirtió en algo tortuoso; una cosa vergonzosa y llena de complicaciones. Irónicamente, solo la historia del arte empezó a desentrañar el ciclo; algo vasto y nuevo que podía dominar. Los argumentos en sus ensayos eran las cosas nuevas que podía controlar. Una cosa nueva en la que podía sobresalir. Para finales de su segundo año, de vuelta en la tienda de regalos, armada con la confianza de sus buenas notas (A en todas sus clases), se relajó. Se permitió sentirse no solo hambrienta, sino digna de ser alimentada. Por los huevos de su mamá por la mañana, por el arroz con pollo por la noche… sí. Empezó a engordar de verdad otra vez. A reclamar, con su cuerpo, espacio. Se prometió a sí misma que jamás dejaría que ese lugar volviera a chuparle la carne, su jugosidad.

Y no lo haría. Solo necesitaba pasar el Baile del Campus.

—No te pongas brava —dijo Marcus—. Ella solo me pidió que me asegurara de que comieras y que la llamara si parecía que no lo hacías. El año entero casi se fue y nunca tuve que llamarla, así que…

La mesera se acercó, dejó la ensalada de Raquel y un plato enorme de pollo a la parmesana y espaguetis frente a Marcus. Olía riquísimo. Una mordidita de su comida no la mataría. Ella lo sabía. Pero no podía ceder y darle la razón. Se sentía como una admisión de culpa. En vez, empapó su ensalada con vinagre y aceite de oliva y decidió cambiar de tema.

—¿Tú crees que sea raro que conozca a su mamá y a su papá tan pronto? ¿Si solo llevamos un mes?

—No, no —contestó Marcus—, yo creo que es como tú dices, la gente blanca hace las cosas diferente. Pero, ya que me estás pidiendo mi opinión, es raro que hayas conocido al tipo este hace cinco segundos, literalmente, y siempre estés metida en su casa.

Raquel se estremeció al oírlo en voz alta. Podía contar con una mano la cantidad de noches que había pasado sola, en su propia habitación.

—Conectamos de verdad, nos llevamos bien —explicó Raquel. Mojó una rebanada de pan en el aderezo de la ensalada—. Es porque estamos recién empezando.

Marcus estaba masticando su pollo a la parmesana y ni siquiera se molestó en tragar antes de responder.

—Tú no has ido a Funk Night ni a Lido's ni has estado en The Gate ni en el grupo… —su voz era más objetiva que mala onda, lo que casi empeoró la cosa.

—Nick tiene una computadora portátil y una de escritorio, así que…

—Y ahora cancelas el evento de micrófono abierto que *tú* querías emprender.

—¡No ombe! —exclamó Raquel, sintiéndose a la defensiva—. Eso es por el Baile del Campus.

—Yo sé —dijo Marcus—. 'Tá to'. Es solo que… todo junto, pinta una imagen, ¿cómo te digo?

—¿Una imagen de qué?

—Una imagen de alguien que olvida quién es y se aferra a la vida de su novio.

Ya habían sopesado esto antes. Vieron cómo les había pasado a otras personas. No solo a nenas, a cualquiera. Incluso a Delroy y Bets. Un día la persona es una unidad independiente completamente formada y, antes de que te des cuenta, es para siempre parte de un «nosotros». Desconectada del resto del mundo, sin existir en el Primer Mundo ni en el Tercero, sino en uno propio.

—Eso no es lo que pasa aquí.

—Espero que no —dijo Marcus— porque tú eres bacana, una chulería. Seguro que está todo bien con él, pero tú y quien tú eres es cool por tu cuenta.

No sabía por qué, pero de repente le dio calor. Tomó un traguito de su Coca-Cola Light.

—No te preocupes por mí —sonrió para que él supiera que no estaba enojada—. Es una relación nueva y él se va a graduar, por eso todas estas fiestas. Pronto pasará a otro plano; y este verano yo voy a estar muy ocupada. El museo, mi tesis, alquilar nuestro apartamento…

—¡El apartamento! —Marcus intervino, animado—. ¡Me emociona la idea! Creo que deberíamos contribuir para conseguir unas buenas bocinas. ¿Qué tú crees?

~

Estaba agotada cuando llegó a su casa. Era extraño, pensó para sí misma, porque el apartamento de Nick era mucho más bonito que su diminuto apartamentito en Emery-Woolley. Él tenía cable y un montón de VHS y una computadora que le permitía usar. Además de un futón tamaño queen y una cocina completa, aunque, más que nada, salían a comer. Sin embargo, el alivio que sintió al entrar en su cuarto de bloques de hormigón con el catre que ofrece la universidad y su televisor inexistente y el mismo radio que había tenido desde segundo de bachillerato, enseguida la relajaron. Incluso ahora, con la mitad de sus cosas en cajas. Le encantaba el tiempo que pasaba con Nick, pero cuando volvía aquí (que era en general los domingos) se sentía aliviada de no tener que preocuparse por cómo él la veía. Aquí, ella podía poner la música que quisiera; mantener la temperatura como quisiera.

Esa noche, exhaló un profundo suspiro, prendió el radio para escuchar el programa de música lenta y revisó su máquina contestadora. La cinta estaba llena. Presionó Play y comenzó a cepillar su larga melena rizada.

Raquel, hola. Soy yo, Mavette.

Había llamado por lo menos una vez al día desde la noche de la cena. Raquel no había estado en casa cuando llegaron las llamadas y estaba agradecida por ello. No estaba segura siquiera de lo que diría. Tenía ganas de adelantar la cinta, pero en las dos semanas que habían pasado, reconoció que no estaba lista para pensar en Mavette como la villana. Una cobarde, puede ser, pero no una villana.

Estuve despierta dos días para terminar el trabajo final de la clase de Temple. Acabo de deslizarlo por debajo de su puerta y eso era lo último que tenía que hacer. Voy a tomar un vuelo a París esta noche. Las otras chicas vienen la semana que viene, pero… no sé. Quiero decir, te he llamado un millón de veces, pero no me siento muy bien por cómo sucedieron las cosas esa noche y lamento mucho no haberles dicho que se callaran la boca o algo antes y, bueno, no tengo tu dirección nueva, así que voy a llevar tu ropa a BRU, ¿está bien? Y te voy a escribir este verano, ¿de acuerdo?

Biiiiip.

Violentamente feliz, porque te amo.

Raquel miró el reloj, adelantó la cinta. Era Nick. Él hacía esto al azar, en los raros momentos en que no estaban juntos (por lo general los domingos), y le llenaba la contestadora con canciones que lo hacían pensar en ella. Era tan lindo. Más que lindo. El corazón se le estremeció. De verdad. Pero su mamá iba a llamarla a las nueve y todavía tenía que terminar de escuchar los mensajes y ponerse el tratamiento capilar. No necesitaba escuchar el resto de la canción.

Raquel, ¿cómo estás? Es John.

Presionó Pausa. ¿Qué carajo? ¿John Temple la estaba llamando? ¿Un domingo?

Dudo que lo haya mencionado, pero me voy a mudar este verano y al ordenar mis cosas encontré un tesoro escondido. Es simplemente maravilloso: el catálogo de la primera muestra individual de Jack Martin en Tilly Barber Fine Art, algunas reseñas de su muestra en Madrid en 1989. Están en español, pero supongo que podrás leerlas. En cualquier caso, te las llevaré a la oficina el viernes.

John Temple, más que raro. Anotó en su diario que pasaría el viernes. Si hubiera podido llamar a Mavette, el deseo de chismear sobre esto la habría llevado a un lugar de perdón inmediato.

Biiiiip.

Dímelo, Rock, ¿cómo 'tá la cosa? Es Julián. Espero que no te importe, pero le pedí a Niles que le pidiera tu teléfono a Astrid. No tuve chance de decírtelo en la fiesta: ¡Me voy a quedar aquí este verano! Ajá. ¡Ponte buena, Providence! Conseguí un trabajito como asistente de estudio para uno de los instructores de pintura de aquí. Entonces, ¿nos tomamos un cafecito? ¿Desayunamos? ¡Tú me dirás! Por cierto, me encantó la canción de De La Soul.

Su máquina tocó «Ring, Ring, Ring». Le gustó que a él le gustara. Le tomó mucho tiempo conseguir que el audio fuera lo suficientemente claro para que la gente escuchara las instrucciones. No había nada malo en tomarse un café, ¿verdad? Su mente voló de allí a Astrid. La había visto incontables veces desde la noche de la fiesta (la noche en que Nick y ella finalmente se *acostaron*), y habían estudiado juntas en la mesa de diapositivas durante sus exámenes finales. El tema de Nick nunca fue abordado. Raquel, preguntándose si se había imaginado todo el asunto, al fin le preguntó cuando salían de la biblioteca una noche: «Astrid, ¿podemos hablar de tu hermano?». A lo que ella respondió con mucha calma: «¿Para qué? Mantengo lo que dije».

Biiiip.

Una compañera de trabajo de Avon preguntando si podía cubrir sus turnos; dos canciones más, ¡dos completas!, de Nick; fin de la cinta. No se imaginaba de quién podría haber perdido llamadas porque la máquina estaba llena, pero se le ocurrió que podría haber perdido llamadas. Se recordó a sí misma que era dulce por parte de Nick. Dulce que la extrañara.

Se miró en el espejo, su cara en forma de corazón ahogándose en la nube de sus rizos desenredados, asombrada por lo largo que estaba el pelo. Vertió un poco de aceite de coco en un tazón, exprimió un chin de miel y lo metió en su pequeño microondas. En casa, desde que eran pequeñas, su mamá solía hacer esto para ella y su hermana todos los domingos. Hasta el verano en el que Toni se cortó todo el pelo porque quería el estilo de ondas marcadas con los dedos. Su mamá no les dio muchas pelas cuando eran nenitas, pero le dio tremenda nalgada a Toni por eso, y después, el mero tema del cabello causaba tal drama en la casa que Raquel simplemente lo hacía ella misma, encerrada en el baño. Aun así, mientras se mojaba la melena con su botella de spray, sintió que el ritual la hacía sentir más cerca de casa. La fragancia de la mascarilla reducía la distancia entre madre e hija. Miró el reloj: 8:59 p. m.; el teléfono empezó a sonar.

—¿Mami? —preguntó.

—Hola, nena, ¿cómo estás?

De fondo se oía el radio y la estación New York 1.

—Mami, baja la televisión. O el radio. No te oigo con los dos encendidos.

—Están haciendo un sorteo en Hot 97; mil dólares por hora. Toni y yo nos estamos turnando pa' ver si ganamos.

—Mami, ¿cómo van a llamar a la estación si estás…?

Se calló; este era el tipo de cosas que decía y que siempre sacaban de quicio a su mamá. Comentarios que daban lugar a acusaciones de ser una comemierdita presumida; de haber cambiado. No quería tener esa conversación en ese momento. En el fondo, su mamá apagó las noticias.

—Pues sí —dijo su mamá—, dime ¿qué estás haciendo? ¿Comiste hoy?

—Salí con Marcus y me comí un sándwich grande de pollo a la parmesana en Federal Hill.

—Muy bien, así mismo —manifestó su mamá y Raquel notó la alegría en su voz.

—¡Alguien como que está de buen humor! —dijo mientras se peinaba el cabello con la mezcla.

—Bueno, esta semana me dieron mi nota…

Después de que Raquel empezó la universidad, su mamá volvió a la escuela a tomar clases nocturnas. Poco a poco, fue tomando cursos para conseguir un técnico en enfermería en CUNY, algo por lo que todas estaban muy orgullosas. El primer semestre había sido difícil y Raquel y Toni tuvieron que convencerla de que continuara, de que no se rindiera; por su voz, Raquel podía adivinar que este semestre había sido un éxito.

—Ah, sí, ¿y entonces? —preguntó, contenta.

—¡Todas A! ¿Tú puedes creerlo? Es decir, ¡nada más son dos clases, pero!

—¡Wepa! Go mami! Go mami!

—Dolores nos llevó a Gargiulo's pa' celebrar.

—Mira a Dolores, tan linda. ¿Y Toni fue?

Una vez que Raquel entró a Brown, con admisión temprana, y quedó claro que la ayuda financiera iba a funcionar lo suficientemente bien como para que ella de verdad pudiera asistir, Raquel vio que una válvula de presión, que no sabía que estaba reprimida en su madre, comenzaba a liberarse poco a poco. Como si, durante diecisiete años, hubiera estado aguantando la respiración; esperando que sus nenas salieran adelante y, con esta oportunidad para Raquel, sus oraciones hubieran sido respondidas. Raquel no se había dado cuenta de que la propia vida de su mamá, y sus deseos y… sus anhelos se habían puesto en espera. Pronto hubo escuela nocturna y remodelaciones en el apartamento y Dolores. Su amiga. Estaba claro que era más que eso, pero su mamá no lo nombraría. Quizás en gran parte porque Toni, su hermanita, no parecía ser fanática del asunto.

—Ah, pero tú conoces a Toni —respondió su mamá y Raquel pudo escuchar cómo se le salía el aire a la vejiga—, ella está en esa edad en la que hace solamente lo que le da la gana. Ella no es como tú, Raquel. Toni nada más se la pasa andando con ese sucio…

—Mami, tú no puedes decir que alguien es sucio solo porque es dominicano, es…

—Oh my God, después de que tú te fuiste pa' esa escuela te convertiste en la policía del racismo.

—Mami, por favor —dijo Raquel—, tú me estabas hablando de Toni.

Tal vez porque habían pasado tanto tiempo en el museo cuando eran nenitas, tanto Raquel como su hermana se sentían atraídas por las artes. Pero si Raquel tenía la concentración y la determinación de una académica, Toni tenía el genio de una verdadera artista. Aspirante a actriz, se inscribió en el programa de teatro del Brooklyn College y casi de inmediato conoció a un tíguere dominicano del Departamento de Cine que le pidió que apareciera en uno de sus cortometrajes. Raquel lo había conocido durante las vacaciones de Navidad. Estéticamente hablando, Toni, que era una mamacita, podría levantarse algo mejor. El tipo se parecía al rapero Heavy D en mala: rollizo, con lentes de montura gruesa y muchas camisetas Hilfiger. Pero escribía obras de teatro y poemas, tenía un carrito decricajao y contaba chistes y, lo que le faltaba en apariencia, lo compensaba con personalidad. La última vez que Raquel la había visto, Toni estaba enchulada hasta los huesos.

—Ella anda con condones en el monedero.

—Pero ¿y qué hacías tú buscándole en la cartera? —preguntó Raquel.

—Yo no andaba buscándole un carajo; es la cartera Polo transparente que tú le regalaste en Navidad, Rocky —respondió su mamá.

Raquel admiraba y envidiaba lo irrespetuosa que podía ser su hermana Toni. Por su parte, Raquel se había paralizado hasta la sumisión por las diatribas y advertencias de su mamá respecto al sexo. Sus escasos momentos de desafío (como cuando guayó hebilla en una fiesta con un chamaquito) estaban acompañados de tal culpa y terror que decidió que era más fácil obedecer. Toni, por otro lado, era una insurrecta doméstica. No solo en lo que al sexo respectaba. A su mamá le encantaban las largas melenas de sus nenas (la de Raquel rizada hasta media espalda y la de Toni lacia como una india), incluso las fetichizaba. Como si cada mechón no fuera cabello sino hilo de seda que ataba a sus hijas a ella, al útero que una vez las había llevado. Cuando Toni se cortó el pelo fue el comienzo de una rebelión personal: horas de llegada violadas, malas palabras voceadas, novios y novios y más novios. Hubo momentos aislados de paz (momentos en los que ellas dos estaban tan unidas que Raquel se sentía como un bicho raro), pero la mayoría de las veces estaba en el medio, tratando de negociar una tregua, aunque fuera temporal.

—Y se lo dije, que nadie iba a contratar a una actriz embarazada. ¿Y tú sabes qué me dijo?: «Tú siempre arruinándome los sueños con tu negatividad». Y yo le dije: «¿Quién coño es la negativa? Mi vida es pura positividad. Yo simplemente estoy siendo realista». ¿Cómo iba a ir a las audiciones con un nene que amamantar? Yo, mi amor, estoy bregando con *mi propia* vida, y no quiero ser abuela ahora.

—Mami, ella podría hacerse un aborto —dijo Raquel, sabiendo muy bien que Toni guardaba unos chavitos de emergencia en la gaveta de los pantis expresamente para este propósito.

Su mamá se chupó los dientes.

—¡Cállate la boca! ¡Los bebés son una bendición!

—Mami, si está usando condones, entonces lo más probable es que no tengamos que preocuparnos…

—¡Se rompen! ¡O peor! Los hombres hacen lo que sea cuando quieren amarrar a una mujer. Tú ni te imaginas.

En ese momento Raquel decidió que esperaría otra semana más para contarle a su mamá sobre Nick. Nunca parecía el momento adecuado.

En la ducha, mientras se sacaba el tratamiento del pelo, se preguntó si debería llamarla otra vez. Estaba, como Marcus mencionó, prácticamente cohabitando con este jevo y ni siquiera le había mencionado a su mamá que había conocido a alguien. Incluso, que estaba enamorada. La primera pregunta de su madre inevitablemente sería: «¿Tú estás teniendo relaciones sexuales?». Y, si mentirle a su mamá por omisión la hacía sentir culpable, engañarla de forma directa le parecía imposible. Aun así, esto era más una molestia que otra cosa. Raquel estaba yendo a la universidad. A *esta* universidad. La peor posible destrucción de la vida ya no había ocurrido, en lo que a su madre respectaba. No, lo que realmente le impedía hablar con su mamá sobre Nick eran todas las preguntas que vendrían después. *¿Quién es? ¿De dónde es? ¿En qué trabajan sus papás? ¿Qué va a hacer él cuando salga de la universidad?* Todas preguntas normales y válidas para una madre. Las respuestas a las cuales, en este caso en particular, podrían hacer muy felices a muchas otras madres. Del Upper East Side; administran su dinero y su hogar; es artista y hace arte porque no tiene que preocuparse por dinero. Pero estas eran respuestas que solo generarían más preguntas: preguntas impregnadas de los complejos de inferioridad de su mamá. *¿Son narí' pará'? La gente de por allá son muy fruta fina. Yo que lo sé, yo trabajo allá. ¿Qué significa eso de que administran su dinero? ¿Cómo es eso un trabajo?* Lo único que su mamá probablemente *aceptaría* es que él fuera artista.

No, no iba a llamar a su mamá de nuevo. Tal vez más adelante en la semana trataría de hablar con Toni. Dejaría que su hermana fuera la intermediaria. Para variar. Las preguntas de Toni serían diferentes; no mejores, pero diferentes: *¿Paga cuando salen? ¿Tiene la pinga grande? ¿Te ha llevado a buenos bonches? ¿Se puede ir con él a una cita doble, no es aburrido?* Sí, siempre; no estoy segura; a varias fiestas; depende de lo que tú quisieras hacer en esta cita doble.

Su mamá, y en menor medida su hermana, habían inventado un discurso de que este lugar había cambiado a Raquel. La había vuelto más crítica de la vida que tenía antes. No creía que esto fuera cierto, pero anotó con cuidado los momentos que su mamá y Toni señalaron que revelaban su nueva naturaleza cambiada. Validaron y alentaron sus amistades con Marcus y la gente de 360 porque, cuando los conocieron en Nueva York o se vieron en las escasas visitas de su familia al campus, estas personas parecían «normales». Raquel había pasado todo ese tiempo sin llevar a ningún enamorado a su casa, ¿y ahora esa persona era Nick? Bueno, ella comprendía que ellas podrían verlo como una confirmación de sus peores temores sobre ella. Que ella se creía superior a su antigua vida. Que estaba tratando de «salir con alguien que podría sacarla de abajo».

Y no era así (no lo veía a Nick como alguien «mejor», sino como alguien «popular»).

Agarró su canasta de baño y se dirigió a su habitación. Janet Jackson estaba sonando en el radio cantando sobre lo sola que se sentía.

Su antigua vida empezaba a parecerle un sueño febril. No solo en Nueva York, no solo en Brooklyn. La vida que había vivido, aquí en este mismo aposento, solo unas semanas antes. La soledad que tan a menudo la sofocaba ahora era reemplazada por un tipo diferente de asfixia: el tipo de búsqueda de aire bajo el peso de otra persona. Emocional, física, sexual.

El sexo le hacía sentir un tipo diferente de soledad. Una que, durante unos minutos después —durante los cuales sentía que podía esconderse en el baño—, la llenaba de tristeza. Nick le parecía muy atractivo: el vello rubio claro en sus musculosos antebrazos, lo que sentía cuando él le tocaba la espalda, su beso. El sexo, sin embargo, era diferente a lo que ella pensaba que sería. O tal vez el problema era que ella no había pensado en el asunto lo suficiente. Había experimentado, solo un puñado de veces, la sensación de excitación y placer con algún jevito. Había sentido la sensación del clímax, aunque no a través del sexo per se. Y la noche que tuvieron relaciones por primera vez, se había sentido excitada. Estaba lo suficientemente encendida como para no pensar demasiado en el dolor o si sangraría (lo cual no ocurrió) o si parecería infantil o no lo suficientemente sexy para él. Fue capaz de sentir solo lujuria. El deseo de que la piel de Nick estuviera sobre su piel. Pero en las ocasiones posteriores, que parecían muchísimas, descubrió que su excitación residía más en el deseo de él por ella y en la capacidad de ella para hacerlo alcanzar el placer, por encima del suyo propio. Su utilidad para él, cómo la necesitaba tanto a nivel corporal como primordial, producían en ella un deseo de darle la bienvenida a su cuerpo más que cualquier necesidad física propia. Tal vez por eso, en los raros momentos en que se permitía pensar en ello, el acto en sí se sentía como una invasión; casi un robo. Una intrusión con el único propósito de extraerle, a él, un orgasmo, con el cuerpo de ella.

Lo destrozaría saber que a ella no le estaba gustando. Detestaría pensar que Raquel estaba actuando. Ella no sentía que fuera culpa de Nick, sino de su propia falta de experiencia. Pero el sexo en sí (el cual había esperado que los acercara) solo le creaba más distancia. Un impulso de reclamar su cuerpo como suyo de nuevo.

Eran apenas las diez. Ivvone, la nena cristiana que llevaba el programa *Tormenta silenciosa*, estaba tocando «Between the Sheets». El último examen de Raquel era por la mañana. Se sentía preparada, pero un poco más de estudio no le haría daño. Encendió su lamparita y repasó sus tarjetas didácticas una última vez antes de decidir irse a dormir.

ANITA

CIUDAD DE NUEVA YORK • OTOÑO DE 1985

Ahora, déjame contarte del día en que morí. Una noche que, bueno, está bien, obviamente no salió como lo había planeado. Pero, de algún modo gracioso, siento una satisfacción retorcida por todo el berenjenal. Porque ese día decidí quemar un puente. Nunca volver a cómo eran las cosas. Y, en ese contexto, fue un gran éxito.

Me estoy adelantando. Empecemos por aquí: ser artista es una actividad muy solitaria. Nadie habla de eso. Todos esos años —mi adolescencia, mi época de mujer joven, mis primeros días en Nueva York— estuve plagada de una sensación de aislamiento. Una sensación que atribuí al hecho de haber sido arrancada de mi hogar. ¿Pero incluso después de que al fin regresara a Cuba? Bueno, esa jodida sensación de soledad seguía siendo el regusto que saboreaba tantos de mis días. Esto es lo mejor que puedo hacer para explicar cómo y por qué Jack y yo volvimos. Una y otra y otra vez. Por supuesto, en ese entonces, no lo sabía conscientemente. El problema de estar vivo, te lo puedo decir ahora, es que pasa tan rápido que no tenemos tiempo para entenderlo de la misma manera que cuando se está muerto.

Siempre fue la arrogancia la que me hizo pensar que sería diferente. Porque ¿cómo no iba a serlo? ¿Cómo no iba a aprender nada nuevo? ¿Cómo no iba a crecer y a cambiar, incluso si él no lo hacía? Y cada vez, era siempre lo mismo. ¡Incluso la vez en Roma cuando acepté casarme con él después de que me dijera (y yo le creyera) que el matrimonio arreglaría las cosas! Así que permíteme no hacerte perder el tiempo con los detalles de mis años con Jack. Las ciudades cambian, las mujeres cambian en su mayoría, pero honestamente, ¿quién quiere escuchar la misma historia una y otra vez? Cómo me menosprecia y yo me enojo y él se emputa por mi furia y hace algo terrible, así que me voy y él me persigue y quiero sentir que le importo a alguien, así que lo acepto de vuelta. Y luego me humilla en público y yo me enfurezco y él se enfurece por mi rabia y hace algo terrible, entonces me voy y él me persigue y quiero sentir que le importo a alguien, así que lo acepto de vuelta. Nadie quiere escuchar ese cuento una y otra vez. En especial yo, asere.

La soledad era lo que me hacía volver, al fin me di cuenta. Yo tenía amigos, asistentes que me ayudaban en el estudio, pero mi vida transcurría, ¿cómo te digo?, principalmente en mi cabeza. Horas y días tramando, planificando, investigando y experimentando con materiales, dibujando y dibujando y dibujando. Cuando estaba en Roma, por ejemplo, me despertaba y, cuando iba al estudio, era como entrar en un trance. Ocho, nueve o diez horas después, de repente estaba buscando a alguien que me acompañara a cenar o tal vez me encontraba charlando con un extraño en algún bar. Algunos días, los días más tristes, quizás simplemente comía pan con mantequilla y bebía vino sola en mi apartamento. O quizás iba a una fiesta y cogía una juma y suscitaba una discusión, un titingó, solo para sentir que había hecho mella en la existencia de otra persona. Pero, más o menos, estos eran pequeñísimos momentos en torno al aislamiento que mi mente y mi cuerpo necesitaban para crear mi arte.

Puede parecer vital ser importante para alguien. Saber que hay alguien a quien le importa dónde está tu persona física en esta gigantesca y miserable tierra. Importarle a otro ser humano es la base de tener una vida. Yo quería una vida. Con Jack, tenía una. Yo era responsable ante alguien y él era responsable ante mí. Yo tenía a alguien, incluso cuando estábamos lejos, a quien podía llamar sin ningún otro motivo que para hablar de mi día porque, incluso en sus peores momentos, incluso cuando su amor abría profundos surcos de dolor en las partes más suaves de mi carne, sabía que él se sentía conectado a mí. Y yo a él. Y yo quería sentir esa atadura. Esa atadura aliviaba la soledad de la creación.

Pero la repetición era agotadora. ¡Coño, demasiado agotador! El peso de soportar toda esa humillación. En cada nivel descendente del ciclo, encontraba un nuevo nivel de degradación. Si le hubiera permitido cagarse en mi boca en la plaza pública, Jack no podría provocar el tipo de vergüenza que mi propia aquiescencia cultivó en mí. Sus abusos, sus infidelidades, sus actos de violencia, grandes y pequeños, raspaban la epidermis de mi alma, capa por capa, dejándome en carne viva, áspera e irreconocible. A veces, incluso para mí misma.

Aun así, su amor no era lo que me estaba matando; ¡yo me estaba matando! ¡Cada reconciliación era beber de una botella de lejía con tremenda etiqueta! Un acto de suicidio emocional a ojos abiertos. Uno que se sentía intenso y, de alguna manera retorcida, vigorizante. ¿Creer en un momento que de verdad eres amada con desespero? Bueno, eso, a su manera, es una forma de sentirse viva.

Así que no podía *simplemente* irme. Tenía que quemar el puente y las naves, ¿tú me estás entendiendo? Para que *después* de que yo me emputara y él se encojonara por mi rabia e hiciera algo terrible, yo pudiera irme, pero él *no pudiera* caerme atrás. Yo tenía que encontrar una manera tal de separarme de él para que él nunca quisiera volver a verme. Que cuando yo saliera por la puerta, él escupiera clavos, respirara fuego, maldijera el día en que nací, me deseara la muerte, rugiera como un oso atrapado si escuchara mi nombre y se enfureciera cuando supiera de mis futuros éxitos.

Pero también tuve que decidir prenderle fuego al puente.

Así que, en verdad, había dos decisiones. La primera era cómo quemar el puente y la segunda era cuándo empezar el infierno. Irónicamente, fue mi dolor lo que me llevó a la primera y mi alegría lo que me ayudó a llegar a la segunda.

Solo llevábamos casados unos tres meses cuando me enteré de lo de la puta en Londres. Jomar estaba allá para una exposición colectiva y los vio (los vio con sus propios ojos) en Langan's, Jack amasándola como a un pan. Al poco tiempo, me enteré de Ingrid, la sueca gigante, aquí en Nueva York. ¡La llevó a fiestas con coleccionistas! Una vez la llevó a una cena y Stephen, el curador latinoamericano del Guggenheim, también estaba ahí. Por supuesto, Stephen no me lo dijo; se lo dijo a Jomar (y quién sabe a quién coño más), quien luego me lo dijo a mí. ¡Como si ya yo no lo hubiera sabido! Pero había algo en el hecho de que Stephen lo supiera que me destripó de una manera distinta. La espada de la infidelidad, con su doble filo, inevitablemente impactó lo que la gente pensaba de mí. *Mi* arte. ¿Quién no iba a sentir pena por una mujer en mi posición? Y ni mi feminidad ni mi trabajo tenían que ver con la lástima. Llamé a mi hermana en pataletas, una llamada que ya había recibido muchas veces, pero ella era la única persona ante la cual me permitía sentirme verdaderamente despedazada. «¡Él me dijo que cuando se convirtiera en esposo la cosa iba a ser distinta!», le confesé entre lágrimas; descubrí una nueva capa de indignidad por lo tonta que había sido al creerle. Cuando de repente algo encajó, hizo clic. La próxima vez que me fui, no era una novia que abandonaba a su novio.

Era una esposa que abandonaba a su marido. Una mujer que buscaba el divorcio.

El culto al dinero es una excelente manera de ser un buen estadounidense y, en ese sentido, Jack era americanísimo, un auténtico Yankee Doodle Dandy. Mientras más caras se vendían sus piezas, mejor se sentía consigo mismo y con su lugar en el mundo. Pero no se trataba *solo* de amor por el dinero, sino de un amor por la forma en que, con dinero, podía controlar las cosas que le encantaban: los restaurantes para esas grandes cenas que tanto le gustaba organizar, el vino y la comida en dichas cenas, los lugares a los que viajábamos, lo que yo me ponía en esos viajes. A la hora que fuera y dondequiera que pudiera ejercer su influencia o hacer alarde de sí mismo con su dinero, se podía contar con que Jack lo haría. Yo había crecido sin nada y, de todas las cosas que me afectaron en la juventud, el empobrecimiento no estaba entre mis quejas primordiales. Yo siempre le buscaba la vuelta. Siempre se podía salir adelante. Así que lo que me pasaba con él era algo que yo odiaba: esa patética creencia de la pequeña burguesía de que el dinero lo hacía poderoso. Ahora bien, me di cuenta de que, si quería divorciarme, como su esposa, legalmente podría tener derecho a desviar una parte de ese dinero hacia mí. No porque lo necesitara ni lo quisiera, sino porque esa sería la dinamita en el puente. Él, ese macho 'e genio, ¿teniendo que entregarme a mí la fortuna que había logrado (con sus propias manos, cada pieza colocada con sus dos manos geniales)? ¿A la latina chiflada? ¿A la que estaba teniendo tanto éxito exclusivamente por su asociación con él? ¿*A esa* era a quien él tendría que darle la mitad de su fula? ¡Escupiría clavos, escupiría fuego, maldeciría el día en que nací, desearía mi muerte, rugiría como un oso atrapado si oyera mi nombre y se moriría de rabia cuando se enterara de mis futuros éxitos!

¡Y créeme cuando te digo que estaba teniendo éxito! No fue broma lo que dije antes: a nivel artístico, después de Berkeley, nunca volví a poner a Jack por encima de nada. Trabajé y trabajé y conseguí unas cuantas residencias prestigiosas, la beca Guggenheim y, para rematar, el Premio Roma, que era la gran cosa y el cual me llevó a Roma, un lugar donde mi alma encontró otro hogar, por primera vez. Había vendido obras a varios museos, incluyendo el New Museum y el Whitney, y recibía encargos de arte público por todo el mundo. ¡Yo estaba pegá'! No necesitaba el dinero de Jack. Ni siquiera quería el dinero de Jack. Pero sabía que, si se lo quitaba, lo mataría y, al matarlo, podría salvarme.

La cuestión es que no se puede pisar en falso con grandes planes como este. ¿Te lanzan la pelota y te ponchas? Entonces, enseguida, él y Tilly se sientan en casa de Nell y le dicen a todo el mundo que yo soy una vividora, y ellos se lo creen por todo el jodido cuento de la exesposa inmigrante, fogosa, fiera, avara y come sola, que de alguna manera se había convertido en un tema sin que realmente hubiera mucho ahí qué buscar, y eso es solo hasta donde yo podía ver. No, yo no podía simplemente ir por el dinero con un divorcio largo y prolongado. Tenía que hacerlo de una manera que dejara clarito el caso: en blanco y negro.

«¡Vamos a disfrazarnos!», le dije a Jomar. «Podemos seguirlo y tomarle fotos con la sueca gigante». Jomar se me rio en la cara. «Yo creo que Jack se daría cuenta de que lo está siguiendo un negro flaco de dos metros de altura y una cubanita de uno y medio. Tú ya estás ganando billete, contrata a un detective privado». Sentí que Jomar subestimaba nuestra capacidad para disfrazarnos, pero me intrigó la idea. Solo había pensado en detectives privados como personajes de televisión: Magnum P.I. y Jim Rockford. Ciertamente nunca me había imaginado estar en posición de necesitar uno, pero supuse que valía la pena intentarlo. Jomar tenía un primo que era policía y conocía a un montón de detectives jubilados que se dedicaban a esa línea de trabajo. Me dio un reguero de nombres y me quedé con el que sonaba latino: Mike Romero. Tan pronto como nos conocimos y le dije que yo había venido de Cuba, me dijo que él había venido de República Dominicana, soltamos el inglés y empezamos a hablar en español. Ya terminando, me dijo que sería un placer destronar a ese maldito gringo.

Pero entonces, como dije, tú también tienes que decidir cuándo encender el fósforo.

A Romero solo le tomó un par de semanas para reunir todas las pruebas de los tarros del perro de Jack que me liberarían de esta rueda de hámster de humillación en la que se había convertido mi vida personal. Me había estado llamando para que yo fuera a ver lo que había documentado y, tengo que ser sincera: me costaba muchísimo devolverle las llamadas. Es que todavía había buenos momentos, ¿tú me entiendes, consorte? Momentos en los que estábamos cenando con otras cinco o seis personas más y alguien se comportaba como un cabrón ambientoso y nos mirábamos a los ojos desde el otro lado de la mesa y sabíamos exactamente lo que la otra persona estaba pensando. Momentos en los que él decía algo sobre una película o un libro que parecía que me estaba contando sobre mi vida, no sobre una obra de arte. Momentos en los que sentía la calidez de la unión que solo puedes sentir cuando estás comprometido con alguien.

Un día, Rory me llamó y me dijo que sentía que era hora de que en la colección del museo hubiera algo de mi trabajo; ¿tenía algo que pudiera mostrarle? Quedamos en encontrarnos al día siguiente y, envalentonada por un segundo al pensar en todo lo que mi vida podría ser (en que apenas estaba empezando a vivir), llamé a Miguel Romero y le dije que lo vería por la mañana.

Por una fracción de segundo (un destello, en efecto), sentí que el garrote de la verdad me golpeaba con ferocidad el corazón. Lo que sabía por instinto y por rumores, en la oficina de Romero, de repente se presentó como un hecho: fotos, registros telefónicos y recibos de tarjetas de crédito. Pero ese dolor enseguida fue reemplazado por una extraña euforia ante mi nuevo poder. Ayer, Jack era un tarrú y yo una pendeja, pero ahora Jack era un tarrú y yo una fucking esposa emputada, con la que no se podía joder. Sentí que el poder de esta información (¡oh, esta información que solo yo poseía!) se alzaba y echaba alas y, supe entonces, no justo en el momento en que las iba a liberar, pero que cuando lo hiciera, el aleteo de sus alas cambiaría los destinos.

Que conste, no me equivoqué.

De todos modos, no tenía intención de quemar las naves ese día, ni esperaba que me envolvieran las llamas, pero aquí estamos. No siempre soy la mejor jueza de las cosas cuando pierdo los estribos o cuando he estado bebiendo, y esa noche hice ambas cosas.

Ya les había contado la primera parte: la fiesta en casa de Tilly. Supongo que lo que importa ahora es el después.

Había tenido un día increíble, en lo que respectaba a mi carrera. Sí, me di cuenta de que pronto me iba a divorciar, pero también me habían ofrecido mi primera exposición solo en Roma, más la adquisición del Met. ¡No era poca mierda! Tenía ganas de celebrar. Entonces él se cagó en mí e hizo lo que siempre hacía cuando su hombría se sentía amenazada: encontró un hoyo, que no era el mío, donde meter la pinga para demostrar lo importante que era Jack Martin. Todo esto era algo normal. Nada nuevo. No había razón para no esperar el momento oportuno y elaborar un plan con un cómo, cuándo y dónde gestionar mi vida después de que nos hubiéramos hecho estallar. Pero entonces…

Yo estaba en la cocina hablando por teléfono con mi hermana contándole (en español, por supuesto) lo que había descubierto el detective privado Miguel Romero. ¡Déjame que te diga que estaba más berreá que yo! Me dijo que le enviara toda la evidencia en una carta, para que yo ni siquiera estuviera cerca de él cuando se enterara, que simplemente le notificara de ese modo. Y traté de explicarle que no podía hacer eso; que no sería suficiente. Si no se lo decía yo misma, en su cara, él no me odiaría. Se sentiría, como su ego estaba inclinado a hacer, confiado en que podría manipularme y obligarme a caer en la reconciliación. Lo que no le confesé a mi hermana fue esto: sin una tángana, sin un escenón, me preocupaba *la posibilidad de* caer en la reconciliación. ¡Coño! Jack estaba en la sala viendo una película, ¡pero de repente se puso como un toro rabioso! Gritaba y maldecía, con mi portafolio en las manos. Me lo lanzó de tal manera que me dio un toma que lleva en el ojo. Otra vez más, nada nuevo. Pero no, lo que me hizo encender la mecha, lo que me hizo sacar los explosivos, ¡fue lo que dijo!

—¿Qué mierda es esto? —gritó—. ¿Ahora me estás robando?

¡¿Mi portafolio?! Oh, la sangre me empezó a hervir. Pero todavía más allá, ¡la maldita acusación! Este penco viejo y acabado. ¿De la única manera en que a mí me podría estar yendo bien era porque le estaba robando? ¡Qué descarado! Le colgué a mi hermana, ni siquiera me había dado cuenta de que el ojo me palpitaba. Recordé mi secreto, sentí las alas revoloteando en mis manos. Una sonrisa se dibujó en mi rostro.

—Oh, síií, Yack —dije, con mi acento a lo Ricky Ricardo súper mejorado por los años de práctica—. Sorry que yo te robeishon. Por eso que no te chou yu mai work.

Recogió el portafolio y me mostró mis esculturas de troncos de árboles. Piezas que yo había diseñado después de ver las tallas taínas en Puerto Rico y Cuba.

—¿Qué es esto entonces? —preguntó salpicando saliva. Tenía la cara roja por la ira y sentí una rápida oleada de miedo hacia él antes de recordar las alas revoloteando en mi puño. Y empecé a reírme. ¡Oh, me reí de lo tareco que estaba ahora!, de lo jodido, lo rejodido que estaba. Su propio sentido de la autoimportancia fue lo que me hizo decidir, en ese mismo instante, que le iba a poner fin a lo nuestro. Y me reí y reí.

—¿Tú sabes lo que Rory dijo cuando los vio? Que eran importantes y relevantes. Giancarlo dijo que nunca había visto nada parecido.

—Pero no son clásicos, no como mi trabajo —dijo, y para entonces ya me había calmado. Dije algo sobre lo fácil que era para él convertirme en una don nadie sin talento en su mente porque eso le permitía abusar de mí con más facilidad. Y tan pronto lo dije, lamenté haber tardado siete años en darme cuenta.

Cogí el portafolio, fui a la habitación y comencé a meter mis cosas en el bolso para llevármelas de regreso a mi apartamento después de encender el fósforo para quemar las naves, cuando de repente, se me ocurrió una idea. Yo *podía* simplemente salir con mi cartera y entregarle el expediente de Romero y decirle que quería el divorcio, o podía ponerme la tanga azul eléctrico que Jack me había comprado para el día de San Valentín y salir a la sala sin nada más que eso, expediente en mano, el cual sostenía a mis espaldas.

—Jaaaack —susurré de la manera que sabía que le gustaba, y me quedé de pie en la puerta de la sala—. Jack, ya no quiero pelear más.

Estaba recostado en el sillón reclinable, lo puso en posición vertical y se sentó. Le fascinaban mis tetas. La verdad es que no eran más que unos mamoncillitos, pero siempre lo excitaban.

—Yo nunca quiero pelear contigo, Anita —dijo. Sonaba casi tan exhausto como yo me sentía en ese momento. Tan exhausta que casi cambio de opinión. Casi.

—Yo te amo, Jack —confesé. Y era cierto. ¡Pero me estaba matando! ¡Era como tragar lejía! ¡Me estaba enterrando viva mientras todavía tenía aire!

Cruzó la habitación para acercarse, con lujuria en los ojos y contundente como un jabalí, y me puso una mano en el pecho y la otra en la parte baja de mi espalda y, cuando su lengua tocó la mía como lo había hecho miles de veces antes, supe que sería la última vez. Simplemente no sabía por qué. Sentí que estaba palpando la carpeta y, sin dejar de besarme ni un segundo, me preguntó qué era, y le susurré al oído:

—Es lo que le voy a mostrar al juez cuando te quite todo tu preciado dinero en el tribunal de divorcio.

Eso echó un jarro de agua fría sobre algunas cosas. Pero les prendió candela a otras.

Se alejó de mí y comenzó a hojear las fotos, los recibos, los registros de llamadas y toda la información encantadora que Romero había reunido. Sonreí.

—No puedo aguantarlo ni un solo día más. Ahora tú sabes todo lo que yo sé. Tengo un abogado y tengo pruebas. Quiero el divorcio.

Me di cuenta de que estaba esforzándose por mantener a raya su rabia.

—No, Anita, no nos vamos a fucking divorciar —dijo con los dientes apretados.

—¿Y por qué no, Jack? Tú a mí no me amas. Tampoco amas a estas otras mujeres. Tú ni siquiera amas tu arte. Pero adoras tu maldito dinero y me encantará quedarme con la mitad.

Entonces se puso rojo como una herida, respiraba como un toro, con dificultad y por la nariz, y sus ojos perdieron algo.

Algo extraño se apoderó de ellos, y ahora sentí miedo. No solo por un momento fugaz, sino profundo y urgente. Un animal en el bosque visto como presa. Me pregunté, en la fracción de segundo entre darme cuenta de eso y él embistiendo contra mí, golpeando mi cuerpo con fuerza (¡oh, tan fuerte!) contra la puerta, ¿por qué diablos no le hice caso a mi hermana? ¿Por qué coño no había enviado una carta, o simplemente hecho la maleta y me había despedido? ¿Por qué puñeta yo siempre tenía que montar un jodío espectáculo? Pensé en eso durante unos segundos antes de que me dejara sin aliento. Cuando traté de levantarme, me dio una patada, fuerte, en el pecho. En el vientre. Estoy segura de que grité para que se detuviera. Estoy segura de que grité que lo sentía. Que no había dicho nada en serio. La mente humana está condicionada para sobrevivir y dirá lo que sea necesario para hacerlo. Pero era demasiado tarde. Había quemado el puente y las barcas. Resultó que estaban hechas de leña y cordeles. No había vuelta atrás. No había reconciliación. Tal como lo había predicho.

Me abrí paso a tropezones hasta la habitación, gateé hasta la cama y esperé a que se detuviera, pero él estaba a unos pasos detrás de mí. Me dio un pescozón en la cara antes de levantarme y me di cuenta (el corazón casi se me paró del miedo) de que me estaba llevando hacia la ventana. Yo tenía los ojos nublados por las lágrimas y la sangre, pero los abrí y lo miré de frente (directo a esos ojos azul hielo) y grité:

—¡Noooooo! —¡fuerte! Con la desesperada esperanza de que eso perforara su rabia, que le pinchara los sentidos—. ¡No! ¡No! ¡No!

Pero no grité con la fuerza suficiente.

Le arañé la cara mientras me ponía en el alféizar de la ventana. Me agarré al marco como un gatito desesperado. Mis dedos se agarraron con tanta ferocidad que estoy segura de que probablemente rompí uno o dos y no sentí nada más que terror. Hubo un breve momento en el que lo debatió (segundos, en realidad), pero se desaceleró lo suficiente como para que yo pudiera escuchar las bocinas de los carros en Broadway. La cálida brisa refrescaba la sangre caliente que corría por mi frente. Podía oír los latidos de mi corazón y su respiración agitada. Quería quedarme en ese alféizar de la ventana con todas mis fuerzas. Quería hacer tantas cosas con mi vida. Quería ser tanto y estaba empezando a entenderlo. ¡Recién estaba empezando a entenderlo! Pero yo era pequeña y estaba cansada y él era grande y estaba lleno de veneno y yo había quemado el puente.

—¡No! ¡No! ¡No! —grité otra vez, pero él no podía oírme a través de su enloquecimiento y yo no podía oírlo a través de la sangre que latía con fuerza contra las paredes de mi cerebro.

Lo único que hizo falta fue un empujón. No más fuerte que el de un bravucón en un patio de recreo. Y luego vino el viento. Un aliento que supe que nunca volvería a exhalar. Mientras caía, me pregunté si, cuando aterrizara, mis ojos estarían cerrados o abiertos. Quería mantenerlos abiertos.

La caída fue rápida.

La cara de Jack en la ventana.

Rápida.

El viento, cavándome un agujero en las costillas.

Rápida.

El edificio, una mancha de cemento y lucecitas de lectura y televisores en las ventanas.

Rápida.

El cuerpo partido en dos.

Rápida.

La brea negra de un techo y me obligué a no morir de un ataque al corazón porque me negaba a darle la satisfacción de pensar por un momento que morí de miedo y no por el impacto.

Rápida.

Pero no aterricé. No me estrellé.

Rápida.

El clavado que produje al atravesar un cuerpo de agua.

El chapuzón de mí, podía sentir cómo se extendió al menos hasta el piso catorce o quince del edificio de apartamentos de Jack. Los sonidos ya no eran de miedo ni de gritos ni de bocinas de taxis ni de películas de sábados por la noche, sino de un latido. La caída se hizo más lenta hasta convertirse en una inmersión, cada vez más profunda y, con los ojos abiertos, pude ver a mi alrededor los bancos de peces, gloriosos, multicolores. Por encima de mí, el sol reflejado en las olas. Aguamarina. El agua estaba tibia, como un útero. Y en ese momento, me di cuenta de que lo era. De que el sonido de las olas del mar era solo Yemayá inhalando y exhalando. Dentro y fuera. De que ella era la madre y yo había regresado a ella; de que me estaba bendiciendo no con un final, sino con un nuevo tipo de comienzo. Empecé a nadar hacia la luz y alejada de los peces y las mantarrayas y me abrí paso como una herida entre los caballitos de mar y las medusas. El agua se fue haciendo cada vez más clara hasta que llegó a ser de un azul que conocía desde lo más profundo de mi alma. Ya en lo bajito, pude poner los pies sobre el suelo de arena. De pie sobre el suelo del mundo de Yemayá y mirando el mío: la playa de Varadero, tal como la había dejado la última vez.

II

FIESTAS

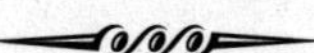

RAQUEL

PROVIDENCE • PRIMAVERA DE 1998

La oficina de John Temple era un desastre; de hecho, Raquel se dio cuenta de que John Temple era un desastre. Su típico estilo indumentario universitario había sido reemplazado por una camiseta de Bad Brains y unos pantalones caqui. (Esa camiseta, decidió, era lo más vanguardista de él y una vez más maldijo a Mavette por ser tan hija de la semilla y privarla del placer de tener a alguien con quien analizar este nuevo hecho sobre el profesor). A su alrededor había cajas de libros y papeles, algunos que parecían lo suficientemente viejos como para haber viajado con John Temple desde sus propios días de estudiante.

—Perdón —dijo John, y Raquel se dio cuenta de que los tocones de barba estaban por lo menos dos días más largos de lo habitual—. Como ya he dicho, me voy a mudar, así que estoy tratando de reorganizar algunas de estas cosas.

—Claro, no se preocupe —respondió—. Yo me mudé ayer. Es agotador.

—Ahora, añade veinticinco años más de mierda que has acumulado y un divorcio y entenderás lo que quiero decir.

'Dito, pensó para sí, *John Temple es el triste profesor divorciado*. (Ella no sabía que había estado casado. Sin embargo, siempre le había parecido un poco tristón).

—Soy muy desorganizado —dijo ahora, examinando unas rimas de papeles en su escritorio antes de sacar un sobre manila, que le entregó a Raquel—, ¡pero me estoy poniendo las pilas!

Reprimió una risita porque, en ese momento, parecía una versión canosa de Nick, o de incontables otros jóvenes del campus. Se preguntó si tal vez la diferencia entre la juventud y la mediana edad no era simplemente tener el pelo canoso o una barba incipiente, sino fingir que todo estaba bajo control, en orden.

—¿Cuándo empiezas con Belinda?

Contuvo no virar los ojos. Al parecer él no iba a soltar la jodienda con Belinda Kim.

—¿En el Museo RISD? —corrigió Raquel—. ¡El martes! Estoy muy emocionada. Y de verdad aprecio mucho todo esto.

—Hay material genial ahí, ya verás —dijo, señalando la carpeta—. Tengo otras cosas maravillosas de Martin, obviamente, pero la mayoría la puedes encontrar tú misma. Eso que tienes ahí es lo bueno. Lo raro: planillas de ventas de exposiciones en galerías a las que he asistido a lo largo de los años. Y ese primer catálogo en especial, el de Tilly Barber. Ah, esa es quizás la articulación más clara del porqué su trabajo caló tan hondo tan rápido.

Había tanta pasión en su voz, que se parecía a Julián cuando le contaba sobre un remix poco conocido o a Delroy cuando se ponía a hablar de temas menos famosos de roqueros reggae. La genuina apreciación y alegría en su voz, despojadas de la jerga académica. Tuvo un extraño momento de comprensión, cuando vio sus cajas y cajas de libros, encima de todos los otros libros que ya se alineaban en los estantes de su espaciosa oficina: ella estudiaba a Jack Martin porque él adoraba a Jack Martin. Ella sabía que él era importante porque John Temple se lo había dicho. ¿Quién se lo habrá dicho a John Temple?

—Profe… —empezó. Se corrigió—. John, tengo una pregunta. ¿Qué le hizo querer centrar su trabajo en el minimalismo? Con todo el arte que hay, ¿por qué Martin?

El profesor Temple (quien, Raquel tenía que admitirlo, hoy parecía más un John) la miró fijo por un segundo antes de que una amplia sonrisa se dibujara en su rostro.

—¿Sabes qué es lo más increíble, Raquel? —su voz estaba llena de verdadero asombro—. Esa es la pregunta que todo estudiante debería hacerle a un profesor y, sin embargo, nadie me la había hecho. Y, para ser honesto, ni siquiera recuerdo cuándo fue la última vez que pensé en ello. Es que… ha sido mi tema durante tanto tiempo que dejé de preguntarme por qué —su voz se apagó; parecía perdido en sus pensamientos—. La verdad es que eso probablemente sea cierto para muchas cosas en la vida. ¡Pero! Lo que sí puedo decir con certeza es que todavía me encanta el minimalismo y todo lo que representa.

Había estado de pie todo este tiempo, pero ahora se sentó, no en su habitual silla Eames, sino en el borde del escritorio. Sus largas piernas colgando, tan cerca de Raquel, que sus pies estaban al borde de tocarse.

—La historia del arte, como la cultura en general, es en realidad una gran y larga conversación entre creadores —continuó, inclinándose hacia adelante con entusiasmo—. Sobre estética, pero también sobre sociedad y política y cosas de la vida moderna. Y supongo que, para mí, con lo que llamamos «arte», tal vez lo vea menos como una conversación y más como… una batalla. Todo el mundo está haciendo estas pinturas históricas neoclásicas perfectas a gran escala y Delacroix llega y dice: «Espera, ahora vamos a agregar sentimientos y romance». Y la gente le sigue la corriente, y luego, con el tiempo, eso se convierte en algo establecido y otra persona, como Manet, aparece y dice: «Aquí hay una pintura figurativa a gran escala, pero es de una dama desnuda almorzando con dos caballeros modernos». Y hay un escándalo, indignación y emoción, hasta que eso se vuelve algo normal, y luego aparece alguien como Degas.

Sonaba como batalla de rap. Boogie Down Productions y Juice Crew; Tupac contra el gran Christopher Wallace, también conocido como Biggie Smalls (QEPD); La Costa Este versus La Costa Oeste; rap de mochila versus música de traje resplandeciente.

—De todos modos, esto continúa y continúa, como sabes, esta evolución, este lanzamiento de guantes por parte de hombres, y mujeres, jóvenes, moldeados por su sociedad, sus culturas, diferentes naciones, y seguimos y seguimos hasta que llegamos a Pollock y De Kooning y los expresionistas abstractos. Esto es arte estadounidense, ¿no? Y son solo sus demonios personales y el caos y los cultos a la personalidad en el mundo. Al principio, salvaje, pero pronto también se convierten en parte del establecimiento: las revistas, la fama, las despampanantes exposiciones en museos. Entonces, mientras tanto, porque hiciste una pregunta personal, así que la mantendré personal, yo soy un niño en la escuela en Connecticut y estamos haciendo simulacros para protegernos de bombas y luego asesinan a Kennedy y asesinan a Martin Luther King Jr. Entonces pasó Vietnam y Kent State, en la primavera de mi último año en Milton. Y el mundo a mi alrededor era un absoluto caos; todo se sentía urgente, ¿entiendes? Y recuerdo haber ido a la ciudad por el fin de semana del Día de la Raza con un amigo de Yale. Fuimos a ver la exposición de Jack Martin en el Guggenheim y, en medio de toda esa hecatombe mundial, les sacó el dedo mayor a los expresionistas abstractos y dijo: «A nadie le importan tus mierdas personales, ¡nos importa lo que es real! Y esto es real: las láminas de acero son reales. Los ladrillos son reales. Las vigas de madera son reales». Y recuerdo haber entrado a esa exhibición y percibir una calma que no había sentido en mucho tiempo. Tenía sentido, el arte, pero también la necesidad de que existiera en el mundo. Un antídoto. Y cambiaron la conversación porque era necesario cambiarla.

Se había dejado llevar por su pasión y exuberancia, totalmente contrarias a lo que reflejaba en el escenario del aula. Estaba hablando con Raquel, sí, pero ella también podía sentir que estaba hablando consigo mismo. Y, como si él también pareciera darse cuenta de esto, se enderezó. Se apartó de ella y se sentó erguido.

—De cualquier modo, regresé a Yale y decidí que esto era lo que iba a hacer. Porque la Historia del Arte es una materia académica, pero los artistas que crearon estas piezas eran personas reales, que existían en una sociedad y reaccionaban a esa sociedad, y el estudio de eso, y el estudio de este período particular, me pareció importante.

—Es francamente hermoso —dijo Raquel, y lo decía en serio. Hubo un momento de silencio cuando se dio cuenta de que él también era solo una persona; que, de alguna manera, las Jevitas de Historia del Arte y todos los demás lo habían reconocido de esa manera, mucho antes que ella. Él no era un dios; solo un niño como ella o, más exactamente, como Nick, que se dejó fascinar por algo que le pareció relevante—. ¿Lo conoció? —preguntó.

—Lo he visto en persona una o dos veces —explicó John, complacido consigo mismo por el hecho—. Es un personaje taciturno, pero muchos genios lo son.

Hubo otro momento de silencio, este más incómodo que el anterior.

—Raquel, ¿te gustaría tomar un café? ¿Quizás pueda guiarte por los catálogos?

Se le revolvió el estómago. ¿Era este el momento que Marcus había predicho? ¿Era un maldito sucio? ¿O solo quería continuar la conversación? ¿Era esto lo que los estudiantes normales aquí hacían con el profesorado? Ay, ella no quería, no quería lidiar con esto ahora mismo.

—Yo, este —contestó Raquel, tratando de ocultar su desconcierto—, ojalá pudiera, pero, lo que pasa es que hoy es el Baile del Campus. Voy a cenar con Nick y sus papás antes de que ir…

—Claro, es verdad —comentó John Temple, volviéndose para reorganizar sus papeles. Y por su vergüenza, ella pudo darse cuenta de que él había hecho la invitación con las intenciones que Marcus había anticipado. El triste y divorciado profesor Temple—. ¡El Baile del Campus! Una gran noche. Espero que tú y Nick lo pasen fantástico.

—Muchas gracias —dijo Raquel mientras recogía su bolso—. ¡Y gracias por todo este material, es fantástico!

—Si te metes en problemas este verano, ¡mándame un correo electrónico! Andaré por estos lares.

Mientras salía del edificio de arte, se preguntó por qué, exactamente, le había dicho con quién iba a ir al baile.

~

Su apartamento nuevo era el primer piso de una casa de madera junto a la calle Ives al que le entraba mucha luz. Ningún apartamento para estudiante en Providence era particularmente bonito, todos eran solo lugares viejos a punto de desmoronarse. Pero, aun así, este era el lugar más bonito en el que Raquel había vivido. El apartamento en el que creció estaba a la sombra del elevado del tren, cubierto de pared a pared con una alfombra marrón oscura que absorbía el poco sol que entraba. Incluso ahora, con el nuevo apartamento hecho un desastre de cajas, sintió que el corazón se le expandía de orgullo y emoción: este era su espacio. Alquilado a su nombre (y el de Marcus). El primer lugar de muchos. Nunca más tendría que vivir en un apartamento feo. Ese era el regalo de todo este arduo trabajo, para empezar, la oportunidad de deshacerse de las pieles que nunca le gustaron demasiado.

Se duchó, se maquilló y luego regresó a su habitación para vestirse. El vestido halter plateado que Betsaida le había prestado estaba colgado en la parte de atrás de la puerta. El vestido que en sí se pondría estaba envuelto en papel de seda y dentro de la lujosa bolsa de papel de compras de Zuzu's Petals. Tal como estaba cuando Nick se lo trajo ayer. No se había molestado en abrirlo porque tan pronto como Nick entró por la puerta y ella vio la bolsa, supo exactamente qué había dentro.

—¡No puede ser! —exclamó emocionada.

Él solo sonrió mientras le entregaba la bolsa. (¡Oh, su espectacular y perfecta sonrisa! ¡Los dientes! Tan blancos y rectos. Ella sintió que se le encogía el estómago de solo recordarlo).

—¡No debiste! —dijo ella.

—¿Por qué no? Tú te mereces tener todas las cosas hermosas —aclaró él mientras la acercaba hacia sí para besarla.

—¿Qué hizo? —preguntó Marcus desde la cocina, donde estaba desempacando su miserable provisión de tazas y platos—. Además de no venir a ayudarte con la mudanza.

Era cierto; había estado algo molesta con Nick toda la mañana. Durmió en su propia habitación para terminar de empacar, pero Nick había prometido reunirse a las diez para ayudarla a sacar las cajas de su dormitorio; dividir el contenido de su vida entre el carrito deportivo de Marcus y su propio Wagoneer. Pero a las diez y cuarto, Marcus estaba afuera esperando y de Nick ni el celaje. Con su teléfono fijo desconectado, Raquel no tenía forma de indagar. Tuvieron que hacer tres viajes de ida y vuelta hasta India Point y de regreso al campus de Pembroke para hacer lo que pudieron haber hecho en uno. Odiaba la ineficiencia. Pero más que eso, odiaba que la echaran al olvido. Excepto que, claramente, no la habían olvidado.

—Hombre, siento haberte dejado colgado así — se disculpó Nick con Marcus—. Me cogió el sueño y, bueno, se me ocurrió comprarle este…

—¡Este vestido que es una locura, Marcus! —exclamó ella, y empezó a sacarlo para mostrárselo, pero Nick le hizo una seña para que parara y le quitó la bolsa de la mano.

—No —le pidió con suavidad—, ¡déjalo que lo vea cuando te lo pongas mañana! Se ve increíble; no te lo puedes ni imaginar.

—¿Para mañana? —preguntó Raquel, perpleja—. Tengo uno que Betsaida me prestó…

—Raquel —dijo un poco incrédulo—, este es Vivienne Tam.

Y sí *era* un Vivienne Tam. Costaba casi quinientos dólares. Y era una belleza. Era un vestido de malla transparente de manga larga con una pintura de dos dragones chinos peleando; sus caras a lo largo del busto, sus cuerpos largos y elegantes y sus colas envolviéndose alrededor del corpiño y la espalda. Pensó que la obra de arte era del período de la dinastía Ming, pero no podía decirlo con certeza. Solo había tomado una clase de historia del arte asiático. Un día, Nick la había llevado al trabajo en Avon y se estacionó para hacer algunas diligencias en Thayer. Pasaron por Zuzu's Petals y, de hecho, fue él quien le señaló el vestido en la vitrina. «Ese», dijo, «te quedaría fenomenal». Raquel se rio y dijo que en definitiva era un vestido increíble, pero que ella no podría permitirse ni siquiera un par de medias en esa tienda. (No era mentira. En su primer año, había entrado y vendían medias de cachemira a veinte dólares el par. ¡Veinte dólares!). Ante la cantaleta de

Nick, entró para probárselo y, francamente, había algo liberador en entrar a esa tienda, a la que se había prohibido entrar y para no hacerle perder el tiempo a la mujer. La mujer que había abierto su tienda en un campus universitario y se atrevía a vender medias a veinte dólares que hacen que los jóvenes estudiantes se sientan insignificantes por no poder comprarlas. «No sé, déjame pensarlo», fingió, aunque de verdad le encantaba (a pesar de preguntarse si tal vez la malla enfatizaba su panza), y Nick se acercó por detrás, la besó en la cabeza y le dijo: «Te queda espectacular».

Luego ella se fue a trabajar y siguió con su vida y, en la semana que pasó desde que eso sucedió, no había vuelto a pensar en el vestido de dragón hasta que lo tuvo allí, justo delante de ella. Un regalo. Con la petición de que se lo pusiera para el Baile del Campus. Nick debió haber notado su vacilación, porque dijo:

—Es que a mi mamá le encanta la moda y el arte asiático, y pensé que esto sería un buen tema de conversación en la cena de mañana. Para romper el hielo, ¿entiendes?

Y con eso, Raquel sonrió y le dio las gracias y le dijo lo emocionada que estaba de ponérselo y que no podía esperar a que Marcus viera lo chulo que era ese vestido.

Ahora, de pie en su cuarto, sacó el vestido envuelto de la bolsa, abrió el papel y se lo puso. De inmediato sintió el precio de esta prenda en su piel. Se miró en el espejo de cuerpo entero. Era sin dudas elegante. Moderno. Artístico y refinado a la vez. Miró el vestido de Betsaida: un vestido de noche de lamé plateado con efecto reloj de arena. Exactamente lo que ella habría elegido para esta ocasión si hubiera ido a una tienda, pero al comparar las dos prendas ahora podía ver que eran para dos ocasiones diferentes. O, mejor dicho, dos parejas diferentes para la misma ocasión. Con el vestido de Bets, no encajaría en la mesa con el señor y la señora Fitzsimmons;

habría sido demasiado estridente, demasiado llamativo. Ni siquiera necesitaba saber qué llevaría puesto la mamá de Nick para verlo de repente con claridad. No tenía que mostrarle a Nick el vestido plateado para que él también lo supiera. Él solo quería que ella encajara.

En su armario, en busca de la (única) cartera de noche que tenía, notó que había algo más en la bolsa de compras. Medias pantis. El vestido le llegaba hasta los tobillos. ¿Quién usaba medias pantis todavía? Entonces notó que ajustaban en la parte superior; extra firmes, que controlaban el abdomen.

~

La señora Fitzsimmons llevaba puesto un vestido de punto color crema, largo hasta el suelo y con escote barco de St. John, que resaltaba a la perfección su cabellera rojiza. Raquel sabía que era de St. John porque lo reconoció por un anuncio en *Vogue*. Se sintió muy agradecida, tanto por saber ese hecho («Señora Fitzsimmons, ese St. John le queda fabuloso») como por el regalo de Nick («Y ese Vivienne Tam a ti, Raquel»). No se había puesto el vestido de Bets, pero llegó armada con su sabio consejo obtenido de años de cenas con los padres de sus compañeras de habitación blancas y ricas mientras estaba en el internado: «Mantente en lo académico», le aconsejó Betsaida. «Impresiónalos con tu inteligencia, porque ellos piensan que te aceptaron gracias a un programa de diversidad y les impresionará todavía más darse cuenta que tú sabes tu mierda». Con eso en mente, Raquel convirtió el comentario sobre Vivienne Tam en un cuento largo sobre obras de arte, moda y arte chino contemporáneo y, como predijo Betsaida, los Fitzsimmons quedaron debidamente impresionados. «Solo háblales de las vainitas positivas de tu familia, evade las preguntas directas sobre tu vida familiar y, cuando te sientas acorralada, piropéalos». Raquel les ofreció información sobre su estrecha relación con su hermana, una aspirante a actriz en Nueva York, y su novio, el cineasta. «Qué familia tan creativa», había respondido el señor Fitzsimmons. «Por supuesto que tú y Nick se llevan bien. Lamentablemente, soy yo quien lleva la contabilidad en nuestra casa». Cuando le pidieron detalles sobre su mamá, todo lo que mencionó Raquel fue que prácticamente las había criado en un museo y que estaba disfrutando de la vida sin sus polluelas en casa, al haber vuelto a la escuela. Después de que comentaron lo fabuloso y loable que era eso, Raquel lo convirtió en un cumplido para la señora Fitzsimmons: «¡Fabuloso por usted también! Nick me contó cómo regresó y obtuvo su maestría en administración de arte». La historia de su regreso a la universidad los ayudó a atravesar el plato principal y, después de que los camareros trajeran un tiramisú coronado con una bengala encendida, con la inscripción *¡Feliz graduación, Nick!* escrita en cursiva con chocolate, Raquel pensó que también le haría algunos cumplidos a Astrid, quien no se había presentado a la cena.

—¿Nick les comentó que Astrid y yo somos becarias en el Museo RISD?

—Oh, gracias a Dios —dijo el papá de Nick—. Tal vez estar cerca de alguien con la cabeza tan bien puesta la ayude a enderezarse. Pásale algo de tu ambición y la de Nick.

Obviamente, Raquel no iba a contradecirlo, pero se sintió incorrecto. Astrid tenía muchas ambiciones; muchos pajaritos preñaos en la cabeza, pero también muchas ambiciones.

—No hagas que mi mamá empiece a hablar, Raquel —pidió Nick—. Todavía está molesta por lo de este verano.

La luz de las velas del restaurante apenas suavizó la tensión en la quijada de la señora Fitzsimmons. Tomó un gran sorbo de su martini.

—Conseguí una pasantía como curadora para mi hija en el Departamento de Impresión y Fotografía del MOMA. Moví todos los hilos, organicé innumerables almuerzos, firmé cheques. Todo lo que Astrid tenía que hacer era presentarse a una entrevista.

—Le compraron un boleto de tren y todo —intervino Nick—. Nunca se presentó.

—Raquel, ¿tú sabes lo vergonzoso que es para mí? —preguntó la señora Fitzsimmons—. Yo soy miembro del comité directivo.

—Esto demuestra —añadió el señor Fitzsimmons— que los merecedores no siempre son los que nacen con la oportunidad. Solo puedo imaginar lo que alguien como Raquel habría hecho con esa misma oportunidad. ¿No es así, Raquel?

—Tienes toda la razón —intervino la señora Fitzsimmons—. Raquel, debes venir a nuestro apartamento y ver la colección. Nick nos dijo que estás estudiando a Jack Martin; tenemos una pieza maravillosa.

En la mesa, Raquel se maravilló con dicha noticia y formuló preguntas provocativas sobre Jack Martin que esperaba que la hicieran parecer informada y moldeable. Por dentro, trató de desenredar el nudo de pensamientos que se había anidado en la parte frontal de su cabeza. Angustiada por lo desalineada con la realidad que estaba la visión que los Fitzsimmons tenían de Astrid. La solicitud de la beca RISD era intensamente rigurosa. Dos cartas de recomendación de la facultad, un expediente académico, un ensayo previamente calificado y una declaración de objetivos. A Raquel le sorprendió lo poco que ellos apreciaban ese esfuerzo. ¿Superado por qué? ¿Rechazo de prestigio? ¿Rechazo de manipulación de influencias? Astrid estaba claramente equivocada. Pero su comportamiento parecía ser más un acto de rebelión que un defecto de carácter. No obstante, no podía encontrar la voz para defender a su amiga. ¿Por qué? ¿Le preocupaba recibir la aprobación de los padres de Nick? Entonces estaba la beca RISD en sí. La insinuación de que estaba bien para Raquel, pero que alguien como su hija (o su hijo, se dio cuenta) podía conseguir —debía obtener— algo mejor. Peor aún, se preguntó, ¿qué había en ella que anunciaba que no era alguien que había nacido con oportunidades? Ciertamente nada de lo que había dicho. Ciertamente no cómo estaba vestida. ¿Era su apariencia? ¿Su forma de hablar? ¿Su nombre? ¿Cosas que su hijo les había dicho? ¿Cosas que solo suponían?

Todos se sumergieron en el tiramisú excepto Raquel, quien con cortesía dijo que no. Las medias pantis se le estaban clavando en la cintura.

~

—¡Estuviste increíble! —exclamó Nick, en el momento en que se encontraron fuera del alcance de los oídos de sus papás—. Te adoran, ¿y cómo no iban a hacerlo?

—Gracias —dijo y le dio un beso en la mejilla—. Y gracias por el vestido.

Estaban de pie en la calle Brown, justo afuera de las puertas del parque principal y, desde allí, Raquel podía escuchar la Filarmónica de Providence. Hacía un poco de frío, pero no tanto como para arruinar la noche cristalina. El fin de semana de graduación coincidía con las reuniones de exalumnos, y la universidad hizo todo lo posible para que el campus luciera lo más idílico posible. El olor a exámenes finales era, irónicamente, el olor del mantillo fresco que se estaba colocando, de los jacintos y narcisos que se estaban plantando, de la hierba recién sembrada. Pero esa noche tal fragancia llenaba a Raquel no con la ansiedad de los exámenes, sino con una emocionante expectativa. El señor y la señora Fitzsimmons estaban recogiendo sus boletos para las bebidas en la taquilla improvisada que había instalado la escuela y Raquel pensó en cómo, el año pasado, ella había estado al otro lado de esa ventanilla. Toda la noche, alumnos egresados elegantemente vestidos, subiendo a comprar boletos para las bebidas, cada vez más desaliñados a medida que avanzaba la noche, todos pasándolo de lo lindo. La suma de su experiencia del baile vista a través del cristal de una ventanilla; para cuando terminaba su turno, lo mejor de la celebración ya había concluido. Ahora, por primera vez, podría ver lo que había fuera del marco; a qué se debía todo el alboroto.

—Está bien, está bien —dijo con alegría el señor Fitzsimmons. Desde el postre, había estado atontado de emoción por el Baile del Campus, y su entusiasmo solo aumentó la expectativa de Raquel—. Nick, si tienen ganas de pasar tiempo con gente mayor, estaremos en la mesa setenta y cinco; pero si yo fuera tú, no pasaría tiempo con viejos. Aquí tienes algunos vales para las bebidas, pero ya sabes cómo es esto…

—Los exalumnos nos van a comprar los tragos —le explicó Nick a Raquel—. Es una tradición.

—¡La mejor tradición! —añadió el señor Fitzsimmons—. Raquel, no puedo creer que aún no hubieras venido. ¡Es una de las mejores cosas de este lugar!

Raquel no iba a bajarlo de la nube explicándole que casi ningún estudiante del Tercer Mundo venía al baile (al menos no antes de su último año). Los trabajitos del fin de semana de graduación pagaban el doble; era una oportunidad demasiado buena para ganar dinero. Así que Raquel ya había estado en el Baile del Campus antes, pero no como invitada.

—Raquel —dijo la señora Fitzsimmons, arrastrando un poco las palabras debido a todos los cocteles de la cena—, cuando llegue tu momento, busca casarte con alguien que también haya venido a Brown, porque nadie más podrá igualar tu entusiasmo. Aunque es, debo admitirlo, un evento maravilloso.

Nick entrelazó su mano con la de ella.

—Vamos a tomar algo.

Cuando pisaron la hierba, Raquel se quedó sin aliento. Durante días, había estado cruzando para llegar al edificio de arte List o a la biblioteca y había visto cómo se erigía la glorieta de música frente a University Hall, las cientos de mesas que se disponían, las miles y miles de luces colgadas en las vastas extensiones del parque principal y el inferior; linternas de papel blanco para llenar dos campos de fútbol americano. Se había quedado paralizada, observando, cautivada como en un trance, mientras los jóvenes del Departamento de Servicio colgaban el cartel luminoso que decía 1998, el que ella sabía que encenderían a medianoche, como dictaba una tradición tan antigua como la electricidad misma. Sin embargo, nada de esto la había preparado para la magia nocturna. De la nostalgia y el momento presente, conviviendo, imposiblemente, una al lado del otro. La orquesta tocaba Dizzy Gillespie y cientos de parejas inundaron las pistas de baile. Los bares (ah, y había bares por todas partes) eran imposiblemente grandes. Una docena de camareros y quién sabe cuántos ayudantes de barra en cada uno; y, cuando te acercabas, los exalumnos se quedaban allí parados, te daban una palmadita en el hombro o en la espalda y te pedían algo de tomar; te preguntaban qué estabas estudiando, si te habías graduado, adónde irías después de Brown. Todos, si no eran amigos, eran parte mutua de algo. Y cada momento que pasaba, mientras la noche se enfriaba, las bebidas seguían calentándola. Las docenas y docenas de momentos en los que había pasado por delante de estos edificios, sintiéndose destrozada o agotada e insegura de su lugar, comenzaron a desvanecerse en la oscuridad, reemplazados por las luces blancas y mágicas que la rodeaban.

Después de un rato, Nick la invitó a bailar. La banda estaba tocando «A String of Pearls» y, aunque estaba segura de que Nick no tendría la menor idea de qué hacer si aparecía Busta Rhymes, él la guio con confianza a través de lo que le explicó que era un Lindy.

—No lo olvides —dijo—, he estado viniendo a este lugar desde que era un niño.

—Cuán del establecimiento es mi novio anti-establecimiento —bromeó.

—Me cachaste —Nick se rio—. Los farsantes tienen algo de *savoir faire* de vez en cuando.

Sonó otra canción que no conocía y cuando Nick la hizo girar, vio algo que la tomó por sorpresa: Claire bailando con un hombre mayor que Raquel enseguida se dio cuenta de que era su papá. Sintió que se le encogía el estómago; siguió girando la cabeza para evaluar la situación. Estaban cerca de las mesas de la reunión de los veinticinco años, su papá vestía uno de los esmóquines que todos los de la Clase del '73 parecían llevar puesto. (Eran, pensó Raquel, un grupo particularmente jovial, a juzgar por la cantidad de vales para bebidas que habían estado repartiendo en los bares). Debió haberse quedado mirándolos por demasiado tiempo, porque desde la distancia, Claire giró la cabeza. Le fijó la mirada.

—Uy —dijo Raquel, tomando la mano de Nick mientras dejaba de bailar—. Vamos a dar una vuelta. Una de las Jevitas de Historia del Arte está aquí.

Raquel hizo un gesto con la cabeza hacia Claire y vio en los ojos de Nick un momento de reconocimiento.

—La reina de las farsantes —murmuró en voz baja.

El Primer Mundo estaba, por supuesto, lleno de micromundos. Algunos que ella sabía que existían y otros que acababa de descubrir, incluido el de las escuelas privadas del

Upper East Side. Raquel intentó que se fueran y Nick la haló hacia él en la pista de baile.

—Raquel —dijo, mirándola a los ojos—, ¿por qué deberías *tú* irte cuando te lo estás pasando bien?

Tal vez era cosa de los cocteles mezclados con el sentimentalismo, pero se sentía llena de emoción. Enseguida recordó aquella noche en la suite de la Jevitas de Historia del Arte. La ola de vergüenza que había sentido, agachando la cabeza y diciendo, a pesar de que cada hueso de su ser lo refutaba, que lamentaba haberle robado un lugar. Cómo le habían dicho que eso no era suficiente y siguieron bloqueándole el paso. Cómo Mavette, al final, intentó que se apartaran y la ignoraron. Y cómo Raquel había sentido que la sala se cerraba sobre ella y se quiso ir y, de repente, se encontró con los ojos llenos de lágrimas, cayendo de rodillas, rogándoles que por favor la dejaran irse. Cómo Margot se había agachado para mirarla a la cara y decirle: «Ahora di «Soy una don nadie sin talento» y te dejaremos ir». Y Raquel lo había dicho. Se rebajó y les dijo eso porque lo único que quería era salir de allí. E incluso así, fue solo porque Mavette empujó a Margot fuera del camino y levantó a Raquel del suelo que ella realmente pudo irse.

—Tú no entiendes —le dijo a Nick, con el escozor de las lágrimas calientes como ácido en los ojos, sabiendo que Claire y quién sabe quién más los estaban mirando en medio de esa gigantesca pista de baile—. Me trataron horrible.

—Justamente por eso no deberíamos ir a ningún lado —expresó—, y justamente por eso deberíamos seguir bailando. Porque tú tienes tanto derecho como ella de estar aquí.

La acercó a él y pronto la pista de baile estalló en aplausos cuando empezó «It Had to Be You» y la humedad de sus cálidas lágrimas en el cuello de Nick liberó su aroma y ella lo inhaló, hondo. Y encontró la calma. Parecía que todos en el baile se les unían en esa pista pero, allí, en los brazos de Nick, sintió que eran las únicas dos personas en todo el mundo. Nick le dio una vuelta y sintió, por primera vez desde que había llegado a Brown, que él tenía razón. Este lugar también era suyo. Ella había atravesado el espejo y, al otro lado, todo le pertenecía.

~

Esa noche no volvieron a casa de Nick ni a la de ella, sino que fueron al Biltmore. Se tomaron una copa innecesaria para cerrar la noche (martinis, porque Raquel quería beber de esos vasos) y se rieron de todas las conversaciones aleatorias, ebrias e inapropiadas que habían tenido con exalumnos durante la noche. De su papá y su mamá bailando foxtrot en la pista de baile, de la actitud de los gringos protestantes (esos que todavía se creen británicos) de tener a tanta gente reunida por tantas horas y no ofrecer nunca ni un chispito de comida, pero sí una abundante provisión de bebidas. Y luego tomaron el ascensor de bronce y cristal del monumento neofederal hasta el piso treinta y tres y, por primera vez desde que habían empezado a tener relaciones sexuales, Raquel se sintió liberada. Se permitió sentir la alegría y el placer. Quería más y más de él dentro de ella.

JACK

CIUDAD DE NUEVA YORK • OTOÑO DE 1985

Fue un evento jovial, la galería de Giancarlo bañada por una cálida luz blanca. Mujeres y hombres elegantemente vestidos compartían risas y charlaban en italiano, inglés y francés. Eso era lo que más le gustaba a Jack de las exhibiciones internacionales. Sí, había cultivado con cuidado la imagen del artista común y corriente, despreocupado por las cosas materiales. Y, en muchos sentidos, él era ese tipo de persona. Sabía que el dinero no importaba, pero… el refinamiento sí. Y las aperturas, donde él podía simplemente estar ahí, sabiendo que todos estaban reunidos en *su* nombre, debido a *su* arte. Bueno, en esos momentos apreciaba haber viajado fuera de Worcester, Massachusetts, más allá de lo que se podía medir en kilómetros. Sí, puede que se le hayan hecho callos en las manos una o dos veces en el trabajo, pero fue por elección, no por necesidad. No como las manos de su papá, sacrificadas por una vida dedicada a poner comida en la mesa. Manos tan ásperas, que una vez arañó sin querer la cara de porcelana de su mamá. (No protestó, su mamá). «Haz todo lo que puedas para tener las manos suaves, Jack», le había dicho su papá. «Mi esposa es una reina que ahora se tiene que conformar con las manos de un bruto». Nunca desanimó a Jack por dibujar o leer poesía; nunca pensó que eso convertiría a Jack en un «mariquita» o una de esas mierdas que habían tenido que aguantar tantos de sus amigos artistas. No, quería que su hijo tuviera una vida de manos suaves. Lo animaba. Y así, en esas aperturas, a Jack le gustaba quedarse un rato en un rincón, mirando. Dejando que su pecho se inflara un poco por haber complacido a su papá. Su papá, que se habría sentido fuera de lugar en Roma, y mucho más ajeno en una galería.

En el salón, pegados a las paredes, había una serie de signos de más, cada uno formado por placas de diferentes materiales. Uno, cuadrados de hierro; otro, ladrillos montados. El tercero creado a partir de delgadas baldosas de mármol y, al final, uno de madera. Simples signos de más. Cada uno deliberadamente dispuesto para que no crearan cuatro cuadrantes iguales. Lo suficiente como para que no estuvieras seguro de si estabas viendo un signo de más o un crucifijo. (*¿Qué te hacía sentir un crucifijo en una pared que no te hacía sentir un signo de más?*, se había preguntado). Le hacía gracia oír a la gente debatir lo que realmente estaban viendo en contraste con lo que había escrito en su declaración de artista:

Hierro, ladrillos, mármol y madera.
Principio. Y. Final.

A veces una pipa es solo una pipa, ¿no? Y a veces se encontraba pensando en su época de monaguillo. Eran asuntos suyos. Una pareja que pasaba por allí debatía en francés sobre si era signo de más o una cruz (Jack había aprendido una cantidad sorprendente a lo largo de su extensa carrera) cuando la mirada se le fijó en algo. Era la cruz de madera que estaba al otro extremo de la larga galería: paneles de roble sin barnizar, de un tono rubio como el cabello de Ingrid, solo que ahora veía…

ROJO.

Solo un destello. Carmesí.

Brillante como un cardenal, pero rojo donde no debería estarlo. Esta exhibición se concibió con paredes blancas y luz cálida. El gris frío del hierro, el mármol blanco iridiscente ahumado con plata. No rojo. Rojo en ninguna parte. Miró de nuevo y había desaparecido. Estaba seguro de lo que había visto. Se disculpó con la persona con la que estaba hablando y fue a buscar una copa de vino nueva al bar. Alguien entre la multitud lo llamó por su nombre, giró la cabeza y…

ROJO. ROJO. ROJO.

Esta vez más por más tiempo. ¡Brillante! Una figura. Un cuerpo.

Una mujer.

Luego, nada. Solo la cruz de madera. De dos metros de ancho por dos de alto, colocada a ras de la pared. ¿Un vestido rojo? ¿Una cabeza que se volteó de repente? ¿La visión borrosa de un hombre envejeciendo de forma deprimente? Jack escudriñó entre la muchedumbre para confirmar esta conjetura y no pudo encontrarla. Solo el habitual mar de vestidos de coctel negros. Ninguna mujer envuelta en el impactante carmesí que había atravesado su periferia. Se dirigió de a poco hacia la pieza, esquivando los intentos de entablar una conversación con él. ¿Qué había visto?

Más cerca de la obra, no había nada fuera de lugar. Solo el corte limpio de la madera revelando su veta devanada y sin sentido. *Un patrón tan aleatorio que ningún hombre podría haberlo hecho,* pensó.

A sus espaldas, la risa de Giancarlo atravesó el zumbido del salón y atrajo la atención de Jack. Estaba charlando con la atractiva joven poeta que acababa de llegar a la Academia Americana. Jack se detuvo un segundo, admirándola. Un vestido azul oscuro con los tirantes más finos revelaba una piel color crema cubierta de pecas, un cabello castaño que apenas rozaba la parte superior de sus pechos, sin brasier debajo del vestido de verano. Se veía tan perfectamente... estadounidense. Tal como sabía que imaginaban los hombres en Europa cuando conjuraban ese pensamiento. Jack decidió que la seduciría. ¿Quién podría resistirse al hombre de la...

ROJO.

Por el rabillo del ojo.

ROJO. ROJO. ROOOOOOJO.

(Anita).

No. No. No podía ser. Era una locura.

No podía voltear, estaba demasiado asustado de ver lo que había visto. Lo que debía estar imaginando que había visto. Se quedó paralizado, con la nuca encrespada y los nervios hormigueando desde la base del cerebro hasta el trasero mientras sentía aquella mirada penetrante (la de ella). Unos ojos clavados en él, que le perforaban la nuca. La sensación de que lo miraban (no con admiración, sino con desdén) hizo que el corazón se le acelerara. Sabía que debía mirar. Debía comprobar si había visto (y había visto) lo que creyó ver.

Cerró los ojos y ordenó a su cuello que girara la cabeza hacia la cruz. Deseó que sus ojos se abrieran y se encontraron con los de ella en un instante. Anita. ROJO. No como la había visto por última vez en su apartamento, sino como la última vez que estuvo fuera de él: el cuerpo destrozado y ensangrentado, treinta pisos más abajo. El pelo enmarañado de rojo, caliente, húmedo y pegajoso, le cubría el rostro, ¡pero sus ojos... bien, bien abiertos! Porque incluso a esa distancia podía sentirlos mirándolo.

Contuvo el aliento, sintió que su pecho se hundía sobre sí mismo. Se cubrió la cara con las manos, su única protección ante la mirada de sus ojos redondos y abiertos.

Oh, pero él todavía podía verlo. Todavía podía verla.

BRRuuuUM...

BRRuuuUM...

BRRuuuUM...

El zumbido, eléctrico y fuerte, lo sobresaltó, lo obligó a abrir los ojos cuando quería mantenerlos cerrados a toda costa. Quería evitar el ROJO a toda costa, pero en cambio encontró: Blanco. Claro y frío. El *BRRuuUM* zumbando una y otra vez en el fondo. *Mierda. Mierda. Mierda*, piensa. Ya está. El túnel. El que lleva al otro lado. (El corazón le latía con fuerza; inseguro de que San Pedro lo estuviera esperando al final). La luz era demasiado fría. Demasiado fluorescente.

—¡Martin! —un bramido de barítono, áspero e indiferente.

Cerró los ojos de nuevo. Esto no era la muerte.

Tan, tan, tan, tan. El ritmo de la madera contra el hierro.

Esto era la cárcel.

—¿Martin? —preguntó la voz, ahora más cerca—. Recoge tus pendejadas, güevón, te sacaste la lotería. Alguien te pagó la puta fianza.

Sus párpados se abrieron de golpe, y ahora podía ver con claridad el alambre de metal que rodeaba la lámpara fluorescente. La pintura color arveja que se desprendía del techo encima de él. Tan cerca que podía tocarla desde el catre superior. A izquierda y derecha, paredes de cemento, húmedas y pegajosas. El frío del lugar cortaba hasta los huesos.

—¿Tú me oíste? La mayoría de los malparidos dan un salto cuando oyen la palabra «fianza». ¿O tal vez es que tienes un noviecito por aquí que no quieres dejar?

Oh, ese maldito adivino de su boda había tenido razón.

Jack se sentó en el catre y la cabeza le dio vueltas. Tenía cincuenta y siete años y, en ese momento, lo sintió. La humedad lo había dejado rígido mientras dormía.

Su sueño.

No se acordaba de nada. Ni de la pelea ni de haber llamado a Tilly después; tampoco de la llamada a la policía. No recordaba que llegaran los policías ni el arresto. Apenas recordaba a Anita. De repente, ella también se sintió imaginaria, aunque menos una cosa de las pesadillas, que un mero producto de su viva imaginación (una quimera de lo que fue). Oyó las llaves girar en la cerradura de su celda y, con toda la urgencia que pudo, juntó sus pocas cosas (un cuaderno de dibujo, bosquejos para su próxima exposición en París) y siguió al guardia.

—Aquí solo se habla de ti —le dijo el guardia mientras caminaban—. No todos los días alguien paga doscientos cincuenta mil dólares en fianza.

Jack, con docenas de ojos observándolo a través de los barrotes, dio un respingo al responder:

—Tengo buenos amigos.

Ah, y eran buenos amigos. En el estacionamiento, Tilly se derrumbó y, en su abrazo, que se sintió como el de una hermana y una madre a la vez, Jack al fin se sacó todo cuanto llevaba dentro. Bajo los auspicios de los guardias de la prisión, en medio del humillante trabajo administrativo de recuperar su libertad, apenas la reconoció a ella y a su amigo Gerry, quien la había llevado. No podía soportar que fueran testigos de su degradación. Pero ahora, en los brazos de Tilly, liberó la angustia de los últimos tres días en este lugar, y su cuerpo musculoso se sacudió por ello, las manos largas y delgadas de Tilly dándole palmaditas en los anchos hombros.

—Deberíamos irnos —intervino Gerry—. Ronald nos está esperando.

Esto pareció romper el hechizo de Tilly. Se apartó de Jack, se recompuso antes de dirigirse hacia el carro. El cuidado maternal había terminado.

—Te conseguimos el mejor abogado que el dinero puede comprar; aceptó vernos de inmediato —le hizo un gesto a Jack para que se sentara en el asiento de atrás—. Te ves exhausto. Puedes dormir en el camino.

Obedeció, incluso mientras protestaba:

—¿Y quién puede dormir? La exposición de París es en un par de semanas. Yo debí haber estado allí hace una semana. Esa instalación va a ser complicada.

—Los Stella fueron quienes pagaron la fianza —aclaró ella, ignorándolo—. Por favor, no te olvides de llamarlos.

Él miró su perfil. Era una mujer tan guapa, incluso cuando estaba angustiada.

—Está bien, pero ¿cuándo puedo irme a París? El lunes es lo más tarde que creo que podría irme.

Ella exhaló un suspiro que él reconoció, el que estaba reservado para los artistas promedio que no entendían por qué ella les negaba una exposición individual.

—Jack —dijo Gerry de una forma que se notaba que había sido ensayada—, ir a París está descartado. Viajar no es una...

—Mis exhibiciones son fabulosas por la precisión que solo yo puedo aportar. Díselo, Tilly.

Jack Martin, él quería dejar claro que no había llegado a donde estaba en el mundo del arte aceptando un no por respuesta.

—Jack —enfatizó Tilly de forma brusca, dándose la vuelta por completo para mirarlo a los ojos como si fuera un niño malcriado en un viaje por carretera—. Escúchame. Estás en libertad bajo fianza acusado de asesinato. ¿Entiendes la situación? Tú no tienes pasaporte. No irás a París. Ni siquiera vas a ir a Brooklyn hasta que termine el juicio.

Jack miró por la ventana. Era la primera vez que Tilly no se ponía de su lado. Iban conduciendo por el elevado, en dirección a Queens, con su paisaje industrial a lo lejos. Todo esto era una pendejada y él no entendía por qué no lo entendían.

Ya era bastante que él hubiera pasado por todo esto; bastante jodido que hubiera estado en la cárcel, que hubiera perdido a su Anita. ¿Ahora perdería también su arte?

Podía escuchar a Tilly y a Gerry murmurando: cosas que Jack tenía que hacer, cosas que necesitaba saber sobre los días transcurridos desde que ocurrió el *suceso*. Los tres confusos días desde que Anita cayó por la ventana. Pero él los ignoró; en cambio sacó su cuaderno de bocetos y dibujó, con tanta precisión y detalle como pudo, los signos de más que iban a ser instalados en París.

—Te conseguí un hotel, Jack, solo por un par de noches —le informó Tilly.

—Quiero irme a mi casa —dijo, distraído.

—No es solo terapéutico —explicó Gerry—, es la óptica. No tienes idea de la cantidad de feministas locas que han estado acampando frente a tu edificio.

—Me temo que ha salido en todas las noticias —reveló Tilly.

Jack comprendió ahora por qué Tilly le había pedido específicamente a Gerry que la acompañara; era un hombre de relaciones públicas. Había trabajado para Koch por un tiempo y antes de eso para Steve Rubell y la gente de Studio 54. Tilly, siempre pensando en el futuro.

—Estas mujeres están montando altares en la calle, levantando pancartas y haciendo piquetes. No queremos dejar ningún espacio abierto para que la gente se solidarice con su causa.

Jack no tenía idea del porqué, pero pensó en los porteros. Lo que debían pensar de él. Anita y su teatralidad. Le restó importancia. Volvió a sus cruces.

—Otra cosa, Jack —añadió Tilly, ahora en voz baja—, los amigos de Anita están preparando una especie de homenaje para ella.

—¿Cuándo? —dijo, arrancando la hoja con el boceto para dársela a Tilly—. Faxéale esto a Thierry. Le enviaré los demás lo más pronto posible.

—¿Importa esto? No es como si pudieras ir.

—Entiendo que no puedo ir a París, pero no creo que puedan impedirme legalmente ir al maldito funeral de mi esposa. ¿O debería esperar y preguntarle al abogado?

Miró su cuaderno de bocetos, todas las cruces le devolvían la mirada, y su sueño (la pesadilla, más que nada) volvió a visitarlo. Oh, esos jodidos ojos. Una oleada de náuseas lo inundó. La cabeza se le empezó a sentir pesada y seca como una resaca, pero esta vez por la vida. Por su fucking miserable vida.

—Despiértenme cuando lleguemos —ordenó y cerró los ojos.

~

Se habían casado en el patio de la casa de Giancarlo, en las afueras de Roma. Oh, había sido perfecto. Todo. El jardín parecía sacado de un libro de cuentos: una cerca bajita de piedra, flores silvestres por todas partes. A Anita le encantaban las flores y habían imprimido un libro juntos para todos los invitados. Sus páginas eran todas de plantas; las de él eran todas de piedras. Anita llevaba un vestido largo hasta la pantorrilla tejido a crochet en algodón diseñado por una mujer que había conocido durante un fin de semana largo que habían pasado en Sicilia. Se veía perfecto contra su piel morena y sobre su figura de muñeca. Nunca perdió su figura juvenil, aunque oír eso la molestaría. Había deseado tanto tener curvas. «Las curvas te hacen ver más seductora cuando bailas», le había dicho. Pero a él le gustaba su contextura. Su pequeño chochín roto. Cuando ella le lloraba (sobre sus años que ella vivió en el orfanato, sobre las infidelidades de él), él hacía un nido con sus grandes y largos brazos. Le proveía descanso. La alimentaba con su amor y lujuria con su propia boca, con palabras y besos, como pequeños gusanos para una polluela hambrienta. Todo con el objetivo de hacerla lo suficientemente fuerte para que pudiera volar.

No asistieron familiares al evento. A Jack no se le ocurrió comprarles vuelo a sus viejos padres para viajar al otro lado del océano, y él y su hermana no eran muy cercanos. Anita había llamado a su papá cuando Jack le propuso matrimonio para que Jack pudiera pedirle permiso. Un raro momento de tradicionalismo que sorprendió e intimidó a Jack. Pero, aunque él la había oído hablar con su mamá y su hermana sobre la boda por teléfono (alguna palabrita en inglés afloraba por aquí y por allí; el hombre nunca pudo entender el español como entendía el francés), Anita nunca mencionó que ellas asistirían. Tanto así que, el día de la boda, ni siquiera las mencionó. Jack tenía la sensación de que ella nunca los había perdonado del todo por aquello de enviarla a Estados Unidos, por abandonarla. Giancarlo se ofreció a entregarla frente al altar, pero ella lo rechazó. «Estoy aquí por absoluta voluntad propia. Nadie tiene que andar entregándome a nadie».

En la recepción, como una sorpresa, Giancarlo contrató al clarividente local para que leyera las manos. Jack se había mostrado reacio, pero Anita estaba ocupada bailando y Giancarlo no dio el brazo a torcer. Al final, Jack estaba tan en juma que cedió. Giancarlo lo acompañó hasta la esquina del jardín donde estaba sentado el viejo. Tomó las manos grandes y suaves de Jack entre las suyas, pequeñas, arrugadas por los años y manchadas por el sol. Las volteó, boca arriba y extendidas. Jack recuerda haber pensado que estaba ante el apóstol Tomás, permitiéndole juzgar la veracidad de sus heridas. El hombre las miró por un rato largo antes de juntar las palmas de Jack con las suyas, santiguarse y escupir por encima del hombro tres veces. «Che povera disgraziata creatura!», le declaró a Giancarlo. A partir de entonces, en casi todas las fiestas a las que asistían juntos, Giancarlo contaba la misma historia: la del viejo que llamó a Jack Martin, el Dios del Arte Minimalista, una pobre y desafortunada criatura. «¿Quién, que tú te puedas imaginar, es menos pobre y desafortunado que este coloso?». Y cada vez que lo decía, provocaba una gran carcajada.

~

Jack estaba sentado en la recepción de la oficina del abogado, recordando su condena. Anita nunca le diría lo que le había dicho el vidente; su italiano era perfecto y no hubo testigos. Eso le había molestado entonces, y más ahora, por una razón que no podía explicar. A medida que pasaban los minutos, una sensación de determinación se apoderó de él. La determinación de demostrar que ese vejete adivino de mierda se había equivocado. Cuando la recepcionista les dijo que Ron Rosen estaba listo para verlos, Jack se levantó de un salto. Entró con determinación a la bien equipada oficina, extendió el brazo y tomó la mano de Ron con firmeza entre la suya.

—Mi nombre es Jack Martin y soy inocente.

Jack nunca se imaginó que necesitaría un abogado penalista, nunca se imaginó ni siquiera cómo sería uno, pero Ron Rosen parecía cumplir con los requisitos. Estaba increíblemente en forma, bronceado y tenía el pelo canoso, además vestía un traje de sastre impecable, lo cual hizo que Jack se relajara; demostraba que le importaban los detalles. Pero a esto se sumaba el comportamiento de un boxeador y un acento del Bronx tan marcado que Jack estaba seguro de que en otra vida —una donde no iba de City College a la Facultad de Derecho de NYU, como anunciaban los diplomas lujosamente enmarcados en las paredes— podría haber estado partiendo brazos para Meyer Lansky. A Jack le pareció que esto sería útil en un tribunal. Como su cliente, sin embargo, después de una hora de interrogatorio, fue bastante inquietante.

—Su llamada a la línea de emergencia 911 fue diferente a lo que le dijo a la policía cuando llegaron. Eso no lo ayuda —explicó Ron.

—Estaba en estado de shock —dijo Jack.

Ya les había puesto la cinta: Jack, entre sollozos, explicando que él y su esposa habían tenido una discusión, que había ocurrido un suicidio.

—Por teléfono informó que habían peleado, que ella se fue a la habitación, que usted la siguió y que luego se lanzó por la ventana. Pero entonces, cuando llegó la policía, dijo que ella se había ido furiosa al cuarto y que, cuando usted se fue a acostar, más o menos una hora después, ella ya no estaba ahí.

—Yo no lo hice.

—La verdad es que a mí no me importa si lo hizo o no —dijo Ron—. Me importa que la historia tenga algún maldito sentido, ¿estamos claros? Lo que ellos tienen es la grabación de la llamada…

—Yo ni siquiera me acuerdo de haber hecho esa llamada —intervino Jack, alzando la voz.

—Y tienen sus registros telefónicos de esa noche, que indican que llamó a otra persona *antes* de marcar el 911.

—¿Cuántas veces tengo que decirte que no lo recuerdo? —ladró Jack.

Ron Rosen miró a Gerry.

—Mira, Gerry, yo no necesito esto, no —señaló.

—Señor Rosen —dijo Tilly con calma—, he sido la galerista y confidente de Jack por más de veinte años. Él estuvo en mi casa con su esposa esa misma noche. Estaba angustiado y me llamó, y le aconsejé que colgara de inmediato y llamara al 911.

—Voy a hacer de cuenta que no la oí, señorita Barber, porque no creo que eso ayude después de que él se tomara cuarenta y cinco minutos más en llamar, ¿no le parece?

Jack apartó la vista de la mirada de Tilly; no quería registrar su sorpresa ante eso.

—Me enteré de que ella quería el divorcio. Contrató a un detective privado —continuó Rosen.

—Mentira —refutó Jack con los dientes apretados—. Eso jamás.

—Su hermana le dijo a la policía que Anita se lo había dicho por teléfono esa misma noche.

—¡Mi esposa me fucking amaba!

—¿Me pregunto qué podría averiguar un detective privado sobre usted? —lo incitó Ron Rosen.

—Usted no está entendiendo el asunto —ladró Jack—. Lo que yo les expliqué a los policías cuando llegaron es que yo tengo mucho más éxito que mi esposa y que eso a ella le estaba jodiendo la cabeza. De eso se trataba la pelea y por eso…

—Excepto que eso no cuadra muy bien en papel.

—Ah, por favor —replicó Gerry, a la defensiva—. ¡Este hombre es un titán! Han exhibido sus obras en todos los museos importantes, no solo en Nueva York sino en el jodido mundo entero, Ron.

—Sí, yo sé, lo sé —dijo Ron—. Tengo claro que usted es un gran éxito, señor Martin. Como dije, solo estoy tratando de analizar todo lo que le van a decir al jurado. Y eso incluye el hecho de que sí, sus obras han sido presentadas en los museos más prestigiosos, pero su última gran exposición fue en una universidad estatal hace casi cinco años…

—Con el debido respeto —intervino Tilly, una rareza—, esa exposición en Berkeley fue muy importante.

—Y que —continuó Ron, ignorándola—, durante los últimos años, sus obras se han estado vendiendo cada vez por menos.

—El arte es como la moda, Ronnie —intervino Gerry—. Las cosas están de moda y luego se enfrían y vuelven a llamar la atención.

La irritación de Jack se estaba convirtiendo en indignación. ¿Que estuviera pagándole su fucking dinero, ese que se ganó a fuerza como artista, para que este hombre insinuara que él estaba en decadencia?

—Mi esposa no era nadie, una trepadora. Si no hubiera estado casada conmigo, nadie habría sabido quién era.

—Excepto que eso tampoco es exactamente cierto —respondió Ron. Tomó una hoja de su escritorio. El puto CV de Anita—. Veamos: 1980, residencia Mellon en Miami. 1980, beca Guggenheim. 1982, ganadora del Premio Roma. Desde entonces, encargos, adquisiciones de museos… No sé qué piensen ustedes, pero para un ciudadano cualquiera todo esto suena bastante impresionante.

—Tú no estabas fucking ahí —gritó Jack, levantándose de un brinco de su asiento—. Y no la conocías. Tenía una ambición despiadada y vivía ciegamente celosa de mí. Le dije que nunca tendría mi carrera y simplemente no podía vivir con el peso la verdad.

Se hizo silencio por un momento. Donde no había muebles de caoba en la oficina de Ron Rosen, había ventanas. Jack caminó hacia ellas, observó el tráfico que subía por la avenida Park.

—Tracy —dijo Ron por el intercomunicador, su voz notablemente más mansa—, ¿puedes pedirnos algo de comer? Creo que al señor Martin le vendría bien un buen almuerzo.

Jack cayó en cuenta de que tenía mucha hambre; miró el carrito del bar en la esquina y deseó que le ofrecieran una bebida con la comida. Lo que realmente necesitaba, ahora se dio cuenta, era un jodido trago.

—Señor Martin, escuche —dijo Ron—. Este no siempre es un trabajo fácil, pero tenemos que hacerlo. Lo que ellos han manejado bien, al menos en el ámbito público, es hacer que sea difícil creer que su esposa tenía tendencias suicidas y menos con su carrera yendo en ascenso y con los planes futuros que había discutido con sus amigos. Por eso, creo que debemos pintar un retrato de una mujer más… desequilibrada.

Jack hizo una mueca. Anita no estaba más loca que cualquier otro artista. Más apasionada, tal vez, pero no más loca.

—¿Tilly me dijo que le gustaba la brujería?

—La santería —respondió Jack—. Es una cosa cubana.

—Entre eso y su comportamiento atolondrado en la fiesta de Tilly —agregó Gerry.

—Ella estaba siendo Anita —expresó Jack.

—¿Usted está trabajando a favor o en mi contra en esto? —preguntó Ron.

—Está trabajando *con* usted —respondió Tilly.

—Maravilloso. Entonces, ¿esta cuestión en la que estaba metida su esposa?

—Santería, es una religión. Era más como una fascina…

—¿Tilly dice que hay sangre y pollos y cuestiones de esas? ¿Que estudió con brujas en Cuba o algo así?

Jack asintió y una gran sonrisa se dibujó en el rostro de Ron.

—Perfecto. Vamos a convencerlos de que la santería la lanzó por esa ventana.

ANITA

CUBA • OTOÑO DE 1980

Ahora estamos en una encrucijada.

De la única forma en que podrás entender lo que pasa después es que sepas lo que pasó antes: regresé a casa, a Cuba. No cuando Jack me empujó y morí y terminé en Varadero. No, la vez que regresé años antes de eso. Cuando viajé por el aire en sentido contrario: en un avión, y al fin volví a ver el lugar con el que había estado soñando durante casi veinte años.

Pero, coño, aquí está la cuestión: yo no quiero hablar contigo de Cuba.

Porque, ¿qué es lo que tú sabes de ella? ¿De la alegría y el horror de llegar al lugar con el que contabas para que respondiera todas las preguntas persistentes de tu alma, solo para encontrar más preguntas? ¿Llegar al destino al que tu brújula interna te ha estado guiando pa' que regreses, voceándote que era tu hogar, solo para descubrir que realmente no pertenecías allí? Ya no. No, ya no. ¿Qué sabes tú de eso? Claro, es posible que tú también conozcas el desamor, la traición y la soledad. Bien. De acuerdo. Pero ¿qué sabes tú de Cuba? Mi Cuba.

Y si al final *sí* sabes de Cuba, si conoces el exilio y la separación, ciertamente no necesitas que te machaque el asunto. No necesitas que te cuente nada relacionado con Castro. Cómo no quieres reducir un país entero a la existencia de un solo hombre, pero cómo Castro no tolera nada menos. Si sabes de Cuba, no necesitarás que te explique por qué tus papás te armaron un titingó porque regresabas, ¡sin entender cómo y por qué tenías que volver! Cómo te atrajo durante tanto tiempo, ¡pa'l carajo el tabú! Si conoces Cuba, no necesitas que te diga cómo Estados Unidos te hace sentir tan cubana que sangras cafecitos y ron, y luego regresas a casa y descubres que bien podrías ser un jodido pastel de manzana por lo gringa que te has vuelto. Si sabes de Cuba, conocerás el dolor de reunirte con familiares que se han convertido en extraños. No, si conoces Cuba, no necesitas que te cuente nada de esto. Y si no conoces Cuba, y en verdad quieres conocerlo, por lo menos ten la decencia de no preguntarme en inglés.

Entonces te contaré cómo fue sentir la arena de Varadero (fina, sedosa y pegajosa como el azúcar) incrustada en las grietas de los dedos de los pies. De la misma manera que me pasó cuando tenía doce años. En mi lengua te contaré cómo volví a oler el aire: espeso por el salitre, húmedo por las hojas de palma, brillante por el olor a diésel y rico por el metal de la tierra roja. También podría hablarte de Yemayá, mi orisha; la madre de todos los orishas. Y cómo me llamó allí, como ha llamado y reclamado a tantos de sus otros hijos. Y si *confío* en ti, bueno, entonces podría contarte cómo aprendí a hacer ceremonias, y cómo esto me enseñó la paciencia y un tipo de trabajo diferente. Podría contarte cómo, hasta mi año en Cuba, solo conocía la iconografía de esta fe, pero nada respecto a su verdadero significado. Y cómo comencé mi viaje espiritual bajo una ceiba —mi destino, en verdad— en El Templete, cuando un hombre a quien no conocía me dijo que le diera la vuelta al árbol tres veces y pidiera un deseo. Si quieres saber todo eso, no me lo preguntes en inglés. Así, por lo menos, puedo darles a estas cosas la poesía con la cual debían ser contadas.

Dicho eso, ahora abordaré los detalles de mi regreso: Marco, mi arte y cómo llegué a quedarme, no por una semanita como estaba previsto, sino por un año. Un año enterito de búsqueda personal. Un año completo lejos de Jack.

La partida de regreso a casa fue una suerte de gesto político, como lo son todas las cosas cubanoamericanas. Se invitó a una delegación de artistas estadounidenses para suavizar las relaciones entre los dos países de los que formábamos parte. La primera noche, nos recibieron con una gran cena en los jardines del Hotel Nacional. Funcionarios del gobierno y artistas estadounidenses y cubanos partieron el pan y la cebolla, reunidos bajo este vínculo común de nuestra vocación. Y, al final, nos pusimos en fila y nos tomamos una foto. Todos sonriendo. Muy educados. Pero debajo de la pompa, todo el asunto fue extrañamente desgarrador. ¡Qué estadounidenses eran los estadounidenses entre nosotros! Todo el tiempo queriendo y cogiendo más: comida, vino, información. Incluyéndome a mí, ¡quizás yo más que nadie! Durante todo este maldito tiempo, dándome golpes en el pecho por mi cubanidad, para luego descubrir que no había sido inmune a veinticinco años de Estados Unidos. Ninguno de nosotros se había salvado. «¿Pero puedes ganarte la vida?». «¿Quién compra tu arte?». «¿Puedes viajar para promocionar tu trabajo?». La incapacidad de medir el valor de nuestro trabajo sin pensar en el comercio, el dinero, el prestigio. No hablamos de amor ni de felicidad ni de familia, sino de nuestras ambiciones y éxitos. Ninguno de los cubanos en la mesa había oído hablar de la mitad de las credenciales de las que nos habíamos pasado toda la noche alardeando. Pero eso no nos impidió alardear de todas maneras. ¿Por qué? Porque en casa todo el mundo nos había dicho que éramos una mierda, y la única forma que habíamos encontrado para creer lo contrario era envolviéndonos en pequeños momentos de validación blanca.

Además, la verdad sea dicha, no podíamos *hablar* a lo pelao con los artistas cubanos. Eso quedó claro. Nos dieron respuestas encubiertas en propaganda. Respuestas disfrazadas para los funcionarios del gobierno que estaban entre nosotros. La verdad estaba en sus ojos, no en sus palabras. Y de inmediato me gustó la picardía que vi en los ojos de Marco. Jomar, que había venido como mi invitado, se hizo amigo de él durante los cocteles y, para la hora del postre (así de cansados como estábamos de la charla vigilada), se inclinó hacia mí y susurró: «¿Te apuntas pa' una excursión más tarde?». Y, por supuesto, dije que sí.

Nos reencontramos en su estudio de arte en La Vieja Habana, un espacio largo y estrecho con grandes ventanales que se abrían y dejaban entrar toda la música de la calle. Las paredes estaban cubiertas de pinturas de Marco, todas paisajes. Incluso a media luz, era fácil ver que eran cosas magníficas y melancólicas. ¡Ah!, cómo bebimos esa noche. Vaso tras vaso de ron. Nos reímos un mundo, pero lo que realmente recuerdo es cómo lloramos. Yo, por la ira de mi papá, por su furia con este mismo viaje. Jomar, por la familia que lo desheredó cuando se declaró gay. Marco, en voz baja, nos contó cómo se llevaron a su novio a la cárcel simplemente por actuar según sus deseos naturales. Entonces dijo: «¿Les puedo mostrar en qué estoy trabajando de verdad?». Y desapareció por el pasillo y regresó con dos grandes lienzos: hermosos desnudos azules monocromáticos, todos del mismo hombre. El único color —rojo y rosado pétalo— era el de sus sensuales y húmedos labios. «Mi ex», dijo con una sonrisa. «Lo pinto y eso hace que lo extrañe menos». Eran impresionantes, los fondos abstractos y suaves, la piel de los cuerpos llena de vida y las pinceladas y los colores, cada tono desde el azul celeste hasta el eléctrico y el azul marino, palpitaban con intensidad. Te dejaban sin aliento. Sentí que una profunda melancolía me invadía y

Jomar debió haber tenido el mismo pensamiento porque estaba animado antes de volverse repentinamente solemne.

—¿Puedes mostrarlas? —preguntó incrédulo.

—¿Tú estás loco? —dijo Marco riéndose—. Como están las cosas, mis paisajes son casi demasiado maricones para las galerías del gobierno.

Sus colinas onduladas *eran* bastante sensuales.

—Y entonces, ¿qué haces con ellas? —pregunté.

—Las muestro ahora —explicó—, para los amigos. No sé. Tal vez si alguien quisiera comprar una, la vendería, pero incluso así…

Jomar quería hacer exactamente eso, ahí mismo, pero Marco dijo que no. Pensamos que era un acto de falsa modestia u orgullo cubiche ante un acto de caridad, pero luego nos dijo que tenía miedo. Era demasiado arriesgado. Si nos revisaban las maletas cuando nos fuéramos y descubrían la pintura (descubrían lo que realmente estaba pintando), no podría exponer en las pocas galerías que vendían su obra. Si veían lo que realmente estaba pintando, tal vez el castigo sería aún peor.

—Como dije, los pinto para mí —expresó—. Vale la pena pintar para contar mi verdad.

¡Ah!, no pegué un ojo esa noche. Ni durante muchas noches después de ese día. ¡Ese comentario casual de Marco había expuesto el fraude de mi propio ser! Hacía mucho tiempo que mi trabajo no había sido sobre mi verdad. Me di cuenta de que Nueva York me había convertido en un fraude. ¿Mi trabajo me había llevado hasta aquí? ¿La mierda que hice en Iowa? Sí, claro. El performance por lo menos. ¡Las ideas! ¡El espíritu! ¿Pero las imágenes? ¿Las fotos? ¿Los malditos marcos que Isaac había diseñado que sobresalían de las paredes? Todo eso era un envoltorio, no estaba diseñado para decir la verdad sino para ganar la aprobación. ¿De quién? ¿De los compradores? ¿De Tilly? ¿Del singao de Jack Martin?

Después de La Habana, el gobierno nos mandó a Jaruco, a una reserva natural. El hotel quedaba en lo alto de un cerro, con vistas a la vasta naturaleza que había debajo. Me era imposible dormir y, cuando me asaltaba el sueño, venían las pesadillas. Una en particular me hizo levantarme como un bólido de la cama (sí, me acuerdo. No, no te la voy a contar). Tengo que salir a coger aire cuando estoy preocupada. Todavía no amanecía, pero salí a caminar. Salí para poder entrar. Tomé el camino de tierra rojiza que se extendía frente al hotel, todo rodeado de bosque. Descalza, para que las plantas de mis pies pudieran sentir la tierra. ¡La energía!

Empezó a llover, inesperada y rápidamente, y el camino se volvió fangoso. El olor a tierra mojada me recordó al río Iowa. Recordé el barro con en el que me enterré por mi arte. Pero mientras caminaba, con la tierra de Cuba entre los dedos de los pies, me di cuenta de que la verdad de esa pieza era una desesperación. Hacer con mi cuerpo lo que había anhelado hacer con mi vida: encajar. Pertenecer. Ser aceptada por «mi país». Una y otra vez (en un aula, en una fiesta, con la familia que me había acogido), me habían dicho que yo no era suficiente. Que era demasiado. Así que traté de encajar literalmente. Calzarme entre las rocas y el río. Volverme apenas visible. ¿Y de qué me di cuenta, con un dolor nuevo, sobre la reacción hacia esas imágenes? Tilly rechazándolas. El «establishment» rechazándolas. Sentí que… Bueno, sentí que incluso cuando me enterraba en su penco suelo, aun así, no era lo suficientemente gringa.

Sentí repulsión conmigo misma por haberme esforzado tanto. Sentí la necesidad (en verdad un impulso) de enmendar el daño. De alguna manera, de postrarme por haberme tomado tantas molestias para hermandarme con un lugar que me había rechazado una y otra vez. De devolverme al lugar que me había visto nacer; ese lugar del que la política y el hombre (el hombre gringo) me habían arrancado. Al costado de la carretera, bajo la lluvia a cántaros, me quité la ropa. Me desnudé por completo y comencé a cubrirme. Me cubrí con la tierra roja de Cuba. De rodillas, rastrillé el barro con las manos, saqué dos puñados de arcilla de color ladrillo y me la unté en los senos. Me cubrí los muslos, los brazos. Me la sobé por el pelo, dejando que se filtrara en mi cuero cabelludo; la lluvia, ahora más mansa, la hizo correr por mi espalda hasta la grieta de mi trasero, fresca y fría. Rasqué la tierra para que se fundiera en el lecho de mis uñas, profundamente debajo de cada una. Tan profundo que dolió. Me cubrí la cara con el barro como si fuera un cake. Me pasé la lengua por los labios y probé ese sabor que era más antiguo que yo, que mi madre, que Castro o los conquistadores españoles. Probé el sabor mineral y salado de la tierra taína en mis labios. Y sabía tan rico. Era un regreso hacia mí misma. Y entonces, cuando estuve enrojecida y completamente cubierta de hogar (por dentro y por fuera), me levanté y dejé que la lluvia lo lavara todo y me sentí limpia de verdad. Bañada con el mismo tipo de paz que sentía al crear una obra de arte. Y la había creado. No había fotos para documentarla. Ningún video para llevar a casa e intentar venderlo en esta o aquella galería. Pero había hecho mi primera silueta en mi terruño y, como Marco, la había hecho solo para mí.

El viaje, el viaje oficial, debía durar siete días. Pero yo no iba a regresar.

Al menos no en ese momento.

Para algunos, la distancia entre decidir y hacer es un abismo enorme. Yo tengo la suerte de no ser una de esas personas. Más tarde esa mañana, mientras el resto de nuestra delegación conversaba durante el desayuno, me senté junto a Rezza, el guía que nos había asignado el Ministerio de Arte de Cuba.

—Esta es una experiencia mágica —dije—. Realmente inspiradora.

—El ministerio se va a alegrar de oír eso. Queríamos que ustedes vieran que la cultura vibrante sigue prosperando aquí en Cuba.

—Me encantaría hacer algunas obras de arte aquí.

—Bueno, tal vez pueda volver —sugirió Rezza.

—Estaba pensando ahora —respondí—. Ahora mismito no, por supuesto. Pero ¿por qué abandonar la inspiración?

Rezza era gracioso, tengo que reconocerlo. Parecía un agente del gobierno, pero entendió rápido.

—Quiere prolongar su estadía.

—¿Quién no querría quedarse aquí? —pregunté con una sonrisa.

—No es posible —respondió.

Esto es lo que ya había descubierto en Cuba: casi todo lo que parecía imposible (crear arte lascivo, decir lo que uno piensa, poseer discos de Miami Sound Machine) tenía una solución alternativa. Por un precio, por supuesto.

—Rezza —dije y, aunque era mucho más joven que yo, me aseguré de tocarle el brazo y sonreír—, miles de cubanos intentan salir de esta isla todos los días; aquí hay una que quiere quedarse en casa.

Rezza me miró y tomó un traguito de café.

—De poder ayudarla, saldría caro —explicó, antes de inmediato agregar—, y no soy yo, quiero que lo sepa. No puede quedarse sin una extensión de visa y el tipo de esa oficina es un camaján capitalista.

—Tengo quinientas fulas en efectivo.

Entonces se rio.

—Anita, ¿y usted no cree que aquí sepamos lo de su novio estadounidense rico en Nueva York?

Incluso aquí, de alguna manera, todo se volvió en torno a Jack. Y entonces entendí.

—Tengo algo que vale más de lo que el cochino capitalista podría siquiera imaginar —añadí. Empecé a quitarme los aretes Bulgari que Jack me había dado. Los puse en la mano de Rezza y miré una última vez el regalo que me había costado tanto—. Los rubíes por sí solos deberían cubrir con creces sus inconvenientes. Y yo sé que a ti no te importa el dinero, pero encuentra una manera de quedarte con algo para ti, amigo mío.

—No le puedo prometer nada —aclaró, pero lo vi sonreír un poco mientras cerraba el puño con las joyas.

—Pero lo intentarás —dije.

Y así fue como me quedé en Cuba por un año. Como conocí a mi abuela, a mis primos, a mi familia de nuevo. Como conocí a mis orishas. Así fue como hice mis esculturas rupestres por toda la isla y mis figuras de playa en las costas de Varadero. Y más de la mitad de las cosas se fueron lavando o se desgastaron con el tiempo, o quizás algunas de ellas todavía estén allí. No lo sé. No me importaba.

RAQUEL

PROVIDENCE • VERANO DE 1998

Raquel acababa de traerle a Belinda Kim su café mañanero y estaba haciendo todo lo posible por no hablar demasiado de su fin de semana en Newport con Nick cuando sonó el teléfono de su escritorio (¡su propio escritorio!). Eran apenas las ocho de la mañana (Belinda la había sorprendido al llegar temprano) y Raquel estaba confundida sobre quién podría estar llamando.

—Lo siento mucho —confesó, con más disculpa de la necesaria mientras se apresuraba al cubículo fuera de la oficina de Belinda, donde había pasado sus días durante el último mes.

—Oficina de Belinda Kim, habla Raquel.

—Diantre. Estás viva —dijo su mamá con todo el sarcasmo posible.

¡Mierda! Habían regresado tan tarde que se había olvidado por completo de la llamada del domingo. Echó a un lado la culpa y la reemplazó con una actitud defensiva.

—¿Pero y por qué me estás llamando al trabajo? —preguntó, con un tono cortante.

—Cuidado, Rocky, cuidado con la boquita —resopló su mamá—. Hace tres años que te llamo todos los domingos a las nueve. Siempre hablamos. Disculpa que quiera asegurarme de que todo está bien. Te llamé a tu casa…

—Llegué muy tarde anoche y vine a trabajar súper temprano hoy —explicó Raquel de una, rogando que Betsaida no hubiera mencionado que no había visto a Raquel en una semana—. Mira, mami, siento mucho lo de la llamada de anoche. Pero estoy en el trabajo. No puedo hablar.

Su mamá se chupó los dientes.

—Yo sé dónde tú estás; *yo* fui la que te llamé —aclaró, exasperada—. Es mi día libre, no llamé para estar hablando peperra. Te quería dar una noticia. Pero está bien, yo entiendo si estás ocupada.

Raquel viró los ojos. Qué drama.

—Mami, *por favor*, cuéntame tu noticia.

—¡Ganamos! —clamó, con tono triunfante.

—¿Ganamos qué? —preguntó Raquel.

—¡Los mil dólares de Hot 97! —respondió, como si acabaran de hablar de eso y Raquel no hubiera seguido la conversación correctamente—. Yo te juro a ti que cuando tu hermana y yo nos llevamos bien, somos imparables.

—Qué bueno, mami —dijo Raquel, porque lo era.

—En fin, te estábamos llamando anoche porque vamos a usar parte de ese dinero para ir a visitarte. El fin de semana que viene. Ya yo cogí el sábado libre.

Raquel se quedó congelada. Soltó el cable del teléfono con el que había estado jugando y se sentó derechita frente a su escritorio. Su mamá continuó, sin darse cuenta, con la emoción en su voz in crescendo:

—¡Lo tenemos todo planeado! Vamos a rentar un carro; vamos a ir a la playa. Toni dice que se supone que son muy bonitas por allá. Tal vez hasta vayamos a Foxwoods.

Su mamá se echó a reír; le gustaba su chin el juego. Raquel sabía que parecer cualquier cosa menos fascinada con esta idea no solo destruiría a su mamá, sino que iniciaría una pequeña guerra. Y las extrañaba. Nunca había pasado tanto tiempo sin verlas y estaba emocionada de mostrarles su primer apartamento. Pero ahora no había forma de no contarles sobre Nick. Y una vez que supieran acerca de Nick, querrían conocerlo. Y pensar en todo eso le daba dolor de cabeza y en definitiva no iba a hablar de ello ahora, no mientras estuviera en el trabajo. En cambio, dijo:

—Eso suena brutal.

—Mira, vamos a recoger el carro después de que yo salga del trabajo el viernes, así que llegaremos para la cena. ¡Quizás pidamos langosta!

—En Maine es que hay muchas langostas, mami. En Rhode Island lo que hay es calamares.

—Bueno, también pediremos eso.

Raquel se cercioró de que Belinda no necesitara más café y luego fue al baño. Siempre llegaba temprano cuando se quedaba en casa de Nick porque la ayudaba a evitar el incómodo asunto de hacer caca en su apartamento. Era ridículo; todo el mundo caga. En casa de su mamá, Toni dejaba la puerta abierta y continuaba las charlas desde el baño. En casa de Nick no había tal comodidad. Se sentía agobiada, extraña, por la idea de lo estético que era Nick. Después de estudiar imágenes de pinturas, fotografías y arquitectura, día tras día durante los últimos años, Raquel podía ver cómo se había transformado su propia sensibilidad estética. Más dispuesta a notar con facilidad los momentos de belleza accidental, sí; pero también cada imperfección. Para Nick, que había vivido toda su vida rodeado de cosas exquisitas, ella imaginaba que esto sería doblemente cierto. A veces pensaba en lo perfectamente lacadas e impecablemente apiladas que habían estado esas gomas en su exposición; en ese blanco inmaculado, sin un raspón ni una manchita por ningún lado. Por supuesto, el ojo que se preocupaba tanto por cada detalle como ese notaba un pequeño bulto en un vestido, una espinilla en la barbilla antes de la regla, el encrespamiento de las puntas del cabello que necesitaba un corte. No eran críticas. Él solo quería convertirla en la versión más magnífica de sí misma que pudiera ser. *Que se merecía ser*, decía él. Así que ella trataba, lo mejor que podía, de mostrarle esa faceta de sí misma: dedicando mucha atención a la perfección de su aliento, de sus uñas, de su piel y de su línea de bikini. Buscando la manera de salir a trotar por las mañanas por India Point mientras él dormía. Soportando almuerzos de toronja y requesón. Y, cero cagadera en su casa.

No comprendía del todo qué le impedía contarle a su familia sobre Nick. Había intentado varias veces utilizar a Toni como intermediaria, pero, a pesar de lo rebelde y espíritu libre que era su hermana, empezó a sentir que, en teoría, Nick le parecería sospechoso. «*Es rico, pero ¿tendría tanto éxito si fuera Joe Schmoe, de Bushwick?*», oía decir a Toni, una pregunta que Raquel no sabía muy bien cómo responder. Nick tenía un sentido impecable para lo visual. También tenía los recursos económicos para convertir en realidad casi cualquier espectro que le pasara por la cabeza. Pero ella seguía pensando (muy discretamente) que su trabajo no tenía nada que ver con nada, excepto (como él mismo había admitido sobre su exposición de fin de curso) verse cool. Por supuesto, ella nunca lo había dicho. Después de esa primera noche, cuando le mostraba bocetos de su instalación en proceso o las pinturas en las que estaba trabajando en un estudio que sus papás le habían alquilado en el Jewelry District, él se adelantaba a sus preguntas lanzándose a una diatriba sobre el concepto detrás de la obra. Raquel asentía y sonreía, teniendo cuidado de tener en cuenta tanto la fragilidad de su ego como las presunciones intelectuales detrás de la mayor parte de su arte. El hecho de que ya hubiera vendido obras a un importante museo era, naturalmente, un testimonio de su fuerte estética. Sabía que el hecho de que la mamá de Nick fuera una importante donante allí haría que Toni levantara una de sus cejas depiladas al extremo y extraordinariamente suspicaces. De todos modos, no tenía sentido usar a Toni como intermediaria si no iba a ser una embajadora integral.

Tal vez, pensó ahora, esto resultaría para bien. Pondría a su familia al tanto el viernes durante la cena y podrían conocerlo el sábado. Limitaría al mínimo el tiempo para que sus preconcepciones llenaran los espacios en blanco sobre quién era alguien «como» Nick y dejaría que Nick (guapo, encantador, ingenioso) hablara por sí mismo. Todo estaría bien. De verdad. Estaba viendo un maremoto en un vaso de agua.

Descargó el inodoro, se lavó las manos y se alisó los pelitos sueltos de la partidura del pelo; se ajustó el moño cerca de la nuca. A Nick le encantaba su pelo así, le dijo que la hacía parecer más francesa. Un cumplido tonto, pero en ese momento se preguntó si Mavette estaría de acuerdo. En el espejo se puso pintalabios, uno que Nick y ella habían elegido en Filene's durante un pasadía en Boston (él apoyaba con entusiasmo su hábito de cosméticos de lujo). Era más anaranjado que el color vino oscuro que usaba Mavette, pero la complementaba. Se planchó la falda y sintió una pequeña oleada de placer al notar que ahora le quedaba un poco más abajo en la cadera que cuando se la puso por última vez, dos semanas antes. Sería lo primero que su mamá notaría. ¿Sería también capaz de darse cuenta de que ya no era virgen? Si no podía, estaba segura de que Toni sí lo haría.

El resto de la mañana fue emocionante: Belinda presentó su visión para la exposición figurativa, *The Body Is Not Silent* (El cuerpo no calla), al curador principal del museo y al equipo de mercadeo y fue recibida con gran entusiasmo. Raquel sintió una profunda satisfacción por su pequeño papel en la preparación de la presentación y asombro al ver a su jefa frente a sus colegas. Belinda era delgada (no pasaba de un metro y medio), pero imponía una presencia masiva en cualquier salón al que entraba. Era la única persona no blanca en el museo que no era personal de seguridad o, como Raquel, una becaria. Pero caminaba como si fuera la dueña del lugar. Aunque lo que quería ejecutar era mucho más elevado que lo prescrito en la directiva, Raquel observó cómo vendía de forma magistral su visión de una muestra interdepartamental que celebrara lo figurativo en la historia del arte. Belinda, descubrió Raquel, se parecía más a ella de lo que podría haber anticipado en su primera entrevista. Nacida en Chinatown y criada en Queens, no había ido a preparatorias como Betsaida o Marcus, sino a una escuela pública como Raquel. Se había ganado una beca para Princeton, donde pretendía centrarse en la historia del arte chino y asiático, pero, después de tomar un curso sobre postimpresionistas, se quedó atónita con el discurso en torno a la obra tahitiana de Gauguin. Donde sus compañeros de clase veían belleza exótica y una sensación de alienación, ella veía a un pervertido con una enfermedad mental que cosificaba a los isleños del Pacífico como objetos sexuales. «De lo que me di cuenta, Raquel», dijo un día, «fue que yo tenía el mismo derecho a ser parte de la conversación sobre la historia del arte occidental como lo tenía en la conversación sobre la historia del arte oriental. De hecho, tal vez mi perspectiva como mujer de color hacía que mi voz fuera más necesaria en torno a la primera». Su tesis, una de las primeras críticas biográficas de la obra de Gauguin a través de un lente feminista (mujerista, diría la doctora Kim) y racial, fue publicada por *ARTnews* y generó una conversación nacional en la academia. Belinda Kim fue una pionera y Raquel estaba asombrada. Raquel estaba decidida, antes de que terminara el verano, a preguntarle a Belinda de dónde provenía su confianza.

Antes del almuerzo, Raquel revisó su correo electrónico de la escuela. Estaba repleto de recordatorios de la universidad para que se preinscribiera en esto o aquello, pero también contenía un correo de su hermana con la misma información que su mamá le había transmitido por teléfono, *Bonjour desde Niza* de Mavette... y un correo sin asunto de Marcus.Rhodes@mtv.com. Todavía no se atrevía a abrir el correo electrónico de Marcus, así que hizo clic en el de Mavette:

Hooola,

¿Cómo va todo? ¿Sigues felizmente enamorada? ¿Qué tal esa mujer para la que trabajas? Las cosas aquí están bien. Es decir, es impresionante. Tienes que venir el año que viene. Estoy leyendo *El dios de las pequeñas cosas*. ¿Lo has leído? Es triste, oscuro y hermoso. O tal vez solo esté agradecida de tener tiempo para leer una novela de nuevo.

Supongo que el «proyecto» está avanzando. Las chicas conocieron a estos hermanos alemanes cuyo padre dirige una especie de banco nacional y tiene un gran yate aquí. Nos invitaron al lago Como con ellos. El yate es lindo, pero son muy aburridos y no estoy segura de querer acompañarlos. Salí un par de veces con un británico hijo de una clienta de mi papá (fetichista del arte asiático), y te cuento que es como Hugh Grant, solo que más joven, excepto que creo que es más como un chico de fraternidad con acento y mejor ropa.

Por favor, esta vez respóndeme.

Amitiés,

M

P.D.: Solo quiero decirte otra vez que lo siento mucho.

P.D.2: ¿Has visto a Niles por ahí?

Raquel suspiró. Mavette le había escrito un par de veces. La primera fue una disculpa larga y profusa; un reconocimiento de que Raquel se merecía ese puesto. Que no tenía idea de que Claire había solicitado y había sido rechazada por RISD en la primera ronda. Y con cada carta, Raquel estaba desesperada por responderle. Para contarle sobre John Temple y su triste divorcio; sobre Nick y el encuentro con sus papás; la invitación abierta que le hicieron de visitar su colección privada. Para evangelizar aún más la brillantez de Belinda Kim. Quería decirle a Mavette que se olvidara de Niles; contarle que, en efecto, lo veía a cada rato entrando y saliendo a escondidas de la habitación de Astrid, o cuando Astrid misma iba y venía de cualquier lugar donde él se estuviera quedando. Los dos parecían haber caído en su propio mundo nublado por las drogas. Raquel comenzaba a responder con todo esto en mente y luego, inevitablemente, recordaba la noche de la cena y que Mavette no era alguien en quien confiar.

Sintió que la invadía la melancolía y luego un poco de miedo. Podía evitar a Mavette, que estaba lejos, en algún barco en el sur de Francia, pero no podía evitar a Marcus. Marcus, que, cuando lo llamó el sábado por la noche, desde un teléfono público cerca de Bowen's Wharf, para decirle que Nick la había sorprendido y la había llevado a Newport, permaneció en silencio. Callado, mientras le explicaba que se suponía que solo iba a ser una excursión de un día, pero que los amigos de la familia de Nick los habían invitado a navegar al día siguiente y que ella nunca había estado en un velero. Marcus, que permaneció en absoluto silencio mientras ella le aseguraba que podría hacer el show sin ella, por supuesto; que estaba segura de que él comprendería su deseo de tener esa experiencia tan chula que tal vez nunca volvería a vivir. Marcus, que, cuando ella dejó de hablar, simplemente dijo: «¿Eso es todo?», y, después de que ella dijo que sí, colgó sin siquiera despedirse. El silencio decía todo sobre su exasperación con ella y sus decisiones y con el lugar que le había dado a Nick en su vida. Se sintió horrible en ese momento y luego frustrada. Frustrada porque él no podía simplemente estar feliz por ella; porque al fin ella había encontrado a alguien que la necesitaba y la valoraba. Que él no pudiera simplemente dejarla estar enamorada y ser un poco insensata y un chin irresponsable. Entonces colgó, le dijo a Nick que todo estaba bien, y apartó a Marcus y la estación de radio y todo eso de su mente. Bebió cervezas con Nick en un bar que él conocía mientras él comía almejas y ella fingía que también lo hacía. Sintió el sol besar su rostro en el velero al día siguiente mientras bebía prosecco. Los brazos de Nick la rodeaban con firmeza por la cintura mientras ella observaba cómo el viento atrapaba las velas blancas, empujándolos más hacia la bahía de Narragansett, mientras Nick señalaba los diversos puntos de referencia en la orilla. Mansiones y parques y lugares cuyos nombres Raquel nunca había oído, de alguna manera todos grabados en su mente.

Ella hizo clic en el mensaje:

Raquel,

Pasé todo el viaje de regreso a Nueva York anoche tratando de decidir qué decirte. Lo que hiciste fue profundamente mala onda. No solo el no venir al show, que según tú es una de las cosas más importantes para ti, sino por haber sido tan frívola y habérmelo comunicado a último minuto. Lo más preocupante es que pareces ciega ante la forma en que has dejado que este tipo reordene por completo tu vida. En resumen, está al garete.

Comprométete con el show. Comprométete con el micrófono abierto. Comprométete con las cosas con las que te comprometiste.

Marcus

Después del trabajo, Raquel se detuvo en The Rock, de camino a la colina, para presentar la solicitud de préstamo interbibliotecario de un catálogo de Jack Martin de una exposición que tuvo en el Museo Reina Sofía de España. El tema original de su tesis no era difícil de defender: la línea que unía sus primeros trabajos con la arquitectura brutalista estaba formada por puntos gruesos; la conversación que se produjo entre él y los brutalistas a lo largo de los años setenta fue visualmente intensa. También aburrida. Ella había vuelto a buscar el artículo que Belinda Kim había publicado basado en su tesis y prácticamente iluminaba la página con su pasión y convicción. Estaba escrito con el corazón, algo que a Belinda le importaba de manera profunda. El tema por el que Raquel se había decidido, si lo examinaba a fondo, no lo había elegido por su propia pasión, sino por la de John Temple. Inspirada no por un deseo de ampliar sus conocimientos, sino más bien por mostrar deferencia hacia su mentor. Para mantener, si tenía que ser sincera, las solapas de la tienda abiertas para sí misma. Su pasantía con Belinda le hizo darse cuenta de que no solo quería escribir un buen ensayo, sino uno con el que sintiera que también despertaba su pasión. Estaba segura de que esto no sería. Le preocupaba que dejar de lado a Jack Martin como tema la pondría en malas con John Temple. Y así, en busca de un nuevo ángulo, se familiarizó con su obra más contemporánea y descubrió que era sorprendentemente escasa. Según el currículum de Jack Martin, después de dos décadas súper prolíficas, no produjo nada durante casi tres años, salvo una pequeña muestra en Tilly Barber en 1987, de la cual Raquel apenas pudo encontrar un registro. Volvió a desaparecer durante otro año más o menos antes de una gran exposición en España. Raquel esperaba que el catálogo le brindara alguna idea a la que pudiera aferrarse y sobre la que pudiera escribir un artículo; algún gran cambio en su obra que fuera un guiño a los tiempos cambiantes, quizás.

Presionó de nuevo el botón de Play en el álbum de Jurassic 5; no podía entender por qué a Marcus no le gustaba esta mortalidad.

Marcus. Antes de irse de la oficina, le había enviado una disculpa breve pero sincera. Sabía que no debía explicarse demasiado. Las acciones eran lo que importaba para Marcus. El problema con su correo electrónico era que era cierto. En esencia. No era tanto que ella hubiera reordenado sus prioridades en la vida por Nick, sino que él hacía que fuera muy difícil *no* darle prioridad. Ella había pasado un día increíble en Newport con él el sábado y tenía curiosidad por salir en un velero. Pero también estaba perfectamente feliz de regresar como lo habían planeado y llevar a cabo el programa de radio y así lo había dicho. Porque sabía que sería un drama con Marcus y, además, le encantaba hacer el programa. «¿Alguna vez te has montado en un velero?», le había preguntado Nick, su tono de voz asumiendo con claridad que ella no lo había hecho. En ese momento se sintió un poco molesta porque no, no lo había hecho, pero no estaba completamente descartado. Su fiesta de graduación de la secundaria había sido en un yate. ¿Por qué no podía haber tenido también la oportunidad de subirse a un velero? Ella respondió con sinceridad: «No». Y luego se sorprendió a sí misma al decir: «Estoy segura de que tendré otra oportunidad». Lo que, por alguna razón, lo hizo encabronarse. «Estoy seguro de que la tendrás. Con alguien. Algún día». Y tuvo que explicar que no era eso lo que había querido decir, solo que debían seguir con el plan y regresar.

Ahora, al recordarlo fuera de la inmediatez del momento, se percató de lo que Nick había hecho: convertirlo en un problema sobre ella. Ella se estaba privando de algo. Él solo quería hacer cosas lindas por y para ella y ella se negaba a aceptar su amabilidad. «¿Por qué no me dejas darte esta experiencia?». Nick tenía una extraña habilidad para convertir las cosas en rechazos personales y, como eso estaba tan lejos de lo que Raquel pretendía, nunca sintió que valiera la pena el conflicto para contraatacar. No era la primera vez que hacía algo similar. Otra cosa que recordó de inmediato fue en su estudio de pintura; cuando la convenció de que lo dejara hacerle sexo oral, aunque a ella le horrorizaba la idea de desvestirse en un espacio público. De alguna manera, pasó de su supuesto deseo de complacerla a su negativa a crear un recuerdo con él; su herida era tan profunda que Raquel se sintió obligada a consolarlo con su consentimiento. Entonces, Marcus tenía razón al afirmar que Nick *había* ido cambiando poco a poco la forma en que ella priorizaba su tiempo, una queja o un incidente a la vez, pero no porque ella hubiera dejado de preocuparse por las cosas que antes le importaban; sino porque Nick le hacía sumamente difícil no ponerlo a él en primer lugar.

~

El sol del atardecer pintaba la calle Thayer con un pincel color miel, moldeando a Nick en una luz dorada que detuvo el corazón de Raquel por una fracción de segundo. Como si hubiera salido directo de una revista: sentado tranquilo leyendo en la acera de un café, con el espeso cabello rubio apartado de su rostro, echando un vistazo por encima de sus Ray-Ban, camisa blanca con unas cuantas salpicaduras de pintura, las mangas arremangadas a la ligera mostrando sus antebrazos musculosos y bronceados por el tiempo que habían pasado en el barco. Por un segundo, apenas pudo creer que ella fuera la mujer que estaría sentada frente a él, pero luego la idea le dibujó una sonrisa en la cara casi tan amplia como la que Nick tenía cuando la vio.

—¡Oye! —dijo. Se levantó y la abrazó—. Me moría de ganas por que llegaras.

—Alguien está de buen humor —respondió Raquel. Nick había estado un poco irritable por la mañana, repentinamente ansioso por la presentación que se suponía que debía dar al ayuntamiento sobre su instalación ese día—. Supongo que les gustó la pieza.

—¡Les encantó! Pero esa es solo la cereza —aclaró. Se sentó y sacó una botella de champaña de la cubeta de hielo que estaba cerca de ellos—. Hoy conseguí representación.

—¡Coño! —dijo Raquel. La semana anterior, Nick había ido a la ciudad armado con su portafolio y se había reunido con varios de los directores de las galerías más vanguardistas que estaban apareciendo en Chelsea: Bronwyn Keenan y Artworks y Matthew Marks. Las personas que representaban a los jóvenes que salían del Royal College y del programa de maestría en bellas artes de Yale. Nick sentía (y Raquel apoyaba la idea, aunque no estuviera totalmente de acuerdo) que su trabajo estaba al mismo nivel. Lo que se dijo durante esas reuniones, nunca lo reveló, pero había regresado a Providence miserable, oscilando entre taciturno e inconsolable. Raquel se quedó despierta hasta tarde una noche estudiando los números de *Artforum*, compilando una lista de todas las otras galerías nuevas, más pequeñas, a las que él aún no les había escrito. Pensó que lo haría sentir mejor pero, en cambio, le provocó una rabieta. Que ella no creía que él pudiera conseguir una representación de primera, que ella quería que él se conformara. Fueron un par de días volátiles (y agotadores) hasta el viaje a Newport.

—No has oído la mejor parte —se sirvió y le sirvió champaña—. Es Tilly Barber Fine Art.

—¿La dealer de Lee Meisel? —preguntó Raquel, cuidando de parecer impresionada en lugar de incrédula.

—La dealer del mismísimo fucking Jack Martin —respondió Nick, más que un poco satisfecho consigo mismo.

—¡Salud por esa bacanidad! —levantó su copa.

—Y tú querías que fuera a mendigar por la calle Canal.

—No era eso lo que estaba tratando de decir —aclaró, manteniendo la sonrisa. Esto era algo importante para él. Esto era algo importante, punto.

—Pero ¿sabes qué? De todos modos, ya no importa, porque mírate. En una de las galerías más legendarias de Nueva York.

La camarera se acercó.

—¿Todo bien por aquí, cariño? —le preguntó a Nick—. ¿Quieres algo de comer?

—Por supuesto —dijo él—. Tráeme los calamares a la parrilla para empezar y luego yo quiero la hamburguesa Paragón con queso y para ella la ensalada César con pollo a la parrilla…

—De hecho —intervino Raquel, sintiéndose hambrienta después de no haber almorzado—, yo también pediré la hamburguesa Paragón. Sin queso.

—Tú puedes probar un bocadito de la mía —le ofreció Nick, y luego se dirigió a la camarera—. Ella comerá un poco de la mía.

La camarera se quedó inmóvil un segundo, mirando a Raquel en busca de confirmación, y Raquel se encontró incapaz de hablar, acalorada por la sorpresa y el bochorno. Bebió un sorbo de champaña.

—Gracias —le dijo Nick a la camarera, con firmeza.

Cuando se alejó, Raquel se inclinó hacia él.

—¿Qué carajos fue eso? —preguntó.

—¿Qué? Vamos a compartir —respondió, poniendo su mano sobre la de ella.

—Eso fue vergonzoso —expresó, apartándola—. Yo puedo escoger lo que quiero comer.

—Siempre pides la ensalada. Estarás feliz de haberte comido la ensalada más tarde.

—¿Por qué? —preguntó Raquel. Él la miró un poco perplejo—. ¿Por qué estaré feliz más tarde?

Él sonrió y ladeó un poco la cabeza.

—No me conviertas en *ese* tipo. Solo estoy tratando de ayudar.

—¿Ayudar?

—Sí —afirmó, con una sonrisa todavía en el rostro—. Tú fuiste la que me preguntó si te veías bien cuando estábamos en el bote, y te veías. Te veías muy bien. Pero si estás nerviosa por tu peso, ¿por qué pedir la hamburguesa y luego pasártela pensando en el asunto?

Ella lo escudriñó por un segundo; esta no era una conversación que hubieran tenido antes y, sin embargo, algo en ella le resultaba familiar y no podía decir qué era. La forma en que sus palabras eran de alguna manera ciertas, pero también no lo eran. Ella había estado ansiosa (al estar expuesta ante sus amigos) por querer caerles bien. Por parecer la mujer atractiva que sabía que la gente esperaba que saliera con Nick. Raquel solo quería comprobar que él pensaba que ella se veía bien. Sintió que el apetito la abandonaba por completo.

—Raquel —dijo Nick, metiendo la mano debajo de la mesa para apretarle la pierna; su mano era suave, pero su agarre firme de tal manera que le provocó un escalofrío que le recorrió el muslo y los pechos—. Sabes lo sexy que creo que eres.

Se sintió ruborizarse ante esto. Ser deseada creaba una sensación de deseo en ella. Iba a dejarlo pasar. Él solo estaba comportándose como lo hacen los hombres. Torpe. Bien intencionado.

—Entonces, dime —interrogó Raquel—. ¿Te invitaron a hacer una exposición colectiva? ¿Cuál es el siguiente paso?

—Bueno, la conversación no llegó tan lejos, exactamente.

Raquel estaba a punto de preguntar qué le habían prometido, exactamente, cuando un Jeep se detuvo en el semáforo con «Ghetto Supastar» a todo lo que da y oyó a Delroy gritar su nombre. Levantó la vista y vio a Betsaida en el asiento del pasajero.

—¿Qué es lo que hay? —gritó Raquel mientras se levantaba de la mesa—. ¿Y eso de ustedes aquí y no en Boston?

—Aquí barajando —dijo Delroy, apenas bajando la música—. ¡Me inspiraste!

Raquel y Betsaida se rieron y Raquel intentó agarrar la mano de Nick para llevarlo al carro y presentarlo, pero él se resistió y, así de rápido como se detuvieron, el semáforo cambió y arrancaron.

—Raquel —voceó Betsaida desde la ventana mientras el carro se alejaba—, tu mamá te estaba buscando.

Su mamá. Había pasado tanto desde la mañana que casi lo había olvidado. Envolvió los brazos alrededor del cuello de Nick.

—Esa es mi compañera de cuarto, Betsaida —explicó Raquel mientras le besaba la mejilla antes de regresar a su asiento.

—Me lo imaginé —afirmó Nick mientras servía algunos calamares en cada uno de los platos de ensalada después de que la camarera llegara con la comida.

—Hablando de mi mamá, ella y mi hermana vienen este fin de semana —Raquel picoteó su ensalada. Se le dibujó una sonrisa al pensar en cómo se había originado el viaje—. Ella y mi hermana ganaron en un concurso de radio y el dinero les está haciendo un hoyo en los bolsillos o algo por el estilo.

—Mis papás nos invitaron a los Hamptons.

—Oh —dijo. ¿Lo había mencionado? No, no lo había mencionado. Ella sabía que tenían una casa allí; Astrid le contó que era una monstruosidad. Justo frente a la playa. Tenía curiosidad por saber a qué se debía todo el alboroto sobre los Hamptons, pero él nunca había mencionado ningún tipo de plan—. Bueno sí, pero otro fin de semana. Mi mamá nunca viene y quieren ver dónde vivo.

—No sé qué otros fines de semana estarán mis papás allá.

—Nick —señaló—, no te lo tomes a mal, pero tus papás no tienen trabajo.

—Auch —dijo Nick.

—No estoy siendo sarcástica, solo honesta. Mi mamá y mi hermana ya pidieron esos días libres, así que no puedo decirles que no. En especial no para ir a los Hamptons a estar con la familia de otra persona.

Nick removió sus papas fritas. La mala cara. Ella odiaba la mala cara.

—Además —agregó, agarrándole la mano desde el otro lado de la mesa y besando su palma—, se mueren por conocerte. Sé que les encantarás.

Su ego no podía soportar la verdad, que todo este tiempo había pasado sin que nadie supiera siquiera que él existía. Que conocerlo fuera un shock solo superado por escuchar sobre él por primera vez el viernes.

—Quizás hasta pueda llevarlas a tu estudio —sugirió Raquel—. A mi familia le fascina el arte.

Por lo menos, esto último era totalmente cierto.

—Seguro —dijo Nick, devolviéndole la sonrisa—. Sería genial.

Más tarde, mientras caminaban hacia la casa, se le ocurrió que él nunca había sugerido que su familia los acompañara a los Hamptons.

JACK

CIUDAD DE NUEVA YORK • OTOÑO DE 1985

Ah, Tilly. Siempre tenía razón. En el momento en que Jack llegó al funeral, quedó claro que había sido una terrible idea, pero nunca se le ocurrió no ir. ¿Qué, pensó, podía hacer que un hombre pareciera más culpable que no asistir al funeral de su propia esposa? Y él no era culpable, explicó una y otra vez. Y ella sí lo era, sintió la necesidad de recordarle a todo el mundo, su esposa. No su novia. No su amante. Su maldita esposa. Nadie merecía, sentía, estar más ahí. Si ella iba a ser recordada, él no permitiría que lo borraran de su vida. En otra época, ella habría sido conocida como la señora de Jack Martin. Y, por supuesto, él no era tan retrógrado como para querer ese tipo de cosas, pero ¿por qué aceptar algo tan convencional como el matrimonio si no creías un poco en esos roles? Entonces sí, ella era Anita de Monte, ahora una mártir de la causa feminista (porque las feministas… uff, las feministas estaban *muy* enojadas. Y no creían que Jack fuera inocente. No, no se lo creían). Pero ella *también* era la esposa de Jack Martin, y eso no debe olvidarse.

Por esa razón, había asumido de forma errónea que el lugar estaría igualmente lleno de sus amigos y defensores: los famosos artistas, galeristas, curadores, dealers y coleccionistas con los que él y Anita habían cenado incontables veces a lo largo de los años. Que vendrían a consolarlo, al viudo afligido. Que vendrían a demostrarle que le creían. Que sabían que ella simplemente se había dejado caer por la ventana. Él nunca hubiera podido empujarla. Ellos vendrían a demostrar que no les importaban los arañazos en su rostro de los que reportó el periódico *New York Post*. No les importaba que el *Daily News* dijera que llamó a Tilly una hora enterita antes de llamar a la policía. Le creyeron cuando dijo que de verdad no sabía lo que había sucedido: él se había desmayado por el trauma de todo. Supuso que el lugar estaría lleno de personas que lo verían con claridad como un hombre de luto por su esposa, quien murió de repente en un terrible accidente.

Tilly quiso decirle que esos amigos nunca aparecerían por esos lares, que no era una cuestión personal; que eso no significaba que no estuvieran de su lado. Solo que nadie en su sano juicio se tomaría la molestia de participar en semejante espectáculo. Tilly intentó explicarle que este no era su homenaje a Anita. Era un circo publicitario organizado por fanáticas feministas que intentaban convertir un accidente en un crimen político. Una explotación de la tragedia personal de una pareja poblada por los esnobistas de la periferia del mundo del arte con el que Anita se relacionaba. Compitiendo por la relevancia por asociación. Su presencia, Tilly le había advertido, solo serviría para buscarle la quinta pata al gato. Y aun así. Aun así, a él le sorprendió que Tilly no fuera. («Me niego a ser domadora de leones», le había espetado. «Si insistes en ir, ve solo»).

Pero, por supuesto, no podía hacerlo solo. Extrañaba a su Anita. Sabía que la familia de ella estaría allí. Sabía que ellos creían que él era sin duda alguna el responsable. Nunca lo dijeron, pero él podía saber lo que pensaban; su silencio lo decía todo. En silencio durante las muchas, muchas llamadas telefónicas que les había hecho para asegurarles que, a pesar de lo que decían los amigos de Anita, a pesar de cómo todo esto era divulgado en las noticias, él no tenía nada que ver con eso. En silencio mientras él trataba de explicarles que, según recordaba, ella simplemente se dejó caer por la ventana. Sabía que, solo, no podía enfrentarlos a ellos y sus juicios (¡su terrible, terrible juicio!). Y, como Tilly dijo que no vendría, le pidió a Ingrid que lo acompañara.

La gente obvio que hablaría de esto. Murmuraría. Pero las intimidades de Ingrid y de él ya eran un secreto tan público que no sería una sorpresa para casi nadie. Fue su conversación con Ingrid *aquella* noche (antes de que sucediera lo que sucedió), lo que hizo que Anita se enojara, ante todo. Pero el necesitar a Ingrid no borraba el amor que él había sentido por Anita. Oh, cómo la había amado: su pequeñez, su descaro, su antipatía, de hecho, o tal vez era su encanto el ser tan fucking antipática. Ella lo había vuelto una mejor persona. Más joven. Más parecido a la versión de sí mismo de la que siempre se jactaba de ser: el proletario, el activista, el hombre apasionado, el artesano de las bellas artes. Ella hizo que, para él, todas estas cosas parecieran reales. Más que una personalidad. Era lo que él realmente era con Anita. Y ahora ella se había ido.

Había tenido la sensatez de llegar temprano e, incluso así, el espectáculo fue rotundo. Afuera de la Sociedad Americana (por supuesto, allí fue donde decidieron llevarlo a cabo, como para subrayar el carácter latino de todo el asunto), Jomar Burgos fumaba junto a otros dos maricones. Aunque Jack se mantenía enfocado en lo suyo, pudo reconocer la sorpresa en el rostro de Jomar cuando se dio cuenta de que eran Jack e Ingrid los que salían del carro. El cotorreo en español, cruel y rápido, comenzó de inmediato entre ellos. Dentro, un grupo de dolientes reunidos en el vestíbulo se partió ante él como una especie de Moisés en ruinas. Su silencio, por otro lado, continuó mucho después de que él pasara; sus ojos taladrándolo mientras él e Ingrid subían las escaleras.

Desde que lo arrestaron, le sorprendió lo fácil que era hacerse inmune a ese desprecio. Por semanas, los manifestantes no lo dejaban entrar ni salir de su propio edificio sin que lo rodearan y le gritaran en la cara que era un asesino. Habían cubierto el barrio con su foto policial en carteles improvisados de SE BUSCA. Sus amigos estaban preocupados por cómo esto pudiera afectarle, pero la verdad era que él estaba bien. Porque esa gente no importaba. Él estaba claro en eso. A ellos (así como a los críticos, a los galeristas poco cooperativos, a sus primeros coleccionistas, aquellos que le encargaban obras y luego hacían «sugerencias») era a quienes había que silenciar. Porque todo lo que lograban hacer era distraer de lo que realmente importaba: su visión.

Al principio se escondía de las manifestantes. Se agachaba para pasar por la entrada secreta, la que atravesaba el garaje y conducía directo al vestíbulo. Saludaba con un cabeceo a los porteros, fingiendo no ver a las mujeres que marchaban en círculos fuera del edificio, elevando carteles con la foto de Anita y pancartas caseras que exigían «justicia» para ella. Un día, sin embargo, decidió que él no había hecho nada. Había sido un accidente. Podían creer lo que quisieran, pero no iban a forzarlo a que anduviera escondiéndose. Su ausencia, le explicó a Tilly, era solo munición para esa gente. Y esta vez, esta única vez, tal vez tenía razón. Mientras más les pasaba por el frente, con una expresión inquebrantable, inmutable en su resolución de seguir con su día, más se calmaban las irritadas mujeres. Él estaba, se recordó a sí mismo mientras subía con su cuerpo por la escalera de caracol de la Sociedad Americana, hecho de madera maciza de Nueva Inglaterra. Esta mierda no lo derribaría.

El salón era largo y estrecho; una selección de las obras de Anita colgaba de las paredes. Entró y, casi enseguida, se encontró con Leslie, una de las personas responsables de todo aquello.

Estaba inclinada, hablando con una mujer un poco mayor que ella que estaba sentada en la primera fila. *La mamá de Anita,* pensó Jack. Nunca la había conocido, de hecho. Siete años de ese baile estrafalario con Anita (el ir y venir, las separaciones y las reconciliaciones) y él nunca había conocido a su mamá. Anita había construido un alcázar alrededor de ese aspecto de su vida (Cuba, sus padres, la mayor parte de su infancia en Iowa) y él nunca había intentado atravesarlo. No le había parecido extraño cuando Anita estaba viva, pero ahora, se sentía vergonzoso de alguna manera extraña. Leslie se disculpó enseguida y corrió hacia la puerta donde estaban Jack e Ingrid.

—¿Qué carajo, Jack? —mascculló. Se volvió hacia Ingrid—. Permiso.

Ingrid, la dulzura que era, siempre tan comprensiva, tan cooperativa, se dirigió hacia la parte trasera y encontró un asiento.

—Estoy aquí para el funeral de mi esposa —dijo Jack, negándose a dejar que Leslie lo intimidara.

—Nadie te quiere aquí —susurró.

—Anita me querría aquí.

—E imagino que querría que tu mal parida amante también estuviera aquí, ¿verdad? —reprochó Leslie con una mirada fulminante.

Podía ver cuánto lo detestaba y estaría mintiendo si dijera que no le dolía. Leslie y Arnold eran amigos; habían sido sus amigos por años. Eran la razón por la que él había conocido a Anita.

—Leslie —dijo. Oyó la súplica en su propia voz—. No me digas que tú crees que yo lo hice.

Pero podía ver con claridad que ella lo creía, su cuello y su rostro se pusieron de un rojo brillante mientras su barbilla comenzaba a temblar. Estaba luchando por contener las lágrimas.

—No sé qué pensar —afirmó—. Pero sé que ella nunca hubiera saltado por esa ventana. Y todo el mundo aquí también lo sabe.

Tilly. Siempre tenía razón. Su presencia no iba a demostrarle nada a nadie. Ahora lo entendía. «Deja que Gerry y yo trabajemos para moldear la opinión de la gente, Jack», le había advertido Tilly. Desde que salió de la cárcel bajo fianza, Gerry había mantenido la prensa a raya. Por ahí venía un importante artículo para la revista *New York*, pero Gerry le aseguró que sería «lo más equilibrado posible». Él y Tilly se habían tomado sus copitas y cenado con la mayor cantidad posible de gente «legítima» del mundo del arte. Directores de museos, artistas de primera línea, críticos y editores de revistas… cualquiera con quien el periodista pudiera hablar para conseguir apoyo para Jack. O, si no apoyo, miedo a represalias por hablar en su contra. «Ella era una hispana errática», le dijo Tilly, y él la miró con una expresión que la hizo pensar que estaba yendo demasiado lejos. Tilly se encogió de hombros y le recordó: «Esas fueron tus palabras, no las mías». Y, una vez más, Tilly tenía razón. Hacía mucho tiempo que sabía que la relación entre ellos nunca podría funcionar: la fría y tranquila Nueva Inglaterra y la caliente y caótica Cuba. Ni en un millón de años. Él simplemente nunca había sido capaz de terminar la relación. Era incapaz de admitir la derrota. Estaba demasiado apegado a ella como para separarse.

—Me voy a sentar en la parte de atrás, Leslie. Solo quiero oír cómo la gente la recuerda.

Y eso era verdad.

Leslie se alejó de él y se fue a consolar a alguien que había entrado mientras estaban hablando. Se fue a hacer de anfitriona. *Qué fucking ironía,* pensó Jack, *Leslie al mando de todo esto*. Anita apenas la soportaba.

El lugar estaba lleno de gente parada, pero alrededor de Jack se formó una cavidad; lo evitaban como si fuera putrefacción. Los dolientes se extendían hasta el pasillo, sus voces y sus chitones se oían desde el interior del salón. Pero a ambos lados de ellos, la fila de delante, la de atrás, los asientos estaban vacíos. Por lo menos veinte sillas. Veinte personas que preferirían estar de pie en un pasillo que sentarse cerca de Jack Martin.

Ninguno de los oradores lo mencionó en sus condolencias. Nadie mencionó que ella había sido esposa, que había sido amada. Apenas podía creerlo. Jack escuchó a algunas personas susurrar sobre el deseo de montar una retrospectiva de su trabajo y se sintió enfermo, triste y solo ante la idea. Él se había quedado con el portafolio de Anita. Antes de que llegara la policía, lo había escondido detrás de la lavadora/secadora junto con el archivo de porquería que inició todo el pleito (¡eso no era evidencia! ¡Había sido un accidente!). Pero odiaba la idea de que la hermana de Anita lo cogiera o que la policía se quedara con él y que él nunca más pudiera verlo. Pero, en las semanas que habían pasado… bueno, en vez de sentirse más cerca de ella, ver su arte lo hizo sentir que se abría un abismo entre ellos. El mismo tipo de dolor que sentía cuando ella se iba a hacer arte de verdad. Su trabajo literalmente la sacó de sus brazos, de su cama. Honestamente, incluso lo terrible que había sucedido, cuando lo pensó bien, solo sucedió por el trabajo de Anita.

~

Habían hecho una pieza juntos. ¿Era el verano de 1980? A él le habían encargado crear algo para la Bienal de Arquitectura de la Ciudad de México; algo al aire libre y él se había inspirado, en gran medida, en las pirámides de la zona. Le encantaba el neolítico. Tenía un plan de lo que quería hacer. Una visión muy clara. Y entonces estaban cenando en el restaurante italiano que le gustaba a Anita con Ira y su esposa. Anita había llegado tarde, y cuando lo hizo, Ira la felicitó por haber recibido la beca Guggenheim. Jack no tenía la menor idea de que ella había solicitado y, de alguna manera, ¿Ira Pascal lo supo antes que él? (Todavía no se habían casado, pero eran una pareja). Ella dijo que iba a coger el dinero y viajaría y trabajaría por el Caribe durante un año; que crearía obras cerca de cementerios indígenas o una mierda de esas, y que ya se había comunicado con artistas y colaboradores en varios países. Él sintió que se le desprendió el corazón antes de que se le encendiera la ira. Incapaz de felicitarla, cegado por la rabia que ella hubiera hecho todo esto sin él. No lo había tomado en cuenta en absoluto en su ecuación. Simplemente lo había descartado. No solo en la solicitud, sino en que ya había elaborado un plan. Un plan para estar lejos de él. Y no solo por un tiempo corto, sino por *un año*. Un año, pensó rabioso, no es un viaje, sino una reimaginación de una vida. Una reubicación total.

Por supuesto, su ego (su enorme ego) no podía permitir que él no la felicitara. Empezó a incitarlo, a engatusarlo, y él no iba a permitir que lo engatusaran. «¿No es maravilloso, Jack? Es un premio muy prestigioso, ¿lo sabías?», ronroneó mientras se servía más champaña y él se pidió un whisky con hielo. Cuando llegaron los platos principales, allí estaba ella, alardeando (jactándose, más bien) de lo competitivo que había sido el campo este año. Y lo que era peor, Ira y su esposa estaban completamente absortos en el asunto, ni siquiera se preguntaban qué significaba esto para Jack. Él no podía recordar cuál había sido la gota que rebosó el vaso, pero se oyó a sí mismo gritarle: «Si vuelves a mencionar el maldito Guggenheim esta noche, te juro que te tiro este plato de espagueti en la cabeza». Y ella se calló, por una fracción de segundo, y luego cogió la botella de champaña y volvió a llenar las copas de Ira y Dana, así como la suya, y la levantó. Lo miró fijo a los ojos, sonrió y dijo: «¡Brindemos por mi Guggenheim!». Y fue solo un reflejo. Fue así de rápido; el plato estaba en el aire, ella se agachó tan rápido que casi le da en la cabeza. Dana pegó un grito. Ira vociferó: «¡Qué carajo, Jack!», y el plato se rompió y los espaguetis terminaron pegados en la pared. Se produjo un silencio terrible, terrible, mientras todo el lugar la observaba coger su cartera y su abrigo y salir en silencio por la puerta.

Anita se fue a dormir a su propia casa esa noche.

Ella nunca renunciaría a ese apartamento. Ni siquiera después de casarse. Era un apartamentito de mala muerte en la calle Varick, cerca del túnel Holland. Tenía un pequeño asiento junto a la ventana que daba a un callejón estrecho, una cama plegable horrible y una forma irregular que, según ella, la hacía sentir como si lo hubieran esculpido a partir del espacio que quedaba libre en el edificio para que fuera lo suficientemente grande para ella. Esa noche, ella había ido a su apartamento (esa, él sabía, era la razón por la que nunca lo había soltado) y permaneció allí más de lo que se había quedado en mucho tiempo. Y después de casi dos semanas, él al fin apareció, no con regalos (no, a estas alturas, Anita ya se había cansado de sus regalos), sino con lo que ella más amaba: una oportunidad.

Le entregó un boleto de primera clase a la Ciudad de México. Ella lo miró con disimulo y se negó a tomarlo de sus manos. «Ya no quiero ser la acompañante del gran artista», dijo (como si en Berkeley no lo hubiera dejado suficientemente claro). Pero él le explicó que esto no iba a ser así, que había hablado con los curadores y les había sugerido la creación de una instalación con su pareja, Anita de Monte. Que las obras de ella basadas en la naturaleza y sus materiales de construcción, juntos, serían la declaración perfecta del pasado y el futuro de la propia Ciudad de México. Se trataba de una exposición colectiva en un importante museo internacional y una pieza cocreada con él, una leyenda. Enseguida elevó el perfil público de Anita. «Imagino», respondió, «que puedo posponer mi viaje por un tiempito».

Si tenía que ser franco, incluirla había sido un gesto desesperado de su parte. Solo un medio para reconciliarse, para evitar que se fuera. Era la primera y última vez que permitiría que esa desesperación contaminara su arte. Su idea original era crear pirámides con barras de oro y plata. Y entonces Anita propuso algo que, al principio, le pareció ingenioso: hacerlas con ladrillos para que ella pudiera diseñar plantas que crecieran más que la escultura, para crear una mayor tensión entre la idea de naturaleza versus el hombre. (La idea, él quería explicarle, era simplemente la observación de ladrillos al aire libre. Nada más, nada menos. Pero aceptó). La exposición duró tres meses y, en el transcurso de ese tiempo, sus grandes pirámides de ladrillo y piedras de seis metros de altura, colocadas con tanta precisión por él y solo él, se cubrieron de caléndulas, yuca y pasionarias. Montículos enormes y bestiales de flores. Y todo el mundo deleitado; en especial los medios latinos, a quienes les encantaba hablar con Anita.

Él lo detestaba. Ella había envenenado su visión. Había ido, había tomado el control y le había arrebatado la obra de arte y el centro de atención. A medida que el show avanzaba y las flores se abrían, estas empezaron a asfixiar los ladrillos con su fragancia y Jack sintió que crecía una distancia entre ellos. La Ciudad de México terminó peor que… bueno, peor que cualquier otro pleito, excepto cuando sucedió el *hecho*. (Aunque en sí no recordaba lo que había sucedido esa noche. Había borrado lo ocurrido. Por completo). Ella salió corriendo envuelta en el manto de la oscuridad sin siquiera despedirse, incluso antes del cierre. Cuando él regresó a Nueva York, nadie la había visto. Un mes después, más o menos, recibió una postal de Miami en la que le decía que se dirigía a Cuba. Cuando la exposición cerró, Jack llamó a su abogado y desautorizó la pieza de manera formal. Anuló cualquier derecho a reproducir su imagen o recrearla en futuras retrospectivas de su trabajo.

~

Alguien estaba tocando algo en un violonchelo y Jack sabía que esa era una de las ideas de Leslie. Anita lo habría detestado, lo habría encontrado pretencioso. Hubo un momento de silencio y luego Jack vio a la hermana de Anita levantarse de la primera fila y ponerse de pie en el centro del salón. Se parecía a Anita, pero estirada; unos 15 centímetros más alta de lo que su esposa había medido; una cara más demacrada, ¿o tal vez simplemente estaba triste? Solo habían cenado un puñado de veces en los años que él y Anita estuvieron juntos. Anita siempre prefería hablar español con su hermana y Jack nunca había encontrado a la mujer, o a su esposo, lo suficientemente interesantes como para protestar. Aun así, en ese momento, deseaba mucho que ella lo reconociera, que reconociera su presencia en esa habitación. Le fijó la mirada, se enderezó un poco en su asiento, se alejó incluso de Ingrid, pero ella miró hacia todas partes de aquel lugar excepto hacia él. Esa maldecida obstinación cubana. El silencio reverente ante los comentarios se volvió incómodo, antes de que surgiera un murmullo, mientras la hermana de Anita se paraba al frente, evitando sus ojos. La gente comenzó a mirarlo (al fin) mientras cuchicheaba. El zumbido del espacio se volvió hostil cuando se hizo evidente que esta bruja no iba a hablar con él presente. Ah, Tilly, siempre tenía razón. Un fucking circo. Tomó la mano de Ingrid y caminaron hacia afuera lo más rápida y silenciosamente posible.

En cuanto la puerta se cerró detrás de ellos, pudo oír a la perra de la hermana de Anita empezar a hablar.

Afuera, Jack tuvo que sentarse un momento. El calor corporal y cómo lo juzgaron estaban tan cerca de él que luchaba por respirar. Ingrid sugirió que atravesaran el parque, para que él pudiera tomar un poco de aire y, aunque sonaba como una buena idea, Jack se arrepintió casi enseguida. Ingrid estaba hablando sandeces en un intento de distraerlo de sus pensamientos, cuando reconoció que estaban en el mismo camino que había recorrido durante su primera cita oficial con Anita. Habían ido al Guggenheim, y luego a dar un paseo, y recordó que ella estaba hablando de una pieza que iba a hacer inspirada en un sueño: cómo había estado sola en el bosque y había visto gente en los árboles. Se había parado contra un gran sicómoro, perfectamente quieta, sus ojos se movían rápido mientras le mostraba cómo la habían observado en su visión. Recordó haber pensado que ella era terriblemente linda, esa cosita diminuta que explotaba de vida. Y eso lo llenó de lujuria; estaba desesperado porque el almuerzo terminara para llevarla a su cama. Ahora, no obstante, lo llenaba de melancolía. Una profunda tristeza por su partida. Sintió que las lágrimas empezaban a brotar y se detuvo un segundo en el camino, mirando fijo la orilla de la presa. Se permitió sentir por tan solo un momento. La voz de Ingrid se apagó con torpeza mientras ella seguía su ejemplo. Inseguro, estaba convencido, de qué hacer con esta pena que detestaba mostrar.

Y entonces lo vio. Había una formación rocosa cerca de la orilla. Una figura, la figura de una mujer, posada en una de las piedras grandes de arriba. Estaba sentada erguida y, a pesar de la distancia, él la sintió con claridad. Ella lo estaba mirando fijo.

—¿La ves? —preguntó.

—¿A quién, Jack? —Ingrid estaba de pie detrás de él, pero ahora se puso a su lado y apoyó la mano en su hombro.

—Bajo el sauce. En la roca —señaló en dirección al agua, pero ya había comenzado a alejarse de Ingrid, saliéndose del camino pavimentado. Cruzó una pendiente de arbustos de hortensias y azaleas hasta el camino que rodeaba la presa. Se detuvo para mirar más de cerca. Era, en efecto, una mujer. Desnuda, o casi. Su cuerpo pintado con barro. ¿Mirándolo?

—Está desnuda —le gritó a Ingrid—. ¿Puedes verla? ¿En la piedra?

—Está tomando sol —afirmó Ingrid mientras bajaba por la pendiente de tierra hacia Jack. Jack se dio cuenta de que ni siquiera la estaba mirando. Si lo hubiera hecho, nunca habría pensado que esa mujer estaba bronceándose. Estaba cubierta en lodo.

—Me está mirando —dijo Jack. Notó la tensión en su voz. Ingrid se rio—. Todas las mujeres lo hacen, ¿no?

Pero a Jack no le gustó el chistecito. Se sintió incómodo. Levantó el brazo ligeramente, se llevó la mano a la cara y, con gran vacilación, giró la muñeca para crear un leve saludo. Enseguida, la mujer en la piedra le devolvió el gesto. Su rostro, borroso dada la distancia, pero Jack podía ver que no había sonrisa allí. Le dio escalofríos, ese saludo sin sonrisa. Esta locura. Esta fucking locura.

—¡Son ellas! —aseguró, mientras se acercaba, primero al paso y luego, cuando su revelación de lo que estaba sucediendo se cristalizó, comenzó a trotar a toda velocidad—. Estas perras me están jugando una mala pasada.

—¡Jack! —gritó Ingrid—. Por favor, para. ¿De qué estás hablando?

Mientras se acercaba, vio a la segunda. ¡Oh, mañosas de mierda! ¡Haría que estas perras pagaran por esto! La segunda, también desnuda, también cubierta en barro, estaba de pie contra una mata. Esa, a diferencia de la otra demonia, sonreía. Perfectamente quieta, arrimada al tronco del sauce, no se veía nada más que sus ojos y el rosado de su boca. Justo como en las fotos de Anita. Oh, estas avispadas y malignas «feministas». Ahora estaba a unos pasos de ellas en el camino, y tuvo que luchar contra su impulso de subir y agarrarlas, desterrarlas y lanzarlas con todo y raíz.

—¡Las estoy viendo, hijas de puta! —gritó—. ¡Esto es acoso! ¿Me escuchan?

Decidió enfrentarse a la que estaba en la piedra; era la más cercana. Saltó la pequeña valla que separaba la represa del camino y comenzó a ascender la pila de rocas donde estaba posada esa perra.

—¡Jack! —increpó Ingrid—. ¿Qué carajo estás haciendo?

—¡No pueden salirse con la suya, Ingrid! Tengo derecho a vivir mi vida.

Estaba tan fucking gordo. Odiaba cómo se había descuidado. Estaba sin aliento y apenas podía levantar su peso, y por supuesto, esta perra ni siquiera podía tener la decencia de decirle que el hijo de la gran puta era él. Ella iba a dejarlo que trepara. Ingrid le gritaba desde el fondo que bajara, pero él ya casi estaba ahí, en la roca donde estaba sentada esa puerca, jodiéndole la vida. Pero cuando llegó a la cima, ella se había ido. Estaba allí y ahora ya no estaba. Y él no pudo haberlo imaginado. No era ella sola. ¡También estaba la otra! Pero cuando miró hacia el árbol, esa también se había ido. Se quedó de pie en la inmensidad del Parque Central, el amplio cielo arriba, y sintió que todo se cerraba sobre él. Sintió que el aire abandonaba sus pulmones y luego su cerebro, mientras su madero cuerpo perdía equilibrio y caía de aquella formación rocosa.

III

LAS VISITAS

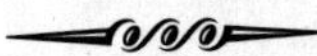

RAQUEL

PROVIDENCE • VERANO DE 1998

—¡Ay, pero mira qué flaca estás! —dijo su mamá cuando Raquel abrió la puerta. Se inclinó para besarla—. Pero tú me habías dicho que estabas comiendo.

—¡Hola, mami, a ti también! —respondió Raquel, aunque toda la tarde había estado esperando esto. Preparándose para las crudas y filosas palabras de su mamá.

—Rooocky —gritó mientras se dirigía directo a la cocina, con las manos llenas de bolsas de compras—, ya hemos hablado de eso. Unas son de cal y otras…

—Es verano, mami —intervino su hermana, dándole un abrazo a Raquel mientras atravesaba la sala y seguía a su mamá hasta la cocina. Se dejó caer en el rinconcito acolchado que Raquel había encontrado tan encantador—. La única persona que quiere comer en verano eres tú, señora Buenona. Ay, pero este lugar está muy lindo, Rocky.

—Y eso que todavía tengo que enseñarte el resto —precisó Raquel, agradecida por la presencia de su hermana—. ¡Allá atrás tenemos una terraza!

Su mamá estaba en la meseta, sacando Bustelo, plátanos y papitas Utz, abriendo gabinete tras gabinete, tratando de entender el espacio. A Raquel le sorprendió lo examinada que se sentía al ver a su mamá rebuscando en su cocina.

—No me extraña que estés tan flaca, aquí no hay comida.

—Yo puedo guardar esas cosas, mami —dijo Raquel, alejando a su madre de los gabinetes y llevándola hacia la mesa.

—Solo estoy buscando tu despensa.

—Tranquila. Relájate. Tómate una cervecita. Déjame enseñarte el apartamento.

—Bueno —admitió su mamá, pero su lenguaje corporal era defensivo. Raquel decidió ignorarla y tomó una cerveza de la nevera para dársela.

—¿Y esos cabellos así? —preguntó ahora, con la trompa parada en señal de desaprobación.

Raquel seguía vestida con la ropa de trabajar: falda pegada negra, camiseta del mismo color sin mangas, el pelo recogido en un elegante moño que se había convertido en lo que ella creía que era su look característico ese verano. El estilo que mantenía su cabellera «caliente y pegajosa» fuera del rostro de Nick y, como él le había dicho, mostraba su belleza.

—Dios mío —exclamó Raquel mientras le entregaba la bebida a su mamá—. ¿Vas a estar así todo el fin de semana? ¿No me vas a soltar?

—Yo no te estoy molestando —dijo—. ¡Tú tienes un pelo precioso!

—Es un moño —aclaró Raquel, ahora a la defensiva.

—Parece que te ganas la vida limpiando casas.

—¡Basta! ¡Basta! —intervino Toni, antes de volverse hacia su mamá—. *Tienes* que calmarte y dejar de descargar tus inseguridades en personas inocentes…

—Mira eso, mira la forma en que mis hijas me hablan, ¡guau!

—En vez de criticarla tanto, cuéntale a Raquel lo que me dijiste en el carro.

—¿Y en qué te convertiste tú ahora, Toni, en una soplona? —preguntó su mamá, girándose en un gesto de disgusto, como un perrito carlino desafiante, mientras farfullaba sobre sus irrespetuosas hijas. Su rostro, tan encantador o tan miserable como el sentimiento que llevara dentro de sí.

—Raquel, mami tiene sentimientos encontrados con eso de que tengas tu propio apartamento y te alejes cada vez más de ella…

—Tú no tienes que hablar por mí, Toni —gritó su mamá—. Yo tengo boca.

Pero en verdad, su voz se estaba quebrando. Sus ojos grises estaban vidriosos y sus labios comenzaron a temblar y Raquel sintió que se le rompía un poco el corazón porque podía sentir todas las cosas que escalaban en el pecho de su madre sin saber cómo encontrar la salida. La frustración de los sentimientos incapaces de expresarse con palabras. ¿Cuántas de sus peleas habían sido el resultado de esta misma incapacidad? Raquel se sentó a la mesa cerca de ella y puso su pequeña mano sobre el antebrazo rollizo de su mamá.

—Mami, está bien —dijo—. Di lo que quieras decir.

—Es que… —respondió, ahora ahogada en lágrimas—. Si tú puedes hacer todo esto por ti misma, ¿para qué me necesitas?

La pregunta golpeó a Raquel en el pecho; la dejó sin aire. Entonces se arrojó sobre su mamá.

—No, mami —imploró, con lágrimas en sus ojos—. No digas eso.

Y no quería que lo dijera, porque le dolía demasiado escuchar la verdad. Verla asimilar lo que Raquel había sentido durante tres años, que en verdad no la necesitaba. Ni para que le cocinara ni para que la vistiera ni para que pagara un recibo ni para que le recordara que tuviera éxito o que hiciera sus tareas. Deseaba (constante y activamente) que su mamá pudiera ser alguien a quien ella pudiera llamar para pedir ayuda; que pudiera entender sus ambiciones, el mundo en el que se encontraba, día tras día. Anhelaba, con frecuencia, que su mamá pudiera consolarla o darle consejos, pero sabía que no estaba equipada para ello. Raquel estaba sola en ese aspecto. El apartamento era solo un símbolo de lo que ya sabía: que podía vivir sin su madre. Y lo odiaba, pero odiaba todavía más que su mamá también lo supiera. La arropó con su cuerpo para calmarla y silenciarla, para amortiguar el sonido de la veracidad de todo aquello.

—Porque si ustedes dos ya no me necesitan —añadió su mamá, sollozando—, yo no sé qué voy a hacer. Ustedes son mi vida enterita.

Toni, con lágrimas corriendo por su rostro en forma de corazón, las abrazó a ambas.

—Mami, no seas loca —dijo—. Nosotras siempre te vamos a necesitar.

Pero Raquel no pudo mentir y en su lugar solo dijo:

—Tú te vas a sentar, te vas a relajar y estarás orgullosa de lo que hiciste. De las dos mujeres que criaste sola.

Pero eso solo hizo llorar más a su mamá, y ahora (ni siquiera quince minutos después de haber llegado) las tres mujeres Toro estaban desplomadas una sobre la otra, sollozando y musitando cuánto se amaban y pidiendo disculpas y lo fantástico que era el apartamento y lo bien que lo había decorado Raquel, «bonito y con clase». De hecho, quién sabe cuánto tiempo se habrían quedado en ese montón de lágrimas y amor si Marcus, recién llegado de la ciudad en su propio carro, no hubiera entrado.

—Este, ¿hola, señoritas? —saludó Marcus, con torpeza—. ¿Interrumpo?

—Maaarcuuuus —voceó Toni con su mejor voz de Eartha Kitt como Lady Eloise, lo cual les provocó a todas un ataque de risa. De esas que solo se liberan después de las lágrimas.

—Dímelo, Antonia —manifestó Marcus y, mientras las mujeres se desenredaban, Toni y su mamá se levantaron para darle un abrazo—. ¿Y cómo está usted, señorita Toro?

—¡Me encanta el apartamento, Marcus! ¡Felicidades!

—Y el viaje, ¿estuvo bien? —preguntó Raquel. No estaba segura de si se habían reconciliado. Le había enviado un correo electrónico con sus disculpas a Marcus. Luego mandó otro correo por separado para decirle que su familia vendría ese fin de semana, a lo que respondió con una sola palabra, «Cool», y Raquel sabía que lo decía de corazón. Marcus era hijo único y le encantaba estar en medio de los dramas familiares, además, su hermana básicamente se desvivía por coquetear con él, algo que ella también sabía que el ego de Marcus apreciaba.

—¿Tú sabías que aquí hay una nueva jodida estación de hip-hop? —dijo con voz indignada—. Hot 106. Y ni siquiera se esforzaron en ser originales. Llegué a ese fucking punto donde Hot 97 se te pierde y pensé, déjame oír un chin de rock clásico, y de repente escucho a Lord Tariq y a Peter Gunz.

Raquel se encogió de hombros. Resistió el impulso, dada su reciente riña, de explicar que trató de decírselo en la primavera. El hip-hop se estaba volviendo tan comercial, que básicamente se estaba convirtiendo en pop. De todos modos, estaba claro que la disputa entre ellos había finiquitado.

—La 360 es más que solo hip-hop —ella le recordó.

—Marcus, ¡te invito a cenar! —intervino su mamá—. Vamos a comer langosta.

—Calamares —aclaró Raquel antes de agregar—: Vamos a ir a ese restaurante frente al agua, del otro lado del río.

—Vamos a pedir de todo —dijo Toni—, hasta ostras. Se supone que son afrodisíacas. ¿Tú sabías eso, Marcus?

Pobrecito, pensó Raquel. ¡Y su mamá preocupada porque dizque él era el sucio!

Cuando llegaron, la luna y la cadena de luces que colgaba en el patio del restaurante hicieron que el deslucido río Providence pareciera pintoresco. Como lo prometió, su mamá pidió de todo, incluyendo langosta, por la que luego hizo tremendo show. («Oh, ¿pero entonces ustedes sí tienen langosta aquí en Rhode Island? Qué bien»). Incluso les dejó tomar daiquiris. Todos estaban de un humor festivo, aunque medio querelloso. Su mamá se quejaba de lo difícil que era la escuela de enfermería, Marcus se quejaba de Hot 106, Toni se quejaba de su mamá y Raquel se limitaba a opinar sobre cualquier tema en cuestión. Justo cuando se preguntaba cuál era la mejor manera de sacar a colación a Nick, Marcus preguntó acerca de sus planes para el fin de semana. Las visitantes detallaron con entusiasmo sus planes: desayuno en Bickford's, playa para pasar el día con Betsaida (que estaba peleada con Delroy y pasaría el fin de semana en la ciudad), tal vez Foxwoods y entonces Louie's y la estación de radio el domingo antes de regresar.

—¿Cuándo van a conocer a Nick? —preguntó Marcus, mientras se metía una ostra frita en la boca.

Aunque era una pregunta perfectamente normal y Marcus no tenía forma de saber que ella había pasado todo este tiempo, todo este tiempo, sin contarles (pero que, por supuesto, planeaba decírselos esta noche y llevarlas a su estudio mañana por la mañana), aun así, sintió cómo el interior se le empezaba a enfogonar.

—¿Quién es Nick? —preguntaron su mamá y Toni, prácticamente al unísono.

Marcus soltó su risita incómoda y aguda, la misma que había soltado Raquel cuando la agarraron con el gato entre el macuto la noche que conoció a Nick.

—Sí, Raquel —interrogó, apoyándose en su metedura de pata—, ¿quién es Nick?

—Mami, yo te juro que el plan era decírselos esta noche y luego presentárselos a las dos mañana —dijo Raquel—, pero Nick es mi novio.

—¿Y tienes novio desde el lunes por la mañana? —preguntó mami.

Toni se rio.

—No, mami —aseveró Toni, antes de prácticamente cantar de alegría—, pero te apuesto a que por eso no te cogió la llamada el domingo.

Raquel viró los ojos y se chupó los dientes. ¿De qué lado estaba Toni?

—Entonces, espérate —dijo su mamá—. ¿Tú tienes un novio desde hace dos semanas?

—Solo han pasado unas semanas —aclaró Raquel con timidez.

—Unas cuantas semanas en años de perros —añadió Marcus—. Andan como uña y mugre to' el tiempo.

—A la gente chota le parten el culo, Marcus —musitó en voz baja.

—¿Pero durmiendo, durmiendo juntos? —preguntó su mamá, mirando a Raquel a los ojos y haciéndola sentir que quería que la tierra se la tragara. Toni exhaló con dramatismo por la nariz, la argollita del tabique nasal vibrando por la fuerza de la actuación.

—Tiene veinte años, ma'. Raro fuera si *no* estuvieran durmiendo juntos.

—¿Y yo qué dije? —replicó su mamá, ahora a la defensiva—. Ella puede hacer lo que le dé la gana. Es su vida la que ella va a arruinar.

—Por eso no te lo dije —explotó Raquel, sorprendida por la acidez en su propia voz—. Todo se convierte en una premonición de desastre.

Hubo un silencio en la mesa y su mamá jugó con la comida antes de que Toni tomara la palabra.

—Bueno, mami, ahora ya tú sabes por qué está más flaca —dijo con picardía—. Por esa actividad física.

Ella y Marcus se rieron. Hasta su mamá tuvo que reprimir una carcajada mientras Raquel sentía que la cara le ardía de humillación. Lo último que quería o necesitaba era que su familia pensara en ella teniendo sexo.

—Entonces, ¿cómo es el muchacho? —preguntó su mamá, forzando un chispito la voz para sonar más alegre—. ¿De dónde es? Cuéntanos todo.

—Es de Nueva York. Acaba de graduarse. Es artista. Escultor. De hecho, el Guggenheim le compró algo.

—Diablo —exclamó Toni, impresionada.

—Tiene piezas bacanas —informó Marcus—, aunque Raquel no lo crea.

—Al principio no lo entendía —dijo Raquel, consciente de que estaba mintiendo, pero no era el momento de matizar—. De todos modos mañana, antes de ir a la playa, vamos a pasar por su estudio para saludarlo.

Raquel explicó el encuentro con agrado, como si fuera lo más casual del mundo: presentarle su primer novio de verdad a su familia. Un novio que no haría nada más que reafirmar todos los temores de su mamá de que Raquel estuviera eligiendo una vida futura muy distinta a la que habían tenido juntas. Un cuadro casual de una presentación que había estado reproduciendo una y otra vez en su mente toda la semana.

—¿Y por qué no viene con nosotras y ya? —preguntó su mamá. Su mamá tenía la mentalidad de que mientras más gente, mejor—. Con saludarlo no lo vamos a conocer.

—Es que él trabaja los sábados —dijo Raquel, y enseguida añadió—, en su arte.

La verdad era que ella no lo había invitado a la playa y él no le había preguntado si podía pasar un rato con ellas (y, si no mañana, cuándo).

—¿De qué parte de la ciudad es? —preguntó su mamá, y Raquel cayó en cuenta de que estaba tratando de unir los puntos. Juntar estos detalles y convertirlos en una telenovela. No iba a ceder con tanta facilidad. Dejaría que lo conocieran (que vieran lo encantador, chulo y cariñoso que podía ser con Raquel), y luego que sacaran sus propias conclusiones.

—Manhattan —respondió Raquel, y enseguida dirigió su atención a Toni—. Y entonces, ¿en qué va la película de tu jevo? —y en la jerga abreviada de su familia, estaba claro que el tema estaba cerrado.

Esa noche, después de que el resto se fuera a dormir, las dos hermanas se sentaron a ver episodios repetidos de *X-Files* hasta las mil de la noche. Estaban en medio del episodio de las cucarachas cuando Toni se volvió hacia su hermana.

—Entonces, ¿por qué tanto secreto con lo del novio?

—No es que lo mantuviera en secreto per se —empezó Raquel.

—Please, hazle ese cuento a otra pendeja.

—¿Por qué tú nunca sales con mami y su novia?

—¿Otra vez con eso? —dijo Toni, exasperada—. Porque Dolores es una vieja aburridísima y una pedante cabrona y es más fácil evitar salir con ella que ir y que mami se queje de que no soy amable con su «amiga».

—Tú ves, ahí está la respuesta —indicó Raquel—. Con mami, a veces es más fácil «evadir».

—A corto plazo —agregó Toni—. A largo plazo, siempre es peor.

—Ella piensa que tú estás abochornada —comentó Raquel.

—¿Por qué ella tiene novia? —preguntó Toni—. Tiene que dejar de proyectar. ¡Lo mío es el teatro! ¿A mí qué me importa? Esa Dolores me caería pesá aunque tuviera tremenda pinga.

Las dos se rieron.

—Es muy rico —dijo Raquel—. Quiero decir Nick.

—Bien. Deja que te compre cosas.

—Ya me ha comprado, pero en la práctica es más raro de lo que parece.

No quería influir a su hermana antes de que lo conociera, así que se abstuvo de decir más. No le dijo a Toni que eso la hacía sentir especial y defectuosa a la vez. Como si con cada vestido o par de pantallas o zapatos o blusa o sugerencia sobre cómo llevar el pelo, él estuviera ayudando a «mejorarla». La implicación era, por supuesto, que la versión original de alguna manera no era suficiente.

—Yo creo que yo podría aprender a vivir así —respondió Toni. Por un segundo, la atención de ambas volvió a centrarse en la televisión antes de que Toni la agarrara del brazo y se girara para mirar a su hermana de frente—. Espérate. ¿Es blanco?

—Sí —respondió Raquel, subestimando lo que sabía que su hermana observaría una vez que lo conociera: súper, súper blanco. Blanco como los peregrinos del barco *Mayflower*.

—¿Y por eso es que te estás poniendo tan flaca otra vez?

—Tú ya se lo dijiste a mami —respondió Raquel, subiendo el volumen de la televisión y dándole la espalda a su hermana—. Es verano, a nadie le gusta comer.

Enseguida apartó de su mente el recuerdo de haber vomitado su sándwich de po-boy en el baño del restaurante (eso no era algo que hiciera con frecuencia; solo se había sentido literalmente enferma por haber comido tanto para callar a su mamá).

—A los tipos blancos les gustan las mujeres esqueléticas —dijo Toni—. Todo el mundo lo sabe.

—No a Josh Cangelosi. Josh era blanco y tú le gustabas. Josh era uno de los novios de Toni en la secundaria.

—Josh era masa de pizza; su papá era literalmente de Italia. Su mamá era súper gorda. Esa gente aprecia a las mujeres con más carne.

~

El estudio de Nick quedaba en una antigua fábrica de ladrillos en el Jewelry District al que habían transformado para uso de artistas. Lo compartía, al menos durante el verano, con un muralista famoso del área que había recibido el encargo de crear una serie de retratos para un inversor rico que trajo a Boston algo llamado Internet de alta velocidad y aparentemente había hecho un negocio lucrativo. Los murales eran, por lo que Raquel pudo suponer, imágenes de sus numerosas mascotas. También eran notablemente mejores que en lo que Nick había estado trabajando y, cuando ella y su pequeño séquito salieron del carro alquilado, la ansiedad de Raquel pasó por un momento de la inminente presentación familiar a cómo evitar que hablaran con efusividad sobre el trabajo del artista equivocado.

—Nick comparte su estudio con este artista que pinta retratos sensacionales —dijo—, pero Nick está trabajando en estas esculturas geniales que la ciudad va a subastar para recaudar fondos para programas de arte para niños.

Mientras subían los cuatro tramos de escaleras hasta el estudio de Nick, el grupito se escuchaba vivaracho; Betsaida los deleitaba con historias de su infancia en Providence. A pesar de las dudas generales de su mamá sobre los dominicanos, Betsaida le encantó de inmediato; la declaró «con los pies en la tierra», lo que Raquel sabía que era, en este contexto, el mayor cumplido posible. El hecho de que Bets se despertara temprano para prepararles comida para llevar a la playa solo aumentó su aprecio, y la camaradería en la casa abarrotada esa mañana había tranquilizado a Raquel. Ver cómo sus dos mundos interactuaban de forma tan fluida, ver a tanta gente que amaba en un mismo espacio (su espacio) disolvió por un ratito esa molesta soledad que parecía seguirla a todas partes. Con la puerta del estudio a la vista, una sensación de nerviosismo se revolvió en su estómago. Su mamá no sabía disimular sus sentimientos; su hermana sí, ella podría engañar a Nick, pero Raquel sabría reconocerla. Es que él era *demasiado* sensible y esas esculturas simplemente no eran muy buenas que digamos. O tal vez lo fueran y era solo una cuestión de gusto. Tilly Barber no contrataba a cualquiera, se recordaba una y otra vez.

—¡Hola! —gritó mientras abría la puerta—. Llegamos.

—Lo sé —afirmó Nick camino hacia ella—. Pude oírlas llegar desde la esquina.

Le pasó el brazo por la cintura y la besó en la mejilla antes de que ella sintiera que le halaba el pelo, que le caía suelto por la espalda.

—No es muy práctico para la playa —susurró.

—Esta es mi mamá, Irma —dijo, ignorándolo, mientras su mamá le extendía la mano—. Y Toni, mi hermana…

Toni le picó el ojo.

—Y esta es Betsaida —añadió.

—Por supuesto —apuntó Nick, todo sonrisas—. Señorita Toro, su hija es la mujer más brillante y divina. Debe estar muy orgullosa.

—Gracias —dijo, sonriendo—. Rocky siempre ha tenido la cabeza bien puesta.

Hubo un momento incómodo de silencio que Raquel quería desesperadamente que Nick llenara; algo proactivo que quería que dijera, aunque no estaba segura de qué podría ser.

No era como si él pudiera comentar sobre el vestido de St. John de su mamá. Miró a su mami y a su hermana y las vio por primera vez no como las entidades familiares que la habían rodeado toda su vida, sino con ojos nuevos. No, con los ojos de Nick. Sus ojos en su mamá y su cerquillo rizado (demasiado corto en la parte de adelante), la túnica de playa a lo Betty Boop y los pantalones cortos de surfista, su cara pecosa y sus bonitos ojos grises resaltados por las ojeras debajo de ellos. ¿Qué pensaba Nick de Toni, con su corte de pelo casi gótico y su figura gruesa que se salía del vestido de tirantes que llevaba sobre el bikini? ¿Y del terrible tatuaje tribal que se había hecho en el tobillo? ¿Del pintalabios Toast of New York de Revlon (que se había vuelto casi tan permanente como la tinta para tatuar)? En realidad, no encajaban en ningún molde ni en ninguna historia estética que Raquel hubiera visto en este campus, punto. Betsaida parecía una riquitilla en comparación, con su camiseta de Brown University, su cara desmaquillada y sus labios pintados con Aquafored. Raquel había estado tan llena de ansiedad por cómo su familia recibiría a Nick, el primer novio en su vida, que no se había detenido a pensar en lo que él pensaría de ellas. (O tal vez, si fuera honesta, estaba demasiado asustada para pensar en ello). No quería que le importara lo que él pensara. Que no importaba que él las viera como una extensión de ella, pero de repente se sintió nerviosa y ansiosa por lo que eso en realidad significaría.

—Entonces, Raquel nos contó sobre tu pieza en el Guggenheim —comentó su mamá, al fin rompiendo el silencio—. Muy impresionante para un muchacho tan joven. ¿Es similar a estas?

Irma señaló las tres esculturas apenas más grandes que el tamaño de una persona a su alrededor: cada una de una góndola y, la variación principal entre ellas, varios gondoleros.

Raquel sintió entonces un poco de alivio: su mamá era un poco áspera, pero era una mujer inteligente. Sabía cómo poner en marcha sus encantos. *Pero ¿por qué es mi mamá la que actúa para él?*, pensó. *¿No debería ser él quien quisiera ganarse su cariño?*

—Oh, no, no —respondió—, las cosas que le vendí al Guggenheim eran diferentes. Dibujos.

—Oh, también dibujas —comentó Toni con entusiasmo.

—Sí, pero ahora me estoy inclinando por la escultura.

Los hombros de Raquel se tensaron; dales algo con qué trabajar, Nick, caray.

—Bueno, estas se ven bien —reconoció su mamá.

—Gracias —expresó Nick, con la sonrisa ahora tan fija que Raquel sintió que empezaba a sentirse falsa.

—Me recuerdan un poco a los Segals de la calle Christopher —aseguró Toni.

—¡Mira tú! —dijo su mamá, caminando hacia una de ellas—. ¡Justamente me preguntaba qué me recordaban! Dito, estás en lo cierto.

Tenía toda la razón, Raquel pensó. En parte por eso odiaba esas esculturas. Eran derivadas, poco originales. Y, como para contrarrestar ese pensamiento, Raquel se encontró diciendo de repente:

—Nick se va a mudar de nuevo a Nueva York a finales de verano. Firmó contrato con una de las galerías de arte más importantes del mundo; representan a Jack Martin.

Nick la acercó más hacia él y la besó en la coronilla.

—Bueno, hasta yo he oído hablar de él —afirmó Betsaida, impresionada—. El de las placas de acero, ¿verdad? No lo entiendo para nada, pero sé quién es.

—No hay nada que entender —intervino la mamá de Raquel—. La cuestión es apreciar los materiales y si cambian el espacio o no.

—Wepa, Rocky, mami está a punto de robarte el título de Historia del Arte —añadió Toni.

Se rieron, pero Raquel intentó no notar lo rígida que estaba la sonrisa de Nick.

—Solo estoy repitiendo lo que nos dijeron a los empleados en el tour que nos dieron antes de la exposición de esculturas del año pasado —aclaró su mamá. Parecía relajada, el hielo se había roto de alguna manera—. Nick, tú deberías venir con nosotras. Pasar un rato en la playa.

—Oh, gracias, señorita Toro —dijo—. Pero solo vine a saludarlas; luego me monto en mi auto y me dirijo a la casa de mis padres en los Hamptons.

—Los Hamptons —musitó su mamá, y Raquel se debatía entre la sorpresa por esta noticia y la vergüenza por la respuesta de su mamá. (*Nunca* debemos darnos por enterados de que hay dinero. Nunca).

—¿Te vas? —preguntó Raquel, oyendo la consternación en su propia voz.

—Sí —respondió él, un poco avergonzado—. Lo decidí anoche. Tú estás comprometida aquí y yo les hago falta. Estaban muy desanimados porque no vas a poder ir conmigo.

Nick le agarró la mano y se giró para darle el frente a su mamá.

—Mis padres adoran a Raquel…

—¿Conociste a sus papás? —interrogó la mamá de Raquel.

Los Hamptons. Los papás. Oh, el dramatismo que generaría. No le veía el final a esto lo suficientemente rápido.

—Oh, sí —afirmó Nick—, nos llevaron a una cena increíble y luego fuimos juntos al Baile del Campus. Mi papá vino a esta universidad, así que le encantan todas esas cosas tradicionales de la institución.

—Por supuesto —comentó Toni, y Raquel sintió sus ojos suspicaces—. ¿A quién no le gustaría?

Raquel intentó hacer contacto visual con su mamá, pero ella ni siquiera la miró.

—Nick, un placer conocerte —dijo su mamá, ofreciéndole la mano de nuevo—. Pero tienes mucho que manejar y nosotras debemos irnos yendo. Con suerte, nos volveremos a ver. La próxima vez, por más tiempo.

—Oh, seguro —dijo Nick—. Las chicas como Raquel son difíciles de encontrar.

—Lo sé —aseveró su mamá.

Después de que Raquel dejara que las demás se fueran adelante con promesas de reunirse con ellas en el carro, Nick se inclinó y la besó, con agresividad, metiéndole la mano debajo de la camiseta.

—Para —susurró mientras lo apartaba con suavidad—. Mi mamá está afuera.

Él se inclinó de nuevo y ella se apartó.

—¿Por qué no me dijiste que ibas a los Hamptons?

—Parecía una prioridad menor para ti este fin de semana.

¿Por qué siempre hacía eso? La mala cara.

—Que les vaya de maravilla —continuó Nick. Y ella no sabía por qué de repente se sintió invadida por una sensación de inseguridad.

—¿Cuándo regresas? —cuestionó, la pregunta flotando en el aire con una gravedad excesiva.

—No sé. ¿Quizás el lunes? ¿El martes? Tal vez me vaya a Nueva York por un día para ver si puedo encontrarme con Tilly.

—Oh —dijo ella.

—¿Qué? Tú tienes un reguero de cosas todo el fin de semana y yo tengo que empezar a poner en orden el resto de mi vida.

¿Era esa una vida con ella?, se preguntó. Él acababa de decir que lo sería. Acababa de decir que era difícil encontrar chicas como ella. No entendía por qué se sentía tan incómoda. Ahora ella se acercó a él, se inclinó y lo besó. Trató de poner todo su cuerpo y sus sentimientos en ello.

—No —manifestó él, empujándola con suavidad—. Yo solo me voy a calentar y, como dijiste, tu mamá está esperando.

—Okay —dijo ella.

—Te llamaré cuando vuelva.

~

En todo el trayecto hasta la playa, para alivio de Raquel, nadie mencionó a Nick. Sabía que esa no era necesariamente una buena señal, que cuando les gustaba algo o les caía bien alguien como Betsaida o Marcus o las ostras Rockefeller (su mamá se había chupado los dedos y las había declarado «deliciosas»), se hacían escuchar.

Él no había hecho nada malo, pero ciertamente tampoco había hecho nada bien. Una de las cosas que Raquel más apreció de Nick cuando se conocieron (e incluso ahora, cuando, hay que admitirlo, a veces se comportaba de manera empalagosa) era cómo la hacía sentir especial, valorada. Esa no fue la vibra que él le transmitió hoy a su familia. Se sentía obligado. Forzado. Raquel se sentía herida por ellas, pero también a la defensiva de él. Él no era así. Era solo un mal día. Cuando lo vio por última vez el viernes por la mañana, admitió que estaba de mal humor por eso de tener que pasar un fin de semana entero separados, pero era normal. Hoy, sin embargo, parecía que algo había cambiado. Aun así, él vino. Ni siquiera tenía que hacerlo, se dio cuenta. Se había levantado temprano para recibirlas, incluso sabiendo que no se quedaría en la ciudad. Pudo haberse ido la noche anterior a los Hamptons, supuso, pero no lo hizo. Se quedó para conocer a su familia. Porque eso era importante para ella. ¿Y qué si no había salido bien? Ya habría una segunda oportunidad para causar otra impresión.

La playa no se parecía en nada a las de Nueva York: toallas prácticamente apiladas unas sobre otras; familiares encontrándose con familiares, solo los acentos, los colores de piel y la música diferenciaban a un grupo del otro. En Rhode Island, la playa era enorme. La arena era pálida y suave y el agua, fresca y salada. Cuando se veían edificios, no eran proyectos de viviendas sociales ni viejos condominios baratos, sino edificios históricos y faros. «Esta mierda parece sacada de un catálogo de J.Crew», exclamó Toni cuando caminaron sobre la prístina arena color maíz. Y lo era. De alguna manera era bonita y elegante, pero no pretenciosa. El tipo de Estados Unidos sobre el que cantan en las canciones de rock clásico. Todo lo que Raquel había querido de una universidad, pero sin la sensación de otredad. Mucho menos vibrante y diversa que las de Nueva York, pero con una belleza que la hacía sentir (y podía ver que su mamá y Toni sentían igual) agradecida al poder disfrutarla. Se recostaron y jugaron al platillo volador con un grupo de muchachos de alguna fraternidad de URI que estaban ubicados cerca de ellas, algo que Raquel nunca hubiera hecho con chamacos de ninguna fraternidad de Brown. Cuando llegó la hora de almorzar, se pusieron a comer los espaguetis que Betsaida había preparado. («¿Una elección extraña, pero extrañamente satisfactoria?», había declarado su mamá, antes de susurrarle más tarde a Raquel, mientras Betsaida se daba un chapuzón: «Yo te lo he dicho, los dominicanos son rarísimos»). Escucharon música e intentaron jugar barajas, pero hacía demasiada brisa. Toni trató de leerles el tarot, pero era muy mala haciéndolo. Era una tarde preciosa.

Justo cuando estaban decidiendo si empacar o ir a darse un último chapuzón, alguien la llamó por su nombre. Suponiendo que había otra Raquel, lo ignoró.

—¡Brócoli! —gritó la voz ahora, y cuando Raquel levantó la vista, allí estaba Julián, con otro tipo, caminando hacia ellas. Recordó su mensaje de un poco antes de fin de año universitario. Nunca lo llamó de vuelta. Se dio cuenta que no había pensado mucho en él.

—Julián —exclamó en respuesta—. ¡Dímelo!

Él se acercó y todos se presentaron; el otro tipo era muy atractivo, un poco mayor, de aspecto latino y se llamaba Sam, a quien Julián presentó como su primo. («No de sangre, pues», agregó cuando todas parecían confundidas). La mamá de Raquel les ofreció un par cervezas (este fin de semana ella se estaba comportando como una chula, brindándoles alcohol a menores) y, sin previo aviso, Toni miró a Sam y declaró: «Definitivamente no deberíamos irnos todavía».

—Julián y yo nos conocemos de la única clase de arte que reprobé —dijo Raquel, lo que hizo que ambos se echaran a reír—. Intenté pintar a Durán Durán…

—¿En serio? Ay, yo adoraba a ese perrito de miércoles —exclamó su mamá—. Era lo más dulce del…

—No como lo pinté —el recuerdo de lo molesta que eso la había puesto ahora le resultaba verdaderamente gracioso—. Es un cuento largo, pero digamos que terminó pareciendo una pila de brócoli.

—Brócoli con ojos —añadió Julián—. Se enojó tanto por la crítica que le hicieron que botó el cuadro a la basura.

—¡Estas cosas son brutales! —se lamentó Raquel—. Ustedes no entienden.

—Espérate —dijo su mamá—. ¿Tiraste un cuadro de Durán Durán a la basura?

—Está en la casa —comentó Raquel—. Julián lo rescató y me lo guardó.

—Hice un clavado en la basura para encontrarlo. Ese fue el precio que tuve que pagar para que Raquel se hiciera amiga mía. A veces puede ser un poco presumida, ¿usted sabe?

Y Toni y su mamá se estrellaron de la risa porque, sí, lo sabían.

Sam estaba callado, pero no porque Toni no le hiciera preguntas. Estaba haciendo su maestría en la Universidad de Connecticut y estaba de visita ese fin de semana. Julián les contó que en verdad era un cantante de R&B buenísimo y que Julián estaba tratando de hacerle unas canciones, lo que generó aún más preguntas: sobre Julián y su música, sobre Julián y sus mezclas. Se lo estaban pasando tan bien que a Raquel ni siquiera le importó cuando su mamá los invitó a cenar.

—Ah, señora Toro, me habría encantado, pero es nuestra noche para trabajar en mi pequeño e improvisado estudio.

—No, tranquilo. Haz lo tuyo, nene —declaró mami—. En otro momento. Cuando vayas a Nueva York.

—Ya lo sabe —dijo y le dio un beso en la mejilla.

Se alejaban y Raquel no podía decir si era por lo dulce que de repente le parecía el gesto de él de salvar a Durán Durán, ahora que la amargura del momento había pasado, pero se sintió triste de verlo irse. Lamentaba no haberle devuelto la llamada. Se prometió a sí misma enviarle un correo electrónico el lunes para hacer planes.

Tan pronto como estuvo fuera del alcance del oído, Raquel se vio inundada.

—Oye —comentó Betsaida—, pero qué cool es ese Julián.

—Un jevo bien gracioso —intervino Toni.

—Sí —afirmó Raquel—, un tipo dulce. No lo había visto en todo el verano.

—Ese *sí* es un buen muchacho —enfatizó su mamá, en una declaración final y definitiva. La segunda cláusula implícita de la oración, *no como ese mamao cabrón que nos llevaste a conocer esta mañana*, no necesitaba ser pronunciada.

Después de la playa, Toni insistió en que fueran a un restaurante de ostras por el que habían pasado de camino y se atestaron (bueno, todos menos Raquel, que expresó todavía estar llena por los espaguetis) con ostras al horno, ostras al bourbon, almejas y todo el marisco que pudieron atragantarse. Raquel estaba segura de que Toni y su mamá habían gastado más de lo que se habían ganado en el concurso de Hot 97. Trató de pagar la cuenta (la verdad era que Nick pagaba gran parte de sus gastos en estos días; nunca había estado tan adinerada), pero no la dejaron. «¡Piensa en lo que nos estás ahorrando en hotel!», dijo su mamá.

Ya estaba oscuro cuando empezaron a conducir de vuelta. Toni tomó el volante porque su mami había bebido más daiquiri del necesario durante la cena y, sumado al sol que había tomado, ya estaba durmiendo junto a Betsaida en la parte de atrás. Ahora la emisora Hot 106 había pasado a R&B (*igual que la puñetera 360*, pensó Raquel) y habían estado hablando de Toni y su novio y que si a ella todavía le gustaba o no («Creo que la respuesta es no», dijo Raquel) cuando Toni espetó:

—Él no es lo suficientemente bueno para ti.

Raquel sintió que de inmediato los ojos se le llenaron de lágrimas. No quería tener esa conversación. Cuando no respondió, Toni continuó:

—¿Tú te crees que él te está haciendo algún tipo de favor por estar contigo…?

—Ave María, ¿quién tú eres ahora, mami? —siseó Raquel—. Todo es lo peor de todo.

—¡Está cañón, pero a veces tiene razón!

—Tú no entiendes cómo es esto —dijo Raquel—. Bets, Marcus, yo y todos los demás como nosotros, estamos aquí, pero al mismo tiempo *no* estamos aquí. Como si nos hubieran admitido, pero no nos hubieran aceptado. Él me ayuda. Cuando estoy con él, estoy completamente aquí.

Intentó contener las lágrimas, pero no se detenían.

—Es verdad. Yo no sé cómo es estar aquí. Yo voy a la bayoya de Brooklyn College y mami trabaja en una cafetería y va a Manhattan Community College. Pero sabemos de gente buena, y él no es buena gente.

—Fue un mal encuentro.

—Lo miras como si él fuera un premio en una feria y tú fueras la caballota que se ganó el perro de peluche con su única ficha. Y él nos mira como si hubiéramos ido a limpiar su estudio.

—Pero él no me mira así a mí —dijo Raquel.

—¿Importa? —cuestionó Toni, y Raquel notó su voz encabronada—. Todas somos de la misma casa.

Y Raquel no supo qué decir ante eso porque era verdad. Todas ellas eran de la misma casa. Ella había sido la única que quería irse.

JACK

CIUDAD DE NUEVA YORK • INVIERNO DE 1987

Cuando Jack salió de la autopista y se metió en la carretera rural, dejó que una leve sonrisa se le dibujara en el rostro. El resultado fue más una mueca que una sonrisa, en verdad; los músculos necesarios para expresar la satisfacción y (¿se atrevería a decirlo?) la casi felicidad que sentía se había atrofiado hacía tiempo. La vida, últimamente, le daba pocas ocasiones para sentirlas. Las nieves, los derretimientos y las heladas del invierno habían cubierto de hielo el borde boscoso de la carretera; los abedules y arces desnudos brillaban bajo los rayos tensos de la luz invernal. Bajó un poco la ventanilla del carro de Gerry, solo un poco, para inhalar el aroma del frío, el frescor que lo transportaba al patio lleno de nieve de la casa de tabilla de sus papás en Massachusetts. La sonrisa de satisfacción se hizo más amplia. Ingrid, que percibía sus cambios de humor como una cachorra fiel, subió el volumen de «Graceland»; puso su mano de dedos largos sobre su rodilla y la apretó. Otra sensación que no había sentido en años: el aumento de sangre en su entrepierna, el leve endurecimiento de su pene. La sonrisa se hizo aún más amplia al pensar que tal vez esa tarde podría terminar pasándola en lo que seguramente sería una cama de lujo que quizás él había ayudado a financiar en la «casa de campo» que Ron

Rosen, su abogado, le había prestado para que pasara el fin de semana largo.

No es que no estuviera agradecido. Había estado a punto de explotar, y Ron lo había visto y había tomado medidas. El hombre era un dolor de cabeza, una espina en su costado y un drenaje literal para su cuenta bancaria. Pero era un lector de gente de primera, lo que en parte lo convertía en un abogado estelar. Había sido más de un año de absoluto infierno: de prepararse para las declaraciones, de que dichas declaraciones fueran tomadas por completos imbéciles en la oficina del fiscal del distrito, de escuchar las declaraciones de los amigos de Anita (muchos de los cuales solían besarle el culo para ganarse su favor, ahora pintándolo como una especie de monstruo. Peor, un monstruo en decadencia. Como si él —una leyenda viviente literal de las bellas artes— pudiera «decaer»). ¿Las insinuaciones de esta gentuza (perdedores y arribistas) de que de alguna manera él sentía celos de ella? ¿Cómo se suponía que no se indignara? ¿Cómo se suponía que no se enfureciera? ¡Y entonces escuchar a su hermana! Oh, esa perra mosquita muerta. ¡Qué poco tenía que decirle en su presencia y cuánto tenía que decirles de repente a los abogados sobre el abuso verbal, los berrinches y las llamadas aterradoras de su hermana en mitad de la noche! Era absolutamente ridículo y Ron había estado de acuerdo y había dicho que todo eso no era más que rumores y había prometido que haría que lo declararan inadmisible. ¡Pero aun así!

Sin embargo, cuando la oyó decir que le había advertido a Anita que dejara a Jack en un lugar público porque «ella lo sabía», él sintió que el vapor le subía a la cabeza como la válvula de una olla de presión. Y cuando levantó la vista y vio los ojos de la asistente legal de Ron, llorosos y llenos de desprecio, llegó a su límite: «¿Y por qué coño estás tú llorando, pendeja?», le había gruñido y le había arrojado lo más cercano a él que había sobre la mesa de conferencias (una taza de café) por encima de la cabeza, que luego se estrelló contra una pared. Ron, que era una auténtica joya, sin coro, no lo echó de su oficina. Simplemente escoltó a esa mamarracha fuera de la sala donde pudo oírla sollozar *de verdad*. Y Jack se sintió mal por tirar la taza, pero no por estar disgustado porque a ella le pagaban para estar ahí apoyándolo a él. No para ser otra mujer que convirtiera a Anita en una mártir. Como si, además de la fama de Jack, hubiera algo distinto en su matrimonio que en el de los demás. Cuando Ron volvió a entrar, traía dos whiskies, uno sin hielo para Jack y el otro con hielo, y dijo que creía que sería una buena idea sacar a Jack de la ciudad. Pidió permiso al tribunal, alegando que se trataba de un problema de salud mental y asegurándoles que estaría confinado en la cabaña de Ron. Que sin una breve escapada, puede que no pudiera soportar la tensión de un juicio.

No era una hipérbole. Desde que había ocurrido el *hecho*, su vida había ido de mal en peor hasta llegar a ser casi insoportable y no había tenido ninguna posibilidad para descargar. Ninguna. Fucking. Descarga. No tenía espacio, capacidad ni demanda para su arte, no bajo esa nube de escándalo. Su mente estaba demasiado abarrotada y su espíritu demasiado cargado de adrenalina y ansiedad por ese tormento al que lo sometía el fiscal del distrito como para siquiera escribir sus poemas. Había pasado la mayor parte de sus cincuenta y ocho años viajando por el mundo, a menudo sin previo aviso, y ahora ni siquiera podía salir de Manhattan. Todo su mundo se reducía a su apartamento, el de Ingrid en Chelsea y la oficina de Ron. Sí, todavía tenía a Tilly y a los artistas con los que había compaginado (amigos en los que confiaba y con los que iba a cenar), pero en comparación con su vida anterior, se había vuelto un recluso. Se aventuraba a salir a cenar, pero evitaba cualquier cosa que se pareciera a una exhibición porque podía sentir los ojos encima de él. No con admiración ni intimidación por su importancia, sino con lástima. O peor que eso, desdén. Esta jodida situación con Anita sobrevolándolo como una nube. Incluso la descarga de echar un polvo (una fuente confiable de validación, alegría y triunfo para él, incluso más larga que su carrera artística) le había sido arrebatada. Aunque nunca pudo admitirle a nadie por qué. El porqué una bestia horrible que lo escalofriaba tanto que la encerró en un rincón de su mente bajo llave. De hecho, solo la chispa de un pensamiento lujurioso (del recuerdo de sentirse sobre el cuerpo suave y esbelto de Ingrid) excitaba a la bestia, la hacía arañar y cascabelear en su jaula.

La primera vez fue más o menos una semana después del funeral de Anita. Esas perras del parque (él sabía lo que había visto, aunque Ingrid insistiera en que lo había imaginado) lo encojonaron tanto que perdió el equilibrio. Se golpeó la cabeza tan fuerte que tuvieron que darle siete puntos. En el hospital, Ingrid contó sobre su estrés, la caminata y su mareo en un día de otoño inusualmente cálido. Él asintió y estuvo de acuerdo, pero le contó a Tilly lo que realmente había sucedido. También se lo contó a Ron. Encolerizado. Y su rabia no dejaba de crecer. Cada vez que sentía el dolor de la herida y la picazón de los puntos cerrándose, apretados contra su cráneo, él mismo palpitaba y ansiaba encontrar a esas dos terroristas sucias y hacerlas pagar.

Los tabloides todavía acechaban en aquellos días. Sabía que no podía permitirse el lujo de estar tan nervioso; su temperamento era demasiado volátil. Aunque le dolía la cabeza y se sentía agotado, unas noches después se dio la vuelta mientras Ingrid dormía; puso la boca sobre un pezón apenas visible a través de su fino negligé, deslizó la mano bajo la seda de su ropa interior. Ah, y cómo ella había respondido de la misma manera, besándolo con tanta pasión y anhelo que el fuego hizo que el dolor de cabeza se desvaneciera en su memoria. Solían pasar días enteros en la cama, pero desde la noche en que sucedió el *hecho*, el sexo llegaba a tropezones. Se dio cuenta de que ella había comenzado a tomárselo como algo personal. Pero esa noche, él logró canalizar su ira (su dolor por todo lo que se había visto obligado a soportar) en pura pasión. Haló con suavidad de su largo cabello rubio mientras la penetraba y ella gimió de una manera que lo hizo sentir necesitado, extrañado e importante. Pero pronto se sintió sin aliento por el peso de sí mismo (lo que sí había logrado hacer sin ningún problema en las semanas transcurridas desde que sucedió el *hecho* era comer). Se tumbó de espaldas y colocó a Ingrid sobre él, resplandeciente ante la vista de sus senos perfectos color crema. Era todo y más de lo que había sido nunca con ella, el placer era tan exquisito que se preguntó por qué se lo había negado a sí mismo. Estaba cerca del clímax, pero quería que esto durara para siempre; se refugió en sí para desearlo cuando…

Plop.

En medio de la humedad de los cuerpos en placer, sintió la sensación intensa de una gota (fría como agua congelada, pero de alguna forma más pesada) caer sobre su pecho. Mantuvo los ojos cerrados, con la intención de permanecer en aquel momento, hundió sus manos de genio en la carne de los muslos de Ingrid.

Plop.

En el cuello esta vez. Gritó el nombre de Ingrid. Gimió en alabanza a su belleza.

Plop. Plop.

Fría, húmeda, pesada en su rostro. Se limpió sin pensarlo, puso las manos de nuevo en las caderas de Ingrid y la convenció de moverse más rápido. Ella se inclinó para besarlo, las puntas de su cabello empapadas por la pasión. Sintió una nueva oleada de lujuria, inspirado por haberla vuelto tan salvaje. Sus ojos todavía estaban cerrados mientras intentaba hacer que todo durara un poco más.

—Mírame, Jack —susurró—, y dime que me amas.

Su voz lo hizo querer venirse, pero hizo lo que ella le ordenó y abrió los ojos.

—Ingrid, yo…

Su declaración fue ahogada por gritos. Sus gritos. Cosas espeluznantes, le diría Ingrid más tarde. Él mismo no escuchó nada. Estaba envuelto en el horror de lo que se cernía sobre él: el cuerpo roto de Anita. Articulaciones torcidas, extremidades moviéndose de un lado a otro. Un macabro abanico de techo. Negro y azul donde se suponía que estuviera su carne. Goteando, goteando, goteando sangre (fluía como el goteo constante de un grifo roto) la mayoría de la cual se había acumulado principalmente en los mechones rubios de Ingrid, empapándolos con pintura carmesí resbaladiza que le bajaba por la espalda. Sus caderas, donde él había estado sosteniendo su montada, marcadas por las yemas de sus dedos ensangrentados. La sangre no estaba caliente por la vida, sino fría, coagulada y pútrida por la muerte. El horror que sintió ver dicha escena, la sensación que le produjo ahora que comprendía lo que había lubricado su acto sexual, le infundió pánico en todo el cuerpo y arrojó a Ingrid al suelo. Sin ella entre ellos, sin embargo, pudo ver sin obstrucciones el aspecto más horrible de todo: la cara de Anita. El cuerpo muerto pero los ojos vivos y bien abiertos, el rostro plasmado con la exacta sonrisa petulante que a veces esbozaba cuando sentía que lo había vencido en una pelea que lo hacía querer arrancársela de un manotazo (pero nunca lo hizo).

Cada vez que cogía, o pensaba en coger, pensaba en Anita. Cada vez que pensaba en Anita, ella aparecía. Con esa sonrisita de mierda. La sangre, para su consternación, fue imaginada. Una conjuración del espíritu o del recuerdo de ella tirada allí (aplastada) en el techo. (Las fotos que la policía le hizo mirar una y otra y otra vez). Pero lo que él sabía, lo que nadie podía negarle y nunca antes había creído semejante locura como esa, era que Anita estaba *ahí*. Cada vez. Ah, y era típico de ella, esa puta. A quien, cuando estaba viva, nada le gustaba más que ridiculizar sus apetitos sexuales. Por supuesto, así era como lo atormentaba. Como si su existencia no fuera la causa de su tormento todo el día y todos los días de su vida ahora que había sucedido el *hecho*. Por mucho que intentara bloquearla de su conciencia, todas y cada una de las veces ella estaría allí. En una esquina, recostada contra una puerta. Asomándose desde debajo de la cama. Esos ojos y esa sonrisa y, a veces, una pierna rota y torcida por, asumió, si acaso. Y él no quería tener miedo, pero lo tenía. ¡Lo tenía! Ella lo aterrorizaba por lo real que se veía. Por su presencia. Porque si ella estaba en la habitación, ¿dónde más podría estar?

Desde aquella noche no había tenido éxito en el acto; pero ahora, conduciendo el carro de Gerry, no sabía qué era —quizás el sonido del casete de Paul Simon en el estéreo, o la libertad de conducir en sí, o estar de nuevo en medio del frío y las montañas como cuando era niño, o la firme y leal Ingrid—, pero algo sobre ese fin de semana lo llenaba de esperanzas de que ese horrible espectro de Anita se hubiera ido. Era la esperanza lo que se la ponía particularmente duro. La sonrisa en su rostro se hizo más amplia.

~

La casa, con vistas a un lago prístino, era mejor de lo que Ron había prometido, y el sexo más estimulante de lo que recordaba. Sin sangre, sin las sonrisas devoradoras del carajo, sin esos malditos ojos marrones que se movían de un lado a otro ni el frío que, una vez que reconocía su presencia en la habitación, le ponía la piel de gallina. Solo Ingrid, vigorosa de vida después de caminar por el estanque helado mientras él observaba desde un costado, tomando fotos (¿de verdad estaba totalmente congelado?). Solo Ingrid: debajo de él, encima él, a su lado, durante todo el transcurso de varias horas gloriosas. Él cocinó unos espaguetis a la carbonara y entre los dos se bebieron varias botellas de vino junto al fuego mientras jugaban Monopolio y (algo absolutamente inusual en él, pero muy apropiado para la ligereza que sentía esa tarde) se unió a Ingrid mientras bailaba al ritmo del álbum de Paul Simon con el que estaba obsesionada. Se veía tan feliz y el zydeco le recordó un fin de semana en Nueva Orleans cuando era joven; estaba más feliz de lo que se había sentido en mucho tiempo. Al final, exhaustos por el día, la emoción y todos los (magníficos) intercambios sexuales, se derrumbaron para pasar la noche en la (perfectamente lujosa) cama egipcia de Ron Rosen.

Estaba profundamente dormido cuando Ingrid lo despertó.

—Jack —dijo, con preocupación en la voz.

—¿Qué? —encendió la luz.

—Creo que se metió algo en la casa.

—¿Qué quieres decir?

—Vi algo volando, con el rabillo del ojo.

—¿Un pájaro?

—No sé —contestó ella—, ¿quizás?

—Quizás dejamos algo abierto —dijo, aunque no se imaginaba qué podría ser, ya que la noche estaba muy fría, incluso para su sangre de Nueva Inglaterra. Miró alrededor de la habitación y no pudo ver nada. Tal vez se había ido al estudio o la cocina—. Quédate aquí.

Se puso las pantuflas y caminó por el pasillo hacia la sala. Incluso medio dormido, se encontró tarareando «Graceland»;

la habían tocado una docena de veces ese día y, maldita sea, era una canción pegajosa.

—Jack —llamó Ingrid desde la habitación—, ¿encendiste el estéreo?

Jack no se había dado cuenta de que la música estaba sonando en el equipo. No estaba para nada cerca del aparato. No había nadie más en la casa, pero el volumen, ahora se dio cuenta, pasó de bajo a audible y luego a pulsar hasta que Paul Simon prácticamente les gritó que perder el amor era como una ventana en el corazón. Podía escuchar a Ingrid gritar, pero no entendía qué por encima de la música. El estudio estaba tan oscuro como lo habían dejado; las copas de vino sucias y el juego de mesa abandonado apenas se distinguían a la luz de la luna que entraba por la ventana.

Salió del armario donde estaba el equipo de música, rápido. Sus alas eran negras y gruesas como el cuero. No volaba per se, sino que se planeaba por los altos techos. Un murciélago. Supuso que se había abierto paso accidentalmente por el conducto de la chimenea. ¿Había aterrizado en el equipo de música y lo había encendido? No podía entender bien esa parte, pero el hombre nunca podrá conocer bien a los animales. El murciélago estaba ahora en lo alto del techo, fácil de localizar contra las vigas de madera clara. Se quedó paralizado, devanándose los sesos tratando de encontrar la mejor manera de lidiar con el asunto. El animal, asustado, podría morderlos por accidente. Podría tener rabia. Pero ningún exterminador vendría a esa hora. Bajó el volumen del equipo de música.

—Ingrid —gritó—, quédate en la cama…

El murciélago se abalanzó y casi le corta la oreja. Cambió de dirección y desapareció adentro del mueble. «Graceland» había terminado, pero el casete se rebobinó antes de detenerse y vio que el botón de Play se presionó solo. Vio cómo la perilla del volumen giraba solo, len-ta-men-te, hacia arriba. La piel le sudaba a pesar del frío y se le puso de gallina.

—¡Jack! —voceó Ingrid, y se dio cuenta de que estaba entrando en la sala.

—¡Quédate en el maldito cuarto! —gritó.

—¿Qué pasa?

—Es un murciélago, Ingrid —pero incluso mientras lo decía, no lo creía del todo. No lo creía en absoluto.

Ingrid le hizo el caso del perro. Allí estaba, a su lado. Vociferando por encima de la música antes de frustrarse. Caminó hacia el estéreo para bajar el volumen y el murciélago salió volando del interior, haciendo que Ingrid gritara antes de que el animal volviera a hacer un clavado y la orbitara de forma frenética varias veces.

—Quédate quieta, Ingrid.

Pero Ingrid no se quedaba quieta. Ahora corría en círculos y (él no podía creer lo que estaba viendo) el murciélago la perseguía. Jack corrió a abrir las ventanas y las puertas, mientras le gritaba a Ingrid que se quedara quieta de una maldita vez. Sacaría al murciélago por las ventanas. Estaba seguro de que tenía rabia y debía intentar por lo menos sacarlo. Agarró el tablero de Monopolio que estaba sobre la mesa, con la intención de guiar a la criatura hacia una de las ventanas abiertas. Pero justo cuando se acercaba a Ingrid, el murciélago se lanzó hacia ella, mordisqueándole la nuca antes de batir las alas y lanzarse, feroz y veloz, hacia su cuero cabelludo, el que mordió una y otra vez. Jack se acercó un poco más, lo golpeó con el tablero de Monopolio, pero fue inútil. La bestia ahora se volvió hacia él. Rápido. Rabioso. Se abalanzó y le mordió los gruesos y carnosos muslos expuestos por su ropa interior, luego su barriga desnuda y entonces se dirigió hacia su cara, la cual Jack trató de proteger con las manos. Un escalofrío lo invadió más allá de su miedo natural. Porque sabía que este no era solo un animal. El murciélago era implacable, más que nada le mordisqueó las manos, mordisco tras mordisco, y Jack intentó correr, pero sus alas no dejaban de aletear y aletear. *¡Zas! ¡Zas! ¡Zas! ¡Zas!* E hizo algo que Jack ni siquiera sabía que los murciélagos pudieran hacer: se quedó flotando en el aire, cerquita de su cara. Al fondo, por encima de Paul Simon, Ingrid sollozaba. Jack sintió que, si no miraba a ese murciélago, si no reconocía su amenazante presencia, nunca lo dejaría en paz. Bajó las manos, abrió los ojos y encontró ante ellos, en la pequeña cara salvaje de aquel animal, los ojos de Anita. Y juró que, si un murciélago podía sonreír con sorna, este lo hacía. Pero solo lo vio un instante antes de que se le lanzara encima y clavara sus diminutos colmillos en la carne de su nariz.

ANITA

LA CEIBA

¿Qué te digo? ¿O es que las mujeres no tenemos derecho a un poco de gozadera? ¿No me merezco darle una mordidita a eso cerdo? Y, ¿en serio? ¿Qué clase de puta aparece en el funeral de la esposa del amante? ¿Por qué no ponerse un vestido rojo también? Ella se lo buscó. Y en cuanto a Jack… bueno, mira. Si él no se lo merece, ¿entonces quién?

Esa fue una gran noche para mí. La muerte se revela de a poco. Hasta esa noche, no había podido tomar una forma física. Podía aparecer, en el sentido puramente metafísico. Pero esa noche fue la primera vez que pude dañar su mundo físico y fue estimulante. Una noche llena de posibilidades…

La ceiba apareció de la nada un día en la playa. O tal vez solo se sintió como un día… El tiempo es curioso aquí. Jack me tiró por la ventana y atravesé el techo del edificio y salí a la orilla de mi hermoso Varadero y había sol y música, pero de dónde, no tengo idea. No había nadie en la playa excepto yo. Los pequeños bares a lo largo de la orilla estaban abiertos pero vacíos. Lo cual era agradable, porque en general, ¿en la temporada alta? Acho. Bueno, podías esperar una eternidad por una mesa cerca de la orilla. Solo para un sandwichito de jamón y una piña colada. Pero ahora tenía el lugar para mí sola. Nunca tenía ganas de dormir, así que fue solo cuando el atardecer al fin se convirtió en anochecer y empecé a caminar, esperando encontrar la casa de mi yaya, que vi la ceiba, grande y sombría, justo al lado de las dunas y los racimos de uva de playa y marpacíficos. Nunca había visto una ceiba tan vieja. Las raíces me dejaron atónita, con las colinas y valles que formaban. Las espinas antiguas, con forma de cuerno, como mil colmillos de rinoceronte, trepando hacia el cielo. Las raíces se extendían hasta alcanzar por lo menos el doble de mi tamaño, la corona de hojas, tan alta que comenzabas a perder la perspectiva cuando mirabas hacia arriba. Los nudos de su grueso tronco, como grandes y amplios ojos, fijando la mirada. Pero no de forma siniestra. Amables, como esperas que sean los de una madre. Encontré un lugar cómodo acurrucado entre dos raíces brotadas, observando cómo el último rayo de sol se ponía más allá del horizonte y el azul se oscurecía de color polvo a azul marino. Podías ver las estrellas emerger a través de las ramas; la luz de la luna al final se reflejaba en los hilos sedosos de las flores de la ceiba, mientras los murciélagos entraban y salían a descansar. Colgándose boca abajo, encontrando consuelo en la inmensidad del árbol.

No tengo idea de cuánto tiempo había pasado cuando de repente «Jack» estalló en mi mente como un fuego artificial y un sentimiento de indignación me invadió. De repente, a pesar de que no había subido un árbol desde que era una niñita y lloraba por su altura, sentí la necesidad de trepar. Sin miedo, solo un instinto primario de subir, subir, subir. Lo único que llevaba puesto era la lencería azul que tenía puesta cuando fui a decirle a Jack lo del divorcio, el detective, las pruebas, todo eso. Sin zapatos ni camiseta que me cubriera los brazos ni pantalones cortos para protegerme las piernas, pero de alguna manera me encontré ascendiendo por el tronco espinoso sin hacerme daño. Mis manos y pies se movían tan rápido que era como si hubiera crecido dentro de la copa de un árbol.

Como si no me diera miedo subirme a una escalera y cambiar un bombillo. Subir, pasar sobre los ojos que me miraban y me decían que todo saldría bien. Subir hasta que las raíces, anchas como una casa momentos antes, eran solo una mano pequeña, rugosa en los nudillos por cientos de años de excavación en la tierra roja, varios pisos más abajo. Cuando llegué a la copa, las ramas eran más gruesas, las hojas más densas de lo que parecían desde el suelo. La savia del árbol se me pegaba a la piel; el rosa de sus flores teñía mis brazos y piernas. Y justo cuando pude ver el cielo —el azul oscuro del cielo nocturno— me di cuenta de que no era un cielo en absoluto. Era un techo. Una habitación oscura y enorme hecha de bloques de hormigón y pasarelas. Me llevó un momento darme cuenta de que estaba en la cárcel. ¡Y luego, *crac*! Volvió a sonar. Alto y claro: «¡Jack!», y se me dibujó una sonrisa en la cara.

¡Oh, el gran fucking Jack Martin, tendido en una celda como los otros asesinos (no tan genios)! ¡Qué delicia! Qué maravilloso y delicioso imaginarlo. ¡Solo que no tuve que imaginarlo! ¡¡¡Yo estaba ahí!!! ¡¡¡Estaba allí!!! Ah, me reí a carcajadas a la luz de la luna que se filtraba por los pequeños tragaluces. O tal vez me reí a carcajadas a la luz de las salidas de emergencia. No importa. Nadie podía oírme. Eso quedó claro. Me reí tan fuerte como pude, primero porque era genuinamente divertido; luego solo para ver. Un hombre se acercó al borde de su celda. Miró a su alrededor. Me escuchó, pero no me vio. Habrá pensado que debía haber sido un sueño, o su imaginación, o las voces en su cabeza. ¿O tal vez lo sabía? Tal vez sabía que podía escuchar fantasmas. Quién sabe, pero si eso hubiera sucedido ahora, habría ido a ver cuánto podía oír, ver y entender. Tal vez ahora, sabiendo lo que sé, me habría quedado. Quizás ahora, si tuviera alguito de tiempo libre, habría pasado tiempo con él.

Pero no lo hice.

Lo único que me importaba era Jack. Espiando a través de los barrotes de cada celda, avanzando. Ahora era distinto, caminar y ser. No venía de un lugar en mi mente per se; no había pensamientos ni reflexiones ni análisis de lo que estaba viendo o lo que estaba haciendo o incluso lo que iba a hacer a continuación. Simplemente sentía cosas. En las celdas, vi más que nada hombres jóvenes, muchos que parecían que podían ser mis primos o mis tíos, y en el aire sentí tristeza y frustración y rabia y algo de lujuria y mucha, mucha nostalgia por personas que nunca vendrían. Era un lugar con una atmósfera pesada. Gris, pero no suave ni reconfortante. Lodosa y sin dirección. Había una nota ocasional de brillo aquí y allí. Un estallido de emoción, ilusión, deleite. ¿Quizás de alguien que se iría a casa? Quién sabe. Entonces, desde arriba de mí, sentí un rojo intenso que se convertía en púrpura. El color de un niño que había contenido la respiración demasiado tiempo por la ira. Y yo sabía que, si seguía esa sensación de rabia, Jack estaría del otro lado. Y ahí estaba.

Era tan grande en ese catre de dos niveles que su peso hacía que se hundiera en el espacio aéreo del hombre que dormía debajo de él. No caminé entre los barrotes, sino que logré pasar a través de ellos. Sin huesos, como un ratoncito. Nadie me lo dijo, solo sabía que podía hacerlo. Tuve que subirme a la camilla del otro hombre, pero él no se percató y noté que yo ya no tenía ningún peso. De todos modos, subí a la camilla de Jack y me apretujé a su lado. Me acosté de costado mirándolo dormir, como lo había hecho tantas noches, y sentí cada emoción que estaba teniendo, incluso allí, en su sueño. (Oh, cómo nos sentimos cuando dormimos; todas las cosas que tienes dentro de ti durante el día, pero sin el velo de cortesía de la «sociedad civil»).

Su cuerpo emanaba agravio y venganza. Ahora estaba más bravo conmigo que la última vez que me vio con vida.

También sentía lástima de sí mismo. ¡No pensaba en lo que yo había pasado en absoluto! ¡No estaba pensando en todo lo que ahora no iba a ser capaz de hacer! Yo pensaba que por lo menos culpa, como en aquella historia de Poe, pesaría sobre él. Debí haberlo sabido.

Mi nariz estaba tan cerca de la suya que me di cuenta de que yo no debía estar respirando porque él lo habría sentido en la cara. Supongo que ya no necesitaba respirar. Aun así, decidí intentarlo. Cerré los ojos, me concentré y me dije a mí misma, *¡Sopla!*, y fruncí los labios y sentí que algo salía de mi boca y vi a Jack moverse antes de jalar un poco más la triste manta que le habían dado. Frío. Supongo que mi aliento estaba frío.

Si me concentraba, podía ver sus sueños. Allí, él buscaba consuelo en su «grandeza». Se imaginaba a sí mismo en un futuro fuera de aquí siendo celebrado en otra de sus fiestas. Casi lucía una sonrisa de satisfacción petulante. Me imaginé allí. Apareciendo cuando él menos lo esperaba. No como yo era, sino como me vio por última vez, destrozada y ensangrentada. Huesos destrozados dentro de piel y piel que había sido perforada como una funda de plástico, que permitía que la sangre se derramara por todas partes. ¡Ah! ¡Pero él no lo sabía! ¡No sabía que la *verdadera* yo había atravesado el techo del otro edificio y había salido en Varadero! Me imaginé a mí misma colgada de una de sus cruces y sonriéndole; teniendo otra oportunidad de arruinarle la noche. ¡Como él había hecho con tantas de las mías! Y de repente, mientras lo imaginaba, se movió, se sacudió. Se retorció un poco. Y la sensación que emanaba de él cambió. La compasión y la rabia fueron reemplazadas por… Miedo. Oh. Sí.

Su miedo me hacía sentir bien.

Por lo que pude entender, esto era debido a las personas que me conjuraban a subir o bajar de la ceiba. El llamado más fuerte y urgente y cuando alguien hablaba de mí, o de mi trabajo, de una manera que en verdad me gustara. O que no. Oía un nombre y entonces sentía lo que sentían: tristeza, ira o añoranza eran las emociones más comunes. Y yo subía, subía, subía. Nunca estaba completamente segura de hacia dónde hasta que llegaba. Al no poder hacer nada con lo que yo estaba viendo o ellos sintiendo (al no poder hacer nada con mi furia), a menudo me sentía frustrada. Y pensaba en la ceiba y, júralo, en un santiamén me encontraba de nuevo en las ramas, descendiendo hasta abajo, abajo, abajo, de vuelta a las enormes y protuberantes raíces. Al principio, solo me llevó de regreso a Varadero, pero un día, después de visitar a mi hermana que estaba ayudando a Leslie (¡a Leslie!) a planificar mi servicio funeral, me encontré en el patio de nuestra antigua casa en La Habana, desde donde pude entrar a nuestras antiguas habitaciones. En otra ocasión, bajé de la ceiba y me encontré de nuevo en Roma. No en cualquier parte, sino detrás de la Academia Americana. ¡Ay, cómo me encantaba tumbarme en ese bosquecillo y contemplar el cielo y resolver los problemas con mis obras de arte que simplemente no se podían solucionar en el estudio! Allí encontré tanta paz.

La ceiba nunca me envió a Estados Unidos. Solo a lugares que me hicieron feliz.

En los primeros días… ¡días! ¡Qué significan esos días ahora! En el período justo posterior a mi vida, mi agenda estaba repleta. Me inundaban nombres y emociones e iba de aquí para allá y escuchaba y aprendía y, a veces, en especial si estaban muy tristes, como mi hermana y mis papás, entraba en sus sueños. Entrar en los sueños era fácil y solo Jack tenía los desagradables. Aunque, para ser sincera, pasé algunas noches durmiendo al lado de un crítico que publicó una terrible reseña de algunas de mis esculturas de madera de mi época en Roma. No me di cuenta, pero tenía tanto poder en ese entonces. Uf.

Me costó tiempo comprender el poder.

Identificar quiénes podían sentir mis visitas y quiénes no, no siempre era una cuestión fácil, como uno se imaginaba. Jomar, un brujo, no solo podía sentir cuando yo estaba allí, sino que a veces me hablaba. Eso era lindo. Mi hermana, por otro lado, no podía. Su hija, en cambio, sí. Ella no sabía qué o quién era, solo que sentía «algo». Leslie, su marido, Giancarlo (que estaba mucho más afligido de lo que yo hubiera esperado), casi ninguna de las personas del mundo del arte, a pesar de toda su inclinación por la intuición, sintieron jamás la más mínima sensación de mi presencia.

Pero ¿espérate? ¿De qué estábamos hablando? ¡Ah! ¡La noche en que me le aparecí a Jack convertida en murciélago! ¡Cierto!

Había estado jodiéndole la vida sexual a Jack ya por un tiempito. Eso me parecía un castigo justo. Me encantaba observarlo durante un buen rato y luego echarme para atrás. Me encantaba quitarle lo único que sentía que lo validaba, además de su arte. Pero entonces, Jack hizo algo que me hizo querer escupir clavos, escupir fuego, maldecir el día en que había nacido, desearle la muerte, rugir como una osa atrapada y causar furor, no solo por sus éxitos, sino por el simple hecho de que él caminaba por esta maldita tierra y yo no.

Tenía que echarle más candela al fuego.

Estaba bajo la ceiba y escuché el nombre de mi hermana, envuelta en angustia y dolor. Subí más rápido de lo que creía posible: mano sobre mano y pie sobre pie, elevándome entre las espinas de rinoceronte hasta llegar a la copa del árbol y luego a la cocina de mi hermana. Ella estaba hablando por teléfono, con el rostro desencajado por el tormento y una carta en la mano. En la mesa, estaba sentado mi cuñado, botando humo como una olla de presión.

—¿Cómo es que él tiene derecho a hacer esto? —gritó por el teléfono.

Fue un poco difícil de entender, pero la persona del otro lado (un abogado, entendí enseguida) le dijo que *él no necesariamente tenía derecho a hacerlo, pero que sí tenía derecho a intentarlo*. El resto lo decidiría un juez.

—¿Entonces ahora todo depende de los malditos jueces? —gritó otra vez, y supe que estaba hablando de Jack. Su abogado (que pensaba en mí de forma constante; yo podía visitarlo a cada rato) había argumentado que el testimonio de mi hermana era habladuría. ¿Mike Romero, detective privado; el divorcio; y que le quitaría la mitad de su dinero y todas las cosas que le dije la noche que morí? El juez dictaminó que todo era inadmisible. No había forma de probar que Jack sabía lo que yo sabía. Y sin eso, bueno, era más difícil probar el motivo—. No voy a permitir que se cague en este circo. Lo mínimo que Anita merece es eso.

Mi hermana siempre me apoyó como artista, pero honestamente, nunca pensé que apreciara mi arte. Mi estética. Nuestra yaya pintaba. Paisajes y naturalezas muertas y otras cosas seguras. Creció amando ese tipo de cosas. Los maestros holandeses, los autorretratos de Frida Kahlo. Mi trabajo, me dijo una vez, la «asustaba». Dijo que guardaban mucha rabia.

Pero después de que Jack me empujara por la ventana, algo cambió en ella. Su primera preocupación fue por mi estudio: el contenido de mi apartamento y del de Roma. Cambió los cerrojos del apartamento de la calle Varick y montó a su marido en el primer vuelo que pudieron reservar. Pasaba horas sentada allí, en el suelo de mi apartamento, mirando las fotografías de mis performances. Hojeando los bocetos. A veces, cuando se sentaba, lloraba y yo podía sentirla, no tanto triste como reconfortada. Y era por la energía. ¡Yo estaba en esas piezas! Estaba en los troncos de los árboles en Roma y en las esculturas de arena y en los videos de la niña en llamas en el maizal. Estaba viva en mi arte. Así que quizás ella no podía sentir mi fantasma en una habitación, pero podía sentir mi vitalidad en mi arte. Y estaba comprometida a mantenerlo en el mundo, allá afuera, ya que yo ya no podía hacerlo. Y de esa manera, luchó por mi vida en mi más allá.

Al principio, había un interés abrumador en montar una retrospectiva de mi obra. Todas las facciones del mundo del arte que no estaban del lado de Jack competían por tomar las riendas. Jomar y los latinos, por un lado; Leslie y las feministas por el otro. Todos esperando que mi hermana los nombrara custodios de todo, ninguno de los dos grupos esperaba que ella (una foránea del mundo del arte, una maestra de escuela, una madre de suburbios) se opusiera a sus afirmaciones y se nombrara a sí misma como la guardiana de mi legado. «Anita», les dijo, «no era una artista definida por una sola cosa excepto por su espíritu». Ella tampoco se conformaba. Jomar y Leslie, que al final encontraron una forma de trabajar juntos, le presentaron a galeristas, lugares con mucho más prestigio que el de Leslie. Tras cada propuesta, mi hermana respondía que no. «La obra de mi hermana está en las colecciones del Met, la Tate, el MOMA. Es una artista de calibre museístico, se merece una retrospectiva en un museo».

Ella insistió, reiteró y defendió su postura una y otra vez, hasta que al fin consiguió que no solo se concibiera una retrospectiva en el Museo de Arte Contemporáneo de las Américas, sino que la muestra viajara a pequeños museos de Filadelfia, Chicago y Miami. Un catálogo magnífico (que Giancarlo ayudó a editar) se estaba produciendo y la muestra en sí estaba destinada a inaugurarse... pronto.

—Entonces, ¿qué le dejo hacer? —gritaba mi hermana por teléfono—. ¿Enterrar su obra? ¿Dejar que la gente olvide lo que hizo?

Entonces empezó a llorar, lágrimas de rabia, pero sus palabras dejaron de tener sentido. Sus maldiciones y lamentos al abogado se empaparon de lágrimas y se confundieron con sus palabras en español sobre Jack, que era un hijo de la grandísima puta y peor que el mismísimo diablo. Mi cuñado, un gringo dulce que había conocido en Chicago y que, a diferencia de mi marido, había aprendido el idioma, se levantó y le quitó el teléfono de las manos. Solo cuando mi hermana se alejó, dejó caer la carta sobre la mesa y empezó a caminar con frenesí de un lado a otro, pude comprender del todo la calamidad del momento.

DE LAS OFICINAS DE WRIGLEY, ROSS & MURPHY, SL

KEITH MURPHY, Abogado

Wrigley, Ross & Murphy, SL

200 Quinta Avenida, Suite 1500, Nueva York, Nueva York

Fecha: 15 de enero de 1987

Re: Divulgación no autorizada de propiedad intelectual

Estimada Srta. de Monte,

Tenemos motivos para creer que usted está cometiendo una infracción directa al reproducir, exhibir, transportar y manipular obras de arte y archivos que se consideran propiedad intelectual perteneciente a Anita de Monte, esposa de nuestro cliente, John Christopher Martin, II.

Las acciones infractoras incluyen:

- Actuar de manera ilegal como testamentaria del patrimonio de Anita de Monte

- Tomar de forma ilegal posesión de las obras de arte creadas por y pertenecientes a Anita de Monte
- Prestar indebidamente las obras de arte del patrimonio de Anita de Monte al Museo de Arte Contemporáneo de las Américas
- Autorizar de manera ilegal la reproducción de dichas obras de arte en materiales publicitarios y de comercialización
- Obtener ganancias financieras ilegales a partir de las ventas y reproducciones de las obras de arte de Anita de Monte
- Almacenar y cuidar indebidamente las obras de arte del patrimonio de Anita de Monte

SE REQUIERE QUE USTED CESE Y DESISTA DE LO SIGUIENTE:

- La exhibición, comercialización y promoción de la próxima muestra «Anita de Monte: Tierra y Cuerpo»

Y después de eso no me importó qué más mierda dijera esa maldita carta porque él estaba tratando de impedir mi show. ¡Excluirme de la conversación! ¡Guardar mi trabajo, guardarme, esconderme en un armario! ¡Oh, la rabia que sentí! Tiré todo al suelo, toda la correspondencia que había quedado sin abrir después de que se abrió esta carta. ¡La libreta de teléfonos de mi hermana marcada con la información de su abogado! ¡Mi libreta, que parecía tener siempre a su lado estos días! ¡Lo tiré todo al suelo, golpeé la mesa y la taza de café de mi cuñado vibró un poco! Mi hermana, dulce y terrenal como es, corrió hacia la ventana, que estaba entreabierta. Segura de que había una corriente de aire. ¡Pero no había corriente de aire! ¡Oh, ninguna brisa en absoluto! ¡Solo mi pura y jodida ira!

Por teléfono, mi cuñado le insistía al abogado que simplemente violarían la orden de cese y desistimiento y que sufrirían las consecuencias. Esto solo hizo que mi hermana se sintiera aún más desconsolada. «¿Consecuencias? Nosotros somos los que siempre sufrimos las consecuencias. ¡Los únicos!». Luego comenzó a maldecirme en español por no haber dejado un testamento y por cómo mi desorganización siempre terminaba en sus manos para que la arreglara. (No es cierto, la verdad, pero este no era el momento para ser quisquillosa). Continuó despotricando sobre cómo sabía que Jack iba a causar problemas por esto cuando se negó a entregar mi portafolio. ¿Se preguntó por qué había esperado hasta ahora? Por teléfono, el abogado habló en tono uniforme. Me acerqué al auricular para escuchar lo que tenía que decir.

—Legalmente hablando, al él ser sospechoso del asesinato de su cuñada…

—Él la mató —afirmó mi cuñado, y yo asentí en acuerdo silencioso porque era verdad.

—Bueno, él no tiene un caso sólido para ganar el control de su patrimonio, con o sin testamento.

—Bien.

—De todos modos —dijo el abogado—, tal vez quiera llevar este caso en particular al tribunal de la opinión pública. Conozco a alguien en el *Post* a quien puedo presentarle.

Sentí tanta frustración por mi incapacidad que cerré los ojos con más fuerza y me encontré de nuevo en la copa de la ceiba. Solo que esta vez, mientras descendía, escuché a alguien chiflando:

—*Fuiiiiiiii*.

Y cuando miré, era uno de los murciélagos que venía por las noches a descansar en las ramas. Incluso con la cara al revés, pude ver que era una guapura. No como una rata, sino como un hombre. Nunca los había visto tan de cerca. Por otra parte, tampoco habían intentado entablar una conversación.

—No tienes que regresar así, ¿sabes? —dijo el murciélago.

—¿Así cómo? —pregunté porque realmente no sabía a qué se refería.

—Así. Invisible. Tú tienes poder. No todo el mundo lo tiene, pero creo que tú puedes lograrlo.

—¿Lograr qué?

—Algunos de nosotros podemos volver a subir así —explicó, y sus ojos eran encantadores. Familiares. Un extraño azul verdoso que ni siquiera sabía que los ojos de los murciélagos podían tener.

—¿Como murciélagos?

—Los murciélagos pueden mantener su forma. Su carácter físico más allá de la ceiba. Pueden viajar de aquí para allá y de allá para acá. Ser visibles. Luego invisibles. Volar aquí y allá.

Me detuve a considerarlo. Una perspectiva emocionante.

—Pueden morder —me aseguró el murciélago.

Muy emocionante.

—¿Y por qué me lo estás diciendo ahora? —pregunté, desconfiada. ¿Todo este silencio y de repente los murciélagos me estaban dando consejos?

—Porque ahora es cuando necesitabas escucharlo —dijo, y lo miré un poco escéptica—. Bien. Porque fuiste muy amable con alguien muy especial para mí.

—¿Quién? —pregunté.

—Marco.

Y de repente supe quién era. Era el amante de Marco. El que vimos en los cuadros. El que pintó una y otra vez, aún más descorazonado por la noticia de su muerte en prisión. Cuya muerte al final motivó a Marco a abandonar Cuba. Marco, a quien ayudé a establecerse en Miami. Marco, que durante un tiempo salió con Jomar, pero estaba demasiado abatido por la pérdida de este murciélago como para seguir adelante. Oh, habíamos perdido el contacto, pero se había vuelto muy conocido en Miami. Sus esbozos de hombres de South Beach se estaban volviendo muy populares allá, pero ninguno era más valioso que las innumerables pinturas que hizo de su amor fallecido.

—¿Visitas a Marco?

—A veces —aseguró—. Le llevo ratoncitos. Para hacerle saber que todavía lo amo. Los dejo en la puerta —sus almendrados ojos azul verdosos se pusieron vidriosos—. Pero, sobre todo, me mofo de los carceleros que me mataron —dijo, antes de añadir con orgullo—: Una vez, volé a la casa de Fidel y le arruiné un banquete. Eso fue muy gratificante.

Me limité a asentir en silencio. Tenía la cabeza llena de preguntas, pero no quería que pensara que estaba siendo descortés.

—¿Cómo lo hago? —pregunté al final—. ¿Cómo me convierto en murciélago?

~

Mucha gente no lo sabe, pero los murciélagos no pueden volar como lo hacen los pájaros normales. Los pájaros normales pueden simplemente pararse sobre sus delicadas patitas, abrir las alas, dar un par de aleteos y encontrarse volando en el aire. Un momento en tierra, al siguiente impulsándose, cada vez más alto hacia el cielo. La ascensión, la motivación. Pero no el murciélago; sus alas son demasiado pesadas para generar impulso. Para el murciélago, la única manera de elevarse es primero permitirte caer. Desorientarte en respecto al mundo y colgarte boca abajo y, cuando sientes la certeza de que quieres subir, permitirte bajar. Soltar la rama a la que te aferras y dejarte caer. Caer en picada. Lanzarte. No hacia arriba, sino hacia abajo. Tener plena fe en que cuando extiendas las alas (tus alas fuertes, majestuosas y perfectamente construidas) carretearás el viento y volarás. Más alto de lo que nunca supiste que podrías llegar, a cualquier lugar donde quisieras estar.

RAQUEL

PROVIDENCE • VERANO DE 1998

—Oficina de Belinda Kim; habla Raquel.

—Raquel, cariño —dijo la voz desde el teléfono, y Raquel sintió que se le revolvía el estómago al reconocer de inmediato que pertenecía a la señora Fitzsimmons.

—Oh. Linda, hola.

Raquel apenas podía ocultar su sorpresa o confusión.

—Lamento molestarte en el trabajo, querida, pero nos dirigimos a una boda en Barrington, el hijo de un viejo amigo de la familia, y pensamos que podríamos parar y tomarnos algo con ustedes de camino. ¿Esta noche? ¿En el Club Universitario? Está justo al lado del estudio de Nick y tú y Astrid pueden ir caminando después del trabajo.

Raquel se envolvía el cable del teléfono en los dedos mientras ella hablaba; lo tensó un momento, sintió la sangre correr por la punta de los dedos antes de que al fin lograra exhalar y decir:

—Señora Fitzsimmons…

—¡Cariño, Linda! Ya te lo he dicho.

—Claro, sí. Linda. Lo siento —Raquel sintió que se le aceleraba el pulso; estaba completamente aturdida por cómo manejar este momento, que seguro resultaría ser uno de los más incómodos de su vida—. Lo que pasa es que… uff. Esto me da un poco de vergüenza. El caso es que me encantaría verla a usted y al señor Fitzsimmons y saludarlos, pero se siente un poco inapropiado…

—¿Inapropiado? ¿Y por qué…?

—Bueno, es que creo que Nick y yo… bueno, yo… —se detuvo y respiró hondo. ¿Cómo podía ser que la hubieran dejado sin habérselo dicho y al mismo tiempo estar en la posición de tener que contárselo a la mamá de Nick?—. Sucede que no he visto ni sabido nada de Nick en una semana, así que no creo que Nick quiera que yo…

—Tonterías, Raquel —ronroneó la señora Fitzsimmons al teléfono. Raquel estaba conmocionada y sorprendida por su seguridad sobre un asunto cuya incertidumbre la había estado atormentando durante días—. ¿Por qué crees que te estoy llamando?

—¿Disculpe? —preguntó Raquel con cierta inquietud—. ¿Nick sabe que me está llamando?

—¡Nicholas me pidió que llamara! —afirmó riéndose—. Yo sé que no debería interferir en los asuntos de dos jóvenes enamorados, pero probablemente ya te has dado cuenta de que soy débil con mi hijo.

—Pero ¿por qué él…

—¿No te llama? —dijo la señora Fitzsimmons, divertida—. Raquel, amor, Nick es un joven maravilloso, pero incluso los mejores de ellos a veces pueden convertirse en críos. Créeme, estoy casada con su padre. Ustedes dos tienen una de estas conexiones inexplicables, pero eso puede ser abrumador y creo que él solo necesitaba un respiro y luego estaba demasiado avergonzado por su comportamiento…

—¿Entonces le pidió que me pidiera disculpas por él?

—No, no disculpas. Ese no sería mi lugar, ¿cierto? —agregó la señora Fitzsimmons, como si esa fuera una línea de etiqueta y protocolo que no iba a atravesar—. Él tendrá que humillarse o mandarte flores o lo que sea que ustedes los jóvenes hagan ahora. Pero él pensó que yo podría ayudarlos a… reentablar.

—Ya veo —respondió Raquel, aunque no estaba segura de entenderlo.

—Pensó que tú no podrías rechazarme, querida —dijo—, y espero que no lo hagas.

Hubo un segundo de silencio, ya que Raquel no estaba segura de qué decir. No se equivocaba. Raquel no sabía cómo decirle que no a la mamá de alguien que hacía una llamada tan sincera.

—Genial —manifestó la señora Fitzsimmons—. Nos vemos esta noche entonces. Que tengas un lindo día en el trabajo, querida.

Y con eso, la señora Fitzsimmons colgó.

Durante días, se había atormentado a sí misma: alternaba entre revisar frenéticamente sus mensajes y correos electrónicos en busca de alguna señal de Nick y en reproducir cada segundo de su última interacción para tratar de analizar lo que había sucedido. ¿Qué había hecho ella exactamente que fuera tan atroz que él no solo le mintiera, sino que desapareciera de esa manera? Sin una llamada, un correo, una nota ni nada. Y todo se resolvió, al parecer, con una llamada telefónica de su mamá.

Desde que salieron de su estudio el sábado por la mañana, Raquel había tenido el persistente presentimiento de que algo andaba mal. Una sensación que se confirmó el domingo por la noche cuando, después de que su mamá y Toni se fueran, después de la estación de radio, camino a comprar pizza en Fellini's, pasaron por la casa de Nick en Wickenden y Raquel vio su carro estacionado al frente. Su carro, que se suponía estaba en los Hamptons. Raquel apenas pudo contenerse mientras Marcus esperaba su pizza (a ella enseguida se le quitó el poco apetito que tenía) y encontró un teléfono público. Cuando llamó a su número y él contestó, ella trancó. Sintió que le daba algo, estaba desesperada por volver al apartamento para comprobar si había llegado el inevitable mensaje (eso esperaba) en el contestador automático explicando por qué había vuelto tan pronto y preguntando cuándo podrían verse. Solo que, cuando Raquel llegó a casa, no encontró mensaje alguno. (Y, lo que es peor, *nunca* pensó que lo encontraría. En el instante que vio el carro, se olió que algo andaba chueco. Incluso antes de ver el bendito carro). Estaba inconsolable, a pesar de que Marcus y Betsaida le habían asegurado que él la llamaría al día siguiente. Lo que solo la puso más histérica porque sabía que no lo haría.

Y no lo hizo. Ni al día siguiente, ni al otro día. Raquel veía a Betsaida, preguntándose si él la había llamado; percibía que ella sabía que no lo había hecho; que ella podía leer su ausencia en el rostro de Raquel; en sus ojos, oscurecidos bajo las órbitas de tanto dar vueltas y enrojecidos por las lágrimas. La humillación de Raquel no le permitió confiarle su tormento a Bets. Tampoco pudo llamar a su mamá ni a Toni, desde ya predispuestas a que él no les cayera bien. Cuando él diera la cara (¡porque tenía que darla!, ¡estaban enamorados!), ella no quería esforzarse el doble para que él les cayera bien. Astrid había dejado bien claro que no quería saber nada de ese tema. Sus conversaciones a la hora del almuerzo en el trabajo se limitaban cuidadosamente a chismes de museos y charlas de historia del arte.

Como forma de distracción y evasión, se había sumergido en la investigación de su tesis. Con la música a todo volumen para silenciar su mente, había pasado cada segundo de esos días inmersa en los libreros de Rock, la biblioteca de la Universidad de Brown, y en la biblioteca de RISD. Desde que salía del trabajo hasta el momento en que los empleados de seguridad la echaban. Había descubierto, se dio cuenta, algo con un potencial fascinante.

Después de exponer sin parar por dos décadas, Jack Martin al parecer dejó de trabajar a mediados de los ochenta. Cuatro años completos sin una gran exposición, excepto por una muestra en Tilly Barber Fine Art, y en su galería más pequeña. Raquel tenía curiosidad por saber si esta ausencia de producción (o por lo menos de producción para el consumo público) podría haber hecho evolucionar su obra. Cuando al fin tuvo en sus manos el enorme catálogo de su show de 1989 en España (la exposición consistía en una docena de obras descomunales), hojeó las páginas, con la secreta esperanza de encontrar alguna innovación, algún cambio radical en su estilo o materiales. En cambio, descubrió más de lo mismo, lo mismo, lo mismo que había visto antes: Filas. Líneas. Columnas. Cuadrículas. Madera. Ladrillo. Lingotes de oro. Lingotes dorados. Plomadas. Láminas de metal. Vigas de hierro. *Y entonces*. Después de haber hojeado como cuarenta páginas, vio algo raro: un círculo. Vigas de acero dispuestas en un cuadrante radial como el sol. En la página central aparecía un mar de lingotes que se extendía al azar en el suelo de una gran galería abierta, pero en el centro de la sala había un claro, con una forma que recordaba a una ameba, casi figurativa. Y aunque muchas de las piezas eran, sí, iguales a las que había hecho antes, había por lo menos tres que eran radicalmente diferentes. Más redondas. Más suaves. Aparte de un anuncio en un antiguo *Artforum*, Raquel no pudo encontrar un registro de la exposición de Tilly Barber de 1987 en ninguna parte. Entonces recordó los materiales que le había dado John Temple y allí lo encontró: la hoja de ventas con miniaturas de la pequeña exposición. Y allí estaban de nuevo, aunque en menor escala: patrones circulares, formas casi parecidas a vaginas. Y eso era todo. Solo esas dos exposiciones y luego paró. Martin volvió al principio. (Bueno, no al principio. No había ningún poema enmarcado como obra de arte. ¡Qué ridículamente pretenciosos los encontraba Raquel! Cuanto más Belinda Kim la exponía al arte conceptual que afloraba fuera de este canon, más indulgente lo encontraba).

¿Qué había provocado el cambio? ¿Era algo que estaba sucediendo en el mundo? ¿Ecologismo? ¿Feminismo? El texto no le decía nada, pero siguió buscando. En *Artforums*, en microfichas. En catálogos de exposiciones en las que aparecían sus contemporáneos y rivales de entonces. En citas de tesis doctorales. Buscó a diestra y siniestra. Y no encontró nada. Era intrigante, pero ¿dónde estaba la beca que la respaldara? Y sin la beca, ¿de qué servía un año de su vida dedicado a Jack Martin? Otro callejón sin salida. Contempló abandonar la tesis por completo, pero no podía rendirse. Solo tenía que encontrar algún hilo de conexión. Una tesina estelar sobre Martin la consolidaría, sin duda, como la protegida estrella de John Temple. Un papel que, sin importar lo tedioso que fuera, valía la pena por los dividendos que podría pagarle en forma de recomendaciones, contactos y conexiones después de la graduación.

Después de la llamada de la señora Fitzsimmons, la mente de Raquel volvió a acelerarse; su estómago era un nudo de nervios, enferma de ansiedad o de miedo, ¿o era emoción ante la perspectiva de volver a ver a Nick? Aliviada de que las cosas no se hubieran acabado entre ellos, pero también irresuelta. Herida por el poco cuidado que Nick le había puesto a su corazón. ¿Una semana de tormento y así, sin más, se acabó? No. Incluso la señora Fitzsimmons dijo que se le debía una disculpa. Pero Raquel no solo quería un lo siento, se dio cuenta. Quería una explicación. Su mamá dijo que él se había sentido abrumado o ansioso. ¿Pero por qué? ¿Por su familia? ¿Por la forma en que reaccionaron ante su arte? ¿Por qué, por primera vez, él no era el foco de su atención? ¿Él necesitaba devoción infinita?

Con el trabajo del día terminado y sin nada que hacer más que esperar a que Astrid terminara de corregir las etiquetas de la exposición (Astrid no tenía el más mínimo deseo de ir al Club Universitario, pero Raquel le hizo prometer que lo haría), Raquel estaba sentada en silencio, volviéndose loca. Decidió centrarse en el otro artista de su vida que la atormentaba: Jack Martin. Sacó de su bolso un gran catálogo de principios de los años setenta, de la «época de arte terrenal» del artista, un breve pero prolífico período en el que creó proyectos al aire libre a gran escala; en su mayoría encargos públicos. Pero incluso frente a las ondulantes colinas de la naturaleza, Martin nunca titubeó. Las líneas rectas engendraron más líneas rectas. Nada parecido a lo que ella había visto en la exposición de España. Acababa de soltar un suspiro exasperado cuando Belinda Kim salió de su oficina.

—¡Gracias a Dios por los viernes, Raquel! —exclamó Belinda riéndose—. Lo que sea que te haga suspirar así, seguirá frustrándote el lunes.

—Uf, yo sé, ese es el problema —dijo Raquel mientras cerraba el libro—. Esperaba empezar con mi tesis y estoy un poco trabada.

Belinda miró el catálogo antes de lanzarle una mirada escéptica a Raquel.

—¿Minimalismo?

—Jack Martin, más bien —aclaró Raquel, deseando en ese momento estar trabajando en algo que pudiera interesarle más a Belinda.

—¿Tu tesis es sobre Jack Martin? —preguntó Belinda, con desdén en la voz.

—Yo sé que este material no es lo suyo, pero el profesor…

—¿A quién le importa su fucking trabajo? —dijo Belinda. Y Raquel se dio cuenta de que nunca la había oído maldecir.

Su lado neoyorquino salió a flote con la palabra—. Es un maldito asesino…

—¿Qué? ¿Cómo dijo? —preguntó Raquel, con una sonrisita casi dibujándosele en la cara. Aquello sonaba tan absurdo.

Belinda la miró, atónita.

—No me digas que lo están enseñando en la Universidad de Brown, de todos los lugares posibles, y *ni siquiera* te han dicho lo que le hizo.

—¿A quién? —preguntó Raquel.

Belinda Kim se quedó allí como si Raquel le hubiera dado un puñetazo. Su postura cambió; el mango de la cartera se aflojó en su brazo.

—Dios santo —dijo, más para sí misma que para Raquel—. Jack Martin estaba casado con una artista… una artista increíblemente talentosa… Anita de Monte, y él la mató…

—¿Qué? —interrogó Raquel. Habían tenido literalmente una semana entera de conferencias sobre los minimalistas, una sección entera dedicada solo a Jack Martin, empezando por sus humildes raíces de Massachusetts y sus primeros días como marino mercante, y no hubo una sola mención de ningún asesinato. Siquiera de acusaciones de asesinato. Había leído docenas de catálogos de museos y entrevistas y perfiles de él en textos académicos y revistas de arte archivadas. Nada—. Pero he estado…

—Hubo un gran juicio, intentaron hacerla parecer una lunática, como si hubiera estado metida en vudú o algo así, le prohibieron a su hermana y a su familia testificar, y un juez lo dejó libre…

—He estado investigando todo el verano y nunca supe que se había vuelto a casar…

—¡Porque la borraron de la faz de la tierra! Ah, tal como Leslie había dicho que harían —se tocó la cabeza con frustración—. Yo era apenas una estudiante de posgrado cuando sucedió y estábamos tan indignados. ¡Indignadas! Una mujer, una artista, asesinada, ¡y uno pensaría que la sociedad civilizada rechazaría a este hombre! Lo aislarían. ¡Pero no! Se unieron para apoyarlo. Lo protegieron. Le dieron exposiciones gigantescas por todo el mundo. ¡Se hizo aún más grande! Y Leslie Golub, la dealer de Anita, escribió un artículo de opinión sobre cómo él estaba usando su poder para borrar a Anita y la gente dijo que estaba loca. Excepto que, aquí estás tú: una joven latina en una Ivy League completamente inconsciente de que el hombre al que le estás dedicando tu último año de universidad le quitó la vida a una mujer que no era tan diferente a ti.

Belinda tenía lágrimas en los ojos y Raquel no sabía qué hacer.

—¡Protesté afuera del juzgado! ¡Alcé carteles en las calles! Parecía una declaración sobre todas nosotras, todas las que estábamos afuera tratando de que nos vieran. Y lo peor es que ahora estoy adentro y ni siquiera recuerdo cuándo fue la última vez que pensé en Anita de Monte.

—Belinda —dijo Raquel, sintiéndose responsable de haberla hecho sentir tan mal—. Lo siento mucho, no fue mi intención…

—No, Raquel. Yo soy quien lo siente. Siento que, después de todos estos años, haya cambiado tan poco —Belinda miró su reloj—. Tengo que irme. Si tienes tiempo este fin de semana, deberías buscar más información sobre ella: Anita de Monte.

~

Raquel sacó unos polvitos compactos del bolso, se quitó el aceite de la piel, se aplicó el pintalabios y se alisó los pelillos parados de las sienes. Ella y Astrid estaban afuera del Club Universitario, y ella sintió que el corazón le latía fuerte en el pecho.

—¿Por qué tú estás tan rara? —dijo Astrid mientras la empujaba hacia las pesadas puertas de madera del viejo club privado.

—¿En serio? —preguntó Raquel, deteniéndose en seco—. ¿Tú no te has dado cuenta de que no he estado en la casa toda la semana?

—A diferencia de mi mamá, yo no quiero tener nada que ver con este lío.

—No es un lío —aclaró Raquel, a la defensiva—. Tu hermano ha estado de mal humor últimamente.

—No, mi hermano simplemente está siendo él mismo y por fin te lo está dejando ver —explicó Astrid, mientras las guiaba por el pasillo.

Raquel había pasado muchas veces por el majestuoso Club Universitario, pero nada la había preparado para lo impresionante que era por dentro: paredes de caoba tallada, el aire impregnado del aroma de los lirios de los enormes arreglos florales que adornaban las mesas y los nichos. Todos vestidos de punta en blanco, solo para un coctel a media tarde.

—¡Oh, cariño, has venido! —exclamó la señora Fitzsimmons cuando las vio. Su pelo rojo estaba perfectamente peinado y llevaba otro vestido de St. John. Ya tenía dos copas de martini vacías frente a ella, mientras que el señor Fitzsimmons sostenía lo que parecía ser un trago Arnold Palmer. Raquel notó con cierta ansiedad que Nick no estaba a la vista.

—Definitivamente está hablando contigo —murmuró Astrid en voz baja y, aunque había oído cómo hablaba la señora Fitzsimmons de Astrid, se sorprendió cuando se levantó y abrazó a Raquel antes de lanzarle a su hija (¡a su propia hija!) un beso al aire.

—¡Mira lo chic que te ves! —afirmó, mientras se volvía hacia su marido y le dijo—: Clarke, ¿verdad que Raquel se ve bien chic?

—Muy elegante, Raquel —musitó el señor Fitzsimmons.

—¡Y tan delgada! —le dijo a Raquel—. ¿Qué has estado haciendo? Te ves fantástica.

—He estado corriendo un poco.

—¡Fabulosa! Clarke, tráeles cocteles a las chicas. Y pide algo para Nick también. ¿Qué le gusta a Nick, cariño?

—Whisky con hielo —respondió Raquel. Era lo de él ahora, algo relacionado con «haber terminado la universidad».

—A mí tráeme una limonada, papá —gritó Astrid.

—¿Perdiendo la oportunidad de emborracharte? —preguntó Nick mientras se acercaba a la mesa—. Eso es raro en ti.

Le dio un beso en la mejilla a Raquel y, aunque ella sabía que era ella la que debería estar agraviada, encabronada incluso, sintió que el nudo en el estómago se le aflojaba.

—Tengo una infección urinaria —informó Astrid con total naturalidad—. Estoy tomando medicina.

—En serio, Astrid —dijo la señora Fitzsimmons—. ¿Es esa una conversación educada?

—¿No lo es? No sabría.

—¿Por qué ella tiene que ser así? —la señora Fitzsimmons le preguntó a Raquel y a Nick, como si Astrid no estuviera allí. Raquel quería cambiar de tema.

—Bueno, no sé si esta es una conversación educada que digamos, pero no van a creer de lo que me enteré hoy en el trabajo.

—Nick —comentó la señora Fitzsimmons—, ¿acaso Raquel no se ve sensacional? Y ha adelgazado muchísimo.

Ahora estaba hablando como si Raquel no estuviera allí.

—Se ve maravillosa —dijo Nick, rodeándola con el brazo.

En ese momento, la camarera regresó con los cocteles y la señora Fitzsimmons se dispuso a beber su siguiente martini. Su dieta, le pareció a Raquel, no incluía mucha comida, pero no limitaba su consumo de alcohol.

—Ten cuidado, querida, todavía nos queda una larga noche por delante —le advirtió su marido—, aunque yo estaría haciendo lo mismo que tu madre si no tuviera que conducir. El hijo de Roger Brown se va a casar con una fanática religiosa que no cree en el baile. Al parecer, el hecho de tener un bar abierto fue motivo de una pelea garrafal.

—Gracias a Dios que ganó Roger —apuntó la señora Fitzsimmons y levantó su copa.

—¿De qué te enteraste hoy en el trabajo? —le preguntó Astrid a Raquel. Estaba feliz de que se lo recordara. Ansiosa por compartir este pedacito de conocimiento poco común, el cual pensó que, los Fitzsimmons en especial, encontrarían interesante y cosmopolita. Muy *Vanity Fair*.

—Bueno —informó, poniendo su voz más bochinchosa—, estoy escribiendo mi tesis sobre Jack Martin…

—¡Un genio! Un genio americano —declaró la señora Fitzsimmons, claramente un poco pasada de copas, y Raquel trató de recordar si había bebido tanto la última vez que la vio.

—Tenemos la suerte de tener una de sus piezas —añadió el señor Fitzsimmons.

Raquel estaba a punto de comentar al respecto, pero la señora Fitzsimmons continuó:

—Hace unos años le dedicamos una gran retrospectiva en el MOMA; es un personaje peculiar…

—Querida —interrumpió el señor Fitzsimmons—, Raquel estaba contando algo.

—Ah, sí.

—Bueno, ¡que hoy mi jefa me dijo que él había matado a su esposa!

—¿Qué? —dijo Astrid.

—Eso es descabellado —exclamó Nick.

—Fue juzgado por asesinato y todo.

—Presuntamente —aseguró la señora Fitzsimmons, con la boca en una línea delgada y plana.

—Presuntamente, ¿qué? —preguntó Astrid.

—Que presuntamente asesinó a su esposa —recalcó la señora Fitzsimmons—. Nadie sabe realmente qué sucedió. Algunos dicen que fue suicidio.

—¿Tú sabías de esto? —preguntó Nick, sorprendido.

—Como dijo tu madre, lo conocíamos un poco. Además, no era un secreto —señaló el señor Fitzsimmons—. Salió en toda la prensa amarillista.

—¿De verdad? —cuestionó Raquel.

—Esto es una locura —afirmó Astrid—. Nunca lo mencionan en clase y hablamos de Martin todo el tiempo.

—Ese era el punto de Belinda —comentó Raquel.

—Bueno, el hombre fuc absuelto, entonces ¿por qué importa? —declaró la señora Fitzsimmons, irritada.

—Importa —le dijo Astrid a su mamá de forma muy directa—, ¡porque ella era un ser humano y hemos estado estudiando a alguien que podría ser un abusador doméstico!

—Ah sí, Astrid —manifestó la señora Fitzsimmons—. Suenas como las mujeres que intentaron acabar con él. ¡El mal tiempo que le hicieron pasar a ese pobre hombre!

—Ella también era una artista —sostuvo Raquel, más para Astrid y Nick que para nadie más.

—No era nadie de importancia —apuntó la señora Fitzsimmons, con bastante firmeza—. No es como si hubiera tirado a Frida Kahlo por una ventana.

—Dios, mamá —exclamó Nick—, ¿importa si era buena o no?

—¿Espera? ¿Qué? ¿Tiró a su esposa por una fucking ventana? —le preguntó Astrid a Raquel.

—No pregunté cómo sucedió —dijo Raquel.

—Yo la conocía —informó la señora Fitzsimmons, malhumorada—. Era una mujer horrible. Ruidosa, una cubana prepotente y sin mucho talento. La gente solo la tomaba en serio por Jack y yo nunca entendí qué veía en ella. Raquel, tienes que entender que era una época diferente, pero Jack la invitaba a lugares en los que los latinos nunca serían bien recibidos. Y ella siempre tenía que hacer el ridículo. No es que las personas se merezcan lo que les pasa, pero no mucha gente lamentó que ella ya no estuviera en el medio.

Hubo un momento de silencio, de impacto. Raquel bebió un sorbo de su bebida, aunque en realidad se sentía enferma.

—Creo —dijo el señor Fitzsimmons—, que lo que Linda está tratando de decir es que ha bebido suficiente hoy. Nick, ¿cómo va el encargo de tu obra?

Y, con tremenda animación, Nick se lanzó a su lucha y confusión con *Los grandes gondoleros*, como había titulado posteriormente la exhibición, y habló del fin de semana de estreno y de la búsqueda de la señora Fitzsimmons para intentar ayudarlo a encontrar un buen apartamento estilo loft en Soho para septiembre. Raquel estaba feliz de pasar a segundo plano. De vivir en el espacio que Astrid había llegado a habitar. Se preguntó en silencio si la señora Fitzsimmons la encontraba lo suficientemente agradecida por la oportunidad de pasar tiempo con ellos. De estar en *esta* sala.

Cuando llegó el momento de que la señora y el señor Fitzsimmons se fueran, Linda una vez más felicitó a Raquel por estar tan «delgada y chic» mientras se despedía con un beso.

—No dejes que esa curadora te convierta en demasiado radical, Raquel —dijo—. Un par de cartas de recomendación y una presentación mía, y podrías tener un trabajo en el MoMA así…

E intentó tronar los dedos, pero el alcohol le tronchó el éxito.

—Oh, usted es demasiado amable —agradeció Raquel.

—Nicholas, acompáñanos hasta el auto —le ordenó a su hijo y le dijo adiós con la mano a su hija.

—Y lo va a hacer —afirmó Astrid cuando se perdieron de vista.

—¿Qué cosa? —preguntó Raquel.

—Hará cualquier cosa para hacerlo feliz. Conseguirte un trabajo, comprarte ropa, lo que él quiera…

—Espérate, ¿tú sabes que él me ha comprado ropa?

—Por supuesto. A diferencia de mí, él sí habla con nuestra madre. Además, ¿cómo crees que paga todo?

—¿Por qué pediría dinero para eso?

—¿Por qué yo creo o lo que él dijo?

Raquel pensó en eso por un segundo.

—Quiero saber lo que dijo.

—Que tú eres hermosa y mereces cosas hermosas.

~

Con el amortiguador de la familia Fitzsimmons eliminado, Nick y Raquel ahora estaban de pie en la acera frente al Club Universitario, una frente al otro con nerviosismo. El aire estaba denso por la humedad y la tensión entre ellos.

—Hola —saludó Nick, levantando la mano. El gesto era tan tímido y ridículo después de todo lo que habían compartido que Raquel sonrió sin querer.

—Eso está mejor —dijo Nick, satisfecho consigo mismo. Caminó hacia ella, puso sus brazos alrededor de su cintura.

—¿Por qué le pediste a tu mamá que me llamara? —cuestionó, alejándose un poco. Se sentía incómoda. (¿Quién se desaparece así como así?).

—Ella quería verte —aclaró, como si fuera algo perfectamente normal.

—¿Por qué no me invitaste tú? —preguntó Raquel, viendo cómo Nick empezaba y se detenía al responder. Sintió que su frustración aumentaba con la incapacidad de Nick de asumir su comportamiento—. Está bien, otra pregunta más fácil. ¿Dónde puñeta te metiste?

—Bueno, ya te lo dije…

Ahora ella se apartó por completo. El coraje la enrojeció de golpe.

—Vi tu carro en Wickenden el domingo. Te llamé; respondiste…

—Me hiciste una llamada…

—Por favor —dijo ella, levantando la mano en señal de protesta—. Nunca fuiste a los Hamptons.

Él se retiró. Se encogió de hombros. Miró al suelo.

—Me di cuenta de que para cuando comiera, llegara a mi casa y me fuera, sería una tontería.

—Entonces estuviste aquí desde el sábado y no intentaste verme.

—Estabas ocupada, eso dijiste…

—Con mi familia. A la que apenas trataste…

—Eso no es justo, Raquel. Llegué a las ocho de la mañana, les sonreí a todas, yo…

—¿Quieres una medalla de oro por eso? —estalló ella—. Por lo menos yo interactúo con tu mamá.

—¡Porque ella puede darte algo con lo que puedes interactuar! —gritó Nick.

Los ojos de Raquel se abrieron de par en par con indignación. Dio media vuelta y se alejó de él tan rápido como pudo colina arriba. El sol del atardecer la abrasaba y la humedad le hacía sentir que tallaba el aire. Su urgencia por escapar de él parecía desesperada, pero su cuerpo (débil por la falta de sueño y comida; débil por la ansiedad que él le causaba) no podía con el ritmo de la demanda. Disminuyó la velocidad, pero no tanto por los gritos de Nick llamándola, «¡Raquel!», sino por su propia incapacidad para dejarlo atrás, y al final logró estabilizarse bajo la sombra de un árbol. Se sentó en el escalón de entrada de uno de los viejos edificios de departamentos.

Tenía náuseas por el calor, dolor de cabeza y una extraña sensación de desgracia. ¿Era por la forma en que Nick hablaba de su familia o por el hecho de que él expresó con palabras como ella misma las veía? Incluso el leve reconocimiento de eso le revolvía el estómago y deseaba poder ahuyentar el sentimiento. En cambio, se aceleró. Encontró otras emociones y recuerdos similares flotando en su mente, como un imán que reunía pequeños fragmentos de metal dispersos en un pesado montoncito. Recordó lo rápido que quiso que su mamá y Toni se fueran cuando vinieron a su primer fin de semana de padres, o cómo nunca les contó sobre ninguno de los otros eventos del campus que tuvieron lugar después de eso. La forma en que se avergonzaba en el Met cuando su mamá les decía a los curadores que su hija iba a Brown, la forma ruidosa y jactanciosa en que lo decía. Cómo Raquel podía ver en sus caras que no le creían, o si lo hacían, la descartaban porque asumían que entonces ella había sido admitida gracias al programa de discriminación positiva, algo de lo que ella misma nunca ha estado segura no sea por lo menos un chispito cierto. No pensó que así sería como Nick vería a su familia, porque sentía que él la entendía. Le había estado agradecida por eso y ahora resulta que él era su peor miedo personificado, un espejo de su propia visión.

Él se le sentó al lado, le puso un brazo sobre los hombros para consolarla y fue entonces cuando ella cayó en cuenta de que estaba llorando.

—No debí decirlo de esa manera —admitió él.

Si estaba esperando que ella dijera que estaba bien, se quedó esperando.

—Nunca me había importado que no te criaras como me crié yo —dijo él.

—¿Y ahora sí? —preguntó.

—No, no, no dije eso —explicó él—, es solo que eso no significaba nada. Es decir, tú estás aquí y yo estoy aquí. Ambos terminamos en el mismo lugar. Tú eres bonita e inteligente y si yo les hubiera dicho a mis padres que habías ido a Brearley, me habrían creído…

—¿Y qué les dijiste?

—¿Puedo terminar mi punto? —espetó—. Es solo que cuando conocí a tu mamá y a tu hermana… no sé, son geniales, estoy seguro. Fue como que… bueno, supongo que fue la primera vez que me di cuenta de que tú y yo somos de Nueva York, pero no del mismo Nueva York.

Guau, pensó, *de verdad él no tenía una puta idea*. Todos los días ella observaba y trataba de asimilar esa experiencia diferente (la de Nick) como si fuera una vitrina navideña en una gran tienda por departamentos. Jamás se le ocurrió que la gente como Nick nunca pensaba en la experiencia de ella.

—Somos de diferentes Nueva Yorks, de diferentes campus. Todo en nosotros es diferente —afirmó ella, sin adornos—. Lamento reventar tu burbuja.

—No, pero esa es la cuestión —dijo él—. Eso es lo que yo también pensaba. Me asusté un poco, ¿sabes? Porque se lo dije a mi mamá el otro día (y es la razón por la que le pedí que te llamara, porque no sabía cómo arreglarlo o cómo empezar de nuevo, pero sabía que tenía que hacerlo), porque nadie me ha apoyado como tú. Nadie ha creído en mí como tú. Y no tienes una careta. No eres falsa, eres real, así que yo sé que lo dices en serio.

Ella se encogió un poco ante esto; lo apoyaba, pero porque lo amaba.

—No creo —Nick continuó—, ya sea en la ciudad o donde sea, que yo pudiera encontrar a alguien como tú para algo a largo plazo, ¿entiendes? Simplemente me asusté, como que me pregunté: «Oh Dios, somos tan diferentes, ¿habrá alguna manera de que esto funcione?».

Se sintió confundida, la percepción de su especialidad embarullada con la condescendencia de Nick, la dejaron insegura a cuál aferrarse.

—¿Y luego? —preguntó ella. Le clavó la mirada, parpadeando con rapidez para contener las lágrimas.

—Me di cuenta de algo. Tú, la persona que conozco, a quien veo todos los días, a quien amo, elegiste estar aquí. Eres increíble. Nadie te ayudó y terminaste aquí. Elegiste esta vida como tu futuro...

—¡Eso no significa que no ame a mi familia! —dijo ella, a la defensiva.

—Por supuesto que no —expresó él—, pero tú querías algo mejor que eso.

—Yo quería algo distinto.

—Pudiste haber ido a una escuela del estado como esa amiga a la que mencionaste.

Ella odiaba y le encantaba que él sacara ese tema a colación. Odiaba que de alguna manera hubiera tergiversado esa historia para reforzar un punto, pero adoraba que la hubiera escuchado con tanto esmero. Que le prestara tanta atención. Que lo que le estuviera diciendo fuera verdad. Ella quería algo mejor.

—Yo no estaría aquí si no fuera por mi mamá —explicó de forma clara porque era verdad—. Y no me gusta que intentes hacerme sentir avergonzada de ella.

—Yo no quiero eso —dijo—. Solo trato de decirte por qué desaparecí, pero también por qué tuve que regresar.

—¿Y entonces a qué conclusión llegaste? —preguntó Raquel.

—Que no importa de dónde vienes. Lo que importa es que ambos queramos ir a los mismos lugares. Contigo a mi lado, sé que seré imparable. ¿Y tú conmigo? Bueno, tal vez todo no tenga por qué ser tan difícil.

Ella sintió que exhalaba ante esto. Se encontró creyendo en sus posibilidades. Y cuando Nick se inclinó hacia ella, Raquel se olvidó de la mamá de él y de su mamá y de Jack Martin y de las cartas de recomendación y simplemente se rindió ante su beso. Lo inhaló, tal como lo hizo la primera vez. Ignoró, lo mejor que pudo, la salmuera de sus propias lágrimas.

JACK

CIUDAD DE NUEVA YORK • INVIERNO DE 1987

—¿Yo soy tu fucking abogado o qué carajo? —gritó Ron Rosen, caminando de un lado a otro detrás de su escritorio, blandiendo un periódico del *New York Post* como si fuera la Biblia de un predicador anunciando los tormentos del infierno.

—Sobre el juicio por asesinato, sí —respondió Jack, presumido.

—No me jodas —dijo Gerry, y hasta Tilly, notó Jack, suspiró con algo más que un poco de exasperación.

ECHÁNDOLE SAL
A
LAS HERIDAS (FATALES)

Decía el titular; alineado a la izquierda junto a una foto de Anita frente a una de sus esculturas de troncos en Roma («Tú no inventaste los árboles, Jack») y la mismísima foto policial de Jack. Debajo de eso, el subtítulo decía: *Marido celoso en juicio por el asesinato de su esposa intenta poner fin al museo que celebra el trabajo de estrella en ascenso.*

Jack Martin, marido celoso.

Cuando Ron lo vio en el quiosco, se enfureció: llamó no solo a Jack, sino a Tilly (quien técnicamente lo había contratado) y a Gerry (quien había llevado a Jack a su oficina) para una reunión de emergencia. Jack, que no tenía la menor intención de dejar que Ron Rosen lo reprendiera por hacerse cargo de su vida, había planeado no presentarse. «Jack», imploró Tilly, «Ron no está bromeando. Puede despedirte, ¿sabías?». Jack sabía que eso no sería bueno. El juicio comenzaba en cuestión de semanas y Ron era un buen abogado. Un abogado inteligente. En otras circunstancias, Ron podría haberse convertido en un amigo o compañero de tragos, incluso. Pero a Jack no le gustaba que le gritaran. Incluso si quizás hubiera metido la pata.

—Ni siquiera sé por dónde empezar con los niveles de putadas que están ocurriendo aquí —dijo Ron. Las venas de su grueso cuello palpitaban de exasperación—. Estás a poquísimas semanas de un juicio en el que tu cuñada se va a sentar en la primera fila y va a llorar todos los días ¿y tú decides que *ahora* es cuando quieres pelear con ella por el control de la herencia de tu esposa?

—Es una estúpida, una plebeya. No sabe un carajo sobre arte o el mundo del arte ni cómo cuidar…

—Y contrataste a otro abogado, sin consultarme, para que se encargara de esto por ti, ignorando por completo cómo esto podría afectar tu juicio. Tu juicio por asesinato…

—Se cayó por la ventana —afirmó Jack—. Yo no maté a nadie.

Ron miró a Gerry:

—Tres de mis asistentes legales renunciaron por culpa de este imbécil. Veo que está desmoronándose, yo me encargo de los jueces, a él que se vaya otra vez a mi casa de…

—Había un murciélago…

—Jack, en esa maldita casa nunca ha habido murciélagos. Nunca.

Tilly se aclaró la garganta y se enderezó en la silla.

—Ron, tenemos que saber que no nos vas a dejar solos con esto —dijo Tilly—. Ahora no. Jack se va a comportar. ¿No es así, Jack?

—Cooperaré —aceptó Jack, pero no pudo evitarlo y añadió—: Pero, en serio, esta mujer no sabe distinguir su culo de su codo cuando se trata de las cosas del…

—Por Dios, Jack —exclamó Gerry—, yo no soy abogado, pero conozco los medios de comunicación y sé de sentido común. La mujer consiguió que su hermana participara en una exposición itinerante, no me parece tan boba. Tu hipótesis no se sostiene. No en la columna Page Six.

—Parece insignificante. Y toda la acusación se basa en la idea de que estabas celoso de su éxito —intervino Ron.

—¿Qué éxito? —braveó—. ¿Un par de premios y una exhibición aquí y allí?

—Bueno, eso era lo que yo quería argumentar en el tribunal, Jack, ¡pero tú agarraste y enviaste esa orden de cese y desista! ¿Qué viudo inocente y afligido no querría ver honrado el legado de su esposa?

Esto amordazó por un segundo a Jack. Esta evaluación lógica de lo que un marido afligido y cariñoso podría hacer. Ninguno de ellos entendía lo que Jack hacía: era difícil ser cariñoso y estar afligido cuando odiabas a esa maldita mujer. Oh, pero no la había odiado esa noche, la noche en que sucedió el *hecho*, no, pero había llegado a detestarla y la forma en que lo atormentaba. Día y noche. Estaba desesperado cuando mandó la orden de cese y desista. Desesperado por hacerla desaparecer; por meterla a ella y su trabajo en un armario para siempre y no dejarla ver nunca más la luz del día.

Desde el momento en que oyó rumores sobre una retrospectiva, se sintió angustiado. Sí, se imaginaba que había un mundo en el que Ron Rosen vivía y que él, Jack Martin, debería estar contento de que el arte de Anita de Monte fuera celebrado. Pero para Jack, ver su arte se había convertido en un recordatorio viviente de esa nube que se cernía sobre su cabeza. El «legado» imaginario de Anita estaba manchando su legítimo legado. Cada vez que aparecía Anita (el tema sobre ella, el tema sobre su arte con la sangre y los cuerpos y toda esa cosa) era una luz verde para que hablaran de él, de Jack Martin. No como el líder de uno de los movimientos artísticos más importantes desde la Segunda Guerra Mundial, sino como el (presunto) asesino. Y lo odiaba. Se obsesionó con esa exposición: la posibilidad de que se realizara, su estatus. En cada cena, buscaba, de manera casual, información al respecto. Sondeaba a sus amigos cercanos para que le contaran cualquier chisme o novedad. Y no sabía si era su preocupación por eso o… algo más, pero en el momento en que se enteró de que iba a darse: pero no solo a darse, ¡sino que viajaría! ¡Tendría un catálogo! Sería un GRAN ACONTECIMIENTO MUNDIAL DEL ARTE (¿en serio?, ¿arte corporal?); bueno, sintió como si Anita (el fantasma, el maldito espíritu que lo había estado jodiendo sin cesar desde que sucedió el *hecho*) se volviese más fuerte.

Él juraba que ella ahora estaba fastidiándolo con sus cuadernos de dibujo: tachando algunas ideas que él había escrito, circulando otras. Intentó escribir un poema en un momento dado y vio, con una letra distinta a la suya, solo la palabra: *¡Ja!* al lado. Entonces, un día reconoció lo que sabía que era su letra, allí en una página nueva y limpia, en la parte de arriba. Solo su nombre. Como si fuera a escribirle una nota. *Jack…* Como si fuera a escribirle una carta y hubiera decidido no molestarse. (¿Por qué había decidido no tomarse la molestia?). Cuando él se enteró de que habían logrado que Rizzoli publicara el catálogo de esa maldita, ella comenzó a aparecérsele. Todas las noches. Pero no en sus sueños, no. Se despertaba con el ruido de sorbos y de alguien masticando en la cocina e iba y la veía, siempre ensangrentada y rota, mascando una fruta, todo el lugar empalagoso por el olor a guayaba. Estaba seguro de que era un sueño hasta que un día vio una guayaba en el mostrador. Él ni siquiera sabía dónde comprar una fucking guayaba y cuando confrontó a Ingrid al respecto (aunque un poco antagónicamente), ella insistió que no sabía lo que estaba viendo. Aun así, para nada había pensado en la herencia de Anita, pero para nada.

Hasta que un día, mientras hojeaba el nuevo *Artforum*, vio un anuncio de la exposición. Todavía faltaban meses y, sin embargo, allí estaban, ya promocionándola. Llamó a Ron y a Tilly maldiciendo cómo las fechas de la exhibición coincidían con las de su juicio. ¡Despotricando sobre cómo debían hacer algo para impedirla! Todos le dijeron que lo ignorara. Pero ¿cómo podía ignorarlo? Ciertamente no, cuando, solo dos días después, su portafolio (el que él había escondido la noche en que sucedió lo que *pasó*, el que le dijo a la policía y a su hermana que nunca había visto) estaba abierto sobre la mesa de la cocina. No detrás de la lavadora donde había estado escondido desde aquella noche hacía más de un año. ¡Sino en la mesa de la cocina! Mierda, ¿cómo era posible?

No entendía lo sobrenatural, ni en lo más mínimo. Pero conocía a su maldita esposa, que era una narcisista y egocéntrica. Una persona adicta a llamar la atención. Se alimentaba de ese tipo de cosas y él estaba seguro (oh, ¡cómo la gente diría que él estaba loco si confesaba sus pensamientos!) de que era la atención lo que la hacía más fuerte. Así que decidió ponerle fin a la exhibición. Ponerle fin a ella. Habló con un abogado mediocre a quien conocía y él le hizo el favor de mandarle la orden de cese y desista a la hermana. Y pensó que funcionaría. Y sintió alivio. Y felicidad.

Después llegó el murciélago. Y los mordiscos de murciélago y las inyecciones contra la rabia y las cicatrices en sus manos (sus manos de genio) que estaba seguro de que nunca desaparecerían, a pesar de la cantidad de vitamina E que se frotaba por la noche. El fucking murciélago. El murciélago que, desde que lo mordió, se posaba todas las noches fuera de la ventana de su cuarto. La ventana donde sucedió el *hecho*. El murciélago que hizo que Ingrid, la dulce y leal Ingrid, dejara de ser dulce o leal. Se negó a poner un pie en su apartamento una vez que vio la cosa, negra y brillante, colgando boca abajo en la ventana. Dijo algo en sueco que él no entendió, pero tuvo la clara impresión de que no era bueno, lanzó sus cosas a toda velocidad en una bolsa y se fue. Dejó incluso de responder sus llamadas. El murciélago.

Él sabía que no era un murciélago. En mitad de la noche se despertaba y lo veía allí. Veía esos malditos ojitos y esa maldita sonrisita y sabía que era ella.

Pero ¿quién lo creería?

Lo único que sabían era las consecuencias del murciélago. El titular del *Post* y el artículo del *Daily News* y el mejunje de cómo era percibido y las estrategias de defensa y la posibilidad de ir a la cárcel. (¡A la cárcel no! No). Sin entender el murciélago y todo lo que sucedió antes, no era posible entender por qué a él no le importaba (sentado allí en la oficina de Ron) parecer arrepentido. Él solo quería que ella se fuera.

—Entonces, ¿qué podemos hacer para solucionarlo? —dijo Jack. Sabía que esto era lo más cerca que estaría de disculparse.

—¿Desde una perspectiva de relaciones públicas? —preguntó Gerry—. Creo que debes emitir una declaración en la que le das tu bendición al Museo de Arte Contemporáneo de las Américas, que diga que nunca tuviste la intención de bloquear esta importante celebración del legado de Anita, y que solo querías asegurar la manera en que su trabajo será abordado en el futuro.

Miró a Gerry a los ojos con algo más que un poco de disgusto.

—¿Cómo puedo obtener un trato justo si el juicio está en curso y a unas cuantas cuadras de distancia un jurado la ve presentada como una especie de mártir?

Ron había estado mirando hacia fuera a través de las grandes ventanas de su oficina con aire pensativo, pero ahora se volvió hacia ellos y se sentó en su enorme escritorio.

—Tal vez valga la pena solicitar un aplazamiento. O tal vez haya otra opción que considerar.

—¿Que es cuál? —preguntó Tilly.

—He estado pensando, incluso antes de esto, para ser honesto, que tal vez un juicio ante un jurado no sea lo mejor para ti, Jack.

Jack lo miró con curiosidad:

—¿Siendo la alternativa?

—Bueno, hay mujeres en el jurado. Mujeres con maridos y novios y exmaridos y exnovios. Feministas. Simpatizantes. He visto la forma en que las mujeres más jóvenes de esta oficina han reaccionado a este caso, para ser franco. Y tú también. La otra opción es un juicio ante un juez. Podemos optar por esa opción.

—¿Y crees que eso ayudará a que se libre de esto? —cuestionó Tilly.

—¿Sin que se vea todavía peor? —preguntó Gerry.

—¿Óptica? Quién sabe. ¿Inocencia? Me siento un poco más seguro de eso. Ocho de cada diez jueces del distrito son hombres. Hombres exitosos. Hombres con esposas. Hombres que tienen problemas con sus esposas. Tú no eres la perita más dulce de tragar, Jack, pero podrías tener más posibilidades con un hombre que con un puñado de mujeres.

—Bueno, si lo encuentran inocente, todo desaparecerá. A quién le importa cómo se vea ahora —dijo Tilly—. Jack, creo que deberías hacerlo.

Pero lo que Jack sabía que Tilly no sabía era que incluso si lo encontraban inocente, no todo desaparecería.

~

Jack se sintió una profunda inquietud después de la reunión. No por la decisión del juicio, sino por la emisión de la declaración. Por la exposición. Por el catálogo. Si él ahora estaba viviendo con ella (no solo la idea de ella, sino la fucking manifestación física de ella) y la exposición todavía ni siquiera se había inaugurado, ¿de qué sería capaz ella una vez que se inaugurara?

Y luego estaba la otra parte, la vocecita que insistía y que no solo temía por su propia cordura, sino por algo peor que todo eso. Tenía miedo de que la verdadera maldición de la muerte de Anita, la verdadera brujería de todo, fuera que el deseo más malvado (realmente fucking malvado) de ella hacia él pudiera hacerse realidad: la irrelevancia. Que en todo este tiempo en el que él no había podido hacer nada ni mostrar nada, en el que no tenía nada propio en el horizonte, fuera Anita, consagrada por este escándalo, la que se disparara a la relevancia. Todo mientras él se desvanecía de la mente de la gente, ocultándose como si tuviera algo de qué avergonzarse. Ocultándose como si el *hecho* no hubiera sido un accidente. Este miedo lo horrorizaba más que cualquier cosa que el murciélago pudiera hacer. (En su mayoría).

Tenía que cooperar. Pero también, como artista, necesitaba ser feliz, productivo. La gente entendería eso, Tilly lo entendería.

La llamó y le pidió que se reunieran en La Goulue esa noche para cenar. Desde que ocurrió el *hecho*, había empezado a socializar en la zona norte de la ciudad. Se sentía menos el centro de los chismes y el ritmo del lugar se adaptaba más a su nuevo ritmo (más lento).

Llegó y descubrió que Tilly había llegado temprano y había pedido su champaña favorita.

—Me alegré de que llamaras, Jack —dijo—. Estaba preocupada por ti después de esta mañana.

—Rosen está bien —comentó Jack—. Solo está haciendo su trabajo.

—Es muy bueno. Solo tienes que cooperar y pronto esto quedará atrás.

—Eso es parte de lo que me preocupa —expresó—, que para cuando esto quede atrás, yo también quedaré atrás.

—Hemos hablado de eso. Yo no quiero que te presentes y no vendas. Simplemente no estoy segura de cómo responderá el mercado con esto rondándote. Un show con un pago fijo…

—Me importa un carajo el mercado. Yo quiero trabajar —ladró.

Tilly tomó un sorbo de champaña y untó un poco de mantequilla en un pedazo de pan. Su silencio no era despectivo, sino contemplativo. Jack sintió que su propia temperatura bajaba en presencia de su serenidad.

—Podemos montar algo pequeño, en el espacio original de la calle Greene —propuso—. Puedo ir esta misma noche a ver cuándo tengo un lugar disponible.

—No —dijo Jack, con mucha firmeza—. Quiero presentarme cuando Anita presente su obra.

—¿De eso se trata, Jack? ¿De ver quién la tiene más grande? —preguntó Tilly, y Jack se sobresaltó por el uso de una expresión tan vulgar.

—No —respondió—. En absoluto. Pero después de todo el trabajo que he hecho durante todos estos años, todo el trabajo que has hecho *tú*, ¿se supone que debamos sentarnos y dejar que un fiscal imbécil se pare ahí y pinte una imagen de que *ella* tuvo una carrera que yo envidiaría?

Pudo ver que a Tilly algo de esto le resonó.

—Tilly, lo único que estoy diciendo es —continuó—: déjame tener el espacio y deja que el público decida por sí mismo quién es el genio.

Entonces llegó el camarero y Jack ni siquiera necesitó el menú: caracoles, mejillones à go-go y filete tártaro. Todos los platos favoritos de Tilly.

—Puedo ver el valor en lo que quieres, Jack —dijo Tilly—. Será mucho trabajo prepararlo todo tan rápido. Pero si tú puedes estar listo, yo también puedo estarlo.

—Estaré listo.

Ella le sonrió con dulzura. Oh, cómo le recordaba a su dulce madre.

—¿Estás feliz? —preguntó, encendiendo un cigarrillo.

—En general, sí.

—¿Qué más te preocupa?

—Bueno, es como pedir mucho.

—Si puedo hacerlo, lo haré.

—El juicio habrá terminado para cuando se estrene la exhibición de Anita en Filadelfia. Si me encuentran culpable…

—Por favor, Jack, ni lo digas.

—Si me encuentran culpable, mi espectáculo contigo será probablemente el último que haga.

Notó que eso la golpeó como una bofetada. Su rostro se contorsionó de desagrado ante la sola idea.

—Pero —continuó Jack—, si me declaran inocente, en especial si es un juicio ante un juez, de lo único que hablarán no será de mi nuevo trabajo, ni de los shows que tú puedas conseguirme en el extranjero de nuevo, ni de nada. De lo único que hablarán será de ella y del *hecho*. Eso me seguirá durante el próximo año. Tal vez más.

—No creo que tenga que ser así.

El filete estaba colocado delante de ellos y él tomó una cucharada repleta de la carne roja cruda sobre el pan francés tostado. Se lo metió en la boca de un bocado.

—Oh, vamos, Tilly —dijo mientras masticaba.

Tilly lo estaba mirando con detenimiento; él sabía que ella odiaba sus modales en la mesa, pero nunca se lo diría.

—¿Qué te gustaría que hiciera al respecto? —preguntó, con cierta molestia en la voz—. Esos son museos importantes. ¿Quieres que los llame y les pida que cambien todo su calendario?

—¡No son museos importantes! —masculló—. Son pocilgas regionales que no pueden conseguir talentos de primera. Por eso fue que aceptaron esa exhibición en primer lugar.

—Jack… —expresó Tilly.

—¿Qué? Tú representas el tipo de artistas que esos lugares desearían tener (como préstamos, en sus colecciones, para sus grandes exposiciones). Tilly, tú eres una persona de gran influencia.

—Por apoyar a los artistas, no por intimidación institucional.

—Esto *es* apoyar a un artista —dijo, mientras ponía su mano sobre la de ella—, aquel cuya carrera entera tú has ayudado a construir. ¿Vamos a permitir que un muy desafortunado accidente deshaga nuestro legado?

ANITA

APARTAMENTO DE TILLY • INVIERNO DE 1987

Ah, ¡¡lo hizo!! ¡Mierda! ¡Cumplió lo que le pidió! Una sirvienta del diablo. Una mujer hechizada. ¡Ella sabía que estaba mal y no le importó! ¡Incluso así! ¡Hizo llamada tras llamada a curadores y periodistas! Primero, sugiriendo con amabilidad que tal vez este era un mal momento para la exposición para «el mundo del arte» en general. «Por supuesto, nadie más que yo quiere que Anita sea reconocida por su trabajo, pero ¿tú crees que este sea el mejor momento? Un poco de distancia permitiría que el mundo del arte se recupere». Ah, y sé que lo dijo así mismito, ¡porque yo estaba ahí! Estaba sentada allí mismo en su escritorio, en su oficina, apoyada en la meseta de esa maldita cocina claustrofóbica, sentada en el banquito de su piano. ¡Escuchándolo todo! Y no llegué allí porque Jack me hubiera llamado, no, llegué por ella. Ella y sus pensamientos aparentemente perturbados. Yo estaba en lo mío, tumbada en Varadero bajo el sol, cuando oí el llamado de la ceiba. Dijo su nombre alto y claro, «Tilly», y vino con una ola de disgusto, tristeza, vergüenza y lealtad —oh, el peso de la lealtad— y trepé y subí y de repente estaba en su apartamento estilo loft mientras la oía hacer llamada tras llamada y servirse bebida tras bebida mientras lo hacía.

El museo de Chicago cedió de inmediato. ¡Cobardes! ¡Malditos tarecos! Me sulfuré. No tenía intención de presentarme ante Tilly. Mi plan era solo escuchar. Observarla en este acto de desgracia moral. Pero tan pronto como escuché la pausa, el silencio en el otro extremo del teléfono cuando ella dijo: «¿No crees que podría ser bueno hacer un poco de espacio para que el mundo del arte se recupere?». ¡Oh! ¡Ella ni siquiera tuvo que acudir al nombre de Jack! No tuvo que retorcer brazos ni ser pesada ni nada de eso. Solo hubo un momento de silencio, en el que ella tomó un trago de su bebida (y, una curiosa costumbre que por alguna razón nunca hacía en público, se comía la pintura de uñas con los dientes). Esperó. Me incliné sobre la meseta de la cocina y le eché un ojo al resto de su apartamentazo, como si buscara algo. ¡Y entonces oí al penco del otro lado de la línea! Oh, ¡¡¡ maldito institucionalista!!! ¡Cerdo!: «Bueno… Nuestra próxima exhibición es de nuestra colección privada, así que podemos mover algunas cosas». Y Tilly dejó escapar un suspiro, no de alivio, sino uno que pude sentir, pude oler: era de repugnancia. De autodeshonra. ¡Porque sabía que lo que estaba haciendo estaba mal! ¡Lo sabía! Pero se enderezó, tragó y dijo: «Es tan maravilloso de tu parte ser tan considerado». Y luego se despidió, como la gringa protestante educada que todavía se cree británica que es. Colgó ¡y cogí el vaso de la meseta donde había estado su whisky y lo lancé contra la puerta principal! ¡Lo tiré con tanta fuerza que se rompió! El cristal de plomo que quizás había pertenecido a su familia durante generaciones, ¡destrozado! ¡Despedazado! ¡Como ella estaba tratando de destruir mi trabajo en el mundo! Y esa hija de puta no se inmutó.

—¿Anita? —dijo.

¿Cómo supo que fui yo? ¿Cómo sabía que era yo? ¡Que supiera solo aumentó mi rabia! Ella, de todas las personas del mundo, no debería entender. Ella, ¿que se propuso borrarme?

¡Y de mí salió un lamento! No sé por qué. No podrías entender la puñalada en mi alma que fue eso, esta mujer que pudo haberme ayudado una y otra vez, ¿siendo mi perdición incluso en la muerte? ¡Qué dolor! Dolió más porque ella sabía que estaba mal. No quería hacerlo. Ella sabía que incluso si él no me hubiera tirado por la ventana, incluso si ella misma me odiaba, yo no merecía ser borrada. ¡Y su complicidad me hizo enfurecer aún más!

Ella cogió el teléfono para llamar al curador de Filadelfia y yo colgué. La vi abrir los ojos (esos ojos azules acuosos) como platos por la sorpresa y luego achicarlos al reconocer la situación, al ver que el interruptor se bajaba y volvía a subir; escuchar que la línea pasaba de *rrrring, rrring rring* a *bip, bip, bip*. Lo intentó de nuevo y yo colgué otra vez. Lo intentó una vez más y yo colgué de nuevo.

En mi frustración pensé en mi ceiba, me encontré de nuevo en su espesa copa verde, descendiendo hasta que llegué a una rama con la fuerza suficiente de sostenerme. Me sostuve con los tobillos y empeines y me dejé colgar, boca abajo, de modo que mi cabello caía, largo, largo, largo como la trenza de Rapunzel, debajo de mí. Crucé los brazos (¡que pronto serían alas!) sobre mi pecho y cerré mis ojos e inhalé y exhalé. Exhalé e inhalé. Traté de borrar a Tilly y a Jack y a mi hermana y mi arte de mi mente, solo por un momento, solo el tiempo suficiente para sentirme libre. Y cuando lo hice, cuando no tuve miedo, me permití caer. Sentí el beso del viento fresco a mi alrededor mientras extendía los brazos, escuché el aleteo del aire atrapándolos, y de repente iba…

Bajando en picada.

Atravesando la ventana abierta del apartamento de Tilly, sobrevolando el mismo lugar en el que bailé la noche en que morí.

En picada.

Dando vueltas alrededor de Tilly, quien soltó el teléfono cuando se dio cuenta de que estaba ahí, en su sala.

En picada.

Hacia esta singá imperturbable, que de alguna manera se las arregló para terminar su llamada con cortesía. «Tendré que llamarte de nuevo, Philip, pero espero que consideres posponerla».

¡Ah, pero yo sabía que no sería un aplazamiento! Sabía que iba a ser el final. ¡Lo sabía! ¡Lo sabía! ¡Yo lo sabía! Y en ese instante me di cuenta de que no eran los pensamientos. No eran los recuerdos. No eran las lágrimas de mi mamá ni mis sobrinas y sobrinos mostrando mi fotografía lo que me hacía poderosa. Lo que me hacía vibrante.

¡Era mi arte!

Era mi arte en el mundo.

Porque cuando mi arte estaba en el mundo, yo también. ¡Mi energía! ¡Mi espíritu!

En picada.

Me acerqué al moño que llevaba como peinado y empecé a picar y a picar y a picar.

—¡Anita! —dijo, severa—. Anita. Estás molesta. Pero esto no va a resolver nada.

En picada.

Subí hacia el techo, el altísimo techo, y luego me lancé en clavada (rápido, rápido, rápido) hacia sus manos, que protegían su pelo. Hundí los colmillos en sus dedos huesudos y me emocioné al oírla gritar. Me cerní sobre ella para ver cómo brotaba la sangre. ¡Luego me lancé! Me lancé en clavada de nuevo (no hacia su cara sin maquillaje ni hacia sus manos, como lo hice con Jack), sino hacia su blusa perfectamente pulcra, hacia su falda sin arrugas, hacia lo que quedaba de su cabello. ¡Le encantaba estar perfecta y *yo* iba a deshacerla! ¡Iba deshacerla por no tener corazón! ¡Ay no, no tenía corazón!

—¡Anita!

¿Cómo sabía que era yo? Jack no se lo había dicho. Yo estaba segura. ¿Cómo sabía que era yo?

—¡Anita! Ya está. Ya. Se hicieron todas las llamadas. Si no dijeron que sí hoy, dirán que sí en los próximos días. Listo, se acabó.

Volé hacia la cocina y dejé caer más vasos al suelo, contra las paredes. Volé sobre el piano y batí las alas contra fotos de ella y Jack y ella en Miss Porter's y ella en Radcliffe y ¡ella luciendo perfecta! ¡Estando perfecta! ¡Siendo perfecta! Las esparcí todas por el suelo con el poder de mis alas. Sobrevolé por su sillón, su sofá de terciopelo, sus elegantes alfombras turcas, y me les cagué encima. ¡Guano ácido y hediondo por toda la casa! Volé sobre su cabeza y también me cagué sobre ella.

—No es lo correcto, Anita, pero es lo que hay —dijo, y pude sentir su dolor. Pude sentir su arrepentimiento. Pero el arrepentimiento sin acción es solo una disculpa que se traga—. Sé que estás enojada. Sé que nunca nos llevamos bien. Pero tienes que entender que tú estás muerta y Jack está vivo.

Yo no podía creer lo que estaba escuchando. No podía creer que ella pudiera ser tan despistada, tan ingenua, como si el problema aquí fuera que yo no sabía que estaba muerta. ¡Yo sabía que estaba muerta! ¡Por supuesto que estaba muerta! Y aunque no podía hablar y aunque todo lo que dijera sería demasiado agudo para que ella lo oyera, incluso si, por algún milagro, Tilly pudiera hablar murciélago, yo tenía que decírselo. Tenía que hacérselo saber.

En picada.

Me quedé flotando frente a su cara. Muy cerca. Lo más cerca que pude. Y miré sus ojos azules llorosos con mis ojos marrones vidriosos, que esperaba que recordara. Y grité:

—¡Pero quiero estar viva!

»¡Quiero estar viva!

»¡Quiero estar viva!

RAQUEL

PROVIDENCE • VERANO DE 1998

Treinta y tres pisos. En la esquina de Broadway y la calle Ocho. Su cuerpo cayó, roto, en el techo de una bodega. Una bodega a la que Raquel había ido muchas veces durante sus años de secundaria para comprar un Snapple o un refresco cualquiera un sábado caluroso que estuviera deambulando por las tiendas de Greenwich Village. El rostro de la mujer, ese rostro joven y hermoso, había aparecido en las portadas del *Daily News* y del *New York Post*. Periódicos que seguramente estuvieron en la casa de Raquel. El año 1985. Ella habría tenido siete añitos cuando sucedió. Demasiado nenita para registrar el titular. Demasiado joven para quizás tener algún interés en él incluso si lo hubiera leído. No habría entendido entonces la magnitud y el significado de la historia. Los titulares: «Muerte en el mundo del arte; escultor mata a su esposa», aplastaban lo que Raquel ya sabía, incluso en su limitada experiencia, que era una historia con muchos más matices. Una historia más desgarradora.

Una joven latina, como ella. Criada en un orfanato sin chavos; llegó a Nueva York para intentar triunfar en este mundo del arte blanco como los lirios. Lo que le faltaba en conexiones lo compensaba con ambiciones. Grandes ambiciones. ¡Y estaba abriéndose paso! Se enamoró de alguien que lo tenía todo: fama, dinero, acceso, masculinidad, blanquitud. Debió haber parecido una alucinación. Sentir que estás fuera de las cosas y que alguien tan profundamente en el interior te lleve detrás del cristal. Una oportunidad, comprendió Raquel, de que las cosas tal vez fueran un poco más fáciles cuando, quizás, siempre habían sido difíciles. Una oportunidad, pensó Raquel, de «casarse con un buen partido». De tener una «vida mejor». Se preguntó, de hecho, si él le había prometido eso; si le había prometido «ayudarla». Pero en lugar de que todo fuera más fácil, en vez de mejor, terminó muerta. Arrojada por una ventana de un piso treinta y tres por el hombre al que había amado. El hombre con el que se había casado. Y esa misma persona tomó lo poco que ella tenía, lo poco que había podido lograr en comparación con él, y se lo quitó.

Porque entonces, ella no solo murió, no. Fue como si nunca hubiera existido. Fue la segunda muerte de Anita de Monte.

¿Qué había dicho la señora Fitzsimmons? Que la esposa de Jack Martin tuvo suerte de que él la dejara entrar a esos salones. ¿Qué tanta suerte pudo haber tenido si estaba muerta?

A la mañana siguiente de su reconciliación con Nick, a la mañana después de haberse enterado de lo de Anita de Monte, Raquel se despertó temprano, una intensa sensación de inquietud vibrando en su interior. Toda la semana anterior había anhelado volver a estar aquí, volver a la casa de Nick, dormir a su lado. Y la noche anterior se había sentido muy bien: el sexo de reconciliación; la caminata para comprar comida tailandesa después; la conversación relajada mientras comían en el parque. Pero esa mañana su primer pensamiento había sido sobre la mamá de Nick. Raquel estaba horrorizada, incluso asqueada, por la forma en que había hablado de esa mujer. La esposa de Jack Martin. Aunque la odiara, ¿quién podía decir que alguien merece estar muerto? Tirada, como había insinuado la señora Fitzsimmons, por una ventana. ¿Quién puñeta podría merecer eso? Se estremeció cuando recordó cómo la señora Fitzsimmons había evocado a Frida Kahlo. Recordó la insinuación de que ella, Raquel, era de alguna manera una mejor persona que esa pobre mujer que había estado muerta durante años porque, ¿por qué? ¿Porque Raquel era educada? ¿Porque parecía refinada por el hecho de que una familia como la suya estuviera recibiendo a alguien como ella en su mesa? ¿Por qué se le había ocurrido a esta mujer compararlas? ¿Solo porque ambas eran latinas?

Raquel quería saber toda la historia y se dirigió directo a la biblioteca para descubrir todo lo que pudiera sobre el caso y descifrar cómo había pasado horas y horas leyendo sobre la vida y la obra de Jack Martin y nunca se había topado con ella. ¡Pero no podía recordar su nombre! Ni mientras se cepillaba los dientes ni mientras esperaba en la fila para comprar un café. Solo cuando subía las escaleras de la biblioteca se le reveló: Anita de Monte.

El papá de Nick dijo que había sido una noticia importante, así que decidió empezar por ahí. Fue a las computadoras de investigación, realizó una búsqueda en LexisNexis y quedó atónita tanto por la cantidad de resultados que obtuvo como por el corto período de tiempo que abarcaron. Empezó por el principio: una reseña de su primera exposición en Nueva York en el *Village Voice* en 1978; otra por la misma época en *Art in America*; una mención de ella en una muestra colectiva en la revista *Ms.* Después, casi nada por un par de años antes de que apareciera un artículo sobre ella y Jack Martin creando una pieza en tándem para una exhibición en un museo en la Ciudad de México (algo desenfrenado y loco). Nunca vio esa pieza cuando estaba revisando los trabajos de Jack Martin; en algún lugar, al parecer, había pirámides, pero en la foto, lo único que se podía ver eran montañas de flores silvestres. Preciosas y descuidadas. Nada que ver con su obra.

Los ángulos de noventa grados y las líneas rígidas por las que era conocido, arrasados por lo salvaje, lo femenino. La idea de que la naturaleza superara al hombre por un momento la hizo sonreír. No sabía si había sido idea de él o de ella, pero le gustó. Encontró un breve perfil de ella de 1982, después de ganar el Premio Roma, y otro del *Miami Herald*. Había tallado una diosa a los pies de una vieja mata de ceiba, y los santeros locales lo habían convertido en un altar.

Y luego murió.

Por un santiamén, la gente se interesó mucho por todo lo relacionado con ella. Quién era: una artista feminista. De dónde venía: de Cuba, a través de un orfanato en Iowa; al que sus papás enviaron vía la Operación Pedro Pan. Si había tenido éxito o no: eso dependía, al parecer, de a quién le preguntaras. El crimen en sí fue cubierto por todos los tabloides de Nueva York y el *New York Times*. Pero nunca se escribió sobre él en una sección de arte o una publicación especializada. Solo encontró una nota luctuosa, escrita por su galerista para una revista de arte y publicada como artículo de opinión. Como si su muerte hubiera sido una cuestión de opinión. Las consecuencias, que con claridad sacudieron al mundo del arte y lo dividieron en dos, se encontraban en todas las incógnitas de la ciudad. Lo más notable fue la cantidad de personas que se interesaron más en su vida tras su muerte, que cuando estaba viva produciendo arte. Esto le dolió a Raquel; le produjo una sensación física de angustia. Tal vez porque solo estudiaban a artistas blancos, en particular hombres, Raquel no estaba preparada para el racismo a viva voz expresado por los partidarios de Jack Martin, y tantos de ellos mujeres. Sí, las defensoras de Anita de Monte habían sido mujeres, pero sus detractoras también lo eran. ¡Una «latina loca»! ¡Una «bellaca»! ¡Una «trepadora inmigrante»! ¡«Arte de culto»! ¡«Vudú»! ¡«Arte cubano»! (la identidad presentada como un insulto en sí misma). Oh, algunas de las cosas que la gente dijo eran crueles; y eso era lo que estaban dispuestos a publicar. Se preguntó si la mamá de Nick era una de esas mujeres, o si simplemente hablaba de ella a sus espaldas.

Anita parecía fuerte y de voluntad firme. Y, sin embargo, se preguntaba Raquel, ¿alguna vez tuvo un chance? Si tanta gente se había hermandado de manera tan abierta en contra de ella, después de algo tan atroz como su muerte, Raquel solo podía imaginarse las barricadas que erigieron en su camino mientras estuvo viva. Cómo quizás le habían recordado una y otra vez que tenía «suerte» de estar ahí. Con qué frecuencia le habían hecho saber, directa e indirectamente, que no pertenecía a ese lugar.

En un momento, Martin volvió a ser noticia por intentar impedir una exposición de su obra. Luego, hubo cierta cobertura del juicio, pero no mucha. Según dedujo al revisar los periódicos, quedó eclipsado por otro agresor de mujeres: un banquero inversionista que había asesinado a su novia en un banquito de Central Park. Era, Raquel tuvo que admitir, mucho más atractivo que Jack Martin, y ¿a quién no le encantaba odiar a un inversionista? Solo había una mínima cantidad de información sobre el veredicto de inocente. Todo el asunto, entonces, simplemente se desvaneció de la conciencia pública. Al menos en lo que respecta a los informes de los medios, nunca más se supo de Anita de Monte.

Raquel sintió una punzada de culpa. Miró el reloj de la pared y se dio cuenta de que había estado allí durante cinco horas; cinco horas inmersa en la muerte de Anita de Monte y no había tenido la decencia de buscar su trabajo. Lo único que la biblioteca tenía en su posesión era un libro; un catálogo de una exposición en el Museo de Arte Contemporáneo de las Américas. Había otras publicaciones en las que había aparecido, una docena de tesis de maestría y disertaciones en otras universidades que se habían escrito sobre ella; todas estas fueron solicitudes de préstamos interbibliotecarios que la bibliotecaria le gestionó. Pero hoy lo único que pudo conseguir fue este solitario tomo. Se aventuró por los dos tramos de escaleras hasta las entrañas de la biblioteca donde se guardaban los libros de arte y comenzó a buscar el número de clasificación.

Era un cuadrado perfecto, encuadernado en lino rojo. Si alguna vez tuvo sobrecubierta, ya no la tenía. La mayoría de las imágenes estaban reproducidas en blanco y negro, pero el desplegable central estaba formado por láminas en color: imágenes impresionantes, impactantes, que dejaron a Raquel con la boca abierta. Produjeron algo dentro de ella que nunca había sentido frente a una obra de arte: una sensación de pertenencia, de encarnar un lugar. De ser parte de algo más grande. Presentaban un lenguaje visual que Raquel conocía, pero no comprendía cómo. Un lenguaje que sentía que, tal vez, había nacido conociendo. Lo que estaba viendo no se parecía en nada a lo que había estado expuesta en el aula; estaba más familiarizado con lo que sucede en el mundo actual y, sin embargo, también era de alguna manera más fresco que eso. Era vibrante. Era ruidoso. Explosivo. Rabioso. Su vida y todo su dolor saltaban de la página.

ANITA

CIUDAD DE NUEVA YORK • PRIMAVERA DE 1987

Déjame decirte una cosa, asere: ¡mis amigos son los mejores haciendo parties! Coñóóó. Fue como si alguien (Jomar) me hubiera escuchado quejándome de todo lo que odiaba de las fiestas de arte y luego se hubiera asegurado de que el Museo de Arte Contemporáneo de las Américas no hiciera ninguna de esas morondangas. Había un combito cubano tocando, ¡la gente bailó! ¡Hubo mucho vino y mucha comida! Sabía que mi hermana se aseguraría de que hubiera comida.

Para entonces ya me había resignado a los limitados sentimientos de la muerte: rabia y enojo, libertad y exaltación, liberación (la liberación es uno importante). Pero la noche de la apertura de mi exhibición sentí algo que aún no había sentido: melancolía. Por no estar allí, en el salón. Por estar en tiempo pasado. Es, lo admito, más fácil estar encabritada por lo que me pasó. Es más fácil volar por el cielo y gritar y despotricar con gritos agudos que hacen que los perros ladren y despierten a los vecinos. Es más fácil acechar a Tilly y volar por todo su apartamento cada vez que ella pudiera conciliar el sueño; más fácil seguir a Jack y morder a todas las chancleteras con las que él trata de echar un palo ahora que la vaca sueca lo había dejado. ¿Pero allí? ¿En ese salón magnífico, con todas mis fotos en la pared? Me sentí *casi* viva,

¿tú ves? Y sentirse casi viva era, de alguna manera, más difícil que estar muerta.

¡Y sentí toda su energía! ¡Oh, tanta energía! Rodeada de tanta gente. Muchos a los que amaba, muchos que me caían bien. Muchos a los que francamente no soportaba y sabía que tampoco me soportaban a mí (ni viva ni muerta), pero agradecí que se pusieran un bonito vestido de coctel y tacones o una chaqueta elegante y al menos pensaran que yo era lo suficientemente importante como para ser celebrada. ¡Yo era lo suficientemente importante!

¡Ah, si hubiera podido estar allí de verdad! ¡Habría conseguido que el grupo tocara «Fever» y yo habría hecho mi mejor imitación de La Lupe! Me habría puesto una peluca rubia y habría fumado con una boquilla. O tal vez me habría ido a la peluquería a plancharme el pelo, como Cher. Me habría puesto el vestido con lentejuelas plateadas. ¡O no! ¿A quién engaño? ¿Mi primera retrospectiva en un museo? ¿Un museo de verdad? Oh, me habría comprado un vestido nuevo. Habría hecho que Jomar me acompañara a Saks o Bendel o tal vez a una tienda vintage en el Village, ¡qué sé yo! Pero me habría puesto algo fabuloso. Algo fabuloso que *yo* hubiera comprado. No que Jack y alguna vieja blanca aburrida en Bergdorf decidieran que debía usar. Me habría puesto unos grandes aretes festones. O argollas. De oro brillante. De esas que atrapan la luz. Me habría comprado tacones nuevos; unos con tiras de esas que se envuelven en los tobillos. ¡De esos que hacen que sea más fácil bailar! Habría bebido tanto que le habría dicho a la gente lo que realmente pensaba de ellos, ¡y podría haberlo hecho, porque era una retrospectiva de *mi* trabajo!

Pero yo no estaba allí. Quiero decir, mi trabajo sí estaba. Así que yo estaba. Pero no estaba.

¡Ah, el anhelo! El anhelo de estar ahí, caminando por el salón en vez de estar rota y quemada hasta las cenizas, confinada a la vida en un frasco en la vitrina de mi mamá. Uf, era duro. Era mucho más fácil estar cerca de la gente que me había desterrado a esta existencia. Más fácil enojarme, más fácil despotricar. Más difícil oír a la gente extrañarme. Escucharlos ver cosas totalmente nuevas en mi trabajo. Más difícil oír a la gente recordar lo fabulosa y necia que era. Escuchar a la gente lamentarse y quejarse por el hecho de que la exposición itinerante se había pospuesto de forma indefinida.

Estaba tan agradecida. Por la noche, por el trabajo que habían hecho mis amigos y mi hermana para que esto sucediera. Y cuando terminó, les llevé a todos unos ratoncitos. Tal como me dijo que hiciera el amante de Marco. No sé. Dudo que supieran que era de mi parte. O tal vez ni siquiera se dieron cuenta de que era un regalo. Pero, mi yaya solía decirnos, lo que cuenta es la intención.

¡No sabía que estos eran mis días de gloria! No tenía idea de que, incluso muerta, un día eres fuerte y otro día de repente eres débil. No sabía que él podía seguir lastimándome, golpeándome y destruyéndome, incluso desde el otro lado. ¡Incluso desde el maldito otro lado!

El día que estaban empaquetando mi exhibición (empacándome para que no entrara en contacto con la luz, con el público, con la conversación), fui al museo, por supuesto. Aceché, de cerca, mientras los encargados de las obras apartaban a mis hijos de las paredes; me sentí abrumada por su indiferencia hacia lo que estaban envolviendo y enviando. Yo, Jack, el maldito Jasper Johns… se notaba que no significaba nada para ellos, aparte de un cheque. Y mientras observaba cómo salían las últimas cajas del museo, sentí un nuevo nivel de veneno. Un nuevo deseo pulsante de causar daño. De causar dolor. De horrorizar. ¡De herir! ¡Carne, corazones, espíritus y almas! Quería morderles los tobillos a todos los curadores que se sometieron a Tilly; ¡aterrorizar a estos manipuladores de arte por su indiferencia con mis bebés! ¡Mis bebés! Quería morderle la pinga a Jack y abofetearle la cara gorda con mis gruesas alas negras. Subí a la ceiba, rápido, rápido, rápido. Envolví los tobillos alrededor de una rama y me dejé colgar. Respiré con calma y crucé los brazos delante del pecho. Y entonces me solté. Y aunque extendí las alas justo cuando siempre lo hacía, segundos después estaba cayendo en picada al suelo. Golpeándome la espalda, ¡duro!, contra las enormes y protuberantes raíces de la ceiba.

No era un murciélago. Solo estaba muerta.

Volví a trepar. Rápido. Rápido. Rápido. Envolví mis tobillos alrededor de la rama y dejé que mi cabello colgara, largo, largo, largo mientras me balanceaba boca abajo y justo cuando estaba a punto de soltarme…

—Lo perdiste —dijo una voz desde arriba. Muy alto en la ceiba.

Era un murciélago viejo y gordo llamado Roberto que rondaba mi árbol de vez en cuando. En general, era una población transitoria, nadie se quedaba mucho tiempo, pero la última vez que nos visitó, Roberto se había dado a conocer. Se daba lija constante por su legado: una casa que había construido él solo cerca de un río en el norte de México para que su familia la heredara de generación en generación. Había muerto de muerte natural, lo cual era una mierda porque no quería asustar, herir ni atormentar. Solo quería merodear. Y hablaba de todas las fiestas, bodas y quinceañeras que su familia celebraba en su casa a las que él asistía, y yo solo quería decirle: ¡Bravo, Roberto! ¡Ñó, qué suerte la tuya!

—Lo perdiste —dijo de nuevo, cuando no lo recompensé con inmediata atención.

—¿De qué tú hablas, murciélago viejo? —grité. Estaba de un humor.

—Puede que sea un viejo murciélago —aceptó, y por lo menos tuvo la decencia de bajar un par de ramas para mirarme a los ojos cuando pronunció esto—: Pero ahora *tú* no eres nada en absoluto. Solo estás muerta como el resto. Eso.

—¿Y qué tienes tú de especial? —pregunté, porque ¿en serio?

—¡Diseñé y construí una casa exquisita que es la envidia de la región! Una casa que ha mantenido a mi familia, y mi espíritu, vivo por cuatro generaciones…

Cuatro generaciones, pensé. *Eso es mucho.*

—¿Y tú llevas muerta cuánto tiempo? ¿Cinco minutos? —preguntó.

—No estoy muy segura de cuánto tiempo ha pasado…

—El caso es que la gente como yo puede enseñarle un par de cosas a la gente como tú. Si no fueras tan arrogante.

Y pensé que tal vez sí tenía razón. En verdad, yo no tenía idea de lo que estaba haciendo allí. No tenía idea de por qué un día podía volar y al siguiente ya no. No tenía idea de cómo recuperarlo. Me puse de pie.

—Roberto, lo siento —le dije—. Mi nombre es Anita y agradecería su ayuda.

Y entonces Roberto me explicó que todos los espíritus podían visitar los sueños y trepar a la ceiba, pero que solo los artistas y las musas podían convertirse en murciélagos. Pero solo mientras su arte sirviera para su propósito: estar en el mundo. ¡De vivir! Roberto podía volar porque su casa, *su* creación, ¡estaba viva! Y *mi* arte estaba en cajas de embalaje camino a un centro de almacenamiento de arte que mi hermana apenas podía pagar en Parsippany, Nueva Jersey.

Ahí se fue mi poder.

—Pero no todo, por supuesto —explicó Roberto—. El pensamiento es algo muy poderoso; ¿cómo crees que me he vuelto tan grande y gordo? Mi familia piensa en mí todo el tiempo. Incluso los pensamientos negativos son poder.

—¿Poder para hacer qué, exactamente?

—Bueno —dijo Roberto—, todavía puedes mover cosas. ¿Sabes qué? Mover cosas no parece ser la gran cosa, pero puede volver loca a una persona si sabes qué pendejadas mover correctamente. Y, bueno, nadie conoce a un marido como su esposa, y nadie sabía qué volvía más loco a Jack que yo.

JACK

MADRID • VERANO DE 1989

UN REGRESO TRIUNFANTE AL ESCENARIO MUNDIAL

Si estás en Europa este verano u otoño, hazte un favor y reserva tiempo en tu itinerario para pasar por Madrid. La magnífica muestra de Jack Martin en el Museo Reina Sofía, que se inauguró ayer con gran expectativa, vale la pena el viaje. La extensa producción diseñada específicamente para este espacio marca su primera gran exhibición de nuevas obras desde 1985. Es nada menos que un triunfo. Durante su ausencia de los escenarios (Martin no produjo ni expuso debido a problemas personales), ha fermentado una nueva vitalidad en su proyecto minimalista de larga trayectoria.

Martin es un maestro en el uso de lo mundano y elemental (ladrillos, vigas, bloques de madera) y no tanto en su transformación como en su utilización para transformar un espacio, nuestro sentido estético de lo bello, nuestras propias concepciones y conceptos de lo que es arte. El modo, como ha expuesto muchas veces el destacado minimalista y estudioso de Martin, John Temple, «nació del caos de la lucha por los derechos civiles, del estallido de protestas contra la violencia en Vietnam, como una forma de poner orden estético en un mundo que estallaba, no a través del exceso, sino a través de la reducción». Los años ochenta han sido, como mínimo, una época de excesos y elaboración. Así que tal vez por eso, después de un período en el que pareció periférico a los problemas del momento, el minimalismo (y específicamente el minimalismo en las capaces manos de Jack Martin) vuelve a sentirse relevante.

Sin embargo, el poder de lo que ha hecho es que tiene la moderación de su antiguo trabajo, a la vez que abraza un mundo cambiado. Las formaciones rígidas en cuadrícula y las columnas lineales de ayer han dado paso a enormes bloques de madera dispuestos en esferas radiales, lingotes con formas de ameba y barras de oro colocadas en atractivos óvalos. De alguna manera, la suavidad de estas formaciones contra la rigidez de los materiales que las forman crea una tensión que no solo parece viva, sino que recuerda las muchas oposiciones binarias de nuestra sociedad actual: libertad y restricción, masculino y femenino, el individuo contra lo colectivo.

Jack no pudo leer una sola palabra más; tiró el periódico sobre la mesita, furioso. Frustrado e indignado. Su rostro estaba tan hosco como la resaca de la noche anterior, una condición que no ayudaba en lo más mínimo.

—¿Qué? —dijo Tilly, con una pila de periódicos que había traído del quiosco cercano al hotel donde se estaban hospedando—. Es una reseña magnífica. Y esta también, aunque mi alemán es una mierda, así que no tengo ni idea de lo que escribió *Der Spiegel*, pero aparece la palabra *brillante* antes de *kunst* un montón de veces y el razonamiento deductivo dice que parece positiva.

Tilly estaba efervescente. Más feliz, incluso, que cuando el juez absolvió a Jack. Esta exhibición —y las muestras a la par, aunque en menor escala, en su galería de Nueva York y los otros galeristas de Jack en Londres y Roma— si era bien recibida, iba a ponerlo de nuevo en el mapa. Lo volvería a hacer relevante. Impulsaría la demanda de su obra, que prácticamente se había desplomado. El aluvión de los años setenta se desvaneció en el goteo de principios de los ochenta, el goteo se transformó en sequía, con una venta por caridad aquí o allá, de algún coleccionista veterano que sentía lástima por Jack y sus problemas. Al principio, fue una cuestión de moda. El arte, como poco, siempre tiene que ver con lo que viene después. Él lo sabía. Pero después de que sucediera el *hecho*, Jack se había convertido en un paria. Nadie se atrevía a tocarlo. Europa (allí les importan menos ese tipo de líos personales) era receptiva, pero él no podía viajar. No pudo hacerlo por mucho tiempo. Tilly lo había mantenido a flote, buscándole algún que otro encargo privado y permitiéndole tener la galería llena mientras se llevaba a cabo el juicio. Pero esta exposición, la del Reina Sofía, estaba destinada a ser su gran regreso. «De primera categoría», ella había dicho.

Y ahí estaba él, de nuevo en el centro del universo. La noche anterior fue, en muchos aspectos, como si hubiera hecho retroceder las manecillas del tiempo. Como si hubiese sido 1979 en vez de 1989. Excepto, por supuesto, con unas diez o más libritas encima. El salón —y el mundo del arte— giraba de nuevo a su alrededor. Tilly, encantada y despojada de toda la pesada tristeza de estos últimos cuatro años. Una nueva y vivaz joven del brazo de Jack, y en su cama. Su arte, el tema de conversación de la ciudad y él sabía que, por el zumbido que había en el aire, por la mañana también sería el tema de conversación del mundo. O al menos de la parte del mundo que le importaba.

El problema, por supuesto, era que el arte no era suyo. Ah, sí, técnicamente. Sus manos físicas, como siempre, eran las únicas que tocaban los materiales. Las que los colocaban, pero no las que los movían. No, esas eran invisibles. Sin cuerpo. Jodidas manos diabólicas. ¡Y trabajaban tan rápido! Trabajaban tan rápido, esas malditas manos fantasma. Más rápido y más fuerte de lo que él jamás podría ser. Manchando su visión, cagando sus líneas, estructura y orden con sus óvalos. Sus círculos. Sus «formas de ameba». Oh, él sabía lo que ella estaba haciendo. Sabía exactamente lo que estaba haciendo y no sabía cómo fucking detenerla. Ella ya lo había hecho cuando él estaba exponiendo en la galería de Tilly. Todos los días después de que cerraban, él notaba que las cosas se movían. Se reorganizaban. Tilly había asumido que él solo estaba siendo «creativo» y «preciso» después de no haber trabajado en tanto tiempo. ¿Y qué podía decirle él? No podía decírselo a nadie. No sin que lo metieran al manicomio.

—En serio, Jack —dijo Tilly mientras bebía un sorbo de su café expreso—, si es la resaca lo que te tiene de tan mal humor, pide una cerveza o algo así. Odio verte perder la oportunidad de disfrutar de todo por lo que hemos trabajado tan duro.

Forzó una sonrisa. Tilly merecía celebrar ese momento. Sí, el juicio, el no trabajar (las visiones, las visiones terribles), el estrés y la tensión de todo eso habían sido duros para *él*. Pero los hombros de Tilly también habían estado cargando con gran parte de eso: su carrera, su imagen pública y (lo que él sabía que ella desconocía, por supuesto), su cordura. Porque fue Tilly quien hizo que Anita (por lo menos su forma física, la versión de ella que más lo aterrorizaba, el pequeño roedor vengativo que era) se fuera. Y porque, por vergonzoso y doloroso que fuera ver su visión (su genio elegante y límpido) manchada por Anita, era preferible a verla, noche tras noche, con esos ojitos y esa maldita sonrisa, colgando afuera de la ventana de su cuarto. *Esa* ventana de su habitación. Colgando al acecho, sin saber nunca qué podría hacer.

—Es un inmenso triunfo, y tú fuiste la arquitecta de todo —dijo y mantuvo la sonrisa forzada—. Deberíamos tomar champaña…

Ella se rio, en complicidad.

—¡Todavía es hora del desayuno!

Estos últimos cuatro años le habían pasado factura. Seguía siendo una belleza clásica, pero sus ojos los vestían más arrugas que antes, él podía verlo. Últimamente, casi siempre llevaba el cuello cubierto con algún tipo de pañoleta. Un accesorio de la edad, le había dicho una vez. Jack llamó a un camarero y pudo sentir que ella lo observaba, lo estudiaba. No había secretos entre ellos. Excepto uno. El grande.

—Mónica parece una persona encantadora —dijo Tilly, buscando, él se dio cuenta, la causa de su descontento.

Mónica había reemplazado a Megan, quien había reemplazado a Ingrid. Era encantadora; una educanda de doctorado en Columbia que estudiaba antigüedades.

—Es estupenda; la pasamos de maravilla anoche.

Tilly suspiró:

—¿Por qué no estás feliz?

Estoy hasta la verga, pensó Jack, porque el fantasma de mi esposa muerta me está rejodiendo mis obras de arte metiendo formas de vaginas y areolas y siluetas de mujeres y estoy emputado porque las obras con las que se metió recibieron mejores críticas que las que yo he recibido en diez años. Por eso, Tilly, por eso, estoy de mal humor hoy.

—Si insistes… Un elogio es un elogio, pero imagino que me molesta lo efusiva que parece ser la vitalidad de mi «nuevo» trabajo. Como si mi antiguo trabajo ahora no fuera vital.

—Jack, eso es pomposo incluso para ti. El nuevo trabajo es genial, una nueva dirección —dijo Tilly y sonrió.

—¿Pero y si no lo fuera? —preguntó Jack, con urgencia—. No estoy seguro de que a mí personalmente me guste…

—Nunca has mostrado algo en tu vida que no te hiciera sentir seguro —declaró Tilly.

—Bueno, no estoy seguro de que esto sea una nueva dirección. De hecho, espero que no lo sea.

—Jack, lo que dices no tiene sentido —señaló Tilly, en un extraño momento de irritación antes de recomponerse—. ¿Qué te parece si cruzamos ese puente sobre formaciones y formas cuando lleguemos a él? Ahora mismo, saboreemos lo que has logrado. Tú, después de todo, eres el capitán de este genial navío.

Yo no estoy tan seguro de eso.

—Gracias —dijo. Al final apareció el camarero, procuraron la champaña, comieron unos pasteles y pidieron más café y, con algo de alcohol en el organismo, su ansiedad por el show se disipó un poco. (Era peor que lo que había vivido tras la Ciudad de México). Lo que debería hacer es disfrutar de la luz que esto proyectará sobre él; la luz que había estado ansiando. Había seis piezas magníficas, tremendas. No debería detenerse en las tres que ella había logrado mancillar. Debía centrarse en lo feliz que el mundo estaba de tenerlo de vuelta. En lo feliz que él estaba de estar de regreso.

Lo que no haría para librarse de Anita.

Estaban sentados en silencio, como un matrimonio (solo que mejor, porque Jack todavía amaba a Tilly con todo su corazón), estudiando con detenimiento los distintos periódicos. Tilly leía fragmentos de las críticas que particularmente le gustaban, Jack buscaba (escudriñaba) con desespero un comentario o una fotografía sobre cualquier cosa que no fueran las tres piezas contaminadas.

—Oh —exclamó Tilly, llevándose la mano a la boca.

—¿Qué? ¿Una crítica negativa?

—No, no. Una reseña estupenda —dijo categóricamente. Antes de mirarlo con los labios fruncidos y sacudir la cabeza mientras le entregaba el periódico—. Bueno, algún día nos íbamos a enterar.

La sección de arte del *Guardian*, doblada hasta el titular de la reseña. Para su deleite, había una imagen de las grandes paredes de ladrillo que había instalado en una de las galerías (una que Anita no había tocado). Arriba, en la parte superior derecha, había un anuncio; palabras blancas escritas en tipografía sans serif dentro de un recuadro negro:

La Galería de Invierno
presenta:
Esculturas de
JACK MARTIN
Desde ahora hasta noviembre

La exposición de la galería, pensó para sí, no era nada nuevo: todas eran recreaciones de piezas que había hecho en el pasado, y aun así Anita había encontrado una manera de joderlo mientras las instalaba. Torciendo un ladrillo dorado en el ángulo más leve. Moviendo uno, solo uno, de sus bloques perfectamente alineados de doce placas de acero de treinta por treinta centímetros, fuera de línea por un pelín. Tanto así, que nadie más podría notarlo. Excepto él. Oh, había perdido horas, ¡horas!, peleando con ella por esa maldita placa de acero. Él la arreglaba y luego, mientras se alejaba un paso para inspeccionar la corrección, podía oírlo: acero oxidado deslizándose sobre el piso de cemento. Una, dos, una docena, dos docenas… Oh, había perdido la cuenta de cuántas veces habían ido y venido. Él, queriendo que ella supiera que él sabía que era ella, ¡gritando y maldiciendo su nombre! Solo para después, casi al amanecer, salir de la galería cayendo en cuenta que ella disfrutaría todavía más de eso. Disfrutaría aún más sabiendo que ella era la fuente de su miseria.

Tendría que revisar esa placa antes de que comenzara la exposición. Estaba seguro de que ella la había movido otra vez…

—¡Jack! —dijo Tilly, tronando los dedos—. ¿Estás mirando?

Solo entonces lo vio. Justo debajo de su propio anuncio, había otro. Una cajita más pequeña, blanca con letras negras:

Subastadores Rothschild
presentan
Arte corporal
de la colección de
Arlene Spier
Con obras de Anita de Monte
En exposición del 2 al 10 de octubre
Subasta, 10 de octubre a las 7 p. m.

—El oportunismo descarado de todo esto es una vergüenza —dijo Tilly cuando vio por la expresión de su rostro que había visto el anuncio—. ¡La gente solo recordará quién es ella cuando vea tu nombre!

Pero por primera vez, en relación a asuntos como este, no sintió indignación, sino temor. Desde poco después de que ocurriera el *hecho* hasta que ellos le cerraron la exposición, Anita le había hecho la vida un infierno. Jack había sospechado (esperado) que, si su obra desaparecía, ella también lo haría, pero ni siquiera él se había imaginado que fuera a ser tan eficaz. Era la primera vez que oía hablar de que la exhibirían de nuevo (y en un lugar tan destacado) y le aterrorizaba lo que esto pudiera presagiar. De repente, le quedó claro cómo ella había sido capaz de joder con su obra en primer lugar. Estaba seguro de que la atención la recargaba; ahora estaba convencido: ¡solo los preparativos para esta subasta le habían dado más poder Anita! Ya se había convertido en un murciélago… ¿y si regresaba como un gato? ¿O una perra? Ya había mordido antes. Había acechado y atormentado. Con solo dos diminutos colmillos, había hecho todo eso, con tan corta envergadura. ¿Qué podría hacer con incisivos más grandes?

—Esto no puede pasar —pronunció Jack en voz alta, aunque no había sido su intención.

—Sé razonable —dijo Tilly—. Es un poco desagradable, pero ¿en serio? Has vuelto a la acción. Eres, una vez más, mucho más grande que…

—No es eso —habló en voz baja, imaginando las obras de Anita enmarcadas y colgadas en las paredes. ¡Toda la sala llena de curiosos o coleccionistas, o, Dios no lo quiera, ¡curadores buscando colgarla en sus paredes de forma permanente!—. Si te digo algo muy privado, algo que nunca le he dicho a nadie, ¿me prometes que no lo usarás en mi contra?

Y se percató de que Tilly, que en general era imperturbable, de repente parecía bastante perturbable.

—A estas alturas, ¿hace falta preguntarme?

—Al principio, pensaba que era cosa de estrés; que veía cosas debido al estrés —empezó antes de tomar aire y comenzar de nuevo—. Ella no se ha ido del todo. Anita, quiero decir. Yo… Yo… Es decir, cosas extrañas… cosas relacionadas con ella comenzaron a desaparecer en el apartamento. O si no desaparecieron, están cambiadas de lugar. Cosas importantes. Y también puede mover cosas grandes. No quiero decir qué…

Dijiste demasiado, Jack, pensó para sí mismo.

—Pero basta con decir cosas muy importantes. Ella es fuerte. ¡Fuerte! Y luego… Coño, esto suena fucking demente, pero ¿recuerdas la vez que me quedé en la cabaña de Ron?

—El murciélago —dijo Tilly, perfectamente tranquila.

—Sueno como un loco, pero te juro por Dios que era ella. El murciélago era ella. Los ojos y la cara. Y era un murciélago… es decir, me ha mordido y todo, ya varias veces. Pero ella *es* el murciélago. Y se me ocurrió, tuve la sensación de que, si podíamos hacer que su arte desapareciera, yo podría hacer que ella desapareciera. Y así fue. Había prácticamente desaparecido. Solo que últimamente volvió. No el murciélago, pero sí las otras cosas. Y… y yo sé que suena ridículo, pero no puedo evitar sentir que es porque ella lo sabe. Sabe que se acerca esta subasta. Y aunque esto no tenga nada que ver con el cómo o el porqué… Tilly, tengo miedo de correr el riesgo.

Jack podía oír la desesperación en su voz; levantó la vista, listo para que ella lo evaluara, asustado por lo que pudiera ver en sus ojos. Que después de toda esta terrible experiencia que había pasado, después de todo esto, ella podría ahora internarlo o, peor aún, anule su contrato con él. Pero, en cambio, los ojos que lo miraron eran cómplices.

—Toda la atención del mundo no hubiera sido suficiente para ella, ¿no? —dijo Tilly.

—Necesito que la hagas desaparecer. Haz que su arte desaparezca —pidió Jack—. Por favor.

—Veré qué puedo hacer.

ANITA

AL PIE DE LA CEIBA

Se me había olvidado que esas obras estaban ahí; olvidadas por la señora ya mayorcita, que parecía hasta indigente, que había aparecido la noche de mi primera exposición. Yo la apodé «come queso» porque pensé que solo había ido por la comida gratis. Y entonces, unos días más tarde, después de que yo había vuelto a colgar las piezas, Leslie me llamó para decirme que alguien había ido y comprado dos de cada parte de la serie. La viejita. Supe que luego murió en un apartamento estrecho lleno de periódicos viejos y muebles y obras de arte de todo el mundo: Basquiat y Haring y las primeras obras de Cindy y… yo.

¡Imagínense mi sorpresa cuando escuché mi nombre y sentí la agitación de la emoción y el descubrimiento! Y escuché y oí la palabra «subasta», y trepé esa ceiba rapidísimo y me encontré en la oficina del subastador. ¡Oh, lo que sentí cuando vi a mis bebés que no había visto en todos esos años! Su sangre vital latía con la energía de mi yo de veintisiete años. Una versión de mí antes de que Jack me desarmara y yo tratara de volver a armarme. Y el subastador estaba tan enamorado de ellas. ¡De mí! Con el recuerdo repentino de la historia de cómo morí y una apreciación honesta de mi trabajo.

Y oí al subastador hablando por teléfono con la familia de la viejita; dijo que tenía una estrategia para vender algunas de las obras de arte para que aumentaran en valor y obtener más publicidad. Y cuando oí eso, sentí que me hacía más fuerte. Oh, no tan fuerte como para tomar forma —lo intentaré, sin embargo, dejarme caer del árbol y volar—, pero podía sentirme a mí misma, podía sentir la fuerza lo bastante como para joder a Jack. ¡Y todas las noches iba a ese museo en Madrid y lo atormentaba! En Londres era aún más enloquecedor, mi intrusión todavía más sutil. De tal modo en la que yo sabía que solo él se daría cuenta. No sé. ¿Tal vez fui demasiado lejos? Pero no, ¡no lo suficiente! Lo suficientemente lejos sería volverlo loco. Hacerlo correr por las calles en calzoncillos como si su pelo hubiera cogido candela, balbuceando en lenguas sobre murciélagos fantasmas y congelándose las pelotas en un día de invierno en Nueva York. Lo suficientemente lejos sería...

No importa. Lo pararon todo. Lo pararon todo. Lo. Pararon. Todo. Compraron todas las piezas en subasta, cancelaron la exhibición. Volví a las cajas.

¡Ay, singao! ¡Coño! ¿Cuántas veces puede morir una persona? ¿Cuántas muertes puede soportar un alma? ¡Tilly me enterró viva, maldita sea! ¡Hijos de la gran puta, los dos! ¡Lo enterraron todo! Oh, las palancas que pueden mover. ¡Los trucos! ¡Los trucos! Todo el lote de mis obras encerrado por un lacayo que cumplía las órdenes de Jack. Todo a cambio de una de sus piezas. Jack les envió tres cuadrados de acero para que los pusieran en el vestíbulo de su apartamento en la avenida Park. ¡Tres cuadrados de acero! A cambio de mi sangre, sudor y lágrimas.

Olvídate de volar. Apenas podía mover un sobre en la casa de Jack. Ese hombre, cuando tomaba una decisión, era terco como una maldita mula. Me excluyó por completo de su mente. Me sacaba de sus pensamientos. ¡El animal! ¡El bruto! Tal vez, a veces, en casa de mi hermana o de Jomar, donde tenían una o dos de mis obras colgadas, donde las miraban y comulgaban conmigo (con mi energía), tal vez allí pueda mover un vaso o cambiar la ubicación de un cuadro. Solo para hacerles saber que estoy ahí. De vez en cuando, había un poeta o un estudiante de estudios feministas que se tropezaba con mi historia o mi trabajo (estudiaba minuciosamente el trabajo corporal, siempre interesado en la sangre y las plumas, nunca prestando atención a las esculturas, que personalmente creo que son más sofisticadas, pero ¡qué importa!). Por lo menos estaban mirando las obras y, de vez en cuando, yo podía mover un libro en su cubículo en la biblioteca o pasar una página, solo para centrar su atención. Pero, en cuanto a Jack y mi arte, yo estaba sepultada; solo escuchando y oyendo a la gente hablar de su *deseo* de que me redescubrieran.

Jack lo hizo imposible. Jack y esa comemierda de Tilly. Para el décimo aniversario de mi muerte (¡diez años!, ay, el tiempo es complejo aquí), los sospechosos habituales querían hacer una exposición. Nada complicado. Principalmente cosas de mi patrimonio (cosas atrapadas en Parsippany, Nueva Jersey) y Jack se enteró. Esta vez, con sus asuntos en orden y sus problemas legales (¡sobre mí!, ¡sus «problemas legales» por asesinarme!) a sus espaldas, presentó un caso legítimo para tomar el control de mi patrimonio. ¿Tú te imaginas una mierda así? ¡Oh! Él, que había estado bloqueando mi trabajo, haciendo que sus amigos compraran todo lo que saliera a subasta o al mercado de reventa, ¡haciendo que compraran piezas con el único propósito de mantenerlas escondidas! Este mismo monstruo brutal tuvo el descaro de argumentar que mi hermana no era una buena administradora de mi trabajo porque yo me había «desvanecido de la atención del público» bajo su tutela. ¿Yo me desvanecí de la atención pública, mama pinga? ¡Porque tú me enterraste! ¡Tú me arrojaste por una maldita ventana y luego me enterraste viva!

Era un milagro que yo pudiera rondar en un sueño o incluso merodear por una cocina. Todo mi poder, almacenado en una prisión. Una cárcel que Jack había creado, rígida con barrotes rectos y hecha de vigas de acero.

RAQUEL

PROVIDENCE • VERANO DE 1998

Para: Mavette
De: Raquel
Asunto: ¡Jabón!

Querida Mavette:

¡Qué bonita sorpresa fue lo del jabón y el papel para cartas! Hasta la caja es hermosa con todos los matasellos. ¿Cómo supiste que me encantan (¡ME ENCANTAN!) los jabones frufrús? Bueno, fue el regalo perfecto y también llegó el día perfecto (estaba muy deprimida).

Sé que mi último correo fue breve. Para ser honesta, me costó mucho entender lo que pasó esa noche y lo que significaba para nuestra amistad, la cual había comenzado a valorar mucho. Pero me alegró saber de ti. Y te he echado de menos. No sé, es que ha sido un verano muy extraño. Maravilloso en algunos aspectos, raro en otros.

Me preguntaste cómo iban las cuestiones amorosas y, bueno, no estoy segura. El amor es difícil. Bueno, supongo que ya lo sabías. Todo había sido increíble, más que increíble, con Nick y últimamente, ya no tanto. Y no estoy segura si es que algo ha cambiado o si es cómo él me ve lo que ha cambiado. Pasé de sentir que él era la persona que más me entendía a sentir que ya no sé si yo le gusto, o solo le gusta una idea de quien soy. Es difícil de explicar.

Por ejemplo, tuvo su gran apertura en WaterFire para mostrar estas esculturas que hizo (las vas a ver cuando regreses; será imposible obviarlas). Días antes de develarlas, estaba nervioso e irritable, y yo quería darle algo de espacio porque claramente nada de lo que dijera o hiciera lo haría sentir mejor. Pero entonces dijo que yo no lo estaba apoyando. Y, en la inauguración, bueno… Nick es muy peculiar y quería que yo me pusiera un vestido específico y que me peinara de cierta manera y, no sé, comencé a sentirme un poco como una muñeca. En verdad, él tiene buen gusto. Pero, cuando llegamos a la fiesta, él empezó a hablar con todo el mundo, lo cual tiene sentido, era su noche, ¿verdad? Pero entonces, era como si él se volteara hacia mí como dándome permiso para hablar y me dijera: «¿No lo crees, Raquel?», como si estuviera moviendo un poco la cuerda o algo así. No sé. Fue muy raro.

O no fue raro y solo que he estado leyendo demasiado a Naomi Wolf. No sé.

Sigo recordándome a mí misma que él es un artista, que es temperamental, que necesita apoyo, que su vida está a punto de cambiar de forma rotunda. Dice que le gustaría quedarse conmigo para siempre, pero es difícil de explicar… No estoy segura de si realmente me ama a *mí*, o la imagen que pintamos como pareja. O tal vez el problema es que somos más diferentes de lo que yo pensaba.

¡Ay, perdón! Lamento desahogarme pero, para decirte la verdad, mis amigos (e incluso mi familia) no son precisamente sus fans. En tu carta dijiste que has estado rodeada de gente todo el verano, pero que nunca te habías sentido más sola. Lo entiendo a la perfección. Y lamento que te sientas así. Honestamente, nada parece andar tan bien con nadie ni con nada en este momento, excepto en el museo (Belinda Kim no se parece a ninguna otra persona que haya conocido antes y esto ha sido prácticamente la antítesis de todo lo que nos hemos quejado en el departamento).

Estoy segura de que todo estará bien; solo son dolores de crecimiento en una relación, ¿verdad? Mientras tanto, ¡estoy tratando de concentrarme en mi tesis y en el trabajo y en salir de aquí!

Y oye, dejemos que el año pasado sea agua que el río se llevó. No veo la hora en que podamos pasar tiempo juntas (pero, lo siento, obviamente sin el resto del «grupito»). La mamá de Nick le alquiló un loft junto al West Side Highway, así que tendremos que ir juntas a la ciudad a visitarlo.

Espero que tu misión esté yendo bien (en serio, ¿quién soy yo para juzgar?) y que estés disfrutando de Italia.

Besos y abrazos,
Raquel

P.D.: En respuesta a tu pregunta, creo que Astrid está saliendo con un par de personas. Ella está en lo suyo y no he visto a Niles en más o menos un mes.

P.D.2: Dios mío, casi se me olvida: ¡John Temple se está divorciando! Y tiene una barba muy, muy triste de divorcio y creo que vive en esos edificios de apartamentos deprimentes cerca de Kentucky Fried Chicken. Lo vi un día desde la ventanilla del carro de Marcus y él iba cargando bolsas de supermercado.

El dedo de Raquel se cernía sobre el ratón de la computadora mientras debatía si pulsar el botón de enviar o no. A pesar de haberse reconciliado, las cosas entre ella y Nick no habían vuelto a la normalidad en las últimas semanas y la recepción de *Los grandes gondoleros* no había hecho más que poner de manifiesto una extraña tensión que había surgido entre ellos. Una tensión que parecía pasar de uno a la otra como el silencioso guardián de las quejas. Ella se había puesto el vestido de DKNY que él le había comprado para la ocasión; el pelo lo llevó recogido en el moño que él prefería e, inexplicablemente, a él le molestó que no llevara el pelo suelto. No hacía más que quejarse de su pelo cuando le caía en la cara o en la de él y, de repente, ¿quería que se lo soltara? Cuando le preguntó por qué, él dijo que resaltaba su «belleza étnica» y eso le agrió el humor a Raquel; la hizo sentir como un accesorio de una declaración que él quería hacer sobre sí mismo. Pero, todavía peor, en la recepción, si Raquel intentaba entablar cualquier tipo de conversación con alguien que no fuera él, Nick se acercaba de inmediato y la interrumpía (haciendo un comentario despreocupado sobre lo bien que iba *su* noche). Haciéndola sentir, en el mejor de los casos, como una decoración y, en el peor, como una oportunista. No se pelearon, no se gritaron, pero después, cuando llegaron a casa esa noche, el sexo fue horrible. La dulzura, el cuidado, habían desaparecido. Ella se sentía como un recipiente, un objeto en su habitación, esta vez para el placer. ¿Acaso fue la forma en la que él actuó cuando estaba dentro de ella? ¿O fue después, cuando se levantó y fue primero al baño, casi como si ella ni siquiera hubiera estado allí?

No podía dejar de pensar en cómo le había hablado de su familia; cómo sentía que eso se apoderaba de ella. No podía apartar la sensación de que, desde que conoció a su mamá y a su hermana, Nick la veía de otra manera. No como una igual, sino como alguien *casi* igual. Era difícil separar las palabras de gratitud y de «salones» de la señora Fitzsimmons respecto a las sugerencias de Nick sobre qué ropa debía ponerse o qué debía comer o qué debía leer o escuchar. Y por eso se sentía cada vez más molesta e, incluso así, ansiaba complacerlo por razones que no podía expresar. Una extraña sensación de deuda por haberle abierto tanto el mundo; por la promesa de todas las formas en que podría abrirse aún más.

Ella había esperado que las cosas mejoraran después de la exhibición, pero ahora que su estancia en Providence estaba a punto de terminar, parecía irritable y extrañamente empalagoso, ahora más que nunca. Si se quedaba en la estación de radio, si pasaba un día (un sábado, como empezó a hacer después de la visita de su mamá) en la biblioteca, el tiempo que pasaba lejos de él parecía, de repente, un referéndum sobre cuánto apoyaba a Nick y su trabajo y respecto a su fe en la relación. ¡Y ella creía en su relación! De hecho, era esa fe la que la mantenía al pie del cañón incluso cuando ella sospechaba que lo que necesitaban era espacio. Incluso cuando, con todas las quisquillosidades, a veces se preguntaba por qué la quería cerca en primer lugar. De todos modos, seguía deseando e intentando y haciendo todo lo posible para hacer retroceder las manecillas del tiempo. Regresar a cuando era divertido y maravilloso estar juntos. Desesperada por volver. Sintiendo, sabía, que ambos creían que era posible. Y si lo creían, podían hacerlo.

Tal vez por eso se había mostrado tan renuente a expresar en voz alta sus problemas. Además, ¿quién la escucharía? Todo el mundo a su alrededor buscaba una excusa para obligarla a romper con Nick. Cuando recibió el jabón de Mavette, lo interpretó como una señal de que debía hablar con alguien. Contarle a alguien su angustia, su incertidumbre. Pulsó el botón de enviar.

~

—¿QUÉ ES TODO ESTO? —preguntó riéndose.

Salió del museo y encontró a Nick, reclinado en su carro todavía encendido, con un enorme perro de peluche en los brazos. De esos que se consiguen en una floristería de mala muerte o en una feria.

—Vamos a ver a perros, baby —dijo, en su mejor (terrible) acento de Nueva Inglaterra—. Pensé que sería divertido ir a las carreras de galgos. ¡Apostar a algunos perros!

—¿Eso es humanitario? —preguntó Raquel, más buscando permiso que una salida. Raquel nunca había ido a las carreras de perros; solo había oído hablar de ellas, pero estaba intrigada.

—Son perros que corren en círculos —explicó—. No le des mucha mente. Además, he estado muy irritado estas últimas semanas y nos vendría bien un poco de diversión, ¿no crees?

—¡Absolutafuckingmente! —exclamó y lo abrazó con una carcajada y un beso. Era como si él le hubiera leído la mente, o por lo menos su correo electrónico.

Todo el asunto era cursi y divertidísimo. Eran tan peces fuera del agua en la escena de las carreras de perros del sur de Nueva Inglaterra que eso los hizo relajarse. Disfrutar de experimentar, por primera vez, algo totalmente nuevo para ambos. Hizo que Raquel sintiera, de nuevo, que eran iguales.

Habían estado apostando a los mismos perros durante la mayoría de las carreras (Raquel se dio cuenta de que tal vez había heredado algo del amor de su mamá por las apuestas, ya que, una y otra vez, ganaban sus elecciones). Y entonces, en la última carrera, Nick decidió que quería apostar a un perro de primera categoría, un contendiente llamado Murphy, pero a Raquel le encantaba un perro mayor y demacrado llamado Ay Bendito. Era, decidió, el nombre más gracioso para un animal después del perro de su mamá, Durán Durán, y pensó que, dada la cantidad de dinero que ya habían ganado, valía la pena perder veinte dólares por Ay Bendito para apoyar a un compañero boricua que no era el favorito.

¡Pero no perdió! Cuando los sacaron de los rediles, se veía peor que antes: Murphy estaba afuera, persiguiendo al conejo mecánico, leguas delante de él. Pero entonces, en la segunda curva, algo se activó en Ay Bendito y corrió detrás de ese conejo mecánico como si tuviera carne de verdad en los huesos y Ay Bendito no hubiera comido en semanas. Ni ellos, ni ninguno de los hombres y mujeres mayores que los rodeaban, podían creerlo, y todos gritaban, se abrazaban y reían. Al final, Raquel compró tragos de ron para todo el mundo en el bar sucio de la pista con sus ganancias y fue, acordaron camino a casa, la mejor noche que habían pasado juntos en mucho tiempo.

—¡Vamos a Legs and Eggs por la mañana! —declaró Raquel cuando regresaron al apartamento de Nick. Abrió en forma de abanico su fajo de billetes de baja denominación con una amplia sonrisa.

—¿Primero un hipódromo, ahora un club de striptease? ¡Te estoy convirtiendo en una degenerada, Toro! —bromeó.

Raquel no sabía si estaba excitada por las ganancias o porque su perrito lo había logrado o si, por primera vez en lo que parecían semanas, habían disfrutado la una del otro, pero se sintió segura. Y, ¿se atrevería a decirlo?, sexy.

—O —dijo levantando una ceja—, podría hacerte un striptease aquí mismo…

—¿En serio, ahora? —preguntó Nick.

Subió el volumen del radio, se liberó el pelo del moño como había visto hacer a las chicas en esos viejos videos musicales y, entre ataques de risa, hizo su mejor imitación de un baile erótico, antes de que Nick, con una serie de besos, la sacara de su miseria performativa.

Hicieron el amor esa noche como lo hacían cuando ella pensó por primera vez que tal vez esto podría funcionar. Que tal vez esto podría ser más que solo fingir que le gustaba por él. A Raquel le gustaba más cuando ella estaba arriba y todo el día le había dado la confianza para pedir lo que quería. Hacía calor en el viejo apartamento e, incluso con el aire acondicionado de la ventana a todo lo que daba, estaban empapados de sudor. Resbalándose entre ellos. Se agarró de los hombros de Nick para estabilizarse. Su cabello, húmedo y cayendo en cascada sobre su rostro. Se inclinó para darle un beso.

—¡Raquel! —dijo bruscamente, y ella se apartó de él—. Por favor. ¡El pelo!

Se levantó de la cama, primero disculpándose, para buscar una gomita para el cabello. Tenía el pelo *tan* largo. Casi le bajaba de las nalgas, cayó en cuenta. Se vio a sí misma, desnuda, rodeada de su melena, en el espejo sobre el gavetero de Nick y se detuvo en seco. ¿Qué era todo esto? ¿Este apego a los gustos de su mamá? ¿El mismo apego que la había mantenido virgen durante todo este tiempo? Miedo al sexo. Miedo a los hombres. ¿Miedo a que alguien la conociera? ¿Era un manto del que estar orgullosa o un velo? Que la cubría y la ocultaba. De la vida. Del cambio.

—¿Sabes lo que pienso? —le dijo Raquel, con un tono provocador en la voz.

—¿Qué? —preguntó él. Por el ceño fruncido y su mirada, acostado allí en su futón, desnudo, que estaba intrigado.

—Creo que deberías cortarme el pelo.

—¿Qué? —se sorprendió Nick, incorporándose por completo.

—Odias que sea tan largo…

—Yo nunca dije…

—No me mientas, puñeta —dijo sonriendo. De alguna manera, muy segura de su decisión—. Tengo veinte años, no puedo andar por ahí como si estuviera en la escuela primaria con el pelo por la espalda toda la vida. Córtamelo para que deje de molestarte y cuando regrese a casa en un par de semanas, le pediré a la mujer que peina a mami que me lo empareje.

—Bueno —dijo mientras se levantaba de la cama y caminaba detrás de ella—, soy escultor, así que estarás en buenas manos.

Ambos se rieron de esto. La miró en el espejo y comenzó a jugar con su cabello como si estuviera en la silla de un salón de belleza.

—Entonces, ¿en qué estás pensando? ¿Por encima de los hombros? ¿Con pollina? ¿Cuánto puedo cortar?

—Ummm, estaba pensando en más o menos así —explicó e hizo un gesto con las manos de unos quince centímetros, pero Nick las abrió más, al menos el doble.

—¿Tanto? —preguntó, incrédula. Ni siquiera recordaba la última vez que se había cortado el cabello. En general, su mamá solo le cortaba las puntitas.

—Debes tener un metro de pelo en la cabeza —señaló él, riéndose—. ¿Te lo vas a cortar o qué?

Raquel cerró los ojos con incredulidad.

—Está bien, treinta centímetros —aceptó. De verdad iba a hacerlo—. ¡Aargggh! —soltó un gritico—. Creo que primero necesito un trago —declaró.

—Esa definitivamente es una buena idea —confirmó Nick.

Se vistieron y Nick cambió la música en el radio. Raquel comenzó a cepillarse los rizos de su larga melena mientras Nick preparaba su salón de medianoche: vodka y vasos de la cocina, una silla del comedor, una toalla para que le sirviera de bata y unas tijeras de plata impecables de su mesa de dibujo. De regreso en su habitación, con el cabello de Raquel peinado y mojado, Nick sirvió los tragos.

—Bien, aquí vamos —dijo.

—Treinta centímetros —insistió ella, mientras chocaban sus vasos y se daban un trago.

Raquel se sentó en la silla frente al espejo mientras Nick cogía el peine, tomaba una sección de la parte frontal de su cabeza cerca de la cara, la haló hasta tensarla un poco y cortaba aproximadamente treinta centímetros de la punta. Raquel vio cómo el mechón largo, ondulado y húmedo caía al suelo y sintió un poco de náuseas. No podía creer lo que estaba haciendo.

—Creo que necesito otro trago —dijo.

—Vamos, Raquel, no es para tanto. Apenas se nota la diferencia —y trató de explicárselo, pero ella ya se había levantado de la silla. Rellenó su vaso con vodka. Se lo bebió de un trago, miró las tijeras y el mechón de pelo en el suelo. Era solo un acto simbólico, se dio cuenta. Parecía mucho, pero nadie (excepto tal vez su mamá) acabaría notando la diferencia. Y tal vez Nick.

Apartó la silla del espejo. Se sentó otra vez y cerró los ojos.

—La única forma de seguir adelante es si no lo veo —concluyó.

Incluso por encima de la música, podía oír el sonido metálico de las hojas de las tijeras mientras el corte de pelo empezaba a adquirir un ritmo propio: el peine perforando su melena, el tirón de pelo, el tijeretazo. Peina. Hala. *Chas*. Peina. Hala. *Chas*. Peina. Hala. *Chas*. El cuerpo de Nick tan cerca del suyo, pero también, sin tener una idea clara de dónde él estaba. Al principio, él empezó a trabajar de forma ordenada; ella podía sentirlo en su lado izquierdo o a su derecha. Podía sentir en qué parte de su cuero cabelludo daba el halón. Pero luego, él empezó a trabajar de forma más aleatoria. Ella sentía el tirón en la parte superior de la cabeza, luego en la parte posterior, luego en la nuca.

—¿Todo bien ahí arriba, joven manos de tijera? —bromeó ella.

Él se rio entre dientes.

—¿No pudiste cortar simplemente en línea recta? —preguntó—. No es que sea un corte de pelo real.

—Eso se vería disparatado en la vida real —dijo él—. He visto a la peluquera de mi madre cortarle el pelo un millón de veces. Así no es como se hace.

Empezó a sonar «Charlie Don't Surf»; ella tarareó para distraerse. Tal vez él sí sabía lo que estaba haciendo. Parecía tan seguro. Peina. Hala. *Chas*. Peina. Hala. *Chas*. Sintió el peine, luego el tirón de una sección de cabello hacia la parte de atrás de su cabeza, pero cuando sintió el corte, la hoja de la tijera le rozó la oreja. El sonido, fuerte. Más alto de lo que había sido.

—¿Qué estás haciendo? —preguntó, y pudo oír el pánico en su propia voz.

—Está quedando maravilloso —afirmó él.

Ella sintió el peine, el halón y la tensión del tirón ahora estaba demasiado cerca de su cuero cabelludo, y justo cuando intentaba apartar la cabeza, *Chas*.

Saltó de la silla, se agarró el cabello y tiró un grito.

—¡Shhhhh! ¡Shhhh! —Nick la hizo callar.

Pero ya era demasiado tarde. Dio la vuelta y se miró en el espejo. Miró el suelo y las capas y montones de mechones de pelo de treinta centímetros de largo. En su punto más largo, el pelo ahora le llegaba más o menos a la nuca, pero cuando se tocó la nuca (la sección que la hizo saltar) estaba más corto. A no más de unos centímetros del cuero cabelludo. Las lágrimas la quemaban y le caían muy rápido.

—¿Qué hiciste? —gritó.

—Es solo pelo, Raquel —sostuvo Nick con toda la calma.

—¿Qué hiciste?

—Si no te gusta, volverá a crecer.

—¡Dijimos treinta centímetros!

Gritaba tan fuerte que Astrid entró corriendo.

—¿Qué diablos está pasando? —dijo, somnolienta mientras intentaba asimilar la escena.

—¡Dijimos treinta malditos centímetros! ¿Por qué me hiciste esto? —gimió Raquel mientras se abalanzaba sobre él, golpeándolo mientras Astrid trataba de apartarla.

—¿Ustedes dos se dieron un pase o algo así? —preguntó Astrid.

—Te corté treinta centímetros —aclaró Nick llanamente— y apenas se notaba, así que te corté treinta…

Raquel estaba hecha un ovillo, desplomada en el suelo, rodeada por su montón de pelo, el cual trataba de recoger; los mechones húmedos pegados al suelo y a sus brazos y manos mientras los peinaba con los dedos.

—Eso no fue lo que dijimos —voceó Raquel, con los mocos burbujeándole en la nariz y ahogándole la voz—. ¡Eso no fue lo que dijimos!

—Tú querías un cambio. Yo solo quería ayudarte a correr el riesgo…

—¿Por qué? —se lamentó—. ¿Por qué?

Sintió que le habían removido algo, algo más profundo que su cabello. Veía en cada hebra un recuerdo de la vida que había tenido antes. De su vida como hija de su mamá, tirados en montones húmedos en el suelo de un apartamento de alquiler que ni siquiera era suyo. Separada de su cuerpo. Separada y ahora parte del pasado. Años desaparecidos en minutos. Cortados, sin cuidado, sin su permiso. Se sentía fría, desnuda y terriblemente sola.

—¡Lo siento! —gimió. La disculpa le llegó a su mamá a gritos, desde lejos.

Astrid ahora estaba en el suelo, a su lado.

—Está bien —susurró—. Está bien. Volverá a crecer…

Pero oír eso solo hizo que la verdad le doliera más. Podía volver a dejarse crecer el pelo, pero este pelo (el pelo que su mamá había dejado crecer, cuidado y amado en aquel oscuro apartamento cerca del tren elevado, que había sido encaramado para la clase en el gimnasio y secado a blower para los bailes y las fotos escolares y las graduaciones) este pelo había desaparecido.

~

La luz del sol que entraba por la ventana la despertó por la mañana. Estaba tumbada en el futón de Nick, con Astrid durmiendo a su lado. La silla y la toalla ya no estaban. Alguien (Astrid, sabía) había recogido todo el pelo y lo había metido con mucho cuidado en una bolsa grande con cierre sobre el gavetero, junto a las tijeras. Se levantó y se miró al espejo. Seco, estaba incluso peor de lo que había imaginado: los rizos se habían levantado, lo que hacía que pareciera aún más corto. Más apretado, se dio cuenta, porque no se alargaban por su propio peso. Una parte de la cabeza se veía diferente a la otra. Se sentía horrible, irreconocible. Intentó peinarlo todo hacia atrás para hacerse un moño apretado, pero no pudo; las partes de atrás, donde Nick había cortado más al ras, se enroscaban y se le acurrucaban cerca del cuero cabelludo. Tomó las tijeras y cortó un mechón de la parte superior lo más cerca que pudo de donde empezaba el rizo. Cortó otro y otro. No con emoción, sino con propósito.

—Raquel —dijo Astrid—, ¿qué estás haciendo?

—No puedo salir así —afirmó con determinación—. Solo trato de no parecer una completa mierda.

Se quedaron sentadas en silencio mientras Raquel se movía metódicamente alrededor de su coronilla. Cuando llegó a la parte de atrás, se volvió hacia Astrid.

—¿Me ayudas?

Astrid asintió con la cabeza. Raquel caminó con las tijeras hasta el futón y se sentó en el borde. Astrid se puso de rodillas, tomó las tijeras con cuidado y comenzó a cortar.

—No quiero hacerlo mal —dijo Astrid.

Demasiado tarde.

—Solo córtalo lo más corto que puedas. Tal vez pueda salirme con la mía con un look al estilo Rosemary, la de *El bebé de Rosemary*.

Quería llorar, pero las lágrimas habían caído junto con su cabello.

Cuando Astrid terminó, Raquel se levantó, se puso sus jeans, que estaban en el piso, y tomó su cartera de la silla del escritorio de Nick.

—¿Te guardo esto? —preguntó Astrid.

—Échalo todo a la basura —respondió Raquel—. Es basura, ¿no?

Y se fue.

IV

RETROSPECTIVA

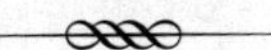

ANITA

CIUDAD DE NUEVA YORK • VERANO DE 1998

En general, la muerte se ha vuelto más aburrida que una de las fiestas de Tilly. Esa imposible distinción del paso del tiempo. Un día se transforma en el otro. Últimamente, creo que me siento deprimida. No quiero visitar a nadie. Ni a mi hermana. Ni a mi sobrina, que siempre siente que estoy ahí. Ni a Jomar.

Jack casi nunca piensa en mí. ¿Tú puedes creerlo? Tolstoi aparentemente se equivocó respecto a la conciencia culpable. Ya lo he dicho antes, el corazón de Jack era tan frío como su trabajo. Solo se calentaba cuando estaba echando un palo.

Hace poco pasó algo gracioso, no obstante. Fue casi interesante. O por lo menos curioso. Escuché un nombre que provenía del árbol, uno que me resultaba vagamente familiar, acompañado de sentimientos de adulación, de arribismo, de insatisfacción. Yo estaba a punto de dejarlo pasar, quedarme aquí sentada en la playa comiéndome mis guayabas y sintiendo lástima por mí misma, cuando sentí algo más: ¡Energía! ¡Mi espíritu! ¡Mis bebés!

Me encaramé al árbol y subí (¡rápido!, ¡rápido!, ¡rápido!, ya había pasado un tiempito) y me encontré en un largo pasillo con piso de mármol en un penthouse con vistas al Parque Central. Yo estaba detrás de una mujer, una flacucha del Upper East Side. Todo en ella era estereotípico al punto de resultar aburrido: zapatos planos Chanel, vestido recto, perlas… Excepto el pelo. Donde todas las demás gringas preferían ir de rubias, esta mujer se había convertido en pelirroja. Pero pelirroja como Lucille Ball, como un camión de bomberos. Peinada a la perfección. En fin, entró a una gran habitación con lienzos en contenedores de arte y armarios planos para fotografías y se acercó a una gaveta y, ¡oh sorpresa!, ¿qué sacó? ¡Las obras que la viejita había comprado! Se paró allí y las hojeó, completamente indiferente.

Y entonces la reconocí, reconocí el nombre. Era una de las secuaces de Tilly. Siempre estaba merodeando en sus aperturas. Siempre lamiéndole el culo a Jack. Era la lacaya que había comprado las piezas por él. Y aquí es donde terminaron. Otro maldito almacén. Un espacio, eso sí, mejorcito que el casillero de Parsippany que había conseguido mi hermana.

Y así, de una, mis bebés regresaron a las gavetas. Y la muerte volvió a ser en lo que se había convertido para mí: la misma mierda de siempre.

RAQUEL

PROVIDENCE • VERANO DE 1998

Era temprano cuando Raquel salió del apartamento de Nick. Al entrar al porche, se detuvo un momento antes de trancar la puerta con toda intención. Había hecho muchas cosas durante los últimos meses (en medio del torbellino de todo), casi sin darse cuenta. Pasar la noche en otra casa, excursiones de un día, invitaciones a fiestas, mamadas de pinga y actos sexuales a los que ella decía que sí ciegamente porque se consideraba afortunada de que alguien se lo hubiera pedido (¡y no solo que se lo habían pedido, que él se lo había pedido!). Quería recordar el acto de cerrar esa puerta —la sensación del cerrojo en su mano, el aspecto de la pintura descascarada— y saber, en lo más profundo de sí, que no importaba lo que sucediera después, no importaba lo que dijera o hiciera Nick, o lo que ella dijera o hiciera, que no debía volver a cruzar ese portal. Que esta debía ser la última vez.

No tenía la capacidad, en ese momento, de desentrañar la razón por la que se sentía así, solo que era algo más que el hecho de que él le había cortado todo el pelo, más que el hecho de que la había engañado; más que el simple hecho de que él fuera un cabrón huelebicho.

Entró al Coffee Exchange y, más impulsada por la rebeldía que por el hambre, pidió un croissant de chocolate y un moca con hielo. Recordó, cuando se sentó, que en verdad odiaba ese café, al personal demasiado narí-pará y a los aspirantes a artistas que atraía el lugar, y que solo había ido allí todos los días porque Nick pensaba que había un buen ambiente. Raquel no sabía qué hacer. No podía volver a su casa; no soportaría ver la sorpresa (o el espanto) en las caras de Betsaida y Marcus cuando le vieran el pelo (o la falta de él). Decidió caminar hasta el parque India Point; sacó su libro de CDs y buscó consuelo en la única mujer que siempre estaba más desconsolada que cualquier otra persona: Mary J. Blige. (La desgracia realmente era compartida).

Un pensamiento mientras cruzaba el paso elevado de la autopista: Nick con frecuencia le decía que ella era especial e importante, pero siempre había un «casi», si no lo decía en voz alta, claramente implícito. Que si ella solo hacía o no hacía esto o aquello, o se ponía esto o no comía aquello, podría ser algo por lo que había luchado durante mucho tiempo pero tenía la persistente sospecha de que tal vez no sería posible conseguirlo: «perfecta». Pero lo que lo hacía más jodido era que ella había creído, casi tanto como él, que él sabía cómo ayudarla. Que sus sugerencias, sus implicaciones, su estética eran superiores a los propios instintos y deseos de ella. Que las preferencias de Nick eran más importantes que las de ella; las necesidades de él más importantes que sus deseos. El corte de pelo era, en cierto modo absurdo, solo una conclusión draconiana de una dinámica que ya se había establecido. Establecida por él, pero reforzada por ella. Que él pensara que podía hacer algo tan dramático (tan transgresor) y que se saldría con la suya; incluso presumir que ella estaba agradecida por ello, solo fue posible porque él le había dicho, de maneras grandes y pequeñas, que él sabía más y ella le había indicado que tenía razón.

El croissant tenía mantequilla, pero no estaba demasiado dulce. Se obligó a seguir comiendo a pesar del nudo de humillación que se le había alojado en la profundidad de la garganta. Se dio cuenta de que había muchas canciones sobre cuernos, falta de fiabilidad y cosas así, pero muy pocas sobre la vergüenza. Sentirse avergonzado de uno mismo por dejar que alguien piense que es mejor que tú.

¿Qué le iba a decir a su mamá? A su mamá, que en un millón de años jamás creería que ella quería tener el pelo corto. Recordaría cómo ella misma había aceptado que, a pesar del derecho de Toni a cortarse todo el cabello, a ella no le gustaba tanto cómo se veía.

El pensamiento de su mamá provocó el de otra: la madre de Nick. Sintió una oleada de vergüenza por las ganas que tenía de impresionar a esa horrible mujer. Lo ansiosa que estaba por ganarse su favor.

Sí, Nick podría haber considerado que la mamá de Raquel era poco sofisticada o podría haber (falsamente) presumido que no era inteligente por su aspecto y su forma de hablar, pero Raquel consideraba que su madre era una mujer cruel. Despiadada y fría. ¿Quién trata a su hija de esa manera? Nick podría haber pensado que era de una estirpe superior a Raquel; que estar allí, entre gente como él y su familia, era una «oportunidad» para ella, pero Raquel de repente cayó en cuenta de lo equivocado que estaba. Que cualquier cosa que le faltara a su mamá de refinamiento, lo compensaba con integridad, con ser amorosa. Apoyando a sus hijas para que siguieran adelante, incluso si eso significaba que estuvieran alejadas de ella. El pensamiento hizo que las lágrimas volvieran a brotar de sus ojos. Imaginar a su mamá viendo su cabello corto convirtió el chorrito en un arroyo. Se horrorizaría y Raquel tendría que decirle que tuvo suerte de haberse alejado de allí habiendo solo perdido el cabello.

En el río, el equipo de remo estaba entrenando, haciendo un ejercicio de simulacro. Un bote le pasaba a toda velocidad al otro, declarando rápidamente la victoria. Incluso en un equipo, una persona, supuso, siempre terminaba en la cima. Pensó en Jack Martin. Ay Bendito ganó la noche anterior, pero eso fue una eventualidad. La mayoría de las veces, eran personas como Jack las que salían victoriosas; los desvalidos, olvidados. Borrados como Anita.

Decidió ir a la biblioteca. Ver otra vez la obra de Anita de Monte.

~

Al mirar de nuevo el catálogo y las otras imágenes que habían estado esperando en su cubículo, Raquel se percató de que, parte de la razón por la que la obra de Anita de Monte le parecía tan dinámica y fresca, era porque nunca había visto nada parecido antes. Ni en la universidad ni en el museo. No le habían enseñado a apreciarla. No como habían hecho con Mondrian y Kandinsky y Picasso. Se dio cuenta de que gran parte de lo que ella consideraba buen arte simplemente había sido adulado por John Temple, porque eran los hombres como John quienes lo entendían, se identificaban con él y lo creaban. Y que, al omitir cosas que habían sido hechas o cultivadas por personas como ella o relacionadas con personas como ella, Raquel, inconscientemente, había comenzado a ver esas cosas como inferiores. Y esa revelación desencadenó otra que fue aún más dolorosa: la razón por la que inconscientemente creía que Nick sabía «más» que ella era porque el punto de vista de Nick había sido afirmado e internalizado por las paredes blancas de cada museo o galería que alguna vez les habían dicho que valía la pena visitar.

Se quedó mirando las láminas a color, recorrió cada imagen, de a poco, página por página. Asimilándolas, no tanto para tratar de entenderlas, sino para dejar que le hablaran. Para escuchar lo que Anita de Monte estaba diciendo. Para ver si había alguna sabiduría que pudiera transmitir. Y, ya fuera por quedarse viéndolas fijo o por la emoción que llenó el espacio al estar sentada en silencio en lo profundo de la biblioteca, lo que empezó a agitarse en su interior fue una rabia. Rabia cruda y salada. Una ampolla loca por reventar. La raíz de la rabia no era nada en particular y todo a la vez: Jack Martin, Nick Fitzsimmons, la señora Fitzsimmons, su pelo trasquilado, esta maldita escuela, el Primer Mundo, el Mundo del Arte, el Departamento de Historia del Arte, las Jevitas de Historia del Arte, las piernas flacas de Raquel, su estómago todavía demasiado gordo, Mavette que no la defendió, ella que no se defendió a sí misma, su ridícula cartera pirata de Prada, la auténtica Gucci con la que Nick la reemplazó, ella dejando que Nick la reemplazara. Pero, sobre todo, sentía una profunda rabia hacia el profesor John Temple, porque él había dejado que sus pasiones dictaran las de ella y ella nunca lo había cuestionado. Porque había confiado en él. Y todo ese tiempo él sabía que ella había estado investigando, buscando cualquier pequeño reflejo de sí misma en el mundo del arte, y durante todo ese tiempo él sabía sobre Anita de Monte y nunca dijo una puta palabra.

Cerró el catálogo de golpe y se lo llevó al piso de arriba, donde estaban las computadoras. Era sábado por la tarde y ella era la única allí. Su bandeja de entrada estaba llena de novedades sobre arte en Providence, actualizaciones de la universidad sobre ayudas económicas para el año siguiente y un correo electrónico de Mavette. Uno que, decidió, leería más tarde. En ese momento ella tenía que enviar uno. Antes de perder el valor:

Para: John Temple
De: Raquel Toro
Asunto: El juicio de Jack Martin por asesinato

Estimado profesor Temple:

Hace poco me enteré de que en 1985 Jack Martin empujó a su esposa por la ventana del piso 33 de su edificio de apartamentos en Nueva York y fue arrestado y acusado de asesinato. Aunque entiendo que fue declarado inocente en un juicio por un juez, me gustaría reunirme con usted para hablar sobre el impacto que la omisión de esta información tiene tanto en mi tesis como en nuestro plan de estudio en general. Si bien puede que este hecho biográfico haya o no afectado su arte y su proceso de creación artística, sin duda tiene importantes implicaciones históricas del arte, ya que la víctima de su crimen era una artista en ascenso y su muerte repentina truncó esa carrera (y el impacto que pudo haber tenido en el progreso de la creación artística latina en Estados Unidos).

Mis compromisos con el museo me mantienen ocupada de nueve a cinco, pero con gusto sacaré tiempo para reunirme y hablar sobre el tema cuando a usted le resulte conveniente.

Sinceramente,
Raquel Toro

Era de noche cuando Raquel regresó a su apartamento. Esperaba que, por algún milagro, no hubiera nadie, pero podía oír a Brownstone sonando del estéreo a to' lo que da', a través de la ventana abierta de la sala, y Betsaida contaba una historia con el timbre de voz aún más fuerte. Se detuvo en la puerta, respiró hondo y entró.

—Hola —dijo.

—¡Ay, Dios! ¿Y qué fue lo tú te hiciste en la cabeza, muchacha? —exclamó Betsaida.

Marcus y Delroy también estaban allí, ambos boquiabiertos ante el nuevo look de Raquel.

—Es un poco más corto de lo que quería... —empezó a decir Raquel, pero ver que la miraban resultó ser demasiado y sus ojos se llenaron de lágrimas. No sabía cómo explicarse, tenía demasiada vergüenza de su complicidad en el humillante asunto como para poder contárselo a nadie. Nunca. Tener que tragarse eso ahogó sus palabras.

Betsaida se le acercó, la rodeó con el brazo y la sentó en el sofá.

—Está bien, está bien —dijo, dándole palmaditas en la espalda mientras sollozaba—, nos sorprendimos, eso es todo.

—Me veo fea —jadeó Raquel entre sollozos—. Me veo fea y nunca volverá a crecer igual.

—No te ves fea —afirmó Betsaida—. Tienes una cara muy bonita. Es cosa de darse tiempo para acostumbrarse.

—Y darte un mejor cortecito —intervino Marcus.

—Marcus, ¿qué carajo, coño? —gritó Betsaida.

—¿Qué? El pelo corto es una chulería, pero ese corte está cañón, ahí hay mucho de todo.

Raquel se detuvo entre lágrimas y lo miró.

—Está cañón y sí, tiene mucho de todo —agregó y empezó a reírse.

—Como una T-Boz carabelita —añadió Marcus.

—Toni Guaca-Braxton —bromeó Raquel y entonces todos se desternillaron de la risa y empezaron a rebautizarla con apodos inspirados en celebridades con el coco pelao. Raquel se relajó un poco, al darse cuenta de que no iban a preguntarle cómo había llegado hasta ahí. Al menos no ahora.

Betsaida estaba en el teléfono resolviendo con su prima peluquera para que le hiciera una cita a Raquel más rápido que inmediatamente, cuando Raquel vio una docena de rosas rojas en la mesa de la cocina. Una sensación de malestar se apoderó de ella.

—¿Y las flores? —preguntó.

—Tu jevo las trajo —respondió Delroy, sin más.

—Llamó un par de veces y luego esta tarde vino y se apareció con las flores —dijo Marcus—. También hay una tarjetita.

Raquel cayó en cuenta entonces que nadie le iba a preguntar qué había pasado porque ya lo sabían. No los detalles, por supuesto, pero sí las pinceladas más generales e importantes: Nick estaba claramente arrepentido de algo y Raquel estaba muy disgustada por su desafortunado corte de pelo. En cierto modo, pensó para sí, la historia era realmente así de simple. Se acercó a la mesa de la cocina y vio su nombre escrito a mano en la tarjeta. Era más un pedazo de papel doblado que una tarjeta en el que había dibujado una imagen estilizada de ellos dos, besándose, rodeados de corazones y un sol resplandeciente. En el interior, con una caligrafía impecable, había escrito:

Mi amada Raquel:

Lo siento mucho. Solo quería animarte a hacer algo atrevido que te daba miedo hacer. Nunca pensé que te molestaría tanto. Por favor, perdóname.

Con amor,
Nick

Leyó la nota dos o tres veces, masticando cada palabra, tratando de entender dónde estaba exactamente el cartílago que la hacía tan difícil de tragar. La ilustración. La miró de nuevo: los rayos del sol emanando de entre la coronilla de sus cabezas y su largo, largo pelo cayendo en espirales, bajando,

bajando y saliendo de la página. ¡Ni siquiera él podía imaginarla sin cabello!

—¡Vete pa'l carajo, cabrón de mierda! —gritó, cogió las rosas y las arrojó al otro lado de la habitación. El jarrón barato de floristería se hizo añicos contra la estufa, donde aterrizó. Cristal cuquicá, agua y pétalos por todo el suelo de madera clara y lustrosa; el olor del agua de rosas sincretizándose con la sensación de humillación de Raquel.

Betsaida colgó el teléfono y Marcus y Delroy se quedaron en la puerta mirándola.

—Lo siento —dijo Raquel en voz baja, la vergüenza había sustituido la rabia—. Ahora mismo lo limpio.

—No —dijo Betsaida—, deja que lo limpien ellos. Tú y yo vamos a salir.

—¿Tu prima me va a atender?

—Mañana. Ahora mismo lo que tú necesitas es una limpia.

JACK

CIUDAD DE NUEVA YORK • PRIMAVERA DE 1994

Jack estaba en la cima del mundo. El MOMA. El fucking MOMA. Es curioso, en una vida llena de logros históricos, hay unos cuantos que todavía pueden destacarse como especiales. Hitos personales, por así decirlo. Se recordó a sí mismo cuando era más joven y vino a ver a Pollock aquí mismo y sintió esa hambre en la boca del estómago por ver su propio trabajo en estas paredes. Sus esculturas en estos salones sagrados. Sí, había estado en cientos de museos por todo el mundo y formaba parte de más colecciones permanentes que cualquiera de sus colegas. Había tenido seis retrospectivas diferentes a lo largo de su carrera y ni siquiera llegaba a los setenta años. Una de sus primeras obras acababa de venderse en Christie's por casi un millón de dólares. Él era un éxito, bajo cualquier medida. Pero ¿pasar de ver esas paredes y anhelar una oportunidad a ver todo el lugar —todo el jodido lugar— lleno de sus creaciones? ¿Saber que él, incluso a su edad, había colocado casi todos los ladrillos, vigas, tablones y placas? (Casi, admitió con tristeza, porque ante la insistencia de Tilly había comenzado a contratar asistentes de arte. Los había entrenado, como ella había sugerido, para el futuro. En su meticulosa metodología y proceso para colocar cada pieza). ¿Ver su legado —estas piezas, se dio cuenta, eran su legado— celebrado a tal escala en una institución que lo había marcado de forma tan profunda? Era un nivel de realización y satisfacción que no había sentido en mucho tiempo.

La apertura fue glamurosa. Llena de amigos y antiguos rivales, la mayoría de los cuales, según notó, se estaban haciendo demasiado viejos para él molestarse en contenciones. Había un cuarteto de cuerdas tocando la partitura de *Lo que queda del día* (oh, le había encantado esa película) y, aunque había ido con Camilla (una nueva galerista que Tilly había contratado para supervisar su expansión en Londres), había más de unas cuantas jóvenes hermosas ansiosas por hablar unos minutos con el hombre de la hora. Era un auténtico evento neoyorquino: Graydon Carter estaba allí, todos los críticos, por supuesto, incluso John-John y su nueva y atractiva novia. Alta y rubia, le recordaba a Ingrid (oh, su dulce Ingrid; cómo la extrañaba).

Estaba tomando una copa con Camilla y un novelista argentino cuando Tilly se le acercó.

—Querido, ¿puedo llevarte a saludar a algunas personas? —preguntó.

—Eso es parte del espectáculo —dijo con alegría, tomándola del brazo y dejándose guiar entre la multitud.

—Vaya que estás de buen humor —observó Tilly—. Es Linda Fitzsimmons. Nos hizo aquel favor hace unos años…

Oh, fuck, fuck, fuck.

—Tilly, no.

¿Acaso ella no sabía que él había metido todo eso en un baúl de hierro? Pensar en *ella*. El simple hecho de que *ella* existiera. La encerró y cavó una tumba lo suficientemente profunda para doce hombres. La cubrió con tierra llena de gusanos y luego echó cemento encima. Oh, cuánto se había esforzado por mantenerla a raya. ¿Y ahora estaba Tilly con un martillo mecánico, intentando sacarla?

—No quiero pensar en eso —afirmó, y se paró en seco. Se clavó.

Noche arruinada.

—Jack —dijo Tilly con firmeza—, nadie lo sabe. Pero Linda es una vieja amiga que nos hizo un favor, que es miembro de la junta directiva y ahora su hijo quiere ser artista. Ella solo quiere una oportunidad para presumir. Así que vamos.

Y pronto se encontró frente a una atractiva mujer con cabello rojo como Tiziano y un rostro vagamente familiar al lado de su sonriente y enamorado esposo.

—Linda, Clarke —expresó Tilly, alegre—, aquí está.

—Jack —saludó Linda mientras le daba dos besos en el aire—. Es maravilloso volver a verlo.

—Oh, sí, ha pasado mucho tiempo.

—No lo veía desde que instaló aquella fantástica pieza en nuestro vestíbulo. Transformó por completo la entrada.

Jack se erizó. Había olvidado que lo habían manipulado para que les regalara algo. Era simple. Inteligente. Tres placas de acero dispuestas de tal manera que creaban un triángulo en el centro del pórtico circular.

—Me alegra que lo esté disfrutando. ¿Tilly dijo que su hijo ahora es un artista?

—¡Nicholas Fitzsimmons! Pronto escuchará su nombre en los medios, Jack. Eso, se lo prometo. Quería ir a RISD, pero es un verdadero intelectual. Le encantan sus esculturas de palabras, Jack. No se cansa de ellas. Empezará a estudiar en Brown este otoño y podrá tomar…

Los poemas. Al hijo le encantaron los poemas.

—Genial. Bien por él —comentó, intentando fingir entusiasmo.

—Sí —añadió el marido—. Estamos muy orgullosos de él. Cariño, no te olvides de contarle a Jack lo otro.

—Lo otro… —dijo, con aspecto de estar un poco borracha.

—¿Lo del préstamo?

—Oh, Dios, sí. —Linda se inclinó hacia delante con aire conspirador—. Recibimos una llamada de un pequeño museo de Vancouver para preguntarnos si podíamos prestarles las piezas que habíamos retirado de aquella subasta. ¿Se acuerdan? —preguntó.

—Por supuesto que nos acordamos —dijo Tilly, sin siquiera ocultar su disgusto.

—El año que viene van a montar una exhibición —susurró Linda, y Jack quiso abofetearla. Esta mujer de tan poca importancia (disfrutaba de estar en medio de algo relevante para variar)—. Es el aniversario, ya sabes.

Jack no podía cometer un acto de violencia en su propia inauguración, pero sintió que agarraba con más fuerza su copa de vino.

—Por supuesto —continuó la cerda—, dijimos que no, bajo ninguna circunstancia.

—Bueno —dijo Tilly, haciendo un gesto de despedida—, por supuesto, se agradece.

—Por supuesto —manifestó la señora Fitzsimmons—, solo quería dejarles saber.

Apenas estaban fuera del alcance de sus oídos, Tilly dijo:

—Llamaré a la oficina de Ron por la mañana y averiguaré cuáles son nuestras opciones.

Y él sabía que lo haría. Pero lo hecho, hecho estaba. Su noche perfecta manchada por *ella*.

RAQUEL

PROVIDENCE • VERANO DE 1998

Para cuando Raquel llegó a la estación de radio al día siguiente, se sentía como una mujer nueva. O, más preciso, como una versión mejorada de su antigua yo. No como ella antes del corte de pelo, ni antes de Nick, sino como una versión que existía incluso mucho antes de eso. Raquel antes de llegar aquí. Una versión a quien no le habían amoratado el ego ni tenía sentimientos de deficiencia ni una constante sensación debilitante de ansiedad. Alguien que no tenía miedo a equivocarse o a tropezar o que sostenía, aunque fuera vagamente, el axioma de que no merecía las cosas. Se sentía más como la Raquel más joven, que había tenido hambre, curiosidad y ansias de salir al mundo; que nunca le había dado cabida al hecho de que tal vez no fuera suficiente una vez que llegara a su destino.

Por supuesto, le atribuyó todo esto a Betsaida, quien, mientras conducía el carro de Delroy a través de la ciudad hacia la casa de su tía, le brindó a Raquel el regalo del silencio. Simplemente puso música y dejó que Raquel mirara por la ventanilla y llorara. Apreciaba la capacidad de Bets de ver la profundidad de su rotura en ese momento, pero sin necesidad de comprenderlo todo. Esto la hizo sentir cómoda y segura. La mamá de Raquel había hecho de las limpias algo habitual de su vida. Tanto así, que fue en la sala de su santera predilecta (una mujer de Bushwick) donde conoció a Dolores, que sabía mucho más de los menesteres de la fe y la veía con mayor seriedad que su mamá. En cierto sentido, Raquel había considerado que todo el asunto (las creencias supersticiosas, los rituales, las ofrendas y la entrega de dinero a damas en apartamentos al azar sin vestigios ni autoridad clerical), pues era de clase baja. Más o menos al mismo nivel que los raspaítos de lotería y vender productos Amway. Nunca decía nada, quizás un comentario por aquí o por allí para que su mamá tuviera cuidado y no se dejara engañar, pero guardaba ese pensar en el corazón. Pero cuando Betsaida la vio en la cocina y le dijo que necesitaba una limpia, lo único que le pasó por la cabeza fue gratitud.

Se dio cuenta, en el camino, de que se había estado sintiendo fuera de control. Su infancia y adolescencia habían sido como un lente de cámara que se abría al mundo. Año tras año, la abertura se ensanchaba. Pero la universidad la había empujado a un nuevo paisaje, uno que requería un lente completamente nuevo. Ella misma apenas estaba segura del tipo de película que estaba haciendo. Acababa de empezar a ordenar las cosas; había encontrado un tipo de verdad, una verdad solitaria, pero verdad al fin y al cabo. Y, de repente, la película cambió de nuevo. Esta vez, el lente no se amplió, sino que se fue cerrando más y más hasta que la escena se centró en un solo actor: Nick. La inserción de él en su vida (de sus inclinaciones, rutinas y hábitos y su deseo de reafirmarlos y adaptarse a ellos) la dejó con una sensación de inseguridad, de incertidumbre. Su afán por actuar (en el trabajo, con él) la había abrumado. Había perdido el control de lo que fuera que la había guiado hasta ese momento. La última vez que se sintió tan desorientada, fue la comida y el haberla eliminado de su vida lo que la había ayudado a recuperar cierto control de sí misma. Hasta que, por supuesto, dejó de funcionar. Esta vez, lo único que había hecho era dejarla más delgada. Esquelética como Nick había preferido.

Jael, la tía de Betsaida, vivía encima de un café en Warwick. A pesar de que Betsaida le había dicho que Jael era la hermana menor de su mamá, Raquel se sorprendió al ver a la mujer que le abrió la puerta. Esperaba encontrar a una señorona que apenas hablaba inglés, y en su lugar se encontró frente a una versión muy atractiva, de unos cuarenta y tantos años y bien vestida, de Betsaida. Trabajaba como intérprete en la corte. Su apartamento estaba decorado con mucho estilo: «Sin contar estas chucherías que mi exmarido todavía no ha venido a recoger», le dijo a Raquel cuando elogió el lugar. La casa estaba vacía cuando llegaron, salvo por el delicioso olor a habichuelas que llenaba el espacio. «Tú tienes suerte de que mis hijos no han llegado», dijo, y fue solo porque Bets le había explicado que nunca tuvo hijos, pero que había acogido a muchos «ahijados de su fe» que Raquel entendió. Jael le sacó un plato de comida a Bets y la mandó para la sala antes de sentar a Raquel en la mesa del comedor. Había instalado un altar en una estantería, con una estatua de la Virgen María y otros santos que Raquel quizás conocía pero que había olvidado hacía mucho tiempo.

—Yemayá —le explicó Jael a Raquel, observándola mientras miraba el altar—. Ella es la Santa Patrona de mi cabeza.

—No sabía que los jóvenes podían hacer esto —dijo Raquel.

—¿Entonces tú pensabas que solo las viejas podían ser santeras? —respondió Jael riéndose—. No ombe, mi agüelo me empezó a enseñar desde que yo era una pipiolita. ¿Te han hecho una limpia antes, mi niña?

Raquel negó con la cabeza.

—Pero mi mamá va todo el tiempo hacerse —afirmó.

—Bueno, todo el mundo trabaja distinto, pero yo básicamente te leo las cartas para ver qué es lo que anda mal contigo y luego le doy un baño a tu espíritu, pero también es un baño literal.

—Yo sé lo que anda mal conmigo —indicó Raquel, y Jael se chupó los dientes, como Bets siempre hacía.

—Quizás lo que te pasa es que siempre crees que sabes lo que te pasa —dijo Jael. Empezó a barajar.

Raquel sintió mariposas en el estómago mientras observaba cómo iba colocando las barajas, fila tras fila, sin tener idea de lo que significaban. Estaba segura de que serían consejos sobre Nick y el amor y si debía perdonarlo o no, pero la verdad fue que el romance no salió a colación.

—Entonces —comenzó Jael, con total naturalidad, como si estuviera diagnosticando un uñero o una conjuntivitis—, tienes una buena intuición, pero con demasiada frecuencia te dejas llevar por el cerebro y no por el instinto. Has dejado que gente que no merece tu confianza tambalee tu seguridad, tu confianza en ti misma. Tú te has chupado la idea de que hay algunas personas cuya aprobación o validación te van a llenar, pero en el proceso has perdido la capacidad de validarte a ti misma. De sentir que eso es suficiente. Elevas la posición de los demás al permitirles que usen tu espalda como escalón, pero entonces te ciegas ante la gente que te rodea y que ve tu valor. Te sientes sola porque tienes anteojeras puestas, no porque no te amen.

—Mierda —dijo Raquel.

—Tiene solución —aclaró Jael—. Elegguá dice que salir de la casa es un riesgo, una aventura. Estás en un valle oscuro, pero el punto es que eso te hace mucho más sabia. Tú tienes muchos dones y muchas almas y guardianes protegiéndote del otro lado.

—Mi abuela se murió hace un par de años —informó Raquel.

Jael viró unas cuantas barajas más.

—Sí, ella es fuerte. ¿Pero parece que también hay alguien más? Una persona que no es familia. Los espíritus son peculiares, difícil saber a quién se apegan y a quién no. Es mejor un guardián que un fantasma, ¿tú me entiendes?

—¿Hay alguna diferencia? —preguntó Raquel.

—Sí —respondió Jael, sin dar más detalles—. El punto es que yo, esa guardiana, tu agüela, todas estamos aquí tratando de hacerte ver tu propia luz, porque es lo suficientemente fuerte para guiarte.

—¿Algo más? —preguntó, esperando algún mensaje sobre Nick.

—Sé más compasiva con tu mamá. Como todas las madres, ella solo hace lo mejor que puede.

Y luego Jael la llevó a la ducha y la bañó con agua de eucalipto y le golpeó la espalda con las ramas mientras pronunciaba una súplica que Raquel no pudo entender del todo. La limpió con agua de Florida y agua de rosas y sacó todas las hojas y pétalos y restos del baño y los puso en una bolsa plástica con la ropa que Raquel tenía puesta, la cual había cortado en pedazos, y le dijo a Raquel que la botara en un zafacón por lo menos a cuatro esquinas de su casa. Le dio un velón y le dijo que dejara afuera dos vasos de agua, uno para su abuela y otro para la otra mujer. «Para que sepan que son bienvenidas», dijo. «Quienquiera que sea».

Tan pronto como se fueron, Betsaida le preguntó cómo se sentía.

—Más liviana —dijo—, y con más hambre.

Betsaida se rio.

—¡Espera hasta esta noche! ¡Vas a dormir como una reina!

Y así fue.

Por la mañana invitó a Bets a desayunar antes de volver a subirse al carro de Delroy, esta vez camino al salón de belleza de su prima. La muchacha, pensó Raquel, era una jodida maga. De alguna manera había transformado su caótico corte de pelo en algo elegante (incluso le hizo unos rayitos claros).

—Dejártelo crecer va a ser una jodienda —le advirtió, pero, en ese momento, Raquel no quería centrarse en los retos del futuro. Iba a disfrutar de verse bien en el presente.

—Fuiste mi hada madrina este fin de semana —le dijo Raquel a Betsaida en el viaje de regreso.

—Es lo que hacen los amigos, ¿no es así? —aseguró Betsaida, y Raquel sabía que la respuesta era sí, pero ¿qué había hecho ella para ganarse este nivel de generosidad?

—Esto fue más allá de lo que se esperaba —respondió,

—Bueno, ojalá que algún día puedas devolverme la amabilidad cuando yo la necesite —apuntó Bets—. La verdad es que lo entiendo. Te enamoras de alguien, te enamoras tanto de alguien que todo tu mundo se encoge y, de repente, apenas tienes una vida aparte de esa persona.

De alguna manera, estaba articulando exactamente lo que le había surgido a Raquel una o dos veces en la silla del salón. La impresión del corte de pelo se calmó y comenzó a darse cuenta de que su vida, la que había rediseñado en torno a Nick, ya no existía.

—Pero Delroy es una chulería, y tú lo amas.

—Tú también amas a Nick, ¿verdad? —dijo Bets, y la miró con el rabillo del ojo—. Delroy *es* genial, cierto, pero creo que todo es pura suerte. Mi papá es un degraciao y por eso la vida de mi mamá es una mierda, pero ella se enamoró de él. No creo que uno pueda evitarlo, en especial las mujeres.

En la estación de radio, Raquel se sorprendió de lo mucho más divertido que era estar allí sin la molesta sensación de que Nick resentía su ausencia; que ella estuviera lejos de él.

—Marcus, si tú pones «The Boy Is Mine» hoy, me va a dar un yeyo —le advirtió mientras se pasaban a la segunda mitad del show.

—A la gente se le da lo que quiere, Rock.

—¿Darle exactamente lo que pueden oír en Hot 106? —replicó ella.

Él resopló.

—¿Solo *prueba* una de mis canciones? —pidió ella—. El tocar más cosas independientes va a ser lo que mantenga a nuestra audiencia pegada al radio; lo que hará que nuestro programa de hip-hop sea distinto.

—Con esto no se puede bailar —aclaró Marcus.

—Por supuesto que la gente puede bailar con esto —dijo, hojeando el puñado de CDs que había estado tratando de venderle durante las últimas dos semanas—. El tema seis. Q-Tip, Mos Def. Totalmente accesible.

Marcus hizo una mueca, pero de todas formas cogió el CD. Cuando terminó la canción de Total, encendió el micrófono.

—¿Qué hay, mi gente? Aquí estábamos buscando en los guacales repletos de música y Rocky tiene algo para ustedes. Es de Rawkus Records y se titula «Body Rock». Déjennos saber si les gusta o si prefieren cantar con Brandy y Monica.

Pulsó el botón de Play. Después de unos pocos compases, las líneas telefónicas comenzaron a iluminarse; Raquel se encargaba del teléfono y procedió a atender una gran cantidad de llamadas de tipos emocionados por escuchar «algo nuevo» en el radio. Estaba clavada con un radioescucha que los felicitaba por decirle no al rap de traje y corbata cuando la puerta de la estación se abrió y entró Mavette.

—¡Anda pa'l carajo! —gritó Raquel y corrió a abrazarla.

—¿Aquí nadie revisa su fucking correo electrónico? —preguntó Mavette, antes de añadir—: Dios mío, te cortaste todo el pelo.

—Una larga historia sobre el pelo corto —dijo, respirando el familiar aroma a clavo dulce de Mavette y su perfume francés, solo para notar que había estado llorando cuando se separaron del abrazo—. Mavette, ¿qué pasa?

—Señoritas —espetó Marcus—, aquí estamos tratando de producir radio.

—Encontré a Niles cogiéndose a otra tipa —dijo Mavette, ignorándolo.

—Coño —exclamó Marcus ahora.

Raquel sintió un cosquilleo en el estómago. ¿Debería haberle contado lo de Astrid y Niles?

—No te preocupes, no era Astrid —señaló Mavette sin aspaviento y, al notar la expresión de sorpresa en el rostro de Raquel, agregó—: Yo no sé por qué tú siempre piensas que no me entero de nada.

Llevaba un gran bolso sobre el hombro y lo arrojó a un rincón, antes de desplomarse en una de las sillas del estudio como si hubiera estado allí antes por lo menos una docena de veces. Marcus presionó Play en otra pista.

—¿Y qué hiciste? —le preguntó a Mavette.

—¿Cómo que qué hice? Dije que lo sentía, cerré la puerta y me fui de allí lo más rápido que pude. Imagino que él tampoco leyó su correo electrónico. O tal vez sí y no le importó.

Su correo electrónico. Raquel estaba tan nerviosa la última vez que revisó su correo electrónico que ya no se acordó de leer el de Mavette.

—¿Y qué decía? —preguntó.

—Bueno, ahora es casi vergonzoso —aseguró Mavette—. ¿Puedo fumar?

—No —dijeron Marcus y Raquel al unísono.

—Putain d'Amérique —murmuró Mavette—. El correo decía que el proyecto había terminado oficialmente, que las cosas habían tomado un giro extraño y que había vuelto a hacerle caso a mi corazón. Que habíamos regresado antes de tiempo y que yo venía para volver con Niles y, con suerte, pasar un poco de tiempo contigo.

—Mierda —exclamó Raquel.

—Sí —dijo Mavette, dándose palmaditas en los bordes de los ojos para contener las lágrimas.

—Señoritas, en serio —se quejó Marcus, y cuando Raquel le dijo en voz baja que no se comportara como un cabrón, él le sacó el dedo mayor antes de volver a salir al aire.

Mientras hablaba de su próxima parrillada del fin de semana del Día del Trabajo y otras promociones, Mavette continuó:

—De todos modos, pensé que me quedaría en casa de Niles, pero ahora supongo que me quedaré contigo. ¿Te parece?

Por una fracción de segundo, Raquel pensó en todas las razones por las que podía decir que no: que estaba cansada; que Mavette no se había ganado del todo la confianza que había perdido; que ella también estaba recuperándose de un corazón roto; que su casa estaba abarrotada. Pero entonces se le ocurrió que Mavette podría haberse quedado en un hotel, incluso en el Biltmore, sin pensárselo dos veces. Pensó en las anteojeras que Jael le había dicho que llevaba puestas y, al quitárselas por un segundo, vio claramente que lo que Mavette necesitaba no era un lugar donde dormir, sino una amiga. Y Raquel dijo, por supuesto, que sí.

~

Durante la cena en Paragon, donde Mavette los invitó a una botella de vino, les explicó a Raquel y a Marcus cómo el experimento de buscar prospectos adinerados para el matrimonio que se supone duraría todo el verano terminó en una gloria dramática y sorprendente.

—Se suponía que dividiríamos nuestro tiempo entre Francia, Martha's Vineyard y los Hamptons, pero nos dimos cuenta enseguida de que, de hecho, si estás buscando hombres jóvenes con fortuna generacional, allí es como pescar en una cubeta…

—No creo que ese sea el dicho —añadió Marcus. Mavette se encogió de hombros.

—Así que fuimos conociendo uno y otro europeo rico y nos llevaban a bailar o nos invitaban a salir en su yate o a otro pueblo turístico, y los seguíamos.

—Debe ser interesante —dijo Raquel, en reacción, porque de inmediato pensó que eso sonaba agotador.

—De todos modos, hace una semana, andábamos con todo un grupo de alemanes ricos…

—¿Los que mencionaste por correo electrónico? ¿Con el barco en Como?

—No, otros alemanes ricos. Volviendo al caso, yo estaba tratando de dormir, era súper tarde, pero mi habitación quedaba al lado de la sala común y la música estaba a todo volumen, pero más que nada eran los gemidos.

—¿Gemidos? —preguntó Raquel.

—Tú sabes, *gemidos* —dijo Mavette, antes de exhalar su cigarrillo para darle un efecto dramático—. Entonces, salí, honestamente más por curiosidad que otra cosa, pero cuando me acerqué, pude escuchar muy claramente que era Margot, y justo cuando yo estaba a punto de regresar a mi habitación para darle privacidad, la escuché llamar a Claire.

—¡No!

—¿Qué? Pero yo pensé que ustedes estaban allá buscando maridos —apuntó Marcus.

—¡Bueno, eso era lo que yo también pensaba! Y eso fue lo que dije cuando entré…

—Espérate —dijo Raquel—, ¿las encontraste juntas en la habitación?

—¡Por supuesto! Ellas me convencieron de que yo terminara con un hombre del que estaba enamorada…

—Que se acuesta con otra persona —intervino Marcus.

—No viene al caso. Me vendieron la estupidez del amor y la sabiduría de casarse por cuestiones fiscales y de seguridad social, ¡pero todo el tiempo sabiendo que ellas no estaban sacrificando nada, porque estaban en esa relación! Me sentí engañada y se los dije.

Raquel quería disfrutar un poco del chisme pero, en cambio, el hecho de que ellas sintieran que no podían ser abiertas respecto a cómo se sentían, la hizo sentirse triste.

—¿Qué dijeron? —preguntó Raquel.

—Bueno, la cosa tomó un giro histérico. Lágrimas. Todo. Y, puede que no sepan esto de mí, pero odio el llanto. Hasta cuando soy yo la que llora. Empezaron a hablar de que realmente sí creen en casarse por seguridad y de que el padre de Margot era demasiado conservador como para aceptar que ella quisiera estar con una mujer, incluso si era Claire. Y les dije que tenían que dejar de ser tan infantiles y que aceptaran quiénes eran…

—Eso es un poco duro —aseguró Raquel—. Mi mamá es una mujer adulta con hijas adultas y todavía le cuesta llamar a su novia su novia.

—¿Tu mamá es gay? —preguntó Mavette—. Qué progresista.

—Es solo quien es —afirmó Raquel—. Además, ella trabaja en el comedor del Met, no como curadora. Solo para aclarar.

—Oh —dijo Mavette.

Raquel ya no quería ser alguien más que ella misma.

—De todos modos, el punto es —continuó Raquel— que Margot conoce a sus propios padres. Seguro tenga un buen sentido de las cosas.

—Bueno —agregó ahora Mavette, con expresión de culpabilidad en el rostro—, esa es la cuestión. Las convencí de que fueran a ver a sus padres y les dijeran lo que sentían la una por la otra y no vivieran una mentira. Y que sus padres deberían estar felices de que ambas hubieran encontrado a alguien tan talentosa e inteligente.

—¿Y? —dijo Marcus, inclinándose hacia delante, fascinado.

—Regresamos juntas y fuimos a la casa de los padres de Claire y, como imaginaba, no hubo problema. Pero cuando fuimos a la casa de Margot en Martha's Vineyard, se armó la Tercera Guerra Mundial. Desheredación, lágrimas, gritos. Nunca había visto a gente blanca tan visceral.

—Diantre —exclamó Raquel, sintiendo una alarmante suma de simpatía por Margot.

—De todos modos, volví a la ciudad con Claire y, literalmente, cuando llegamos, la mamá de Margot ya estaba hablando por teléfono con la mamá de Claire y le decía que, si bien no aprobaban a las lesbianas, en general, reconocían que Claire era excepcional y que provenía de una buena familia y que deberían reunirse para hablar del asunto.

—No relajes —dijo Marcus—. Así y ya.

—Así de simple —manifestó Mavette—. Pero tú sabes que el padre de Claire es, por así decirlo, el número dos en Goldman Sachs.

—¿Y?

—El papá de Margot es el director ejecutivo de una empresa de telecomunicaciones y ellos quieren sacar la compañía a bolsa.

Marcus y Raquel la miraron sin comprender.

—Bueno —recalcó Mavette, exasperada—, a fin de cuentas, es una buena fusión familiar.

~

Después de que Marcus regresara a la ciudad para su penúltima semana en MTV, Raquel, Mavette y Betsaida compartieron vino de caja y hablaron hasta bien entrada la noche sobre la ciencia de las rupturas, sobre amor, política, sobre saber lo que se tiene que hacer y no escucharse a sí misma; hablaron acerca de Anita de Monte y Jack Martin, del racismo en sus departamentos, de sexo, sobre si importaba y por qué. Cuando su mamá la llamó para su habitual charla dominical, Raquel le contó sobre la limpia y luego suavizó el golpe de haberse cortado todo el pelo con lo que anticipó correctamente que sería recibido como una grata sorpresa: su ruptura con Nick. («Nena, tú vales más que el oro»). Más tarde, sin embargo, cuando se emborrachó de verdad, verdad, les contó a sus amigas todo lo que había pasado. Por el resto de su vida, solo Astrid, Mavette y Betsaida sabrían cómo y por qué había llegado a tener el pelo corto.

~

El lunes por la mañana, Raquel salió temprano para el trabajo, armada con el catálogo de Anita de Monte, y se encontró con que Belinda Kim ya estaba allí.

—Oh no, Belinda —dijo Raquel, avergonzada por haber llegado después que su jefa—. ¡Déjeme traerle un café!

—¡No, no! ¡No te preocupes! —expresó Belinda, invitándola a pasar; había alegría y entusiasmo en su voz—. Ven. Quiero mostrarte algo.

Una vez que Raquel descubrió a Anita de Monte —o más bien, después de que Belinda la pusiera en el radar de Raquel— se formó un nuevo vínculo entre las dos mujeres. Raquel había llegado al trabajo entusiasmada. Sobre lo crudo y puro que era su arte. Sobre cómo la hacía sentir por dentro. Sobre cómo pensaba que Anita era la única persona como ella —mujer, latina— que había intentado permear este mundo y lo tonta que se sentía ahora al no haberse dado cuenta de que había toda una historia de mujeres que la precedían. Una acaudalada conversación de la que ella simplemente no se había enterado. Lo sonsa que confesó haberse sentido al asumir en silencio que nadie como ella había creado arte de clase mundial simplemente porque nadie en el frente de un aula se lo había dicho. Lo brava que estaba consigo misma por nunca haber buscado a Anita ni a ninguna de las otras personas cuyo trabajo quizás había sido olvidado.

—Enójate con el sistema, Raquel —le había dicho Belinda ese día—, y luego ve cómo puedes arreglarlo. Yo le he puesto mucho empeño a mostrar artistas emergentes de orígenes desestimados, pero no he prestado suficiente atención a unir los puntos. A corregir esa mentira que nos enseñaron a ti y a mí: que el arte comenzó con unos tipos blancos en la antigua Grecia y se traspasó y mejoró cada vez más en manos exclusivamente de hombres blancos. Yo rechacé ese discurso, pero no he hecho mi parte del todo para enmendarlo.

Desde entonces, Belinda Kim ha tomado la reeducación histórica del arte de Raquel como un proyecto personal. Le llevó catálogos con la obra de Anita de Monte, sí, pero también le mostró obras de Jomar Burgos, Carmen Herrera, Juan Sánchez y Soraida Martínez, que Raquel acogió con puro deleite: cada artista expandía y reconciliaba la estética que había llegado a valorar en el Met y en Brown con sus sensibilidades de su hogar. Y estaba profundamente agradecida.

Raquel ahora dejó a un lado con entusiasmo su libro y su cartera y se unió a Belinda en su oficina, donde se cernía sobre una fotografía aérea de una pasarela.

—El otro día comí con Roger, del Departamento de Fotografía —comentó Belinda, concentrada—, y le conté sobre tu entusiasmo por Anita de Monte y él dijo que estaba seguro de que tenía algunas de sus fotos en su colección.

—¿En serio? —dijo Raquel, asombrada, mirando la pieza con nuevo interés.

—En verdad no deberían estar ahí; deberían estar aquí, pertenecen a este espacio; no son tanto fotografías como documentación de una obra de arte sobre la tierra que hizo aquí en RISD. Es decir, no la vas a reconocer. Estaba en un terreno que ahora es la galería moderna, pero mira esto. Creo que deberíamos incluirla en la muestra figurativa. Es un poco forzado...

Pero cuando Raquel la vio (una pieza hecha en el césped, diseñada alrededor de un sendero de piedras), pudo delinear inequívocamente la presencia de una figura esculpida en la tierra, en la cual Anita había sembrado hierba.

—No —dijo, con una seguridad que la sorprendió—, no, la veo muy claramente aquí.

—Sí —afirmó Belinda—, así es como lo vi, pero es bueno ver que tus ojos también lo ven.

Lo vieron, en parte porque se dio cuenta de que había visto la forma figurativa antes. Cuando estaba estudiando el catálogo de la exposición española tratando de despertar su interés en Jack Martin.

ANITA

PROVIDENCE • VERANO DE 1998

Oh, aló, pequeñín.

¡Me había olvidado, aunque me dé vergüenza admitirlo, de este! A Jack, por supuesto, siempre lo llamaban para hacerle encargos específicos para un lugar determinado. Cosas enormes pagadas por municipios poblados por gente adinerada. Casi siempre dejaban a todo el mundo rascándose la cabeza, encolerizados, y generando titulares locales como «¿Qué ES Arte?» y «¿Seiscientos mil dólares por ladrillos?». Y ese barullo hacía feliz a Jack porque su arte generaba controversia y nada hacía subir más los precios que la controversia. Pero, después de la exhibición en México, un pequeño museo de Rhode Island me pidió que hiciera una pieza en los terrenos del campus que lo rodeaban. ¡Era un lugar tan pintoresco! Me recordó la escuela donde iba la prota en *Historia de amor*, ¿te acuerdas? Y yo estaba dentro del museo, mirando por una ventana hacia ese pequeño sendero, y lo vi clarito como una columna vertebral; el claro de hierba que lo rodeaba como un montón de pelo que caía e imaginé el contorno de cuerpo. Líneas simples y limpias que se elevaban desde la tierra, dos líneas curvas hermosas y laaargas a cada lado del sendero. Montículos de tierra que cubrí con terrones. Una mujer en el camino. Fue algo sutil y seductor y a menudo me preguntaba si los estudiantes y los profesores que pasaban por allí alguna vez se darían cuenta de que estaban cruzando sobre la espalda de una mujer. Casi apreciaba que tal vez no se dieran cuenta. Me parecía poético, ya que la gente usa las espaldas de las mujeres como puentes todos los días sin pensarlo dos veces.

Desde la ceiba, oí el crujido de nombres que no conocía, pero los sentimientos: remordimiento, admiración, ira justificada. Oh, eran buenos sentimientos. ¡Y allí estaba! Sobre una mesa grande, siendo sacada de una caja y desenvuelta con cuidado —¡oh, con tanta ternura!— en papel de glicina. ¡Afuera! ¡Siendo vista! ¡Por dos personas, pero aun así! ¡Libre! ¡Dentro, caí en cuenta, de un museo (de todos los lugares posibles)! Y entonces oí a la mujer mayor decirle a la más joven que lo iban a poner en una exposición. ¡Una desgraciada exposición! Yo estaría en el mundo otra vez. ¡Mi energía, allá fuera! ¡Mi visión, visible! Si hubiera podido llorar, habría llorado.

Antes lo había dado por sentado: los momentos en que una parte de mí podía seguir viva. Lo único que podía hacer era coger tremendo berro por lo que sentía que era mi derecho, ¡mi derecho a ser vista! Pero ahora, después de tanto tiempo, después de haber sido enterrada y enterrada y enterrada otra vez, ¡esas mujeres me estaban exhumando! Me estaban desenterrando. Y sentí, por primera vez desde que había muerto, alegría. Gratitud. Sin melancolía. ¡Solo la emoción de la singa' existencia otra vez!

Entonces vi a la más jovencita. ¡Ay, me recordó a mi prima Lupe! Su carita diminuta y su pelo cortito-cortito, porque siempre se le enredaba en la arena y jugaba con fiñitos y le caían piojos. La jovencita parecía que iba a llorar, y pude sentirla. Podía sentir que eso significaba algo para ella; significaba algo para ambas, pero algo muy profundo para la menor. Me le acerqué más, mientras ella miraba la pieza, porque podía sentir su pensamiento.

—Ya he visto esta figura antes —señaló.

Oh, ella no pudo haberla visto. ¿O sí?

—Alguna de sus esculturas posteriores, tal vez —comentó la mayor.

—No, no. Lo recuerdo porque era… extraño —dijo y salió de la oficina con intensidad en cada zancada; buscaba algo en un escritorio. Cuando regresó estaba hojeando un catálogo. ¡La exposición de Jack en el Reina Sofía!

¿Se dio cuenta? ¿De verdad? Oh, pero cómo si era tan jovencita; ¿estudiante de posgrado, quizás? ¿Qué importaba? Y, sin embargo, ¡sí, sí, sí, sí importaba! Sentí un escalofrío electrizante, un hormigueo, los pelos de punta ante el prospecto. ¿Será que *alguien* vio lo que yo hice? ¡Alguien me vio allá!

Sus manos se movieron por las páginas hasta llegar a la foto del pliegue central: una imagen aérea de las malditas piezas con aspecto a cajas de bolas. ¡Oh, cuánto lo jodí con las jodidas bolas esas! ¡Lo volví loco! ¡De amarrar! ¡Porque estoy muerta, soy rápida! ¡Rápida! ¡Rápida! Porque él es un viejo y está vivo y bebe demasiado y come mucha grasa, es lento, lento, lento, y simplemente no podía seguirme el ritmo, asere. La sala de exposiciones era grande. Vasta. Con un sentido de infinidad infinita. Y había miles de ellas. Miles de cajitas de bolas de carros o bicicletas, ¿quién sabe?, todas plateadas y moldeadas de diferentes tamaños según sus especificaciones muy exactas y muy geniales. Todas y cada una de ellas, creadas por él y sus manos geniales. Organizadas para que parecieran «al azar» (caos, accidentes, desparrames), pero en realidad meticulosamente planificadas por él para convertir el gran, duro y vasto salón en un lugar de minúsculo y cuidadoso tedio. (Siempre le intrigó la tensión de los opuestos. Tal vez por eso me gustaba). Y él las colocaba y yo las movía. Y él las colocaba y yo las volvía a mover. Una y otra y otra vez. Hasta que al final yo había creado un espacio en el centro de la sala, un claro que tenía una forma que yo podía sentiiir. Una que estaba en mi alma. Una que era de mí. Una que era yo. La silueta de una mujer, abstracta, por supuesto. Una ameba para algunos. Un cuerpo para otros. Pero esta joven lo vio. Lo vio en la foto de su catálogo. ¡Oh, ese pedazo de mierda! ¡Yo también debería haber tenido catálogos de mis exposiciones! Yo debería haber seguido haciendo. Creando. ¡Mi singao arte!

—Estaba luchando por encontrar un ángulo en esta tesis que me apasionara —explicó la joven, casi sin aliento por la emoción—, y entonces vi esta imagen. Y fue tan impactante porque enseguida vi una figura en el vacío de las cajas de bolas…

—No creo haber visto esta pieza antes, Raquel —dijo la mayor, hipnotizada.

—Toda la exhibición es un poco extraña para él —y comenzó a mostrarle las otras piezas, las que yo había manipulado. Las piezas que reordené, rápido, rápido, rápido. Sísifo, lo declaré. Sí, eso hice. A él le salía humo. Maldijo. Maldijo mi nombre al aire y los guardias del museo pensaron que estaba loco. (Uf, o peor, que estaba afligido. No, no estaba afligido). La muestra era demasiado grande para que él pudiera detenerme. Ni podía seguirme el paso ni montar guardia. Se marchaba por la noche después de haber preparado todo y por la mañana yo ya había hecho de las mías con su obra. ¡La había profanado ante sus ojos! Había dejado mis pequeñas yemas espirituales por todas partes en cada pieza de metal, de madera, de arcilla, de piedra. ¡Aunque fuera solo para joderlo un cachito! Pero nunca pensé, ni hubiera deseado en un millón de años, en especial después de que me enterraran, que alguien me vería allí.

La mayor tomó el catálogo de las manos de la jovencita y revisó las fechas.

—Fue la primera gran exhibición que hizo después de que la matara.

¡Sí! ¡Sí! ¡Sí!

—Recuerdo haber visto las reseñas y pensar que, por supuesto, lo estaban recibiendo como al hijo pródigo en Europa. Si hubiera sucedido aquí, nos habríamos tirado a la calle.

¡Ah, ella era una de las mujeres! De las que estaban afuera del edificio y de la corte, tratando de hacerle la vida miserable a Jack. A mí, por supuesto, ella me cayó de maravilla de inmediato.

Fue emocionante estar en esa oficina; emocionante escuchar a estas dos desconocidas apreciarme, apreciar mis piezas. Escuchar a la mayor extrañarme. Ver a la joven tan conmovida al observar mi trabajo. De cerca. Tan cerca.

Después de un rato, la joven, que parecía bastante satisfecha, regresó a su escritorio, pero no antes de enviar mi pieza (¡mi arte!) al departamento de enmarcación para prepararla para la exposición. La seguí, la fotografía de mi pieza de tierra, hasta los enmarcadores y me quedé con ella un rato. Y recordé a Jack.

Si el pasado fuera un prólogo, recuperaría parte de mi fuerza. La sola perspectiva de la subasta me había permitido joder con una exhibición gigante. Y, sin embargo, no sé. Había tantos sentimientos alrededor de esa jovencita: sentimientos que me eran familiares de cuando estaba viva. Había soledad y desamor e inquietud, no saber si la entendían y también ambición. ¡Oh, la jeva palpitaba con una ambición salvaje! De querer cambiar las cosas. De querer descojonarlas. Y, no sé. Tengo buenos presentimientos respecto a las cosas. Decidí quedarme con ella.

¡Fue una locura, las dos mujeres! La otra, Belinda, era curadora. Raquel, su asistente, o una estudiante de posgrado o una combinación de ambas cosas. No pude entenderlo bien y no creo que importe. Pero me hizo sonreír: dos mujeres del Tercer Mundo a cargo de todo un departamento. Sí, un museo chiquitico, pero igual. Si, en cambio, hubiera habido un hombre en esa oficina, nadie estaría hablando de mí. ¡Sacando mi trabajo, mi bebé, del almacén! Si hubiera habido una mujer blanca en esa oficina, puede que hubiera importado, o estaría demasiado ocupada defendiendo esto o aquello, como para entender que fueron mis raíces mestizas, las que llegaron hasta la tierra de Cuba, las que permitieron que me borraran. Oh, si yo hubiera sido bonita y rubia como la imponente Ingrid, no es que él no me hubiera matado, pero la «hermandad» —esa hermandad blanca como el lirio que no se preocupaba por nada más que por ellas mismas, por las cosas que las beneficiaban— nunca permitiría que me olvidaran. ¡Que me descartaran! No, por el contrario, ¡las Tilly del mundo fueron cómplices! ¡Parteras! Quemaron sus ajustadores y luego les importaron una mierda las tetas de cualquiera que no fueran las suyas.

Volví a la oficina grande, la bonita con ventana. Vi a Belinda escribir una nota en una cosa (no sé lo que es ni lo que era), pero pude leerla. Había una casilla y decía ASUNTO y allí la vi escribir: Anita de Monte.

¡Mi nombre! Me acerqué.

> Señoras,
>
> Últimamente me he puesto a reconsiderar la olvidada obra de Anita de Monte. Hace poco descubrí que tenemos documentación de una pieza de su arte de tierra en nuestra colección. Su patrimonio ha estado atado a asuntos legales durante años, según recuerdo, pero tengo curiosidad por saber si alguno de sus museos, como el nuestro, tiene alguna obra de ella en sus colecciones. Si es así, tal vez podríamos hablar…

A mí, como te puedes imaginar, me gustó cómo eso sonaba. ¡Estaba buscando más de mi trabajo! Y bueno, ¡yo conocía a toda la gente que tenía más trabajos míos! ¡Y también dónde estaban! En su escritorio había una libreta de direcciones y, mientras ella escribía, pasé las páginas… hasta la S. ¡Y allí estaba! ¡Rory! ¡Rory! Ella tenía dibujos. Dibujos hermosos. Dibujos de mi libro de bodas que también había hecho con Jack. Meticulosamente deslicé la libretica de direcciones hacia el centro del ordenado escritorio de Belinda. Y así, cuando se dio la vuelta, la vio. Parecía confundida de que estuviera fuera de lugar, pero entonces, la vi mirar la página. Registró un pensamiento y la sensación que recibí de ella fue de determinación y «¡por qué no!» cuando la vi levantar el teléfono y marcar. ¡Coño! ¡Yo había regresado!

—Hola, le habla Belinda Kim, curadora de arte contemporáneo del Museo RISD, y me gustaría hablar con Rory Simms —dijo—. No, ella no espera mi llamada. ¿Podría decirle que la llamo por Anita de Monte?

¡Oh! ¿Será que le devolverá la llamada? ¿Será? ¡Me moría por saberlo! Sentía un hormigueo y un cosquilleo, estaba en ascuas. Yo pensaba que siempre le había caído bien a Rory. Jack me dijo que no exagerara, que probablemente solo estaba siendo educada, pero él no entendía la conexión. El vínculo de ser siempre las únicas en estos salones completamente blancos. Cómo ella a veces sentía que se ahogaba, y cómo sabía que yo la entendía.

La joven, Raquel, era una trabajadora incansable. Concentrada en su tarea y, noté, que estaba desesperada por seguir sumergiéndose en ese misterio de Jack Martin. Cuando se fue a comer, yo me quedé. Hojeé mi propio catálogo (nunca antes lo había visto y me hizo sentir triste y nostálgica y frustrada y feliz) con tantos de mis chiquitines juntos. Y recordé cada sueño que había inspirado cada pieza, cada viaje a Cuba que había despertado una idea, dónde estaba cuando concebí la noción detrás de cada objeto que había creado. Todos ellos eran recipientes para mi espíritu, mis experiencias, mi historia de vida. Había una escultura y recordé cuando la mostraron. Una que pensé que era importante que Raquel viera. La dejé abierta en su silla y esperé.

¡Ah, esta niña era más lista que un ajo! ¡Inteligente! ¡Perspicaz! ¡Intuitiva! Tenía buenos ojos, como solíamos decir. Lo vio de inmediato. Lo miró por un segundo y luego abrió el catálogo de la exhibición de Jack en España y lo revisó, con cierta determinación, hasta que se detuvo y llegó a la esfera radiante. ¡Esa sí que fue difícil! Las vigas eran muy pesadas. Incluso para mí. Las había movido a esa formación porque la figura me agradaba y sabía que le molestaría. Ni siquiera yo me daba cuenta de lo fuerte que era el eco de mi propio trabajo.

El subconsciente. Es un lugar extraño.

Más tarde, Raquel fue a recoger sus cosas y a despedirse de su jefa.

—Belinda —dijo muy segura—, me voy, pero he estado pensando en mi tesis.

—¿Jack Martin?

¡Cerdo! ¡Cerdo! ¡Cerdo!

—Bueno, he estado tratando de encontrar un ángulo que me apasione y ha sido difícil. Pero creo que lo encontré.

—¿Y entonces?

—Antes de que usted me hablara de Anita de Monte, yo me había dado cuenta de que había un hueco, una brecha en su trabajo. Y que su arte era notablemente diferente, incluso solo en esta ocasión, en esta exposición. Ahora, está clarísimo que la brecha se produjo después de la muerte de Anita y su juicio y que la diferencia, creo, fue la influencia de ella en él.

Fue, cariña, más que influencia.

—Eso es brioso y arriesgado. La cosa con Martin es…

—Que nada tiene que ver con nada. Lo sé. Por eso quería hablar con usted. No creo que el profesor Temple sea el mejor consejero para esta…

—No lo conozco, pero teniendo en cuenta lo que he oído, no.

—Y me preguntaba si, en su lugar, usted pudiera ser mi consejera de tesis.

~

Salió del museo extasiada; la sensación que emanaba de ella era de alegría. ¡Pura alegría! ¡Fuego! Ambición de nuevo, pero ahora con un toque de venganza. Iba a demostrar que alguien estaba equivocado y sentí un fuerte deseo de ayudarla. Y pensé: *¡Sí! ¡Sí! ¡Sí!* Y recordé al verla, lo apasionada que yo era. Por el arte y mi arte y lo que estaba pasando con él y por defenderlo y hacerlo intelectualmente sólido y visualmente atractivo y… ah, ¡las noches que pasábamos bebiendo y bailando y peleando! ¡Peleándonos sobre qué era verdad y quién era un estafador y qué era una putada! Y nos gritábamos y no nos hablábamos por días y ¿qué pinga tiene de malo a veces el conflicto? ¡Hace que tu cerebro mejore! ¡Te hace luchar con más fuerzas, te hace estar más convencido en lo que crees y en quién eres! Yo podía ver que esta joven tenía candela en ella. Y después de haber estado tan aburrida durante tanto tiempo, encontré esto muy interesante.

Estuvimos caminando por un rato cuando vi que la sonrisa de su rostro desaparecía y lo que sentí fue esto: vergüenza, bochorno, ira, dolor, humillación. Oh, yo conocía esos sentimientos de primera mano. Los conocía tan bien y supe, incluso antes de ver a la persona a la que ella estaba mirando, que era el desamor lo que los había causado.

Él era muy guapo y muy engreído. Chulo, pero común y corriente. Unos ojos claros que me hicieron desconfiar porque me recordaban a Jack y la forma en que me había mirado justo antes de empujarme por la ventana. Pero me di cuenta de que eso era una bobería y un prejuicio y que tú no puedes odiar a todo el mundo con ojos azul claro solo porque alguien con ojos azul claro te haya matado. Es decir, no me malentiendas, es una excusa bastante buena, pero odio ese tipo de vagancia. No, cuando lo miré a los ojos, lo que vi fue lo más peligroso de todo en un hombre: la inseguridad. Porque se arrastran y empujan a cualquiera que esté cerca en su desesperado azote por encontrarse cómodamente afirmados en la cima.

Hubo lágrimas y él sollozaba y luego ella lloraba y gritaba acerca de sentirse humillada y haber confiado en él y pronunciamientos de cómo él solo estaba tratando de ayudar. Siempre, siempre, «tratando de ayudar». Luego, los perdones y las súplicas de te amo… y más lágrimas. Más lágrimas. Y él trató de besarla y ella lo empujó, y él gritó en medio de la calle sobre cómo haría lo que fuera necesario para recuperarla. Y es tan gracioso cómo, incluso cuando no es tu vida, puedes ver el patrón. La misma historia una y otra y otra vez. Cómo él la reduce y ella se enfurece y luego se va y luego él la persigue y ella quiere sentir que le importa a alguien y entonces lo acepta de nuevo. Y de él sentí el anhelo, el anhelo de conservarla; mitad como persona y mitad como objeto. Un objeto que no quería perder. (Los varoncitos odian perder sus juguetes). Y supe entonces, por los sentimientos de miedo que irradiaba de él, que un día él crecería y que esas inseguridades en su joven corazón se arraigarían. Y que la soledad de ella nunca sería apaciguada por él, solo exasperada. Y que, debido a esto, la soledad se intensificaría hasta que él la humille y ella se empingue… y en algún momento ¡él se sentirá indignado por su furia! Hará algo tan terrible que ella tendrá que irse, y entonces él le caerá atrás y ella querrá sentir que le importa a alguien y por eso lo aceptará otra vez.

Y mi corazón no lo soportó. No podía soportar que otra persona viviera eso. Muriera por eso. Y no sabía qué hacer, así que lo empujé (bien fuerte) y él chocó con ella y ella se tambaleó hacia atrás y dejó caer la cartera y sus libros (mi libro, el libro de Jack, su cuaderno) se deslizaron y ambos empezaron a recoger chucherías y por un segundo pensé que yo iba a empeorar las cosas y no a mejorarlas, porque la vi ablandarse y la vi ahogarse de nuevo y pensé que él la iba a besar y que ella se iba a derretir, como nos pasa tan a menudo.

Como nos pasa tan a menudo.

—Si quieres que yo considere darte otra oportunidad, no puedes quedarte en Tilly Barber.

¿Qué? ¿Yo estaba escuchando cosas? ¿Qué tenía que ver Tilly con estos niños?

—No entiendo.

—Dijiste que harías cualquier cosa con tal de que volviera. Y te estoy diciendo que no quiero que esa galería te represente.

Alabao, él también es artista. Debí haberle pegado más duro.

—Eso es ridículo —masculló.

—¿Lo que tu mamá nos contó? ¿Jack Martin tirando a su mujer por la ventana? ¿Que hiciera un chiste sobre Frida Kahlo…?

—Ella estaba borracha cuando lo dijo.

—Es una maldita racista.

—¡Mi mamá te quiere!

—¿Y eso significa que no sea una fanática intransigente? —dijo.

Hubo un momento de silencio entre ellos antes de que ella continuara:

—Si no dejas a Tilly, no hay nada más que decir. En lo que a mí concierne, por los últimos trece años Tilly Barber ha ganado dinero a costa de un asesino.

Y eso que tú no sabes ni la mitad, pensé.

—¿Qué tiene eso que ver conmigo? —preguntó, y pude ver que empezaban a salirle mocos de su naricita. Ah, ella probablemente no se da cuenta de que es solo un culicagado. Un niño.

—Te la pasas hablando de construir una vida juntos. Yo no quiero una vida con alguien a quien eso no le moleste. Yo no quiero a alguien a quien no le importe que una mujer haya sido asesinada por su marido y que todos hayan mirado para otro lado para poder seguir ganando dinero a costa suya. Para poder mantener su falso fucking mundo en pie.

Estaba fascinada. Paralizada. Él ahora lloraba como un niño de kínder. Hasta me sentí mal por él.

Excepto que no me importaba. En lo más mínimo.

—No puedo dejar a Tilly, Raquel, porque mi mamá usó todas las fichas habidas para que ella me representara —dijo al final—. Tilly y ella son amigas desde hace mucho tiempo; no pudo decir que no.

Él ahora estaba sollozando de verdad. Yo ahora entendía la inseguridad.

—Tú y mi mamá son las únicas personas que creen en mí, Raquel. Yo no puedo perderte.

Y tuvo el descaro de buscar consuelo en ella. De inclinarse y pedirle algo a lo que, yo sentí, él no tenía derecho. ¡No este mocoso! Pero en lugar de abrazarlo, ella lo apartó. Extendió su maldita mano y lo paró en seco. Y ella se veía… em, no triste. Se veía harta. Vi saliva y veneno en sus ojos y ¡reconocí esa mirada! ¡Yo conocía esa jodida mirada!

—Tú has estado tan obsesionado con «ayudarme», cuando en verdad no tienes ni puta idea de cómo ayudarte a ti mismo.

Y se fue.

RAQUEL

PROVIDENCE • OTOÑO DE 1998

Por las mañanas era cuando Raquel más lo extrañaba. En la neblina del sueño y antes de que los pensamientos y los recuerdos racionales pudieran inundar sus sueños. La ausencia de cálido aliento en su cuello, de vellos de piernas contra su suave piel, de su mano agarrándole la cintura. Siempre le tomaba un segundo darse cuenta del vacío de su cuerpo junto a ella, reconocer que el aposento en el que despertaba era el suyo, y un pozo de tristeza se le agitaba como ácido en el estómago, gritándole a su cerebro que nadie más la amaría como él la amaba. Que nadie la querría como él la quería. Nadie la haría sentir tan elegida y especial. Llegaba en oleadas, como los malestares: la elevaba hasta la cresta y la ahogaba, y luego la hundía. Al final, se quedaba allí tumbada y recordaba que había más cosas en su vida que Nick. Que extrañar era normal, que extrañar era parte del proceso. Que extrañar, como le había recordado su mamá, no significaba un error.

Y entonces recordaba todo lo que quería lograr. Y sentía una sensación de propósito y determinación que la sacaba de la cama. Se convertía en emoción cuando estaba en la ducha; en un deseo de devorar todo lo que pudiera del día que tenía por delante.

Y luego la ola volvía a crecer. Cuando revisaba su correo electrónico y deseaba que hubiera uno suyo. Cuando escuchaba una canción en particular o pasaba por cierta esquina.

Era, sabía, lo mejor. Cuando lo vio por primera vez después de la noche del corte de pelo, el corazón se le plegó de rabia. Hasta que él empezó a llorar. Y en ese momento se dio cuenta de que, aunque su atracción inicial hacia él se debía a todo lo que él parecía ver en ella, lo que la retenía (lo que la hacía sentir «importante») era lo mucho que él la necesitaba. Para decirle que él era bueno. Para decirle que su trabajo era bueno. Cayó en cuenta de que se había sentido prescindible aquí en esta universidad. Una actriz de fondo en una película sobre otras personas y él la había convertido en el centro. Importante. Responsable.

Pero ¿a qué precio?

En el fondo, aunque todavía no estaba convencida de su pelo corto, por lo menos apreciaba su propio rostro y su belleza sin el marco de sus greñas, sentía que él había querido hacerla fea. O sentirse fea. Empezó a creer que él quería tullirla de las rodillas, hacerla sentir agradecida por su amor. No lo pensó de inmediato, pero en las dos semanas desde la última vez que lo vio, en los momentos posteriores a que la ola se calmara, se encontraba repasando todas las ocasiones en las que él la había hecho sentir inferior. La forma en que había hablado de y con su familia. Consciente o inconscientemente, todo eso era para hacerle sentir que, sí, ella era especial, pero que *solo* él podía verla de esa manera. Empezó a sentir que, al enfatizar las inseguridades de ella, él se sentía más seguro. ¡Oh, cuánta razón tenía Toni al decir que ella lo veía como un premio! Ahora, ella lo empezaba a ver como una persona asustada. Temeroso de que lo abandonaran, de no tener el control, de no ser lo suficientemente bueno. Y se dio cuenta de que, sí, aunque tantas veces a ella le preocupaba no conseguir sus metas en la vida, no era una persona que tuviera miedo. No de valerse por sí misma. De irse de casa, de perseguir ambiciones, de soportar la soledad en pos de un futuro distinto. Un futuro sin red.

Había dicho lo de Tilly Barber sin pensarlo, sin intención alguna de que fuese una condición para volver a estar juntos. Se sorprendió de sí misma por haberlo dicho en primer lugar, pero tal vez era porque sabía que él nunca lo haría. Tuvo la corazonada de que, cuando se le diera a elegir entre lo correcto o lo incorrecto, él no tendría el coraje de elegir correctamente. No si eso le suponía un precio.

Por supuesto, ¿el costo era más alto porque implicaba apostar en sí mismo, cultivar su arte, mejorarse a sí mismo y su trabajo y no solo apoyarse (por miedo) en las conexiones que su madre tenía o le había comprado? Bueno, eso solo lo dejó más claro para ella. Sí, lo añoraba, pero se aferraba a este conocimiento cuando las olas de la añoranza amenazaban con arrastrarla y llevarla de regreso hacia él.

No es que no tuviera sus momentos de debilidad. El único correo que intentó enviarle, para decirle lo sola que se sentía sin él por las mañanas, le rebotó. Se habían enviado un millón de correos electrónicos antes, pero de alguna manera ella había agregado una letra adicional a su nombre. Revisó su contestador automático y escuchó el comienzo de «Hyperballad»» (sabía que debió haber sido de él la llamada), pero luego la cinta se adelantó y se devoró sola y, como no estaba completamente segura de que fuera él, decidió dejarlo pasar. Astrid le entregó a regañadientes una nota que él le había enviado al trabajo. La guardó en su cuaderno para leerla cuando estuviera sola, pero luego no pudo encontrarla. Raquel no era una persona supersticiosa, pero empezó a preguntarse si se trataba de algún tipo de señal. Porque, en serio, cuando se detuvo y lo pensó bien, ¿qué más podría tener que decir Nick?

¿Lo siento? ¿Por el cabello? ¿Por la intención detrás del cabello? ¿Por la confianza que rompió? ¿Por no ser la mitad de la persona que tal vez (solo tal vez) ella realmente era?

Lo extrañaba, pero esperaba, como se lo aseguraron Betsaida, su mamá, Toni, Mavette borracha, ahogándose en el mar de sus propios arrepentimientos y estacionada semipermanentemente en el sofá de Raquel, que con el tiempo todo pasaría.

~

La respuesta de John Temple a su correo electrónico había sido escueta. Le informó que estaba de viaje y que no estaría disponible hasta poco después del Día del Trabajo, cuando le ofreció una hora exacta para que fuera a su oficina y hablara sobre su «inquietud personal». Raquel respondió que estaría allí. Y aunque su pasantía había terminado y el trabajo a medio tiempo que Belinda le había conseguido para que siguiera asistiéndola en el otoño aún no había comenzado, Raquel se aseguró de vestirse para que la tomaran en serio. Aunque en general hubiera copiado y tomado notas y se hubiera asegurado de citar los hechos, las fechas y las referencias críticas, se había sumergido tanto en Jack Martin durante todo el verano y en Anita de Monte estas últimas semanas que se sentía segura de sus argumentos. Además, algunas cosas tenían mucho menos que ver con lo académico y mucho más con una cuestión de principios.

La puerta de la oficina de John Temple estaba abierta y Raquel evitó su habitual cortesía rígida de esperar a que la dejara pasar y se anunció al entrar.

—Hola, profesor Temple —saludó, tomando su asiento habitual. Notó por primera vez que la oficina olía ligeramente a cigarrillos rancios.

—¡Raquel! —exclamó, sorprendido.

—Usted dijo a las dos, ¿verdad? —antes de darse cuenta de que no era ella quien lo había sorprendido, sino esta versión de ella. Señaló su cabello—. Ha sido un verano de cambios.

—Eso veo —dijo, sin la calidez habitual en su voz. Ella esperaba que él conversara con ella sobre su beca y el verano en el museo, pero en lugar de eso fue directo al meollo del asunto—. Bueno, supongo que deberíamos hablar de tu correo electrónico.

—Jack Martin, sí.

—¿Qué te puedo decir? —preguntó, sin molestarse en ocultar su desagrado—. La respuesta más simple es que fue declarado inocente en un juicio y que eso no era relevante para su creación artística ni le resta importancia ni genialidad, así que ¿por qué sería relevante mencionarlo en clase?

Ella había anticipado que él diría alguna versión de esto.

—¿Por qué importa que Van Gogh se cortara la oreja, o que Kandinsky fuera espiritual, o que Lautrec fuera prácticamente un enano, condenado al ostracismo por su familia, o que…?

—Porque era relevante para la forma en que veían el mundo y, por lo tanto, su trabajo…

—Chuck Close está en silla de ruedas —intervino ella— y ha dicho que no ha tenido ningún efecto en la trayectoria de su trabajo, pero usted lo menciona en sus clases de todos modos.

—Bueno, eso es una cuestión de opinión —dijo John Temple—. Los artistas son los mentirosos más notorios respecto a sus intenciones…

—¿Excepto Jack Martin? —preguntó, y luchó por controlar la respiración para mantener la voz lo más plana posible; para establecer una barrera que impidiera que la pasión se filtrara en el vibrato.

—Su trabajo se ha mantenido constante y ha sido parte de la misma conversación durante décadas —respondió John Temple—, así que, aunque él estuviera hablando mierda sobre que no se trata de nada, de repente no se convirtió en una cuestión de duelo por su esposa.

Ella hizo una mueca visible al oírlo decirlo de esa manera. Como si Martin fuera un pobre viudo. ¡Como si él, como leyó en múltiples ocasiones sobre las repercusiones de lo sucedido, no hubiera llevado a su amante al funeral de Anita! Como si no hubiera esperado horas, ¡horas!, para llamar a la policía. Sin embargo, no quería que la conversación se convirtiera en una historia sensacionalista. Quería que se centrara en lo que a John Temple le importaba: el trabajo de Jack Martin.

—¿Y si no estoy de acuerdo? —le preguntó. Buscó en su cartera y sacó no los catálogos completos, sino solo dos fotocopias. Una de la pieza de las cajas de bolas del Reina Sofía y la otra de una de las esculturas de Anita de Monte realizadas en las cuevas de Cuba. Se las entregó.

—Bien, a lo mejor sintió influencia por lo primitivo. Estaba muy interesado en el Neolítico…

—No, no, no —dijo Raquel, sacudiendo la cabeza y ahora sin poder ocultar sus emociones sobre el asunto. Porque él estaba haciéndolo de nuevo: sacándola de la conversación. Sacándola de la historia—. Esto es cubano. Y no es una escultura primitiva. Esto es de Anita de Monte. De 1981.

Y pudo ver, por la expresión en su rostro, que él nunca la había visto antes. Apenas conocía la obra de Anita de Monte. Que ella ni siquiera le había parecido lo suficientemente importante como para que él se familiarizara con su trabajo. Porque ella no tenía nada en común con él. Era un inconveniente de incidencia pasajera que impedía que él pudiera cimentar el lugar de su ídolo en el canon.

—Quiero escribir mi tesis sobre cómo el arte de Anita de Monte, durante un breve período después de su muerte, influyó en Jack Martin.

—Lamento bajarte de esa nube, Raquel, pero no creo que exista suficiente material académico para respaldar eso.

—Entonces yo lo crearé.

—¿Qué quieres decir?

—En mi opinión, que entiendo que es completamente subjetiva, es incorrecto a nivel moral enseñar sobre Jack Martin y omitir el impacto inherentemente negativo que tuvo en la trayectoria de la historia del arte…

—Ella era una artista menor.

—Como dije, esta es una opinión —continuó Raquel—. Pero creo que también es éticamente incorrecto, como educador y como institución, idolatrar a alguien como un genio y no decirnos que es un perpetrador de violencia doméstica.

—¿Deberíamos dejar de enseñar a Jack Martin porque tenía tendencia a pelearse con su esposa? —dijo John Temple riéndose—. Porque tendríamos que descartar a Pollock y aproximadamente la mitad del currículo.

—Por favor, no ponga palabras en mi boca —pidió—. Eso sería ridículo. Pero de la misma manera en que usted reconoce que las pinturas de Balthus son cuestionables…

—Porque eso está más que claro. El hombre no pinta más que mujeres lascivas.

—Y también oscurece su biografía —señaló Raquel—. De la misma manera en que inserta detalles biográficos relevantes sobre estos otros artistas, en algún lugar, en algún momento, debería presentar esa información sobre Jack Martin.

No quería empezar a debatir con él sobre cómo la absoluta dependencia de materiales hipermasculinos podría ser un guiño al mismo tipo de machismo asociado con las parejas abusivas (gracias, Betsaida).

—Entonces, esa es tu opinión sobre mi currículum —dijo—. ¿Y qué hay de tu tesis?

—Ya le dije. Quiero investigar la influencia de Anita de Monte en el arte de Jack Martin. Específicamente en el período posterior a su asesinato. Si puedo crear la investigación que vincule su trabajo con el de él, bueno, ya no podrán olvidarla. Ni aquí ni en ningún otro lugar.

Ahora lo vio hacer una mueca.

—Esto es exactamente lo que intentaba advertirte en la primavera, Raquel. Dejarse llevar por esta política de identidades. No hace más que envenenar el pozo…

—Entonces, ¿qué estoy haciendo aquí? —cuestionó, incapaz de contener sus emociones por más tiempo—. ¿Por qué estoy aquí? ¿La escuela me dejó entrar solo para llenar un cupo y hacer que todos se sintieran mejor por ser tan abiertos de mente? ¿Se supone que debo simplemente producir los mismos pensamientos que el resto? ¿Adorar a los mismos dioses que usted? Me dicen una y otra vez que mi cultura, mi origen, no son dignos de estudio ni de tiempo. ¿Se suponía que yo debía venir aquí y fingir que tuve la misma vida que usted? ¿Repetir las mismas opiniones? ¿Las mismas perspectivas? ¿O estoy aquí para cambiar las puñeteras cosas? Porque, de lo contrario, ¿qué sentido tenía todo esto? ¿Admitirme, admitirnos, para simplemente producir versiones más bronceadas de las demás personas que entran y salen por esas puertas cada cuatro años?

Ella sabía que no era correcto decir malas palabras, emocionarse. Sabía que como mujer eso era malo. Como mujer y latina. Como mujer y pobre. Que lo que ella conocía como pasión, él lo vería como una educación inferior o falta de articulación o problemas de control de comportamiento. Y, sin embargo, a ella no le importaba. Estaba encabroná'. Y herida. Un dolor que una y otra vez, con Bearden, con Betty Sayre, con su estudio independiente, había estado buscando. Buscando la soberanía con alguien, con quien fuera, con quien se encontrara en el aula; en este edificio. En cualquiera de sus clases. Alguien que validara su lugar allí; que no solo hiciera que pareciera que ella era la primera persona de su especie en inventar el fuego, que había sido admitida debido a algún tipo de guiño performativo para «reflejar a Estados Unidos». Lo único que había estado buscando era lo que él mismo había encontrado en Jack Martin: alguien que la ayudara a darle sentido al mundo. Y ese mundo estaba moldeado por ser una Toro sin padre, descendiente de una tierra natal que apenas conocía, dejada sola en gran medida para abrirse camino a través de este vasto paisaje blanco. Y, todo ese tiempo, mientras él le recordaba que era latina, al mismo tiempo le recordaba que eso no importaba, le ocultaba que una mujer como ella había existido. De hecho, se dio cuenta de que su latinidad importaba tan poco que podía permitir que la borraran de la historia. Ella había idolatrado a John Temple, había admirado su genialidad. Y ahora lo veía como un egoísta y autocomplaciente. Y por eso ya no le importó cómo él la viera.

Entonces John Temple la sorprendió.

—No sé la respuesta a eso, Raquel —afirmó John Temple. Tomó sus Dunhills y ella rezó para que no le pidiera que salieran para él fumarse otro maldito cigarrillo—. Creo que cuando era joven, en lo único que pensaba era en rebelármele al «Jefe», ¿entiendes? Nunca pensé que me convertiría en él.

—Belinda Kim dijo que está dispuesta a asesorar mi tesis. Necesitaría su permiso, ya que ella no es profesora.

—Estoy dispuesto a seguir asesorándote —apuntó.

—Y yo lo aprecio —aseguró ella, sin dudarlo un segundo—, pero creo que la familiaridad de Belinda con el trabajo de Anita de Monte la convierte en una mejor opción.

—Entendido —dijo—. Tienes mi bendición.

Ella se levantó.

—Gracias por su tiempo —añadió ella.

—Gracias, Raquel, por tu honestidad —respondió él.

Ella sintió que lo decía de corazón.

JACK

CIUDAD DE NUEVA YORK • INVIERNO DE 1999

—A ver, ¿y por qué no nos cuentas lo que tienes en mente? —dijo Tilly—, porque Jack ha tenido un montón de retrospectivas, y todo eso es un gran desafío para él a nivel físico.

Odiaba que ella hablara de él de esa forma. Como si fuera un inválido. Sí, desde su derrame cerebral, las cosas habían sido más difíciles para él a nivel físico. Pero a nivel mental y creativo, estaba tan sagaz como siempre. Sí ayudaba, admitía, tener a Ingrid a su lado. La leal y dulce Ingrid. Todos estos años después, enterarse de su enfermedad y correr al hospital. Ayudarlo en su convalecencia. Ayudarlo a volver a ser él mismo.

No había exhibido en un año cuando el Centro DIAL, uno de los centros de arte al aire libre más grandes y prestigiosos, lo llamó para solicitar una reunión.

—Por supuesto —admitió Dan, el director de DIAL, un petulante británico de cuarenta y tantos años—. Somos muy conscientes de que el señor Martin fue una figura importante, aunque a veces olvidada, en el movimiento de arte terrestre.

¡Oh, Bobby Smithson! ¡Ese canalla! Cómo se había apropiado de toda la escena. Cómo había desestimado todo lo que Jack había hecho. Y luego desapareció. No todo el mundo tiene la longevidad que él ha logrado obtener.

—Se lo agradezco —dijo Jack, con toda su habilidad. El derrame no le había dejado la misma capacidad de hablar que digamos.

—Queremos ofrecerle a Jack Martin la mayor exposición de arte al aire libre y escultura minimalista que se haya realizado jamás. Obras nuevas, recreaciones. Todo. Y ya nos hemos asociado con dos instituciones de talla mundial, fuera de Zúrich y Johannesburgo, que quieren hacerla, además, una muestra itinerante. Jack Martin, más allá de lo que Dios le ha dado, sin límites de escala.

Hubo una pausa deliciosa mientras Jack saboreaba aquello. El antiguo aroma ambrosíaco de ser apreciado junto con la perspectiva húmeda y eléctrica de lo nuevo. Lo grande. Lo importante.

—Sí —afirmó enfáticamente—. Joder que sí.

Un pitido empezó a sonar y la ilusión desapareció de su rostro cuando Ingrid salió de la cocina.

—Disculpas —se dirigió a los demás y le entregó un vaso de agua y tres pastillas. Una por una, con tanto cariño. ¡Oh, cómo odiaba las pastillas, pero cómo le encantaba que ella hubiera vuelto! Se las tomó todas a la vez, se bebió el agua de un fuetazo y le devolvió el vaso enseguida para que tal momento de triste humillación, como el de envejecer en público, pudiera terminar.

—Bueno —continuó Dan—, estamos encantados y, por supuesto, haremos un catálogo completo, con ensayos introductorios y artículos académicos y, tal vez, incluso un prefacio escrito por ti.

—Oh, nunca —expresó, a pesar de que la idea le intrigaba—. Soy poeta, no escritor de prosa.

—En ese caso, quizás un nuevo poema entonces.

—¡Tomemos un poco de champaña! —exclamó Jack—. Y podremos hablar de esculturas de palabras.

—Jack —dijo Tilly, con rigidez en la voz. Se suponía que debía controlar su consumo de alcohol y eso lo hacía sentir viejo y no quería sentirse viejo en este momento. Llamó a Ingrid para que les trajera una botella de Perrier-Jouët.

La descorcharon, se sirvieron las copas y se hizo un brindis por la salud de Jack y su larga y brillante carrera. Jack sonrió mientras levantaba la copa, pero cuando se la llevó a los labios, las nalgas se le fruncieron, el nervio que le recorría la espalda hormigueó hasta el cuello engranujado. La copa, que segundos antes era un pesado cristal entre sus manos, de repente perdió peso. Ya no estaba sostenida por sus dedos, sino controlada por otra fuerza. Una fuerza que hizo que el tallo de la copa subiera, subiera, subiera. Más rápido y más rápido hasta que la champaña se derramó por la boca de la copa, pasó por sus labios, le goteó por la barbilla y le cayó por completo en el regazo.

Y con la misma rapidez, lo que fuera que hubiera agarrado la copa, la soltó y la flauta cayó, con un ruido sordo, sobre su alfombra turca.

—¡Oh, Jack! —exclamó Ingrid, mirando su regazo mojado, sin poder ocultar la pena. Él podía oír el alboroto de los que corrían a buscar una toalla y las declaraciones vergonzosas sobre este tipo de cosas que sucedían de vez en cuando desde que había sufrido el derrame cerebral. Todo tipo de comentarios irritantes que en general lo habrían hecho enfurecerse y embestir como un toro. Pero ahora, solo fijó la mirada hacia el horizonte. Su concentración centrada únicamente en tratar, con desespero, de ignorar el espectro de Anita magullada y destrozada que flotaba frente a su silla con su sonrisa de comemierda.

—Jack —dijo Tilly, con timidez en la voz. Se acordaba que debía cumplir su consumo de alcohol y eso lo hacía sentir-se [illegible] y no quería perder el tiempo en ese momento. Llamó a Ingrid y pidió le trajera una botella de Bacardi. [illegible]

Una vez [illegible] se sirvieron las copas y se hizo un brindis por la salud de Jack y su larga y brillante carrera. Inclinó [illegible] la copa hasta [illegible] cuando se la llevó a los labios. Las burbujas de [illegible] el nervio que le recorría la espalda [illegible] hasta el [illegible]. La copa [illegible] separados apenas [illegible] de [illegible] que [illegible] no estaba [illegible] controlada por otra fuerza, la misma que hizo que el tallo de la copa [illegible]. Más rápido [illegible] mente [illegible] champaña se derramó por la boca de la copa [illegible] por sus labios, la [illegible] y la barbilla [illegible] por completo en el regazo.

[illegible] la [illegible], la camarera que fue a [illegible] de la copa [illegible] que [illegible] sobre la alfombra turca.

[illegible] cuando Ingrid [illegible] su regazo [illegible] sin poder ocultar la [illegible] y [illegible] el [illegible] de los que [illegible] una de las [illegible] aclaraciones personales sobre ese tipo de cosas que [illegible] de vez en cuando desde que habían [illegible] frente a Ingrid, [illegible] general [illegible] casa [illegible] como [illegible] la [illegible] Sin embargo, [illegible] en [illegible] de [illegible] el aspecto de [illegible] que [illegible] su [illegible] con [illegible] [illegible].

RAQUEL

PROVIDENCE • PRIMAVERA DE 1999

—Es un grato placer para mí compartir con ustedes nuestra última presentación de tesis de honor de la noche —dijo John Temple ante el salón de conferencias lleno de padres, profesores y compañeros de clase curiosos. Raquel, sentada en primera fila junto a Astrid y los otros graduandos con honores del departamento, respiró profundo. Astrid, que había terminado de hablar sobre las geishas en los grabados en madera, le dio un fuerte apretón de mano. Había decidido que iba a dar esta charla como si estuviera hablando con su mamá, lo que, en cierto modo, así era. Su fuerza, como había dicho una vez John Temple, era su capacidad para hacer que lo aparentemente confuso resultara muy claro. No quería que los nervios estropearan esa habilidad.

—La tesis de grado de Raquel Toro, «Forma y figura: revisitando a Jack Martin y Anita de Monte», no solo recibió el Premio del Presidente del Departamento, sino que sus hallazgos pronto serán un artículo para *Art in America*, escrito en coautoría con la asesora de Raquel, la doctora Belinda Kim del Museo RISD, donde Raquel fue becaria y hoy asistente de curaduría de la próxima exhibición, *Excavar a Anita*, la primera muestra de la obra de Anita de Monte compuesta íntegramente por piezas prestadas de colecciones de museos. Por favor, den la bienvenida a Raquel Toro.

Y mientras el resto del público estallaba en aplausos corteses, Raquel disfrutó enormemente de que aquellas personas en su fila (Toni, su mamá y Dolores) fueran escandalosas. Se pusieron de pie y gritaron «¡Rocky!», mientras ella subía al escenario; el último recordatorio que necesitaba de que la mejor manera de hacer esto era siendo ella misma.

—Gracias a todos por venir —comenzó mientras las luces se atenuaban—. Primera diapositiva, por favor. Me atrevo a decir que la mayoría de ustedes, si no están muy familiarizados con la obra, probablemente reconocerían una escultura de Jack Martin si la vieran. Es quizás el artista vivo más celebrado del mundo; conocido tanto por su ethos artístico, que no tiene que ver con nada, como por su arte en sí. Pero sospecho que muchos de ustedes, como yo, están menos familiarizados con el arte de su esposa, Anita de Monte. Siguiente diapositiva, por favor.

Lo que más le agradó, cuando todo terminó y el público se había congregado en el vestíbulo para la recepción departamental, no fue tanto la atención que recibió sino las conversaciones que escuchó. Un salón lleno de gente hablando de Anita de Monte. De su muerte, sí, pero también de su arte. De su vida. De la de su esposo. Una vida que durante décadas se le dijo a todo el mundo que no había tenido ningún impacto en lo que él hacía. Y ahora, allí estaba la gente cuestionándolo sin tapujos. Claro, eran solo cincuenta o sesenta personas, pero hasta ese pequeño número significaba algo.

—Nena —dijo su mamá—, eso fue mejor que una telenovela. Lo tenía todo: arte, amor, desamor.

—Sería una obra de teatro cañona —añadió Toni—. Obviamente, yo quiero interpretar a Anita.

—Obviamente —expresó Raquel, virando los ojos.

—Raquel —propuso John Temple mientras se les acercaba, copa de champaña en mano—. ¡Un brindis por un trabajo maravilloso y un año maravilloso!

Raquel se dio cuenta de que era sincero; alzó su copa y brindó con él.

—Muchas gracias. Estaba nerviosa —admitió, antes de pasar a las presentaciones—. John, esta es mi hermana, Toni; y mi mamá, Irma; y Dolores, su novia.

Raquel vio que su mamá se sonrojó levemente y vio a su hermana apretar el hombro de su mamá, tranquilizándola.

Esta era la primera gran salida en familia que hacían juntas y Toni y Raquel habían trabajado duro para convencer a su mamá de que la única persona que se sentía cohibida por todo esto era ella. En especial ahora que Toni se mudaba para estar más cerca de sus audiciones y su mamá se iba a vivir con Dolores. «Sería una grosería no invitarla», había dicho Raquel.

—¡Usted trabaja en el Met! —se dirigió John Temple a su mamá, complacido consigo mismo por recordarlo.

—Por ahora —apuntó, sin inmutarse—, estoy tratando de cambiar de carrera. Espero que algún día sea Raquel la que trabaje en el Met.

Puede que Toni pensara que Dolores era aburrida y materialista, pero había prometido apoyar a su mamá mientras terminaba su carrera de enfermería a tiempo completo si quería, y tanto Raquel como su hermana estaban contentas de ver, por una vez, que su mami era la que estaba bien cuidada. Irma, por otro lado, estaba satisfecha de ver que sus hijas no la abandonaban, sino que la dejaban empezar una nueva vida por sí misma.

—Si Raquel quisiera, sospecho que algún día podría dirigir el Met —dijo John Temple, a pesar de saber que, al menos por ahora, ella tenía un plan diferente. Aunque él y Belinda Kim se habían ofrecido con entusiasmo a escribirle cartas de recomendación para la escuela de posgrado o para conseguirle un trabajo en una galería, ella se había arriesgado por su cuenta. Después de que su artículo sobre Anita de Monte fuera aceptado por *Art in America*, el editor, impresionado de que se basara en los hallazgos de un ensayo de pregrado, le preguntó cuáles eran sus planes para el futuro. Sin pensarlo dos veces, respondió que le encantaría tener la oportunidad de escribir para su revista y, allí mismo, el editor le ofreció un puesto de nivel inicial. El salario era una mierda, pero le prometieron enviarla a todas las ferias de arte.

—Como le dije a Belinda —expresó Raquel—, la escuela de posgrado siempre estará ahí si ese termina siendo el camino indicado.

No se trataba de algo que decía de forma rutinaria para apaciguar a sus profesores. Después de pasar años temiendo que el más mínimo paso en falso pudiera descarrilar sus perspectivas del futuro o echar por tierra todo el trabajo y el compromiso que ya había planeado que sería su vida, estos últimos meses le enseñaron que nada estaba escrito en piedra. Siempre había segundas oportunidades y posibilidades inesperadas y, si una estaba dispuesta a permanecer abierta ante ellas, aparecerían formas nuevas de ver las cosas.

~

—Bueno, ya está, eso era lo último —dijo Raquel mientras dejaba en el suelo las bolsas de la compra que acababa de hacer con Julián en IKEA y Bed Bath & Beyond—. ¿Cómo va el estéreo?

—Ya casi —respondió Marcus desde detrás de la mesa del televisor. Estaba decidido a sincronizar el estéreo y las bocinas para conseguir lo más posible un «sonido envolvente» en su nuevo apartamento (que era la mitad del tamaño del que tenían en Providence y costaba el doble de alquiler). Pero estaba en Brooklyn. El día que les dieron las llaves, Raquel abrió las ventanas para que entrara un poco de aire fresco y Marcus la detuvo. «Escucha», le había dicho. El apartamento estaba en el segundo piso de una calle lateral a Clinton Hill y ella pudo oír niños jugando afuera, la canción de Mister Softee, Lauryn Hill a todo volumen desde un carro y un bolero que salía de una ventana del otro lado de la calle. Un ruidazo del diablo. «Por fin estamos en casa», dijo Marcus y sonrió.

Entre sus préstamos y la renta, probablemente estaría un poco ajustada, al menos por ahora. Pero ella quería darles espacio a su mamá y a Dolores, Marcus era un buen compañero de apartamento y se sentía bien el tratar de salir adelante sola.

Julián también se había mudado a Nueva York; había alquilado un apartamento estilo loft en Bushwick con algunos amigos de RISD y tenía un grandioso plan para complementar el dinero que ganaba como asistente de estudio trabajando de DJ en fiestas los fines de semana. Raquel tenía sus dudas sobre el éxito de dicho esfuerzo, pero se alegraba de que él estuviera más o menos cerca. La amistad entre ellos, el último año de universidad, la había sorprendido. Había evolucionado de intercambiar casetes mezclados a ir al cine juntos a cosas como las de hoy: llevarlos a IKEA a comprar cachivaches al azar para sus apartamentos nuevos. Eran, se dio cuenta, más que amigos. Se besaron una vez (fue encantador, lindo y lleno de sentimientos cálidos), pero Raquel lo dejó ahí. Quería tomarlo con calma. Darles a ambos un poco de espacio para que resolvieran la vida por su cuenta como adultos antes de sumergirse en una existencia juntos.

—Te llegó una cosa —le informó Marcus—. Está en la mesa. Lo dejó un mensajero.

—¿Un mensajero? —dijo Raquel, confundida.

Allí, sobre la mesa de segunda mano de la cocina, había un paquete grande y plano envuelto en papel de estraza; encima, pegado con cinta adhesiva, un sobre grueso de color crema con *R. Toro* escrito en el exterior en una letra cursiva muy precisa. Dentro había una tarjeta plana con LFM grabado en tinta azul marino en la parte superior.

Raquel,

A petición de Nicholas, por favor acepta lo que adjunto como regalo. Tiene muy poco valor para mí y, por lo que tengo entendido, es de gran importancia para ti. Como sabes, me resulta muy difícil refutar un pedido de mi hijo.

Atentamente,
Linda M. Fitzsimmons

El corazón de Raquel empezó a palpitar y el pulso se le aceleró. Un sofoco la invadió y no estaba segura de si era por el recuerdo de Nick o de su mamá o por el miedo que sentía al saber de ellos después de haberlos dejado firmemente tras un muro llamado pasado; una sección de su mente que no le gustaba visitar mucho que digamos.

—Es de Nick —gritó, y escuchó que su propia voz temblaba.

—¿Qué? —preguntó Marcus, acercándose.

Se dio cuenta de que estaba temblando. Temblaba de ansiedad por lo que *ellos* podrían tener que ella quisiera. Había decidido hace un año que la respuesta a eso era nada.

—Bueno, de su mamá. Por supuesto. Voy a botarlo…

—Ábrelo antes de decidir.

—Yo no quiero nada de ellos.

Marcus estaba leyendo la nota.

—Si no quieres abrirlo, lo hago yo —dijo—. Ella está diciendo aquí mismito que le tiene poco…

Raquel lo apartó; desgarró la envoltura dejando al descubierto una caja de lino gris.

—Tal vez sea su manera de decir que lo siente —señaló Marcus.

Raquel levantó la tapa y removió varias capas de papel de seda, y entonces dejó escapar un pequeño grito ahogado. Allí, envuelta en una funda transparente para fotografías, estaba Anita de Monte. Era una imagen que Raquel solo había visto una vez, en un catálogo de subastas, pero la reconoció de inmediato. Anita de Monte. Desnuda y oculta en la tierra, pero aún visible por los montículos y montículos de flores silvestres que crecían de sus senos y ojos y pubis y piernas. Era de su trabajo en Iowa; de su primera exhibición en Nueva York. Cuando llegó, cruda y con los ojos frescos y hambrienta de toda la vida que tenía por delante. Atravesando cualquier puerta que se le cruzara, sin importar si estaba abierta o no. Anita de Monte, antes de conocer siquiera a Jack Martin. Y Raquel sintió, emanando de la caja, de la imagen, la energía pura y salvaje de esa mujer. La sintió saltar hacia afuera tanto como si la misma Anita hubiera estado ahí.

Miró la nota y recordó lo que Nick le había dicho a Astrid aquella vez: que ella era hermosa y merecía cosas hermosas. Raquel exhaló al darse cuenta de que, por primera vez en su vida, ella creía eso por sí misma. Y aunque a estas alturas ya había visto de cerca muchas de las obras de Anita, sintió lágrimas en los ojos al percatarse de que esta, esta que ahora tenía ante ella, no volvería a una bóveda ni sería enviada de vuelta a una institución prestamista, sino que estaría aquí con ella. En su pequeño y desvencijado apartamento en Brooklyn y en todos los lugares a los que se mudará después. Que podrá estar en comunión con su belleza y con esa energía feroz y vital todos los días y recordarse a sí misma que no era la primera en recorrer ese camino, ni sería la última. Y que ninguna de las dos sería olvidada.

ANITA

CIUDAD DE NUEVA YORK • PRIMAVERA DE 2000

Si no hubiera sido por lo que sucedió después, la gente habría olvidado esa noche por completo. No solo porque todas las fiestas de Tilly son iguales, sino también ¡porque todos estaban jodidamente viejos! Catorce años parecen nada, pero en especial cuando estás congelada en el tiempo. Fue desconcertante ver cómo las arrugas habían destrozado los rostros, cómo los cuerpos se habían vuelto una mierda. Nadie más que Jack.

El Sun Ra había sido reemplazado por Miles Davis. Todavía no había suficientes aperitivos. Los artistas jóvenes eran cada vez menos y más espaciados y los galeristas, que antes parecían renegados y pioneros, ahora parecían corredores de bolsa. Oh, era una sala llena de gatos ricos y gordos. Ni una manchita marrón a la vista. Qué rápido perdemos tracción.

Y eso, que la fiesta fue normal. Aburrida. Y, como siempre, decidí animarla un pelín. ¿Por qué no?, yo era poderosa otra vez. Grande y poderosa. Raquel me había ayudado con eso: poco a poco todo volvió. ¡Mi trabajo, mi nombre, mi arte! ¡Ay, mis bebés! Y también, mi poder. Así que corrí hacia arriba, arriba, arriba hasta la ceiba y bajé al apartamento de Tilly. Ella nunca ponía música divertida. Así que, sin que nadie me viera, cambié el CD. Me pareció una buena noche para «Graceland».

¡Oh, cómo la sueca gigante dejó caer su vaso en cuanto la oyó! Soltó un gritico. Agarró su cartera y dijo: «¡No, Jack! ¡No!». Y paticas pa' qué te tengo. Toda la fiesta se detuvo, todos se quedaron mirándolos. Era solo Paul Simon. ¡Ahora un clásico! Tilly gritó para que alguien apagara la música, pero yo seguía subiendo el volumen cada vez más. ¿A quién no le encantaba «Graceland»?

Jack. A Jack no le gustaba «Graceland» ni un chin-chin. Empezó a caminar hacia la estrecha cocina. Lento. Muy lento. Para que nadie lo notara, pero como él ya no podía ser como yo (¡rápida!, ¡rápida!, ¡rápida!), antes de que pudiera llegar, ¡ya yo estaba de vuelta! ¡Volando, volando, volando por el apartamento! Mi envergadura era más amplia que nunca.

¡En picaaada!

¡En picaaada!

¡En picaaada!

¡Todos los invitados gritaron y se agacharon para cubrirse! ¡La gente se precitaba hacia la puerta!

Pero Jack no podía apresurarse. Jack no podía correr. Jack sabía tras de quién andaba el murciélago.

—¡Tilly! —gritó, pero Tilly estaba escondida debajo del piano. Tilly sabía lo que estaba pasando.

¡En picaaada!

¡En picaaada!

¡En picaaada!

¡Ah, sí! Estábamos entrando a Graceland, ¡la tierra de gracia!

Los invitados se apretujaban en el ascensor de carga; y Jack se abría paso a empujones para salir de aquel apartamento.

¡En picaaaaaaada!

Me quedé flotando frente a su cara. Sonreí un poco. Me apartó de un manotazo y yo golpeé su rostro hinchado y lleno de venas rojas con mis poderosas alas.

Corrió hacia la escalera, desesperado por escapar de mí.

Tengo motivos para creer que serás recibido en Graceland.

Un tramo de escaleras de acero fundido tan largo. Un toquecito nomás. Un empujoncito con la punta de mi ala. No más que el empujón de un bravucón en un patio de recreo. Eso es todo lo que necesitaría. Lo único que haría falta para que tuviera un «accidente». Igual que el mío. ¡Y me elevé en el aire, lista para lanzarme en picada contra él con todas mis fuerzas! ¡Con tantas fuerzas!

Y entonces…

… Me fui volando.

Ya estaba cansada de eso, asere. Siete años en la vida real; el doble desde que morí: todo lo mismo. Este mismo ciclo de dos personas decididas a hacer a la otra miserable. Dos personas atraídas por la magia y la creación y el arte y que se separaron por tantas cosas que no eran eso. Yo no podía empujarlo. Porque ahí una vez hubo tanto amor.

Y porque, bueno, desde que mi trabajo volvió al mundo, imagino que he estado mucho menos encabronada.

Después de eso, ya yo estaba casi hasta el tope con las apariciones. ¿Cuánta venganza puede haber en una persona? Es decir, no me malinterpretes. No hay nada como estar viva. Nada como que tus pulmones se expandan en tu pecho para aprisionar aire y gritar tus sentimientos al viento. Nada como que la sangre bombee hacia tu cerebro y salga en forma de una idea. ¡Una inspiración! ¡Una acción! Oh, sentir el calor de la pasión inundando tu ingle; tus piernas envolviendo el cuerpo de otra persona. ¡Incluso el desamor! ¡Incluso el dolor de que te rompan el corazón es algo que se debe extrañar, porque viene con fuerza! De levantarte del maldito suelo porque puedes. Así que sí, lo que no daría por seguir viva. Por necesitar dar un respiro. Adentro y afuera y afuera y adentro. Pero. Ahora soy más feliz. Ahora que no estoy olvidada. Ahora que puedo volar de nuevo entre las ceibas, ver a los otros artistas. Visito a mi hermana, que está más ocupada que nunca lidiando con las peticiones de mi patrimonio. Hablo con mi sobrina. Veo a Jomar, cuya carrera ha florecido en grande. A veces incluso visito a Tilly, que todavía me maldice, pero te juro que estos días parece casi agradecida por la compañía. Y, por supuesto corazón mío, cuido de mi Raquel. La vida nunca es sencilla para las mujeres como nosotras, mujeres que no se conforman con el patrón establecido; mujeres cuyas mentes y bocas corren más rápido de lo que el mundo puede seguirles el ritmo. Así que hago lo que puedo con las pequeñas herramientas que tengo a mi disposición para que todo sea un poco más fácil. Y, a veces, cuando me siento particularmente agradecida y ñoña por su ayuda para que yo pudiera recuperar a mis bebés, ¡mi energía!, bueno, a veces paso volando por su apartamento en Nueva York y le llevo un ratoncito.

AGRADECIMIENTOS

Empiezo con Mayra Castillo, mi mamá-hermana-amiga, que está muy ocupada dirigiendo el mundo y de alguna manera encuentra tiempo para leer todo lo que escribo y que, sobre todas las cosas, es una buena amiga, no una amiga «corroboro», quien rapidito me dijo que el primer borrador de este libro «no estaba bien». Y continúo con Yelena Gitlin Nesbit, quien sigue siendo mi mayor fan y defensora y amiga y lectora y cuyo entusiasmo y apoyo me dan tanto valor artístico.

El camino hacia este libro fue un proceso. Estoy sobrecogida de gratitud por tener a mi increíble agente y amiga Mollie Glick de mi lado, como defensora de mi arte y de mí misma. Sin la brillante Megan Lynch, mi editora, este trabajo no sería lo que es. No solo por su tremenda guía, sino por brindarme el espacio artístico para que la historia también se descubriera a sí misma. Ella nunca le teme a lo extraño y su valor me hace a mí aún más valiente.

Solo se es buena cuando se tiene un buen equipo, y los orishas me bendijeron con uno excelente. Dana Spector, quien me consoló en algunas de las partes más oscuras de este proceso de escritura. Christina Chou, cuyo entusiasmo por esta idea me convenció de seguir adelante. André Des Rochers, quien me recuerda que siempre debo apostar por mí. Jamie

Stockton, Melissa Breaux y Jill McElroy, por sus ideas tempranas que ayudaron a poner este tren en marcha. Y, por supuesto, Melissa Martínez-Raga, un ángel deslumbrante y brillante en la tierra que protege con ferocidad mi tiempo. Gracias por apoyar la escritura de este libro con maravillosa sensibilidad (¡y también por apoyar la promoción de mi primer libro!). Soy muy afortunada de tenerte conmigo en este tramo de tu vida.

Gracias a todos en Flatiron Books, el mejor equipo con el que se puede crear un libro. Estoy muy agradecida. Nadxieli Nieto, Kukuwa Ashun, Marlena Bittner, Claire McLaughlin, Katherine Turro, Nancy Trypuc y todos los maravillosos seres humanos que hicieron el trabajo invisible que se necesita para sacar a la luz este libro.

Siempre con cariño a mi familia: Sharon Ingram, Marcy Blum, Aja Baxter, Destin Coleman, De'Ara Balenger e Indira Goris por mantenerme cuerda y amada y cuidada. Mucho cariño también para Alex Rosado, Kendra y Diallobe Johnson, Paola Ramos, Walt Brown, Yohance Bowden, Brandon e Iman Nelson, e Ian Niles.

Siempre estaré agradecida a mis profesores, pero en este caso en particular, estoy especialmente agradecida por haber tenido la oportunidad de estudiar, aunque fuera de forma breve, con Kevin Brockmeier, quien me mostró que las palabras pueden crear otros mundos. Y con Sam Chang, por su invaluable taller de novela; todavía me siento bendecida por la oportunidad divina de esa experiencia. Mi tiempo en Brown estuvo definido por la profesora emérita Maggie Bickford y el difunto Kermit Champa, quienes, de maneras muy distintas, me regalaron un amor por la historia del arte y un sentido de apoyo que ha permanecido conmigo décadas después. ¡¿Quién dice que no se usa lo que se estudia?! En mi amada Edward R. Murrow, Scott Martin enseñaba más que teatro; nos enseñaba humanidad. La uso todos los días.

Puedo imaginar muchas cosas en este mundo, excepto ir a la universidad en cualquier otro lugar que no fuera Brown, el lugar exploratorio donde una persona joven y curiosa puede llegar a la adultez, en la ciudad de Providence, para mí un hogar lejos de mi hogar. Soy #evertrue. Solo un puñado de las personas de las que guardo recuerdos queridos de esta época: Celeste Perri, Heather Ortiz, Steven Colon, Lili Polo, Daphnée Saget Woodley, Catherine Maple-Brown, Carmen Vargas, Alegre Rodriguez, Jason Hairy Marsh, Malik Robinson, Phillip Contic, Mercedes Domenech, Karen McLaurin (por hacer de TWC nuestro hogar), Russell Malbrough, Dante Williams, Garfield Davidson, Arden Lewis, Lorna Gilbert y todos en 360 por los recuerdos que han sobrevivido a mi (terrible) tatuaje gratuito.

Gracias, Alfonso Gomez-Rejon, por ser parte de este viaje, sobre todo por el cursi chiste que me enviaste por texto que desató un recuerdo, que condujo a una remembranza, que desencadenó una idea loca para un libro… Otros artistas y seres humanos por los que estoy agradecida e inspirada: Teresita Fernández, Michaela RedCherries, Abigail Carney, Belinda Tang, Jeff Boyd, David McDevitt, Ife Nihinlola, Lizz Huerta, Mai Schwartz, Irene Solà, Jessica Pimentel, Ramon Rodriguez, Alynda Segarra, Suyin So, Elisabet Velasquez, Katie Lee y Ryan Biegel. La investigación para este libro me llevó a Roma y a Cuba, donde Sara Levi, Enzzo Hernández, Patricia García, José Ángel Nazabal y Óscar Mesa me hicieron sentir como en casa. Hoy en Brown: Christina Paxson por su visión, Sam Mencoff, Pamela Reeves, Carlos Lejnieks, Jill Furman y todos mis colegas allí. Jeff Goldberg, Adrienne LaFrance, Honor Jones y mis colegas en *The Atlantic*, gracias por el espacio que me brindan para ser curiosa y por hacerme una mejor escritora y pensadora. Un enorme saludo a Jenny Dembrow y Ebonie Simpson y a todas las personas del Lower East Side

Girls Club, en especial a las nenas. A quienes haya olvidado, les agradezco su perdón.

Hay tantos espíritus y fantasmas que recorren este libro. Agradezco a todos ellos por prestarme su energía y a Dios y a todos los orishas por bendecir este proceso. A mi tía Linda. Y como siempre, a mis abuelos, sin los cuales yo no estaría aquí.

Y a ustedes, queridos lectores, por su tiempo.

ACERCA DE LA AUTORA

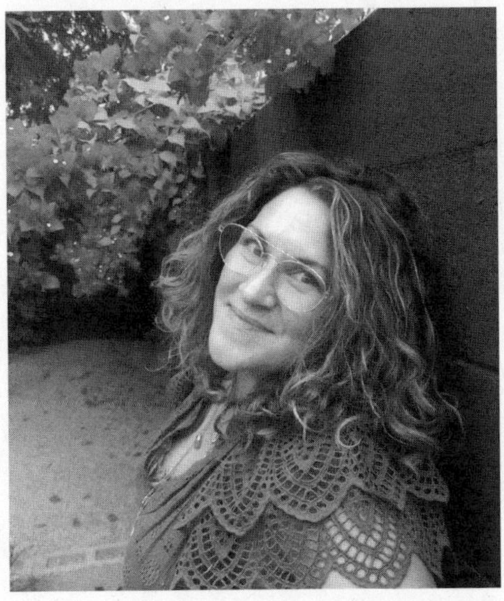

Xochitl Gonzalez recibió su MFA del Taller de Escritores de Iowa, donde fue becaria de Iowa Arts. Antes de ser escritora, Xochitl tuvo varias carreras, entre ellas la de empresaria, organizadora de bodas, recaudadora de fondos y lectora de tarot. Es una orgullosa alumna del sistema de escuelas públicas de la ciudad de Nueva York y tiene un bachillerato en Historia del Arte y Artes Visuales de la Universidad de Brown. Vive en su barrio natal de Brooklyn con su perro, Hectah Lavoe.